Editora **Charme**

impulso
SÉRIE

GISELE SOUZA

Copyright© 2014 Gisele Souza
Copyright© 2016 Editora Charme

Todos os direitos reservados. Nenhuma parte deste livro pode ser utilizada ou reproduzida sob qualquer meio existente sem autorização por escrito dos editores.

Esta é uma obra de ficção. Nomes, personagens, lugares e acontecimentos descritos são produtos de imaginação do autor. Qualquer semelhança com nomes, datas e acontecimentos reais é mera coincidência.

1ª Impressão 2019

Produção Editorial: Editora Charme
Capa: Renato Klisman
Criação e produção: Verônica Góes
Revisão: Sophia Paz

CIP-BRASIL, CATALOGAÇÃO NA PUBLICAÇÃO
SINDICATO NACIONAL DE EDITORES DE LIVROS, RJ

Gisele Souza
Impulso / Souza, Gisele
Editora Charme, 2019.

ISBN: 978-85-68056-81-3
1. Romance Brasileiro - 2. Ficção brasileira

CDD B869.35
CDU 869.8(81)-30

---

www.editoracharme.com.br

Editora Charme

impulso

SÉRIE INSPIRAÇÃO 2

GISELE SOUZA

Vontade louca, impulso incontrolável, amor, luxúria.

Seguir ou negar?

"Entrego-me cegamente ao impulso que me arrasta."
(Jean Racine)

*"Somos punidos pelo que negamos.
Cada impulso que tentamos sufocar persevera em nosso íntimo e nos intoxica."*
(Oscar Wilde)

Nota da Autora

Impulso é o segundo livro da série *Inspiração*.
Cada uma focará em um casal protagonista e contará uma história diferente.
Siga o impulso e emocione-se com essa linda história de amor.

Prólogo
Lucas

Quando a vida te impõe certas situações, você tem que erguer a cabeça e seguir em frente. Pelo menos, era assim que eu pensava.

Quem olha de fora pode achar que tive uma vida tranquila porque minha irmã pagou meus estudos e não tive que trabalhar para me sustentar até ficar mais velho. Fiz Medicina e me formei com louvor. Sou um médico residente em Ortopedia com um futuro brilhante pela frente.

Só que, quando você tem um peso em seus ombros, como ser responsável, o melhor aluno, um irmão exemplar, você simplesmente não vive, não erra. Isso é inadmissível. Sempre serei grato por Lala ter me criado e transformado no homem que sou hoje. Ela me deu amor, carinho e atenção. No mesmo dia que perdemos nosso pai, minha mãe se enterrou com ele. Desde então, tudo de bom que ela era se foi e, por isso, nos abandonou; não fisicamente, mas restou apenas uma casca vazia do que já havia sido. Sei que não devia odiá-la, pois ela sofreu muito com a perda do seu amor. Contudo, para um garoto, era complicado pensar assim. Eu queria somente seu apoio e carinho, e não tive.

Fiquei muito tempo reprimindo uma mágoa que se construiu desde a minha infância, e foi libertada de uma vez só, numa fúria e irresponsabilidade que tomaram conta de mim porque foi provocada por apenas uma pessoa. Acho que não lido bem com rejeições.

Apaixonei-me pela primeira vez na escola primária. A garota era da minha sala e *nerd* como eu. Até que foi legal enquanto durou; jamais esqueci o meu primeiro beijo. Mas só isso. Nada que abalasse minhas estruturas. Porém, houve alguém que conseguiu fazer do meu coração um terremoto de grau cinco na escala Richter.

Quando conheci Sabrina Petri, senti nela uma liberdade que nunca experimentei. Tive um vislumbre de um amor forte, sincero e livre.

Ela era linda, com aqueles olhinhos claros que me encantaram profundamente. Além disso, era divertida como eu tinha dificuldade de ser, não tinha papas na língua, falava o que bem entendia e não se arrependia.

Tornamo-nos bons amigos. Adorava sair com ela. Sentia-me protetor, não o protegido, como estava acostumado.

Sabrina era daquele tipo de garota que gosta de dar uma de durona, só que, no fundo, eu sentia que ela precisava de muito carinho, e foi o que lhe ofereci. Deixei-me levar e fiquei totalmente apaixonado. Com ela, eu podia viver sem amarras. Nunca me esqueceria do nosso primeiro beijo.

A primeira vez que visitei a casa da família do Bruno, amigos e parentes não perderam a chance de conhecer a responsável pelo "garanhão" da família Petri se amarrar. Eram pessoas boas e amigáveis. Porém, subitamente, me vi rodeado de meninas de várias idades. Eu estava acostumado a esse tipo de atenção na faculdade, mas não queria dizer que ficava confortável. Além do mais, queria passar mais tempo com Sabrina e não conseguia.

Eu estava um pouco louco por ela. Não sabia aonde iria nos levar a "amizade" que surgiu, mas podia perceber que a recíproca era verdadeira. De repente, uma loira muito bonita e gostosa se aproximou, sentando-se ao meu lado e falando no meu ouvido que estava morrendo de vontade de me mostrar o seu quarto. Sua mão deslizou pelo meu braço, dando um leve aperto. Não tive tempo de recusar. Com os olhos azuis enraivecidos, Sabrina veio em nossa direção e empurrou a garota na piscina, com cadeira e tudo. Gritou com ela que mantivesse distância de mim e saiu pisando duro.

Eu não sabia o que fazer até Layla vir me alertar. Saí em disparada casa adentro procurando-a. Encontrei-a na varanda da frente, sentada na cadeira de balanço, com os olhos fechados. Parecia realmente chateada, e eu não sabia como agir; era inexperiente em relação aos sentimentos femininos.

— Sabrina, o que você está fazendo?

Ela abriu os olhos e me fitou. Percebi que havia muita dor em seu interior.

— Desculpe pelo show. Me descontrolei, não vai acontecer mais, prometo.

Aproximei-me devagar para não alarmá-la; não sabia do que ela era capaz.

— Por que fez aquilo?

— Não sei. — Suspirou, fechando os olhos.

Fiquei incomodado com a situação constrangedora e, de repente, queria sair dali.

— Vamos dar uma volta? Sei lá, passear, espairecer.

Ela se virou e sorriu levemente.

— Sim.

Acompanhei-a até o carro e sentei no banco do carona. Percorremos a cidade sem destino certo. Depois de um tempo, Sabrina se aproximou de uma praça afastada da avenida principal. Tinha um rio ali onde os casais costumavam andar abraçados, observando a noite e namorando.

Descemos e sentamos em um dos bancos. Havia uma fonte com uma estátua de mulher nua. Uma dessas obras que eu não entendo bem. Mas aquela coisa de pedra me lembrou da mulher sentada ao meu lado. Sabrina parecia maleável, brincalhona e extrovertida. Mas, quando você a conhece melhor, percebe que é quase feita de pedra. Alguma coisa havia acontecido para que endurecesse seu coração. Ela achava que eu não percebia, porém, a cada investida minha, ela dava um passo atrás, e isso estava se tornando extremamente frustrante.

Seus olhos estavam perdidos, vagando para qualquer lugar que não fosse o meu rosto. Peguei seu queixo entre os dedos e a fiz me encarar.

— No que você está pensando? — Ela engoliu em seco e balançou a cabeça.

— Nada com que tenha que se preocupar. No momento, só quero esquecer. — Abriu os olhos, me encarando; era tão intenso tudo que se passava dentro dela. Dizem que os olhos são o espelho da alma e, naquele momento, Sabrina estava exposta para mim, totalmente vulnerável. — Me faz esquecer tudo, Lucas.

Movi-me no automático e aproximei a boca do seu rosto. Minha intenção era apenas dar um beijo leve na bochecha, mas Sabrina se virou e enlaçou meu pescoço em um beijo arrebatador que sugou todas as minhas boas intenções, literalmente. Deslizei a língua por sua boca quente e gemi de prazer. Ela se acomodou com as pernas em cada lado das minhas, segurando meu rosto com as duas mãos e assaltando minha boca freneticamente.

Segurei sua cintura e não me fiz de rogado. Ela estava tão entregue que eu poderia tomá-la ali mesmo que não haveria resistência, porém não era com ela machucada e confusa que a teria. Somente com sua entrega total.

Daí por diante, fiquei total e irremediavelmente perdido. Tornamo-nos amigos e ela se afastou ainda mais de toques íntimos.

Resolvi dar um ultimato em nosso relacionamento, mas ela quebrou meu coração dizendo que o que tínhamos era somente amizade e nada mais. Eu tinha quase certeza de que o que eu sentia era recíproco no mesmo grau e intensidade. Talvez tenha interpretado errado o que ela disse aquele dia sobre fazê-la esquecer. Fui um tolo apaixonado e me enganei. Por causa dessa rejeição, tudo o que reprimi por anos se libertou de uma vez só. Não sei bem por que me transformei em um cara meio odioso, que usava as mulheres apenas como objeto. Eu não era assim, não foi desse jeito que minha irmã me criou. Mas não consegui desviar dessa minha nova conduta e tentei esquecer o amor que tinha pela garota que queria ser apenas minha amiga.

Só que, após quatro anos, eu ainda tinha Sabrina gravada a ferro e fogo em meu peito. Não havia como escapar de algo que havia se enraizado dentro de mim, e desconfiava que nunca existiria alguém que chegaria aos pés do que eu sentia por ela.

Estávamos em uma noite dos caras no *Beer*, enquanto as meninas estavam na casa da minha irmã.

Fazíamos isso, às vezes, e era bem legal, porém estava com muita vontade de ir para casa. Não havia nada de muito interessante no bar. As mulheres passavam e se insinuavam, mas, com a lembrança do beijo que invadiu minha mente e toda a merda que veio depois, não estava de bom humor.

Alberto conversava com Bruno e Heitor em uma mesa de frente para o balcão. Ele levantou a cabeça e me encarou, franzindo a testa, fez uma careta e se levantou, aproximando-se.

— Qual é, Lucas? Que cara mais feia é essa para um dia que era pra ser divertido. Afinal, não é todo dia que a gente vê o garanhão do pedaço se enforcar. — Balançou as sobrancelhas, sorrindo.

Não consegui segurar a risada, o humor do Alberto era sempre muito contagiante. E, no fim das contas, era pura verdade. Mas não que Bruno não estivesse feliz em se enforcar, o cara era apaixonado pela minha irmã.

— Não se preocupe comigo, estou bem.

— Aham, sei. Bom, só digo o seguinte... Não se importe tanto com alguém que não liga pra você. É perda de tempo, eu sei. — Sua voz soou tão amarga que o encarei.

— Está falando da Ana?

Suas narinas inflaram e ele desviou o olhar. Quando voltou a me olhar, percebi que, em seus olhos, havia apenas saudade e mágoa.

— Não importa. Apenas ouça o que eu disse. — Sorriu amargamente. — Bem, mas como ia dizendo... hoje é o dia de comemorar que o mané vai se enforcar. Vamos lá beber até cair.

Levantou e voltou para a mesa dos caras, sorrindo e mexendo com Bruno, que nem se importava com as provocações do amigo. Respirei profundamente e o segui. Conversamos mais um tempo e, de repente, a porta foi aberta por um furacão de cabelos castanhos. Seus olhos vagaram pelas mesas até encontrar seu alvo. Ao meu lado, vi que Bruno ofegou baixinho, mas eu ouvi sua respiração falhar. Layla não tinha uma cara muito boa.

— Acho que tem gente em apuros! — Heitor deu voz ao que eu pensava.

Bruno virou-se para Alberto e o fuzilou.

— O que você disse pra ela?

— Que teríamos uma despedida de solteiro com muitas strippers. — Sorriu, dando de ombros.

Bruno levantou e saiu em disparada, mas não antes de soltar um "babaca" para o amigo. Ele se aproximou de Layla e falou com ela, que discutiu um pouco até que foi calada por um beijo. Desviei o olhar e encarei Alberto.

— Por que fez isso, cara? Não sabe o quanto a Layla é esquentadinha?

— Lucas, meu amigo, veja bem: eu falei uma mentirinha, sabia que ela viria atrás. Foi só pra apimentar a relação, eles não podem cair na rotina. E, depois de uma explosão dessas, vão passar a lua de mel felizes.

Fiz uma careta. Na cabeça do meu amigo louco, isso poderia ajudar, mas, mesmo assim, eu tinha receio, minha irmã não era fácil. Porém, pareceu que seu plano deu certo. Bruno e Layla saíram abraçados e nem se despediram.

— Bom, já que o "enforcado" se foi... também vou nessa, pelo visto, a reunião das meninas já acabou. Vejo vocês amanhã, vistam-se direito, hein, seus malucos. Nada de roupa de motoqueiro.

Eles sorriram e assentiram. Achei melhor ir embora de uma vez. Não estava me sentindo à vontade e o dia seguinte seria um acontecimento importante para a Layla, então eu queria dormir bem.

Cheguei em casa rapidamente, pois era tarde e o trânsito estava tranquilo. O carro da Sabrina já estava na garagem e me preparei para ignorá-la. Não estava a fim de jogar conversa fora. Nossa vida morando juntos não foi fácil. Estávamos sempre no limite e prontos para explodir. E, se ela puxasse conversa, ou viesse com as provocações sobre as mulheres com quem eu saía, com certeza teria briga das feias.

Mas, ao entrar em casa, vi que tudo estava escuro e em silêncio. Fui até seu quarto e não havia qualquer movimento, acendi a luz do corredor que iluminou o cômodo e a vi deitada na cama.

Sabrina estava deitada de bruços, dormindo tranquilamente. Vestia apenas uma blusa velha e uma calcinha; e o engraçado era que era uma das minhas camisetas antigas que achei ter perdido. Podia parecer loucura, mas um orgulho se apoderou do meu peito por ela usar algo que me pertencia.

Nesse tempo que vivemos juntos, Sabrina nunca me tratou diferente de um amigo. Às vezes, eu notava certa atração física, mas parava por aí. Ela nunca expressou sentimentos como os que havia em meu coração. Suspirei e foquei meu pensamento no fato de que ainda a tinha ao meu lado. Isso devia bastar, né?

Só que não bastava, pois eu sempre quis e vou querer mais do que ser amigo dela. Eu a queria por inteiro. De corpo e alma. Nunca me contentaria com metade do que ela poderia me dar.

Eu necessitava de tudo. Meu coração só seria acalentado se ela retribuísse meu amor. Esperava que não demorasse demais, porque um sentimento pode se desgastar por falta de reciprocidade.

Fui dormir. No dia seguinte, eu teria que fingir, mais uma vez, ser quem eu não gostava. Estava cansado dessa vida de homem galinha e sem coração. Já percebia que estava chegando a hora que minha máscara de rebeldia cairia.

Meu último pensamento antes de fechar os olhos foi na mulher que dormia no quarto ao lado. Fiz uma oração para que não demorasse para ela estar em meus braços. Já não aguentava mais.

Sabrina

Quando Ana Luíza me ligou dizendo que nos reuniríamos na casa do Bruno, não achei que seria isso que estava acontecendo. Tinha um cara vestido de bombeiro dançando no meio da sala. E, meu Deus, ele arrancou a calça num puxão, ficando apenas de tanguinha.

Layla alternava entre encarar a Ana e o cara, que pulava e gritava. Achei que minha cunhada iria desmaiar. Tive que agir antes que fosse tarde e ela tivesse um troço. Aproximei-me e a puxei pela mão, levando-a para a cozinha.

— Layla, respira! Você vai ter um ataque.

Seus olhos verdes arregalados se viraram para mim e ela abriu e fechou a boca.

— Sabrina, Ana é maluca! Onde ela estava com a cabeça quando pensou em trazer um stripper pra casa? Ai, meu Deus! Se o Bruno ficar sabendo, a casa vai cair na minha cabeça.

— Calma, ele não vai saber. Saiu com o Alberto e os meninos.

Ela assentiu, mas subitamente me encarou.

— Filho da mãe, ele disse que levaria o Bruno para uma despedida de solteiro. Eu mato o Alberto!

Ela saiu pela porta dos fundos com a chave nas mãos e furiosa. Bem, se realmente tinha um caso parecido com o que tínhamos na sala, Alberto estava ferrado.

Voltei para a sala e o bombeiro de tanguinha rebolava na frente da Larissa, que tentava não olhar, mas, sem poder evitar, dava uma conferida no material do cara. E a Ana? Quase morria de rir.

Chamei sua atenção, e ela se levantou, segurando a barriga, que devia estar doendo de tanto rir.

— Que foi, Sá? Onde está nossa cunhadinha querida? O bombeiro ali quer apagar o fogo dela. — Riu mais um pouco.

— Ela foi atrás do Bruno. Parece que Alberto ia levá-lo para uma despedida de solteiro. Layla o ameaçou de morte se tivesse stripper.

O sorriso de Ana esmoreceu, seus olhos adquiriram um tom escuro, e ela torceu a boca numa careta.

— Bem, ele tem experiência nessas coisas.

— É, né? E, pelo jeito, você também! O que me diz do bundinha redonda ali?

Ela virou-se e encarou para onde meu dedo indicador apontava. O bombeiro dançava, passando a mão pelo corpo. Na verdade, estava mais engraçado do que sexy.

— Até que ele é gatinho. Mas me diz, Sá. O que você quer?

— Temos que esvaziar a casa e, pelo que conheço da nossa cunhada, logo ela estará aqui com o nosso irmão. E você quer que o Bruno saiba que você trouxe um cara pra dançar pelado para a sua futura esposa? — Arqueei uma sobrancelha, esperando a reação que sabia que viria.

Ana fez uma careta, mas logo começou a despachar o pessoal. Levou uma bronca da Larissa e ainda passou a mão no bombeiro antes de sair. Peguei meu carro e fui embora antes que Layla voltasse com o Bruno. Em casa, estava tudo escuro, e presumi que Lucas ainda não havia retornado. A decisão de continuar morando ali foi minha, para economizar e por não conseguir me afastar. Mas ver o vai e vem dele nas baladas me incomodava demais. Sei que não tinha o direito, porém não significava que doesse menos.

Tomei um banho rápido e procurei alguma coisa confortável para vestir. Encontrei uma camiseta velha que roubei do Lucas uns meses atrás. Levei-a até o rosto e aspirei o perfume. Fechei os olhos e deixei a saudade me consumir; meu coração pedia sempre por ele e não podia.

Vesti a camiseta e deitei de bruços, sem conseguir pegar no sono. Era sempre assim, enquanto ele não chegava em casa, eu ficava preocupada. Após meia hora, ouvi o barulho da porta se abrindo e fechando, então fingi que estava dormindo e o senti me observando. Era um ritual quando me encontrava "dormindo". Não demorou muito, e saiu, entrando em seu próprio quarto.

Virei na cama e encarei o teto. Por que a vida tinha que ser tão complicada? Por que eu não o esquecia de uma vez? Estava entrando em um tipo de autodepreciação e não gostava disso, já estive nesse caminho e prometi a mim mesma nunca mais ficar assim. Por ninguém! Estava na hora de sair desse poço em que me enfiei. Era hora de deixar o passado de lado e viver minha vida, nem que significasse estar sem o único homem que amei.

Capítulo 1
Sabrina

Sabe quando seu coração parece ser quebrado em pedaços? Quando alguém o pisoteia e ainda ri da sua desgraça? Era assim que me sentia. Eu o amei desde o primeiro momento em que o vi. Lucas me encantou como nenhum outro foi capaz. Mas, depois do fiasco que provoquei, ele nunca mais me procurou. Tratou-me como uma amiga-irmã. Jamais tocou no assunto. Parecia que havia passado uma borracha em tudo.

Foram quatro anos me amaldiçoando por ter sido tão idiota. Por ter tido medo de algo inconcebível. Lucas não era *ele*, nunca me trataria daquela maneira. Claro que me arrependi profundamente, quase no mesmo momento em que me deixou no banco, sentada e me lamentando. Mas, quando fui procurá-lo, vi que tinha saído com a vaca da vizinha loira. Desde então, não me importei mais. Mentira deslavada, eu *tentava* não me importar. Era um desfile constante de periguetes. De todos os tipos. Parecia querer esfregar na minha cara que ele havia seguido em frente. Não que eu tenha vivido como uma freira, longe disso. Agora, com vinte e três anos, tive minha quota de encontros quentes, mas nenhum deles me abalou como Lucas havia feito. Eu não me envolvia emocionalmente com os meus casos, que eram poucos, mas satisfatórios até certo ponto.

Além do fato de ter sempre controle, qualquer movimento brusco me apavorava. Com o Lucas, eu teria que me render. Ele sempre foi minha fraqueza, e vê-lo mostrando nitidamente que tinha uma vida, que estava feliz vivendo daquela maneira, com muitas mulheres, me machucava demais. Nunca o deixei perceber que tinha alguém, porque, apesar de tudo, eu tinha receio que ficasse com ciúmes.

Sei que você está se perguntando: "Ué, mas se ainda estão morando juntos, então pra que ficar sofrendo?". A resposta seria: "Sim, sou uma idiota". Eu não sei, talvez eu deva ter um lado meio masoquista. Ele tinha o cuidado de não levar as "garotas" quando eu estava em casa. Mas, às vezes, eu chegava cedo do trabalho e dava de cara com algumas cenas nada agradáveis. Nunca foi explícito demais, Lucas tinha a cautela de permanecer com a nudez dentro do quarto, mas seus beijos molhados também faziam meu coração sangrar.

Aí você vai pensar: "Mas por que você não sai, garota? Pra que ficar vendo e ouvindo coisas desagradáveis?". Minha resposta seria: "Ele não deixou". Eu juro que uma vez tentei, mas Lucas arrumou um monte de desculpas para que eu ficasse. Disse que era mais difícil se virar sozinha. Então, como também era difícil me imaginar longe, acabei ficando.

Sei que boa parte da confusão é minha culpa. Fui insegura, medrosa e impulsiva. Mas, cara, se eu pudesse estrangular cada idiota sem noção que passava pela cama dele, eu faria. Juro, sem nenhum remorso. Mas não, eu me controlava diariamente com uma paciência que até mesmo Buda ficaria orgulhoso. Piorou quando ele virou residente. Nossa, como caíam mulheres em cima dele! Será que era porque ficava gato de branco, e todo competente e dedicado com o seu trabalho? Às vezes, eu queria que ele fosse feio... Talvez diminuísse o assédio. Mas acho que não, beleza não tinha nada a ver com o charme do Lucas. Ele era lindo, sim. Só que nada comparado com a sensualidade do seu olhar e gestos.

Será que eu estava querendo tê-lo de volta? Não saberia dizer ao certo. Perdi a esperança de algo a mais exatamente no dia em que ele saiu e foi viver suas aventuras, porém algo despertou em mim ao vê-lo tão normal, um vislumbre do homem que amava e há muito tempo se foi. Talvez seja por isso que me mantive nos bastidores; Lucas raramente se mostrava como o cara por quem me apaixonei.

Agora eu estava sentada em uma mesa reservada no casamento do meu irmão, com uma taça de champagne na mão, observando Lucas dançar com a noiva.

Layla enrolou três anos para concluir o matrimônio, apesar de eu achar que já estavam casados há muito tempo. Ela dizia querer fazer tudo nos mínimos detalhes, e não decepcionou. A mulher se superou totalmente. Foi uma das cerimônias mais lindas que eu já tinha visto. Mas, apesar de toda a felicidade que o ambiente exalava, me bateu uma melancolia que só Deus para explicar.

Não havia motivo, a alegria contagiou todo mundo com a união do casal, que, aliás, estava lindo, pois o amor deles era quase palpável. O vestido da noiva era um tomara que caia, justo e drapeado, nada de modelo convencional para ela. Bateu o pé com a costureira quando disse que queria uma faixa vermelha no quadril, que caía junto com a cauda, rendada e cravejada de pedrinhas brilhantes. Seus cabelos castanhos estavam soltos e emolduravam seu rosto sorridente.

Enquanto eu observava minha cunhada, que havia se tornado minha melhor amiga, o marido a roubou dos braços do irmão, que cedeu prontamente. Bruno estava impecável em seu traje preto, e tentei focar no noivo e desviar o olhar de como Lucas estava bonito de terno. Ele havia levado Layla até o altar. Foi emocionante e meu coração apertou ao vê-lo tão lindo lá.

Fiquei observando a dança dos recém-casados. Nunca tinha visto meu irmão tão feliz. Depois que conheceu seu anjo, transbordava felicidade.

Tentei não reparar no cara que vinha em minha direção. Lucas não veio ao casamento sozinho, trouxe a tiracolo um de seus troféus, uma loira peituda siliconada, com um vestido totalmente vulgar. Eu quase não o reconhecia, porque ele não agia mais como o cara por quem eu havia me apaixonado anos atrás.

Lucas sentou ao meu lado e me observou atentamente, desde meus saltos até o decote. Continuei bebericando o champagne, tentando não me importar, só que nem sentia mais o gosto. Meu corpo todo estava em alerta com sua proximidade e perfume. Ele inebriava meus sentidos. Aproximou-se, quase colando a boca carnuda no meu ouvido.

— Você tá linda, Sabrina — sussurrou com a voz rouca.

Quase desmaiei. Quando ele falava assim, eu ficava igual gelatina. Meu vestido era um tomara que caia longo, de cetim, estilo sereia e azul-marinho. Igual ao das outras, nada de muito especial. Mas, ao olhar intenso do Lucas, eu me sentia linda, e não gostava, pois logo ele iria atrás da sua acompanhante, e Deus sabia como eu me sentia ao vê-lo com outra pessoa.

— Er... Obrigada. — Meio que engasguei.

Ele sorriu, safado, e se encostou à cadeira, fazendo com que o paletó se abrisse, mostrando a camisa branca de botão que não escondia seus músculos. Subitamente, me subiu uma raiva sem tamanho por ele estar ali. *E cadê a sua maldita acompanhante? Não devia estar mimando a garota em vez de estar mexendo com o meu juízo?*

— Lucas, por que você está aqui? Cadê a vadia sem cérebro da vez?

O sorriso que havia em seu rosto morreu na hora. *Ué, será que ele achava que eu não tinha notado a mala que trazia grudada em seu braço?*

— Não a chame assim, Sabrina. Você não conhece a Kiara.

Como se eu me importasse...

— Ok, não conheço. Mas aquele tipinho... a gente fareja de longe.

Ele ergueu uma sobrancelha e sorriu cinicamente, fazendo-me odiá-lo e amá-lo ao mesmo tempo.

— Quer dizer que está farejando agora? Virou algum tipo de animal ou algo assim? — Ele vivia me provocando, nossa relação nesses anos todos foi assim. Um brigando com o outro, só que, no fim, a tensão sexual gritava mais alto e fazíamos as pazes, porém nenhum dos dois tomava a iniciativa de começar qualquer coisa além do carinho fraterno.

— Você me entendeu, seu idiota! — Desviei o olhar para que não visse o quanto me incomodava.

— Sabe, Sabrina, se baixasse essa crista de se achar a melhor em tudo, ficaria mais fácil conviver com você. Estou cansado dessa merda!

Levantou-se e saiu disparado em direção à mesa que a vadia loira estava. Fez um sinal e ela se ajeitou toda sorridente, acompanhando-o para onde quer que fossem. Devia ganhar um prêmio de consolação por ser idiota o bastante para estar com aquele babaca. E dali para frente a festa virou uma merda para mim. Eu não sabia ao certo o que o irritou, não dava a mínima.

Minhas irmãs vieram falar comigo, perguntar o porquê de estar com aquela tromba de elefante, mas eu não queria conversar com ninguém. Se aparecesse uma alma para dar um soco no Lucas, eu ficaria feliz, porém achava meio impossível. Ele era o queridinho entre a minha família. Meu desejo foi quase atendido quando Layla se aproximou, preocupada.

— O que foi, Sabrina? O que meu irmão aprontou dessa vez?

Layla estava tão chateada com Lucas quanto eu. Não entendia o porquê de ele ter se tornado tão safado. Só que eu sabia que, em parte, era culpa minha, mas não iria estragar o dia dela com lamentações. Estava tão feliz. Eu resolvia os meus próprios problemas, afinal, tinha vinte e três anos, pelo amor de Deus!

— Não foi nada. Ele deve ter ido espairecer. — Bufei internamente. Até parece que, com a animação da vadia, eles iriam caminhar pelo quintal.

— Sabrina, não ofenda minha inteligência. Eu sei como Lucas está agindo. Não vou me meter porque ele é adulto. Mas não entendo o porquê de você ainda estar morando com ele.

Às vezes, nem eu me entendia. Mas Layla merecia uma explicação, e eu sempre fui sincera com ela.

— Ah, você sabe o que eu sinto por ele, mas já estou começando a ficar de saco cheio. Não estou aguentando mais. Foram quatro malditos anos de agonia. Agora que meu trabalho se fixou e estou ganhando bem, estou querendo procurar um apê só pra mim. Sei que fui burra de tê-lo rejeitado na época e teimosa o suficiente para não dar o braço a torcer, mas já deu.

Layla assentiu e prensou os lábios, pensativa. Adorava minha cunhada, que tinha um jeito doce e não gostava de incomodar ninguém. Parecia inquieta com alguma coisa e não conseguia encontrar palavras para se expressar.

— O que foi, Layla? Você pode contar comigo, sabe disso. — Ela olhou para mim com os olhos marejados e se aproximou mais.

— Eu tô grávida — sussurrou.

— O quê?!

— Psiu, Sabrina. Fica quieta, ainda não contei para o Bruno. Sei que ele devia ser o primeiro a saber, mas queria contar na lua de mel. Porém, como não vamos mais viajar para muito longe, decidi contar hoje à noite. Mas não aguento mais segurar. Precisava dividir essa felicidade com alguém. — Ela tinha um sorriso lindo em seu rosto delicado.

— Oh, Deus! Eu vou ser tia de novo. Que maravilha, Layla. Você vai ser uma ótima mãe. — Minha confiança nela se devia aos anos em que foi uma mãe substituta para Lucas.

Dei-lhe um abraço de lado por conta de estarmos sentadas, mas que valeu, porque todo gesto de carinho vindo da Layla era maravilhoso. Minha cunhada exalava amor!

— Estou muito animada, Sabrina. Por mais que eu tenha sido mãe do Lucas por tanto tempo, agora é um sentimento diferente. Será que sou uma irmã má por me sentir assim e diferenciar o amor que estou sentindo?

Nossa, isso não tinha nem cabimento. Ela sempre foi excepcional, fez de tudo para que o irmão tivesse do bom e do melhor e ainda tinha dúvidas se tinha sido o suficiente.

— Claro que não, Layla. Você fez tudo por ele. Até mais do que qualquer um faria. Por que isso agora? Pensei que já tivesse se desligado dessas inseguranças.

Ela torceu a boca e baixou os olhos para as mãos entrelaçadas no colo.

— É porque ele está tão estranho. Estou me sentindo fracassada.

Droga, eu não gostava de tocar no assunto do que aconteceu há quatro anos. Mas não deixaria minha cunhada, que tanto batalhou pelo irmão, se sentir assim.

— Não é sua culpa. O que aconteceu é que o rejeitei. E Lucas decidiu que era melhor galinhar... Então, tire toda essa merda dessa cabecinha e vá ser feliz. E, olha, seu marido está te devorando com os olhos. Vá até ele e esqueça os problemas.

Realmente, Bruno não desgrudava os olhos da esposa. Ai, ai, só queria ver a reação daquele pateta quando soubesse que ia ser pai.

— Ok. Hum, você sabe se ele foi embora?

Layla nem precisava dizer que "ele" era o Lucas. Só a cara de envergonhada que fazia quando pronunciava seu nome na minha frente já denunciava seu desconforto. Não tinha muito sentido, já que eu morava com o dito cujo.

— Acho que não, deve estar por aí pegando aquelazinha siliconada que trouxe. Por quê?

Minha cunhada fez uma careta na menção da "acompanhante" do irmão.

— Ele prometeu cantar comigo antes de eu ir embora. Mas tudo bem, já deve aparecer.

Olhou-me cheia de pena e saiu ao encontro do seu garanhão, como cismava de chamar, mesmo ele tendo tomado jeito. Era lindo ver o amor entre os dois.

Mas eu odiava aquele olhar; as pessoas achavam que eu estava tão desesperada que ainda vivia com ele. Já aguentava aquilo há muito tempo. Iria falar com Lucas quando chegasse em casa. Me mudaria o mais rápido possível. Não estava nem me reconhecendo mais, era uma pessoa que falava o que queria e na hora que bem entendia. Com ele por perto, parecia uma gatinha manhosa.

Levantei e fui andar pelo quintal. Como a festa foi montada na casa da minha mãe, tinha liberdade total, porque conhecia todos os esconderijos ao redor. Caminhei por entre a área arborizada nos fundos. Mamãe adorava a natureza, por isso morava em uma propriedade tão grande, para não abrir mão do verde.

Quando cheguei perto do banquinho que costumava sentar e pensar na vida — o tal que dei o fora no cara que tanto me importava —, ouvi gemidos e sussurros que partiram meu coração. Parecia ser uma constante quando se relacionava a ele. Aproximei-me para confirmar se era mesmo verdade. Peguei apenas um vislumbre, só que não me enganava. Lucas estava transando com a vadia. Antes que me vissem, virei as costas e corri.

Diminuí o ritmo e passei a me arrastar em silêncio até um banco afastado do meu de costume, porque não voltaria mais lá. As lembranças seriam dolorosas demais. Sentia como se estivesse caindo em um buraco sem fim. Recostei-me e fechei os olhos, tentando afastar aqueles sons da minha mente. Mas sabia que seria impossível, pois tinha uma mania de guardar as coisas que me magoavam a ferro e fogo dentro de mim. Nem após o desastre com o meu ex, eu me senti tão quebrada.

Se antes eu ainda tinha dúvidas de que deveria sair da casa, agora era certo. Não conseguiria conviver mais com ele. Não depois de comprovar o que estava acontecendo.

Lucas não me amava mais, ele estava me punindo por tê-lo rejeitado e arrumou a maneira mais dolorosa de fazer isso: segurando-me e demonstrando o que eu havia perdido.

Só que não seria mais assim. Eu iria sair da sua vida para sempre.

Capítulo 2
Lucas

Depois de uma noite horrível de lamentações, decidi não ir ao casamento sozinho, liguei para Kiara e a convidei. Ela prontamente aceitou, mas, ao chegar acompanhado e ver Sabrina sozinha, me senti um idiota total. Até que ela me provocou como sempre, despertando o pior de mim. E agi impulsivamente, carregando minha acompanhante para os fundos. Queria apenas distrair a cabeça e talvez dar uns amassos, porém a minha amiguinha, que tinha outras ideias, foi logo levantando o vestido e me convidou para transar ao ar livre. Juro que tentei resistir, afinal, era o casamento da minha irmã, mas a raiva falou mais alto. Contudo, não sentia nada enquanto estava ali.

O que Sabrina fazia comigo era além de fodido. Eu tinha uma mulher gostosa à minha disposição e a única coisa que conseguia sentir era repulsa de mim mesmo. De repente, peguei um vislumbre de cabelos negros correndo na direção oposta. Não deu para ver direito, pois havia uma árvore na frente atrapalhando a visão. Senti-me muito mal e não consegui prosseguir, mesmo sendo solteiro e não devendo nada a ela. Me senti um cafajeste total.

Kiara não percebeu meu incômodo, ainda bem, pois não gostaria de ter que me explicar. Apesar de não termos nada sério, eu tinha certeza de que ela não gostaria de saber em quem eu estava pensando enquanto transávamos. Afastei-me e saí de dentro dela, que me olhou com frustração. Não conseguiria terminar com a cabeça tão cheia.

Não tinha orgulho de ter me tornado tão otário. Muito longe disso, mas não pude evitar. Foi infantilidade da minha parte o que fiz e me sentia um completo idiota. Acabei decepcionando quem eu menos queria. Minha irmã não aprovava o estilo de vida que eu estava tendo, e, mesmo não falando nada, eu percebia. As mulheres com as quais me relacionava não eram exatamente "garotas de família", e Layla não gostava. Mas quem estava reclamando? Eram fáceis e sem amarras.

Decidi terminar logo a merda que tive a brilhante ideia de fazer. Essa porcaria de temperamento de homem das cavernas nervosinho que adquiri só me colocava em fria.

Kiara logo se recuperou da decepção por não ter tido a transa que desejava e olhou, franzindo a testa, para a minha calça, que já estava fechada.

— O que foi, querido? Está tendo problemas de ereção? Deixe-me cuidar de você. — Levou a mão para o zíper da minha calça, mas segurei seus pulsos, impedindo-a.

— Não, tá tudo bem... — Droga! Não sabia o que dizer, ela já estava fazendo careta da minha recusa. — Eu tenho que voltar para a festa. Layla deve estar me procurando. Nós vamos fazer um dueto, não posso negar nada à minha irmã.

Kiara deu de ombros e fez biquinho. Ridículo. Será que ela achava que ficava sexy parecendo uma criança birrenta?

— Por que você é tão ligado à sua irmã? Parece um garotinho. E ela é bem chata pro meu gosto, não larga do seu pé! — Deu um sorriso debochado.

Ok, pausa aí. Essa garota iria rodar, ninguém falava da Layla assim. E eu não ia deixar que ficasse no casamento dela dizendo isso.

— Passou dos limites, querida. Vamos, vou te levar até o portão e chamar um táxi. Você já devia saber pelas outras enfermeiras que não se deve falar da Layla assim, e, se o Bruno ficar sabendo, ele dá um jeito de te botar no olho da rua. — Realmente, meu cunhado ficava possesso com as insinuações das enfermeiras no início do namoro, ainda mais agora que estavam casados.

Saí andando e nem escutei os protestos dela atrás de mim. Se tinha uma coisa que não admitia era que falassem mal da minha irmã. *Que vaca, quem ela pensava que era?* No caminho, mandei uma mensagem para a central de táxi e pedi um. Em cinco minutos, teria um carro na porta.

Esperei impaciente para me livrar daquele peso. Tinha que rever minhas companhias, não daria para ficar mais com esse tipo de mulher. Cansava de suas conversas sem nexo. Graças a Deus, o táxi não demorou a chegar e coloquei a chata dentro do carro, já pagando ao motorista, e ainda dei um bônus por ter que aguentar aquela gralha.

Esperei até o carro sumir de vista e voltei para a festa. Respirei fundo para encarar o rosto magoado da mulher que tanto amava, mas que se mantinha à distância. Eu sei, sou um idiota! Nem eu me entendia. Era uma porra de uma incógnita que não conseguia decifrar.

Olhei entre os convidados e não a encontrei. Ué, onde ela tinha se enfiado? Nem pude tentar achá-la. Layla vinha em minha direção furiosa. Droga!

— Onde você estava, Lucas?

Cara, quando minha irmã ficava brava, eu tremia na base. Juro por Deus, ela parecia um anjo como o Bruno dizia, mas a garota era um vulcão em erupção. Dei um passo atrás e levantei as mãos em rendição.

— Calma, irmãzinha, não estou fazendo nada.

— Agora! Onde está aquela garota que você trouxe? — Apesar de linda de noiva, ela parecia uma onça pronta para atacar.

— Ela foi embora. Não estava a fim que ela ficasse para o resto da festa. Por quê?

Layla colocou as mãos nos quadris e me olhou, carrancuda. Conhecia bem aquela expressão. Eu estava em apuros, ela sempre mordia o lábio quando estava brava. Devia ser para se segurar e não fazer algo que iria se arrepender. Eu tinha que começar a pegar umas manias assim, talvez não fizesse tanta burrada.

— Você realmente não vê o estrago que faz, Lucas? Sabrina ficou arrasada por você ter vindo acompanhado de um dos seus rebotes.

Fiquei aliviado por minha irmã não saber de toda a merda que aconteceu. Se Sabrina realmente presenciou minha idiotice, era bom ninguém mais saber, já bastava ser uma decepção para a mulher da minha vida. Não precisava adicionar minha irmã nisso.

— Por que ela iria ficar arrasada, Layla? Foi a própria Sabrina que me rejeitou. Eu a queria muito... — A única pessoa com quem eu conseguia ser transparente era minha irmã, que me entendia de todas as maneiras.

— Vocês dois devem ser burros, não é possível! Mas tudo bem, não vou me meter, porque uma coisa que aprendi é que em briga de marido e mulher não se mete a colher. Vamos cantar aquela música que me prometeu. Tá na hora, seu chato!

Sorri amplamente e a abracei pelos ombros. Ela ficou muito mais tranquila depois que se envolveu com o Bruno. Sua personalidade havia mudado totalmente. Era uma nova mulher.

Caminhamos em meio às mesas e as pessoas acenavam,

cumprimentando-a. Eu não gostava tanto do palco quanto ela, mas, às vezes, satisfazia suas vontades. Como ainda cantava no *Beer*, ela me pedia para fazer duetos e até mesmo executar um solo. E eu sempre atendia.

A escolha que fizemos há algumas semanas era muito legal. Como sempre, o repertório da minha irmã era de músicas com letras significativas. Ela nunca cantava por cantar, sempre tinha um sentimento envolvido.

Nos acomodamos no palco montado no meio do jardim e demos o sinal. Ela não iria usar o violão, só seriam nossas vozes e a banda contratada.

— Oi, pessoal. Obrigada por estarem aqui, esta data é muito especial. Meu marido que o diga. — Ela sorriu para o Bruno, que a cumprimentou com uma piscadela. Cara, esses dois era dose de se ver, melados ao extremo! — E como muitos pediram, eu e meu irmão vamos fazer um dueto com *Cruisin' Together*, de Huey Lewis & Gwyneth Paltrow.

Ela se virou para mim com um sorriso lindo e os olhos brilhantes. Layla sempre ficava linda cantando. Tinha muito orgulho da mulher que havia se tornado. O primeiro verso era meu. Esperei a introdução da música e comecei a cantar.

"Baby, vamos viajar
Pra longe daqui
Não se confunda
O caminho está livre

E se você quiser, terá para sempre
Não é para ser só uma noite, baby

Então, deixa a música controlar a sua mente
Apenas relaxe e você descobrirá

Que vai voar para longe
Fico feliz que você esteja no meu caminho
Adoro enquanto estamos viajando juntos
A música é tocada para o amor..."

A nossa separação foi tão importante para mim quanto para ela. Ficamos unidos por muito tempo e cada um seguiu sua vida. Mas, mesmo assim, o elo que nos uniu por todos os anos em que Layla foi minha mãe era inquebrável. Minha irmã não sabia, mas tinha salvado minha vida.

Visualizei Sabrina no meio de todas as pessoas. Ela tinha os olhos inchados e vermelhos. Alguma coisa em mim se despedaçou. Saber que poderia ser a causa daquele sofrimento acabou comigo. Não gostava de vê-la assim.

E, de alguma forma, eu tinha certeza de que era minha culpa que seus olhinhos claros estavam tão tristes. Aquilo me fez quase perder a voz. Dei uma gaguejada e Layla franziu a testa, seguindo meu olhar preocupado. Vendo o mesmo que eu, fechou o semblante e balançou a cabeça em descrença.

Nem quis terminar a música, dei um olhar cheio de significado para a minha irmã e larguei o microfone na caixa de som, partindo em direção à Sabrina. Podíamos não ter nada, mas ainda assim ela era minha amiga.

Corri como um louco para alcançá-la. Ela nem mesmo ouviu minha aproximação, estava parada na porta da cozinha com um braço encostado na parede e a cabeça baixa. *Merda, por que eu tinha que ser um idiota? Mas o que eu iria fazer? Tornar-me um ermitão, sozinho, esperando sua boa vontade de me querer?*

Aproximei-me devagar e colei meu nariz em seu pescoço. Nunca mais avancei o sinal com ela. Não desde que me recusou. Mas era impossível resistir ao seu perfume maravilhoso, quando sentia tanto. Sempre que estava relaxado em casa e numa boa, eu aproveitava um pouco. A proximidade que conseguia furtar era como um bálsamo para o meu coração que tanto ansiava por essa mulher.

Notei seu corpo ficar tenso e vi quando levantou a cabeça sem olhar para trás. Enlacei sua cintura, prendendo-a ao meu corpo, e sussurrei em seu ouvido:

— Aonde você estava indo com tanta pressa?

Sabrina ficou em silêncio. Droga, a situação não era boa. Aquela mulher falava pelos cotovelos, tê-la sem palavras não era um bom sinal.

— Sá, me diz o que tá acontecendo. Não gosto de te ver sofrer.

Tive a impressão de que falei alguma besteira, porque a mulher se tornou uma pilha, desvencilhou-se do meu abraço — que pena, estava muito confortável seu corpo macio no meu — e virou para mim com os olhos azuis furiosos. Suas pupilas estavam dilatadas e mordia o lábio com raiva. Mesmo assim, continuava linda.

Mas o que mais me incomodou foram as marcas de lágrimas ainda frescas em seu rosto bonito. A minha vontade era de me aproximar, enxugar seu rosto e acalentá-la por toda a noite, porém, sabia que, se avançasse, seria rejeitado. Estava cansado de ser recusado por ela. Tinha um orgulho que não conseguia deixar para lá.

— Você é um idiota sem noção, Lucas! — ela praticamente gritou o que todo mundo parecia saber, menos eu.

— Não estou entendendo. O que aconteceu pra você ficar toda nervosinha?

Cara, eu era um babaca total. Sabia que não tinha sido legal para ela me ver com a Kiara. Mesmo Sabrina não querendo nada comigo, além de amizade, eu sentia certa atração física emanando dela. E tinha certeza de que me ver com outra a feria.

— Inacreditável! Você fica fodendo essas vadias por aí, em público, e ainda não sabe o que aconteceu? Você é um babaca!

Sabrina estava furiosa, gesticulava muito e parecia prestes a explodir. E, como sou um filho da puta, decidi colocar mais lenha na fogueira.

— Mas o que você tem a ver com isso? Não me quis e agora fica toda bravinha por eu estar transando? O que você queria, Sabrina? Não ia ficar te esperando a vida inteira. Você não é a única mulher no mundo, mesmo elas não sendo tão gostosas quanto você! — Eu não sabia o que ela tinha que me fazia ser um idiota, mas não conseguia evitar. Quando percebia, já tinha soltado a merda.

E a consequência disso? Um tapa bem dado no meio da cara. A garota tinha a mão pesada.

— Você é um idiota, Lucas. Eu vou embora, procurarei um apê amanhã. Não aguento mais essa merda! — Ela soluçava e gritava.

Senti um frio na barriga e uma dor que não tinha nada a ver com o tapa.

Não ter Sabrina comigo todos os dias ia ser o meu fim. Mesmo estando separados por uma porcaria de fenda enorme, ainda era como uma calmaria em meu coração revolto poder vê-la todos os dias, mesmo que fosse com aquele pijama ridículo do Mickey.

— Você não pode ir embora, Sabrina! — Sei que soei desesperado, mas estava pouco me lixando para a minha dignidade naquele momento.

Sabrina baixou a cabeça, parecendo esgotada. Seu peito subia e descia com a respiração rápida, por estar ofegante de raiva, enquanto as lágrimas caíam sem parar.

— Não aguento mais. Foram quatro anos de agonia. Não foi fácil ver aquele monte de mulher entrando e saindo do seu quarto.

Nunca entenderia as mulheres. Se ela não me queria, por que isso a incomodava ou machucava?

— Sabrina, me ajuda aqui. Nosso arranjo é bom para os dois. Você não paga aluguel e economiza. Eu tenho relacionamentos sim, mas nunca te deixei ver ou ouvir nada. — Respirei fundo, me preparando para o que diria a seguir. — O que aconteceu hoje não foi premeditado, agi sem pensar. Nunca faria nada para te machucar. Quando fico com raiva das nossas brigas, viro um idiota sem noção.

— Que briga, Lucas? Eu só perguntei por que você não estava com a vadia sem cérebro da vez.

— Tá aí. Esse é o motivo. Você não me quis e fica julgando as meninas com quem eu saio.

Ok, Kiara não tinha nada na cabeça mesmo. Mas não iria dar esse gostinho para ela saber que tinha razão. Sabrina já era egocêntrica o bastante.

— Você não me deu tempo de me arrepender, Lucas. Se eu quis ou não, nem importa mais. Eu não quero mais isso. — Gesticulou entre nós com o dedo. — Tô fora.

Saiu em disparada para dentro de casa, enquanto fiquei estático. O que ela quis dizer? Como assim não dei tempo? Sabrina me recusou mesmo sabendo o que eu sentia e queria dela. E em quatro anos não deu pista nenhuma de ter se arrependido. Sempre me tratou como um amigo e fazia piadinhas constantes das garotas que eu saía. Mas, se eu forçasse minha mente, desde que comecei a residência no hospital e aumentou o assédio de mulheres, ela ficou estranha. Ficava nervosa e chateada.

Será que ela estava pronta para ceder? Será que tinha visto que fomos feitos para ficarmos juntos? E eu fui idiota o bastante para não perceber os sinais.

Queria sair da minha vida? Tão rápido? Sem nem ao menos se explicar? Ela estava enganada se achava que eu iria deixar assim. Não mesmo!

Saí do meu estado catatônico e entrei na casa à sua procura. Ela ia ver quem era teimoso nessa história.

Capítulo 3
Sabrina

Quando o vi no palco com Layla, meu coração acelerou. Idiota traidor. Aquela voz rouca inebriava meus sentidos, era como um entorpecente. Enquanto mil coisas passavam pela minha cabeça, parecia que o meu Lucas antigo estava de volta, porque ele sempre ficava lindo ao lado da irmã. Acho que por isso consegui aguentar todos esses anos morando na mesma casa. Apesar dos momentos esporádicos, ele não era exatamente o mesmo homem. Só que agora tive um vislumbre dele e tinha certeza de que ficaria guardado para sempre em mim.

Tive que sair em disparada quando o vi descendo do palco, não queria que me visse meu estado. Eu era muito orgulhosa para admitir que o episódio no jardim havia me machucado demais.

Então ele veio e colou seu corpo bem próximo ao meu. Fiquei tensa. Minha primeira reação era pular em seu colo, enlaçar minhas pernas em seus quadris e beijar aquela boca gostosa que provei apenas uma vez em um deslize. Como fui idiota em negar tudo o que Lucas tinha a me oferecer, porque ele havia sido o único para o qual eu estaria disposta a abrir meu coração depois do fiasco com meu ex e, mesmo assim, me fechei e o perdi. Era tarde demais. Muita coisa rolou. Muita merda se passou. Odiava admitir, mas, no fundo, ainda estava quebrada pelo que Rick me fez.

Ele parecia confuso com a minha reação. Eu tinha minhas dúvidas quanto à inteligência do Lucas. Como não havia percebido todos esses anos o meu interesse? Ou será que era tão orgulhoso quanto eu para não dar o braço a torcer? Só que eu não ficaria ali para descobrir. Era doloroso demais olhar em seus olhos e imaginar que há pouco estavam fixados em outra mulher. Acho que nunca me esqueceria do que quase presenciei.

Entrei em disparada depois de soltar que não moraria mais com ele, que não levou muito bem, como eu previa, mas não tinha alternativa.

Estava na frente do meu antigo quarto quando senti uma mão forte segurando meu braço. Antes mesmo de olhar para trás, já sabia que era ele. Seu toque estava gravado a ferro em mim. Amaldiçoei-me por ser tão desequilibrada quando Lucas estava envolvido.

Arrastou-me para um quarto qualquer, fechando a porta logo atrás de si. Encostou-me à parede e fixou seus olhos verdes nos meus. Sua expressão era de raiva e confusão. Prendi a respiração; era difícil vê-lo daquela maneira. E podia parecer idiotice minha, mas um medo repentino assolou meu coração. Minhas pernas ficaram bambas, e eu cairia se ele não estivesse tão próximo.

— Não faz isso comigo, Sabrina! Solta uma bomba dessa e vai embora como quem não quer nada?

Não queria responder, sabia que iria acabar falando demais, como antes. Deveria ter ficado em silêncio, não era bom que ele soubesse da minha fraqueza. Tentei sair, mas ele prendeu meus pulsos com força na parede, mas sem machucar. Só me senti incomodada por estar presa; essa sensação não era boa para mim.

— Me deixa sair, Lucas! — Desviei o olhar. Não aguentaria encará-lo por muito tempo sem expor meus sentimentos.

— Não sem você me dizer o que está acontecendo. Por que quer ir embora? Você não pode me deixar.

Era muita audácia dele exigir uma coisa dessas depois de esfregar cada mulher que levava para a cama na minha cara. Mas, como uma idiota que sempre fui, vacilei um pouco ao seu tom sofrido.

— Como não? Aliás, nós nunca estivemos juntos mesmo... Somos apenas amigos que dividem a casa para economizar.

Lucas estreitou os olhos e aproximou o rosto do meu, muito perto para a minha sanidade mental.

— Você sabe que não somos apenas isso. — Encostou seu quadril na minha barriga, deixando evidente o quanto me desejava. — Não sei por quanto tempo você conseguiu esconder isso, Sabrina. Mas, se não fosse tão cabeça-dura, teríamos algo há muito tempo.

— Como se eu fosse querer sobras. Você pegou metade do hospital e ainda mais um pouco da cidade. Conseguiu ser mais galinha do que o Alberto.

Ele sorriu de lado, desdenhoso.

— Alberto saiu de linha há quatro anos quando tomou uma decisão. Mas não vamos falar dele... Quer dizer que está com ciuminho?

— Idiota!

Tentei me desvencilhar e soltar as minhas mãos, mas era impossível. Ele tinha um aperto forte e possessivo. Por mais que eu odiasse admitir, aquilo estava me excitando. O que não era natural, meus relacionamentos eram com caras fáceis de levar e eu estava sempre no comando. Não costumava transar com qualquer um, tive encontros esporádicos, mas, de repente, já não me satisfazia, era como se cansasse de estar sempre à frente. Nunca baixei a guarda, exceto para o homem furioso e excitante que segurava meus pulsos.

— Como ousa insinuar que eu quero algo de você, Lucas? É muito pretensioso. Não, você não é nada importante. Será que ficou claro agora?

O babaca teve a audácia de sorrir.

— Você não vai se safar dessa vez, Sabrina. Porra, fiquei quatro anos pulando de galho em galho por sua culpa. Não queria nenhuma daquelas mulheres. Só você me faz ficar duro como estou agora. Eu era um idiota ingênuo por ter acreditado em tudo que você disse naquele dia, mas não sou mais. A experiência desses anos me fez bem. Sei quando você está mentindo, suas pupilas se dilatam e seus olhos perdem o brilho lindo. — Aproximou os lábios, roçando levemente em minha boca. — Não serei mais um tolo. Você vai ser minha, custe o que custar.

Uma imagem piscou na minha mente: nosso primeiro beijo, anos atrás. Foi explosivo. Se eu não estivesse tão perturbada na época, teria percebido que só ele era capaz de fazer aquele fogo todo acender em mim.

Ofeguei e fechei os olhos, tentando me controlar para não atacá-lo como uma louca. Meu peito subia e descia com a respiração rápida. Lucas não se moveu sequer um milímetro, estava com a boca próxima à minha e, certa de que aqueles olhos verdes que incomodavam meu sono estavam abertos e atentos a cada reação minha, resolvi atacar. Era a melhor arma.

— Como já disse, não quero resto. Se quisesse isso, eu o teria tido naquele dia que estava bêbado, uns meses atrás, quando você veio com um papinho meloso querendo transar no sofá. Não, Lucas. Eu mereço mais do que você.

Com o objetivo atingido, senti a pressão em meus pulsos aliviarem. Não ousei abrir os olhos, sabia o que veria. Ele não gostava das vezes que chegava bêbado; ficava extremamente envergonhado no dia seguinte.

E aquele dia não foi diferente. Quis saber o que aconteceu logo que acordou, e só fingi que estava tudo bem. Nada de mais. O que era longe da realidade. Nessas horas, ele ficava alegre e falante. E deixou escapar o quanto me queria. Tive que reunir todas as minhas forças para não ceder às investidas bêbadas de me levar para a cama. Confesso que fiquei tentada, mas sabia que, no dia seguinte, ele não se lembraria.

E, claro, o adicional de dizer que não queria sobras e insinuar que ele era um resto magoou seu orgulho. Ainda de olhos fechados, senti-o se aproximando de novo. Seu hálito fez cócegas no meu pescoço quando ele se inclinou para falar no meu ouvido:

— Não adianta querer me atingir, Sabrina. Por agora, você fica livre. Mas eu vou te ter. Eu espero o tempo que for.

Soltou-me subitamente e saiu batendo a porta. Escorreguei pela parede e sentei no chão, tentando colocar meus sentimentos em ordem. Estava muito confusa. Meu coração batia acelerado, e meu corpo todo tremia. Não entendia o que ele queria, mas eu não seria mais uma de suas conquistas.

Que eu iria me mudar, já estava certo, mas tinha que ter coragem de dizer adeus à sua amizade também. Não seria fácil. Depois de tanto tempo, era rotina vê-lo todos os dias só de boxer tomando café pela manhã, mesmo que fosse torturante.

Sorri tristemente ao lembrar das vezes que ficamos batendo papo até quase meio-dia, sem perceber que ainda estávamos do mesmo jeito que acordamos. Perder essas coisas era o que doeria mais. Lucas acabou sendo meu porto seguro, algo que aliviava toda a dor que havia dentro de mim.

Mas não podia mais viver assim, era doloroso demais. Amar e não ser correspondida é muito ruim.

Fiquei mais um tempo no chão e notei que, na verdade, era o meu antigo quarto, onde um dos momentos mais difíceis da minha vida aconteceu. Lucas não sabia o que havia ocorrido comigo. Na época, foi horrível, mas aprendi a lidar. Não conseguia permanecer muito tempo naquele quarto. Levantei-me e caminhei em direção à porta. Com um suspiro, virei a maçaneta e notei a casa silenciosa.

Do lado de fora, eu sabia que me esperavam familiares querendo conversar e matar a saudade, e outras pessoas importantes que se preocupavam comigo. Mas, acima de todos, estaria o homem que mexia com meu coração e minha alma. Não tinha certeza se conseguiria resistir por muito tempo.

Andei devagar pela casa, retardando ao máximo ter que encontrar seus olhos novamente. Já na sala, pude escutar os burburinhos das pessoas na festa. Subitamente, a porta se abriu e Ana entrou bufando, com Alberto em seu encalço, com cara de cachorro pidão. Ele sempre mantinha esse semblante perto dela.

Bem, parecia que certas pessoas tinham mais problemas do que eu. Não entendia o motivo de todo esse rebuliço. Minha irmã devia ter uma teimosia de ferro, porque eram mais de dez anos resistindo às investidas dele. De quatro anos para cá, elas se intensificaram de uma maneira absurda, pois Alberto costumava ficar plantado na porta do hospital em que Ana trabalhava só para vê-la sair. Chegava a ser hilário vê-lo assim, o todo pegador se arrastando por uma mulher.

— Cara, eu já te disse. Se quiser dançar, pega uma vassoura. São iguais àquelas "varetas" que você costuma sair mesmo... — Ana parou, com as mãos apoiadas no balcão da cozinha, de costas para ele, mas pude ver que fechou os olhos e respirou fundo.

Eles não tinham me visto. Não que eu quisesse fuxicar, mas, se eu saísse, poderiam ficar envergonhados por eu ter presenciado algo íntimo. Então, me encostei no canto da sala e esperei terminarem o arranca-rabo de sempre.

Alberto se aproximou, mas não tocou minha irmã.

— Larga de ser teimosa, Ana. Eu quero dançar com você, nada mais justo, eu sou o padrinho e você é a madrinha. Qual o problema?

Ela se virou subitamente. De onde eu estava, não dava para ver muito bem, mas apostava que estava mordendo a boca de raiva. Era uma mania dela.

— O problema é você, seu cafajeste. Eu não quero que você me toque.

Ele sorriu, debochado.

— Você gostava quando eu te tocava.

Pude perceber que Ana estava nervosa. Ela se inclinou para trás, tentando fugir da abordagem dele, mas estava presa. Parecia uma porcaria de um *déjà vu*.

— Eu era uma idiota. Não quero você perto de mim nunca mais. Tenho nojo de você, não sei onde andou se esfregando, muito menos com quem.

O semblante do Alberto se fechou e ele estreitou os olhos, se aproximando da minha irmã.

— Faz muito tempo, Ana Luiza. Não sou mais um moleque, já te pedi perdão mil vezes, mas você parece não ouvir. Eu ainda te amo da mesma maneira que na época em que estávamos juntos. Mas vai chegar uma hora que vou me cansar e, quando acontecer, vai dar merda. Quando tomo uma decisão definitiva, já era.

— Eu vou adorar, pelo menos, ficarei livre de você. — Ana tentava soar firme, mas só quem a conhecia bem notaria o vacilo em sua voz quando não estava certa do que dizia. E, infelizmente para ela, Alberto era uma dessas pessoas.

— Aham, sei... Continue dizendo isso até você acreditar. Mas agora nós vamos dançar a porra da música, e você vai ficar quietinha. Cansei de brigar. Se não estiver lá fora em dez minutos, venho te buscar nem que seja pelos cabelos.

Ele saiu e Ana ficou ofegante. Uau, eu nunca vi o homem daquele jeito. Achei que minha irmã iria sair quebrando as coisas, histérica. Mas fiquei surpresa com sua reação. Ela sorriu discretamente e baixou a cabeça. Achando que estava sozinha, levou as mãos ao coração e respirou fundo, se afastou da bancada e foi andando devagar em direção à porta da cozinha. Antes de abrir a maçaneta, fechou a cara.

Que merda!

Eu nem ia tentar entender aqueles dois, minha vida já era bem complicada. Saí e encontrei Alberto e Ana, lado a lado. Ambos estavam com a cara fechada e pareciam desconfortáveis. Se eu não tivesse presenciado a atitude contraditória da minha irmã, ia ficar até com pena, mas, depois daquilo, nem sabia o que pensar.

Avistei Bruno se aproximando com seu terno preto, lindo. Meu irmão parecia muito feliz. Eu não podia nem imaginar sua reação quando soubesse que seria pai.

— Sá, você vai ter que dançar com o Lucas.

Legal, era só o que me faltava.

— Bruninho, meu irmão, será que dá pra ser com o Heitor? Ele também foi padrinho. Bota o Lucas com outra, por favor?

Ele torceu a boca e fez uma careta.

— Ok, ele vai me matar, mas eu sei como é ruim pra você estar perto dele.

Meu irmão se via em uma sinuca de bico porque, além de ser cunhado dele, os dois tinham se tornado grandes amigos. Após todos saberem que ele tinha salvado a vida do irmão da sua amada, vimos como a amizade entre ambos se intensificara. Então eu estava realmente grata por pensar em mim acima de tudo.

— Obrigada.

— Beleza, vai começar em cinco minutos. O Heitor tá perto do DJ. Ele tá louco pra mexer no bar. Eu disse que nada de trabalho, mas o homem não para quieto.

Todos tinham se tornado bons amigos. Heitor cativava com seu jeito educado e gentil. O homem parecia um bad boy, mas parava por aí. Eu o chamava de ursinho. E só a mim era permitido esse privilégio. Ele dizia que eu parecia uma boneca com os olhos azul-clarinhos.

Sorri e fui à procura do meu par. Ele estava encostado na parede com um copo na mão e olhando a multidão. Eu sempre o notava recluso, quieto. Nunca o vi com ninguém. Não entendia, Heitor era lindo e sexy. Eu sabia que tinham muitas mulheres no *Beer* loucas para darem o bote, porém, ele não dava atenção a nenhuma delas. A única pessoa que eu sabia com certeza que ele havia saído era Elisa, a garçonete, mas também foi casual, acabou no mesmo dia que aconteceu. Com certeza tinha encontros esporádicos, nada permanentes.

Heitor era misterioso e triste. Não sabia o que poderia ter acontecido, mas devia ser muito sério para o homem carregar tanto pesar em suas costas.

Aproximei-me e toquei em seu ombro. Ele se virou lentamente e sorriu.

— Ei, boneca, o que tá fazendo aqui?

— Sou seu par de dança, ursinho.

Ele me avaliou de cima a baixo. Não tinha nenhum interesse malicioso nele, apenas diversão.

— Com esse pezinho pequeno? Eu vou esmagar seus dedos. Não sei dançar.

Estiquei-me nas pontas dos pés e sussurrei:

— Eu também não. — Arregalei os olhos, divertida com meu segredo.

Ele sorriu lindamente e pegou minha mão.

— Então vamos! Mas espero que tenha um plano de saúde. Ah, e o seu cavalheiro de armadura brilhante está louco pra vir te salvar. Se olhar matasse, eu estaria esticado, mortinho no chão.

Olhei na direção que ele indicou e avistei Lucas nos olhando com raiva mortal. Dei de ombros e fui para a pista de dança, porém não estava focada, porque pensava demais, e isso não era bom.

O que seria de mim a partir de agora?

Meu corpo e meu coração queriam algo, e eu sabia que só me faria sofrer.

Será que seria forte o suficiente para aguentar toda a pressão? Ou a alternativa era ter apenas encontros casuais, tirá-lo do meu pensamento e dizer adeus logo em seguida?

Resolvi parar de pensar um pouco e me divertir ao lado de um cara lindo e engraçado.

Capítulo 4
Lucas

Depois de vê-la dançando com Heitor e querer torturar meu amigo lenta e dolorosamente, acabou o suplício, graças a Deus. O casal vinte partiu em lua de mel em meio a muitas felicitações. Era muito bonito ver a felicidade dos dois. Eu sempre quis o melhor para minha irmã, e finalmente ela encontrou o cara que faria tudo que estivesse ao seu alcance e além para que Layla fosse feliz.

Com um sorriso no rosto, observei-os se afastarem para uma viagem curta, mas merecida. Bruno não poderia se desligar muito tempo do hospital e minha irmã não queria ficar sem cantar.

Passei os olhos por todo canto procurando Sabrina. Já virara rotina estar sempre à sua procura, mas não a encontrei em lugar algum. Poucas pessoas permaneciam no quintal da dona Marisa. Somente amigos íntimos e familiares ainda estavam conversando e bebendo. Aproximei-me de uma Ana furiosa, e decidi abordar o paradeiro da irmã caçula antes de ela soltar fogo pelas ventas.

— Ana, você viu a Sabrina? Estou indo embora, e queria saber se ela precisa de carona pra casa. — Tinha a necessidade de me explicar para Ana, mas não entendia bem o porquê.

Ana Luiza não era fácil de lidar. Apesar de ser boa pessoa, seu gênio forte irritava até o mais calmo dos homens. Não sabia como Alberto insistia tanto em algo que era evidente que não iria rolar. Devia ser coisa do amor, esse sentimento que nos transforma em panacas totais.

— Ela foi embora com o Heitor, que estava indo verificar o fechamento do bar e ofereceu carona.

Puta merda! Precisei me segurar para não ser grosseiro; ela não tinha nada a ver com meu surto repentino de mau humor. Mas tive que fechar as mãos em punhos para conter minha raiva súbita. Era sempre assim quando se tratava da Sabrina. Tudo muito intenso.

— E faz muito tempo que eles saíram? — falei entre dentes.

Ana arqueou uma sobrancelha, e, com um olhar zombeteiro, me mediu de cima a baixo.

— Sabe, querido. Você é uma gracinha, um menino muito bom. Layla te criou direitinho. Porém, como uma praga que assola todos os homens, sem exceção, você acha que seu pau é o único que vale a pena. Tenho uma grande novidade: essa porra é tudo igual. Você se esfrega em qualquer rabo de saia e ainda quer que Sabrina fique te esperando? — Sorriu, maliciosa. Não disse que ela era geniosa? — Acorda, garoto! Ela não vai ficar solteira por muito tempo. Acho até que esperou demais. Porém, como você é uma fofura, vou te dizer. Eles saíram há uns dez minutos...

Não esperei nem mais um segundo e parti em direção ao carro. Quanto mais cedo chegasse em casa, melhor. Interromperia qualquer coisa que pudesse estar acontecendo, mas ainda ouvi Ana gritando:

— Não seja idiota, Lucas. Orgulho é uma merda!

Sabia bem disso. Tanto eu quanto Sabrina erramos em não dar o braço a torcer. Fomos imprudentes e impulsivos.

Saí em disparada pela cidade. Em quinze minutos, estava estacionado na garagem. Não havia nem sinal do Heitor. Ainda bem, porque iria dar merda se ele estivesse lá.

Nós ficamos muito amigos. Depois que Layla saiu da nossa casa, me senti independente e comecei a me divertir e sair mais. Frequentava o *Beer* direto com o pessoal da faculdade e depois com os amigos do hospital. Era um *point* bem badalado. Nesses anos, o bar só cresceu.

E, claro, tinha o adicional de a minha irmã cantar muito bem e atrair clientes. Por mais que Bruno tentasse, ela nunca cogitou a ideia de gravar e se profissionalizar, dizia que seu único sonho já havia se realizado.

Então, pela minha amizade com ele, não gostaria de ter que lhe dar umas porradas por querer roubar a minha garota. Mesmo não sendo o título oficial, Sabrina era minha e ponto! Era só questão de tempo até que se concretizasse.

Mesmo ela sendo um poço de teimosia, eu a amava loucamente.

E realmente poderia ser essa a qualificação do que tínhamos, porque sofrer por anos sem nem mesmo se ligar no que o outro queria era loucura. Mas agora eu sabia o que ela queria de mim. Por mais que Sabrina negasse e tivesse sentimentos que queria esconder, eu não a deixaria fugir tão facilmente.

    Respirei fundo e abri a porta do carro. Ela estava um pouco furiosa comigo, e não sabia como seu humor estava, então teria que ser cauteloso. Iria devagar, ou a assustaria. Sabrina era retraída por algum motivo, eu não sabia direito por que, mas iria descobrir. Era a única maneira de fazê-la confiar em mim, porém eu tinha um prazer estranho em vê-la com raiva. Ficava extremamente linda. Eu devia ser masoquista e não sabia.

    Entrei pelos fundos, porque, se ela estivesse na sala assistindo televisão, a surpreenderia como gostava de fazer. Iria agir como se nada tivesse acontecido.

    Mas a casa estava em silêncio. Se não fosse pelo som abafado que vinha do seu quarto, diria que estava vazia. Na sala, tirei os sapatos para não fazer barulho, o paletó e afrouxei a gravata. Como era de madrugada, imaginava que ela podia estar dormindo com a música tocando, como fazia de vez em quando.

    Aproximei-me lentamente e encostei-me à parede do corredor. Fixei meu olhar na porta como se assim pudesse conjurar Sabrina abrindo e se deixando levar por tudo que sentíamos.

    A música leve me deu um aperto no peito. Tive que esfregar a mão para ver se conseguia aliviar um pouco. Ela ouvia *Don't Know Why*, da Norah Jones. Aquela letra era muito forte. Em uma estrofe, dizia tudo o que nós dois passávamos.

> *"Meu coração está encharcado de vinho*
>
> *Mas você vai estar na minha mente*
>
> *Pra sempre"*

    Senti meus olhos ficarem marejados, meu peito doía de tanto tempo perdido. Naquele momento, prometi a mim mesmo que não iria perder a mulher da minha vida por nada nesse mundo.

    E a razão da minha alegria e tristeza abriu a porta. Meu coração parou por um milésimo de segundo. Sabrina tinha os cabelos molhados jogados nos ombros e uma camisola rosa minúscula, que não deixava nada para a imaginação.

Olhava-me com confusão. Só então percebi que realmente estava fazendo papel de louco parado no meio da madrugada em frente à porta da garota. Parecia um tarado. Desencostei da parede e dei um passo à frente. Ela, claro, recuou.

— Queria saber se chegou bem em casa. Aí ouvi a música e achei que estivesse dormindo.

Sabrina arregalou os olhos azul-claros e mordeu o lábio inferior, causando-me um arrepio na espinha. Amaldiçoei mentalmente. Estava louco para segurá-la pela nuca e encher de beijos aquela boca deliciosa. A lembrança de anos atrás ainda estava gravada em mim, mas desgastada. Estava frenético para sentir tudo que se acendia quando estava ao lado dela.

— Você está aí há muito tempo? — Sua voz estava rouca.

— Não, cheguei há pouco.

Ela assentiu e baixou a cabeça. Dei um passo à frente e me peguei erguendo seu queixo para que pudesse observar seus olhos brilhantes. Sabrina resfolegou.

— Você sabe que é inevitável, né? — falei baixo, quase sussurrando. Mas percebi que ela me ouvia perfeitamente. Suas pupilas dilataram, e entreabriu os lábios, me deixando louco. — Eu não vou desistir. Você é minha há muito tempo. Só não sabe disso.

Sua respiração estava tão acelerada quanto a minha. Tentei ao máximo me conter. Se fosse incisivo, ela recuaria. Não permitiria que eu abrisse caminho. Ela me expulsaria sem nem pestanejar.

Antes que ela pudesse dizer qualquer coisa que me fizesse falar merda, dei um beijo na sua testa com carinho e me afastei. Pude sentir o peso do seu olhar nas minhas costas e forcei minhas pernas a seguirem adiante até o meu quarto. Só lá dentro me permiti relaxar. Encostei-me à porta e respirei fundo para não voltar e tê-la exatamente do jeito que eu queria.

Afastei-me e vasculhei a bagunça em busca de alguma roupa para um banho rápido, pois, como já era madrugada de domingo e não tinha plantão no hospital, poderia dormir até mais tarde.

Na manhã seguinte, colocaria meus planos em prática.

Sonhos molhados. Parecia um adolescente. Era uma porcaria de rotina. Só que, desta vez, foi tão real que quase tive um treco. Aquela porcaria de camisola devia ser proibida, a não ser que você estivesse disposta a aguentar as consequências. Droga!

Sentei na cama para avaliar o estrago. Suspirei, resoluto, e levantei. Minha meta do dia era tomar um banho relaxante e colocar o meu plano em prática. Sabrina não saberia o que fazer e como reagir; era perfeito. Um sorriso se espalhou pelo meu rosto. Mal podia esperar para a finalização da minha estratégia.

A porta do seu quarto estava aberta, sinal que já não se encontrava lá. Devia estar na cozinha. Era um hábito que ficássemos altas horas conversando no café da manhã. Só esperava que, por causa de toda a merda que aconteceu, isso não mudasse.

Tomei um banho rápido, mas relaxante. Não queria me atrasar, se ela ainda estava em casa era por pouco tempo. Logo estaria na rua com alguma desculpa para ficar longe de mim.

Sabrina era assim, quando a coisa esquentava, ela dava um jeito de fugir. Parei em frente ao espelho e observei meu reflexo. Estava mais velho e maduro. Com 25 anos, poderia dizer que vivi muito, coisas boas e outras nem tanto. Tinha orgulho de tudo o que fiz, até mesmo dos erros. Com eles, aprendi a dar valor ao que realmente importava. Nunca fui santo e não seria, porém, se havia uma coisa que tinha aprendido é nunca desistir.

Coloquei meu melhor sorriso e fui em direção à mulher mais teimosa e maravilhosa do planeta. Estava ainda molhado quando cheguei à cozinha. Como previa, Sabrina estava na bancada tomando café e comendo cream cracker, pronta para sair, porque sua bolsa já estava em local estratégico na sala.

Fingi que não me incomodava. Ainda estava de cueca; era normal andar assim pela casa. Tínhamos um nível de intimidade que amigos normais não possuíam, porque, cada suspiro que Sabrina dava me excitava a um nível quase doloroso.

Ela se virou e me presenteou com um olhar faminto. Percorreu todo o meu corpo e tive a certeza de que Sabrina me queria de todas as maneiras que pudesse, porém, logo disfarçou e murmurou alguma coisa que não entendi. Cheguei ao seu lado e dei um beijo em seu rosto, como fazia todos os dias quando a via pela primeira vez.

— Bom dia.

Minha vontade era ficar mais tempo ao seu lado sentindo seu perfume delicioso, mas, como não era esse o plano, me afastei para pegar uma caneca. Senti-a me observando a cada passo. Era até um pouco incômodo, na verdade. Mas não me importava, desde que fosse em mim que aqueles olhos lindos estivessem fixos.

Sentei e não olhei em sua direção. Ela continuava em silêncio. Percebi que também devia estar usando alguma estratégia, porém por motivos diferentes dos meus. Mas o vencedor eu já sabia quem seria.

Estendi a mão e peguei um biscoito para passar manteiga, e notei que suas mãos estavam cruzadas em cima da mesa e um leve tremor passou por seu corpo. Sorri de lado e levantei os olhos.

Ela me encarou como nunca fez antes. Seus olhos queimavam em mim como dois faróis. Não entendi sua mudança repentina de atitude. Seus lábios carnudos e rosados imploravam por um beijo meu. Sabrina estava corada e ficava linda assim.

— Que foi, Sá?

— O que você quer de mim, Lucas?

Sua respiração estava acelerada, e eu podia apostar que estava com o coração acelerado, porque o meu parecia que ia explodir.

— Como assim?

— Não seja idiota. O que aconteceu ontem? Por que estava na porta do meu quarto?

Fechei os olhos e procurei relaxar. Essa não era uma boa abordagem. Se eu dissesse qualquer coisa, ela fugiria.

— Já te disse, estava preocupado. — Tentei soar desinteressado, mas era complicado por causa de tudo que carregava dentro de mim.

— E você acha que vou acreditar nessa merda?

— Acredite no que quiser, Sabrina. Só queria saber se estava bem. Estava cansado e a música me relaxou.

Ela bufou e franziu a testa. Ficava tão bonitinha assim.

— Sei, ok. Já que é assim que você vai agir, tudo bem. Hoje vou procurar um apartamento.

Merda, tinha esquecido disso. Teria que fazer alguma coisa para impedi-la sem demonstrar o quanto isso me incomodava.

Balancei a cabeça como se não me importasse.

— Ok, posso ir com você pra te ajudar? Sabe, muita gente gosta de se aproveitar de uma garota sozinha.

Sabrina estreitou os dois faróis azuis em minha direção, me avaliando. Após anos de aprendizado, sabia esconder bem minhas reações, e tentava sempre me camuflar para que minha irmã não se preocupasse com nada mais que o necessário. Virei um expert.

— Na verdade, o que você quer? Se está sendo sincero, pode ir. Mas, se for pra atrapalhar, fique em casa. Ou quem sabe, vá atrás das suas enfermeiras sem cérebro.

Ela tinha que atacar. Era seu mecanismo de defesa. Mas não me importei e fingi não ter escutado.

— Não, é sincero mesmo. Só vou vestir uma roupa e já te alcanço. — Me levantei e fui em direção ao quarto. No meio do caminho, parei e olhei para ela. — Ou você acha que está bom eu ir assim?

Sabrina não resistiu e me avaliou de novo. Senti-me como uma presa. Minha gata tinha fome. Percebendo minha provocação, ela fechou a cara e desviou o olhar.

— Veste uma porcaria de roupa de frio.

— Ué, mas tá calor. Acho que vou até sem camisa...

— Não! — gritou, histérica.

Sorri e caminhei em direção ao quarto, mas pude ouvi-la praguejando. Adorava provocá-la, ficava tão bonitinha. Sabrina não perdia por esperar, eu estava pronto para conquistá-la e só havia uma maneira de fazer isso.

Capítulo 5
Sabrina

Quando a coisa quer desandar é complicado.

Nada parecia querer dar certo para mim. Rodamos a cidade toda e não encontrei um mísero apartamento que valesse a pena. E, para completar, Lucas colocava defeito em todos. Às vezes, quando eu gostava de algum, ele achava problemas e me convencia do contrário.

Tinha um último para visitar, dos mais de dez que encontrei na internet. Estava torcendo para que fosse viável. Porém, meus sentimentos e pensamentos estavam em conflito: feliz e triste ao mesmo tempo, porque não conseguia conceber a ideia de me afastar do Lucas, mesmo que fosse o melhor a fazer.

Percorremos a cidade e fomos parar na periferia, mais afastado do centro. Não vi nada de mais no lugar, a não ser que era muito longe do meu trabalho. Lucas logo endureceu o corpo e olhou para mim com seus olhos verdes suplicantes.

— Sabrina, vamos embora. Esse não é um lugar pra você morar. Nem sabe como é a vizinhança...

— Calma, Lucas. Nem entramos pra ver como é. Não seja preconceituoso.

Ele respirou fundo e saiu do carro. Eu o segui e paramos em frente ao prédio. Olhei tudo ao redor e gostei do que vi: um lugar simples, mas bem conservado. Abri a porta e, para minha surpresa, saiu um bando de crianças correndo e gritando.

Sorri ao imaginar que seria legal ficar em um lugar cheio de bagunça boa. Eu podia parecer um pouco impulsiva, mas havia um lado maternal em mim que ninguém conhecia. Lucas caminhava ao meu lado em silêncio, observando tudo. Devia estar maquinando algum defeito para me fazer mudar de ideia. Mas fiz uma promessa de não escutar nada do que ele dissesse.

Subimos quatro andares de escada e paramos em frente a uma porta antiga de madeira descascada. Bati e aguardei; o inquilino atual ainda estava ocupando o apartamento. De acordo com as informações no site, ele se mudaria para uma casa que havia acabado de adquirir, mas tinha ficado para receber os interessados em alugar e mostrar a residência.

Escutei passos do lado de dentro e logo a porta se abriu. Eu quase caí para trás. Um cara de quase 1,90m abriu a porta, e era lindo de morrer. Não pude de deixar de ter a reação de todas as mulheres ao ver um monumento daqueles.

Comecei olhando os pés descalços. Ele vestia uma calça de moletom cinza, que deixava pouca coisa escondida, já que era bem visível o contorno das suas coxas grossas. Subi mais um pouco e salivei por seu tanquinho. Sério! O cara não era depilado como o Lucas, tinha pelos espalhados pelo tórax malhado, e seus braços eram cobertos de tatuagens, não que eu estivesse prestando atenção a elas. Aqueles bíceps estavam me deixando meio louca. No rosto marcado por um maxilar forte e queixo quadrado, havia um sorriso irônico conhecedor do seu encanto. Em seus olhos castanho-esverdeados, vi um brilho malicioso, e ele me avaliava da mesma maneira. Seus cabelos desgrenhados e a barba por fazer davam um charme a mais. Jesus, morri e fui pro céu dos homens gostosos!

— Olá, posso ajudá-los? — A voz grave era capaz de fazer uma mulher derreter aos seus pés, como um sorvete em um dia ensolarado.

— Oi, sou Sabrina Petri e esse é meu amigo, Lucas. Nós viemos pelo anúncio do aluguel.

Ele sorriu, mostrando todos os dentes alinhados, e, *pasmem*, havia uma covinha em cada bochecha.

— Ah, sim. Tinha esquecido que você mandou o e-mail, Sabrina. Prazer, meu nome é Alex Wolf. — Estendeu a mão e segurou a minha, levando-a aos lábios. E ainda era um galanteador. Meu cérebro gritava "perigo" o tempo todo.

Ouvi um grunhido vindo do Lucas. Nossa, havia me esquecido dele por um minuto.

— Wolf? — Lucas tinha um tom zombeteiro na voz.

Sem tirar os olhos hipnotizantes dos meus, Alex respondeu:

— Sim, minha mãe era aficionada por livros sobrenaturais de metamorfose. Sabe como é.

Não sei por que, mas ele me fazia querer rir o tempo todo. Devia ser o magnetismo que emanava; o cara era sexo ambulante. Imaginei que meu acompanhante não estaria muito feliz com aquilo. Mas, quem ligava?

— E o que você faz, Alex? — Nunca vi o Lucas tão sem noção. Disse o nome do sujeito com um desdém sem tamanho e ainda ficava futricando na profissão do cara. Pelo amor de Deus, estávamos só visitando o local.

— Sou professor de Muay Thai na academia do centro da cidade... Podem entrar, vou te mostrar o apartamento. Ainda tem algumas coisas minhas por aqui, não levei tudo pra casa nova.

— E por que você quis se mudar, Alex? — Credo, por que, de repente, minha voz ficou tão fina?

— Aqui é muito distante de tudo. Consegui juntar uma graninha e comprar meu próprio apê. Não é grande coisa, mas é meu. — Deu de ombros como se não fosse tão importante realizar o sonho de ter seu próprio canto.

Entramos na sala. O local era bem arejado e dava uma sensação de conforto. Porém, como ele disse, tinha o problema da distância. Lucas nos acompanhou com uma carranca. Achei graça, porque ele nunca agiu daquela maneira com nenhum amigo meu.

Alex era pura simpatia, além de lindo, claro. Mostrou-nos cada cantinho, falando dos prós e contras do apartamento. Segundo ele, os vizinhos eram meio barulhentos, por terem filhos pequenos, mas não se incomodava porque gostava da bagunça. Identifiquei-me na hora.

Depois de nos oferecer um suco, que recusamos, fomos até a porta.

— Sabe, gata, acho que aqui não é o lugar mais adequado para você ficar. Talvez, se puder esperar, na terça, me mudo e vejo se tem alguma coisa no meu prédio novo. O que acha? — Sorriu com os olhos fixos nos meus.

— Nossa, eu adoraria. É mais perto do trabalho e do centro. Aliás, eu gostaria que me desse seu telefone e da academia que dá aula. Estava pensando em entrar em alguma luta mesmo. Sabe como é, mulher sozinha andando pela rua é perigoso, gosto de me sentir segura.

— Com certeza, é muito bom que pense assim. Só um minuto, vou anotar e volto.

Ele saiu em direção ao quarto e tive que apreciar aquele bumbum durinho na calça de moletom. Acho que cheguei até a virar a cabeça. Ouvi um rosnado atrás de mim que parecia um monte de cachorros loucos. Assustada por ter esquecido totalmente do Lucas e olhado a bunda do cara, me virei de olhos arregalados.

Ele tinha uma expressão de morte no olhar.

— Sério, Sabrina? Muay Thai?

— Ué, qual o problema? Eu gosto de me exercitar e já queria fazer aula de luta mesmo. Quer melhor coisa do que conhecer o professor?

Ele estreitou os olhos e se aproximou. *Muito perto*, minha cabeça gritava.

— O problema é que você ficou toda assanhadinha com o "professor" — falou entre dentes. Estava tão próximo que sentia o calor da sua respiração no meu nariz.

— E daí? — Dei de ombros.

— E daí que você vai ver, se ficar dando mole pra ele.

A cada palavra dita, ele dava um passo em minha direção. Estávamos na casa de um quase desconhecido, e a eletricidade que emanava entre nós estava a todo vapor. Qualquer um que nos visse, até mesmo de longe, perceberia que alguma coisa rolava. Mas Lucas não me queria, a vida dele era diversão e, apesar de nunca tê-lo deixado ver, eu também tive meus encontros esporádicos. Nada sério, porém não era nenhuma santa em ficar quatro malditos anos sozinha.

Só que nenhum chegou aos pés do que acontecia comigo quando era Lucas o envolvido; na verdade, achava que nunca chegaria. O que era uma porcaria, porque eu tentava a todo custo ser alguém diferente e amar quem me desse valor.

— Lucas, se afasta! — Estava muito nervosa, seria no mínimo constrangedor se Alex presenciasse toda aquela ceninha.

— Por que, Sabrina? Do que tem medo?

— A gente conversa em casa, ok?

— Por quê? Aqui me parece bom. — Seus lábios estavam muito próximos, e me preparei para um ataque que não veio.

Um barulho no corredor fez com que nos afastássemos. Eu estava corada de vergonha e podia sentir minhas bochechas queimarem. Era horrível essa reação cada vez que Lucas estava perto demais.

— Desculpem, demorei a achar uma caneta. Metade das minhas coisas já foi embora.

Alex se aproximou e estendeu um bilhetinho com uma letra típica de homem.

— Me liga, então. E aparece mesmo na academia, tenho uma turma especial de mulheres. Você vai gostar, tenho certeza.

Deu para perceber que ele era um conquistador nato. Com cara de safado, não tinha o menor pudor em demonstrar que conseguia o que queria com seu charme.

— Ok, Alex. Te ligo na quarta pra ver se conseguiu o apartamento.

— Beleza. — Em seguida, ele se virou para o Lucas, que parecia um cão raivoso e só faltava espumar, e estendeu-lhe a mão. — Bom te conhecer, Lucas. Cuida da sua amiga para que fique bem até as aulas, o mundo anda muito violento para uma garota tão bonita andando sozinha.

— Você não precisa dizer isso, cuidei dela por quatro anos.

Uau, nem ia corrigir, senão podia dar merda. Homens era uma espécie engraçada, ficavam se medindo e competindo em um tipo de torneio que eu não entendia muito bem. Parecia até aqueles desenhos animados, e só faltavam levantar a perna e ver quem fazia xixi mais alto.

— Ok, Alex. Obrigada, vamos indo porque não almoçamos e Lucas fica estranho quando tem fome.

Lucas pareceu nem me escutar, encarava Alex sem piscar. Dei as costas e caminhei, dando um tchauzinho para o Alex. Lucas me seguiu pisando duro, mas nem liguei, sabia que vinha merda quando entrássemos no carro.

E não deu outra.

— Porra, Sabrina. Você mal conhece o cara e já vai pedir pra ver apartamento. Vizinha daquele sujeito? — ele falou, socando o volante.

— Qual o problema, Lucas? Eu sei me cuidar, e não é como se estivesse pulando na cama dele. Se bem que não seria de todo ruim. — Mordi a unha com o pensamento.

— O QUÊ?! — Ele quase estourou meus tímpanos.

— Credo, que bicho te mordeu?

— Sabrina, não brinca comigo. Você já quer transar com esse cara? — Deve ter virado um costume repentino ele ficar rosnando.

— Hum, não seria ruim. Ele é um gato. Ainda tem aquela fala mansa...

— Porra, você tá de sacanagem! Estava na cara que ele queria te pegar. E sabe como caras como aquele agem? Eles pegam e jogam fora!

— Igual ao que você faz?

Isso o fez calar a boca. Toda aquela pinta de "sou todo macho" caiu no chão junto com seus olhos. Ele baixou o olhar e balançou a cabeça.

— Sabe que nós fizemos muita merda nesses anos, né? Mas te digo uma coisa: me arrependo de cada mulher que tive. Não por ter transado por aí, mas porque realmente não era o que eu queria. Mas tudo bem. Você insiste em não entender e parece nem tentar.

Deu partida no carro e seguiu de volta para o centro. Decidi não entrar em detalhes a respeito do que ele disse, mas algo estava martelando na minha cabeça.

Se ele não queria estar com todas aquelas mulheres, por que vadiou tanto? Seria coisa de homem?

Droga, bicho complicado! Depois, somos nós que dificultamos tudo. Sabia da minha parcela de culpa, fui medrosa e fraca na época, mas logo me arrependi, e olha que nem era tão tarde assim. Foi ele que estragou tudo em um impulso.

Acho que nosso relacionamento todo foi regado a esse sentimento. Era o que nos movia.

Ficamos em silêncio absoluto. Na frente da nossa casa, Lucas parou o carro e aguardou que eu descesse.

— Você não vem?

Ele negou, cabisbaixo. Eu não gostava de vê-lo chateado assim, me dava uma dor dilacerante no peito.

— Não, vou comprar algo pra gente almoçar. — Sequer uma vez Lucas olhou em minha direção.

— Você tá chateado?

Ele suspirou e encostou a cabeça no volante.

— Não, Sabrina. Eu nunca vou conseguir ficar chateado com você. Só... fiquei com ciúmes.

— O... O... quê? Como assim? — Devia estar escutando demais, não podia acreditar naquilo.

— O que tem de tão estranho? Você nunca demonstrou interesse por nenhum cara na minha frente. A primeira vez dói, né?

É, eu sabia bem do que ele estava falando. Quando ele levou aquela oxigenada na sua festa de aniversário, foi como se o chão tivesse sido tirado de mim. Então decidi nem me explicar, porque, na verdade, não tinha nada a dizer. Flertei com um gato e ponto. Eu era solteira e desimpedida.

— Ok, te espero. Vou fazer uma sobremesa.

— Tudo bem.

Desci do carro e fui andando até a porta da frente. Antes de virar a maçaneta, percebi que ele ainda não tinha dado partida. Olhei para trás e Lucas me olhava da mesma maneira de quando nos vimos pela primeira vez no bar. Tinha ternura em seus olhos, desejo, mas algo diferente. Parecia triste e desanimado.

Eu não podia fazer muita coisa para mudar aquilo, porque meu próprio coração estava em frangalhos há muito tempo. Entrei e fechei a porta. Tinha que usar todas as minhas forças para dar adeus. Não podia mais viver assim.

Capítulo 6
Lucas

O ciúme é uma coisa que te corrói por dentro, como ácido. Eu saí para aplacar minha vontade de esganar aquele Alex, o cara que deu em cima da Sabrina descaradamente, e a bonita ainda teve o desplante de me apresentar como amigo.

Amigo?

Nós éramos mais do que isso há muito tempo. Rodei a cidade e demorei mais do que o necessário; nosso restaurante preferido ficava a poucos minutos de casa. Mas eu precisava me acalmar antes de fazer merda.

Não sabia dizer quantas vezes soquei o volante. Estava frustrado com a situação. Eu a queria com um desespero que chegava a doer, e tinha a impressão de que Sabrina havia desistido de nós, porque estava flertando abertamente com os caras. Eu fui muito estúpido por demorar tanto tempo para perceber que o que ela sentia por mim não era coisa de amigo, mas um desejo de mulher. Um sentimento que te leva às alturas e despenca sem nenhum aviso.

Depois de gastar bastante combustível, passei no restaurante japonês e peguei nosso almoço. Sabrina já devia estar azul de fome. A caminho de casa, pensei em como iria reagir; ela já havia notado meu ciúme e eu tinha confirmado. Porém, não queria que percebesse o quanto tudo mexia comigo profundamente. No fundo, ainda tinha receio de ser rejeitado de novo.

Estacionei e desci do carro, acionei o alarme com as mãos abarrotadas de caixinhas, respirei fundo e entrei pela porta da cozinha. Já havia se tornado um hábito tentar surpreendê-la. Mas tinha me esquecido que não estávamos em um clima para brincadeiras.

Encontrei Sabrina sentada na bancada da cozinha com o queixo apoiado na mão e olhando para um garfo que estava rodando entre os dedos. Parecia entediada. Levantou os olhos e me olhou intensamente. Minhas pernas quase cederam com o que vi em seu rosto.

Era algo parecido com saudade. Tentei não demonstrar que havia me abalado, de imediato. Tínhamos muito que conversar. E não podia apressar as coisas, queria mais do que uma noite de sexo alucinante com a Sabrina.

— Trouxe comida japonesa. — Abri as sacolas e comecei a colocar as caixinhas em cima da bancada. Sabrina não se moveu um milímetro, e eu podia sentir o peso do seu olhar em mim.

Levantei os olhos e vi que ela me observava atentamente. Um calafrio subiu pela minha espinha; não estava preparado para encarar os meus sentimentos. Desde nossa briga no casamento da Layla, meu relacionamento com Sabrina ficou muito estranho. O que era tranquilo estava intenso.

— O que foi? Não queria comida japonesa?

Sabrina não disse nada. Levantou-se e deu a volta, parando atrás de mim. Fechei os olhos e tentei me distrair. Aquela proximidade me deixava louco, seu corpo emanava um calor que colocava meus sentidos em alerta total. Podia sentir sua respiração acelerada. Virei-me e a encarei. Ela era mais baixa do que eu, estava com a cabeça inclinada para trás, os olhos azuis fixos em mim e a boquinha vermelha entreaberta, implorando para ser beijada.

— Por que ficou com ciúme, Lucas, se em todos esses anos você não teve a mínima consideração com os meus sentimentos? O que está acontecendo? Por que agora?

Droga! Ela tinha razão, desfilei com mulheres na sua frente sem nem pensar que poderia machucá-la. Estava anestesiado, com o orgulho ferido. Tinha levado sua decisão a sério demais e acabei machucando quem eu menos queria.

— Porque a droga do meu coração estava ferido, e meu ego foi jogado fora. O que você queria que eu fizesse? Você me rejeitou! Eu abri a porra do meu coração e você pisou nele, Sabrina! — Eu não queria me exceder, mas aquilo tudo estava entalado na minha garganta.

— E você pegou a primeira sirigaita que encontrou. Sabia que fui atrás de você naquele dia? Eu te vi saindo com aquela oxigenada e me arrependo de ter pensado em voltar atrás na minha decisão. Eu estava com o coração machucado. Só precisava de tempo para colocar tudo em ordem, mas você esperou? Não! Essa porra de orgulho masculino, que não pode ser rejeitado. Eu te magoei? Beleza, eu acredito. Mas você também. Se gostava tanto de mim, como disse na época, por que se satisfez com outra? — Sabrina sussurrava, olhando nos meus olhos; estava matando-a dizer tudo aquilo, eu tinha certeza. Mas não havia outra maneira. Tínhamos muita carga para carregarmos, fomos muito idiotas, e a sinceridade era sempre a melhor opção. Nenhum dos dois estava certo em tudo, porém eu acreditava que sempre há uma segunda chance.

— Enquanto eu fodia cada garota com a qual estive nesses quatro anos, a única que me vinha à cabeça, a mulher que me deixava e ainda deixa duro, era você, Sabrina. Não me orgulho dessa merda. Mas antes eu estar fodendo por aí do que chorando pelos cantos. E sabe do que mais? Eu cansei dessa porra, você vai ser minha. Não quero mais ninguém, nunca quis. Fui idiota o suficiente ao ser educado, devia ter te beijado e mostrado o quanto pertencemos um ao outro.

Sabrina estava ofegante. Seu peito subia e descia. Meu coração estava acelerado com toda a emoção que sentia. Era uma mistura de raiva e amor. Conosco era assim, muita loucura.

— E o que você pretende fazer com isso? Já parou pra pensar que eu não quero mais? Que posso ter enjoado? Que posso estar enojada?

Uma vez, um amigo da faculdade me disse que mulheres magoadas eram ferinas, que usavam até seu último resquício de respiração para machucar quem as ofendeu. Eu dava razão a ele agora.

— Tenho certeza de que não. Você me quer com a mesma intensidade que eu te quero. Não adianta negar. Essa porcaria de experiência que adquiri me ensinou alguma coisa de bom: sei ler muito bem quando uma mulher me quer. — Quando eu era pequeno, minha irmã dizia para mim que, às vezes, é melhor manter a boca fechada.

Sabrina deu um tapa na minha cara, que com certeza ficaria vermelho. Parece que se acostumou a fazer isso, e eu torcia para que não virasse um hábito. Mas aquilo aguçou meu lado *neandertal*, estreitei os olhos e avancei. Ela se afastou de costas até bater na parede. Coloquei os dois braços ao lado da sua cabeça e aproximei meu rosto do dela.

— Você pode me bater até cansar essa mãozinha. Isso só me excita mais. E sabe o quê? Chega dessa merda, não vou mais perder tempo. Você não vai escapar dessa vez.

Não a deixei pensar mais. Aproximei meus lábios e beijei sua boca ferozmente; não era doce nem sentimental, mas para afirmar o meu ponto de vista. Sabrina resistiu e tentou empurrar meu peito, mas acabou se rendendo. Fechou os olhos, e só assim me permiti relaxar e aproveitar.

Levei uma mão à sua cintura e colei nossos corpos. Agarrei seus cabelos e assaltei sua boca. Era o paraíso, sua língua quente fazia uma dança enlouquecedora. Nossa respiração se misturava, e comecei a me esfregar nela. O corpo de Sabrina era delicioso. Ela era magra, mas tinha curvas em toda parte. Há muito tempo não me sentia tão bem em estar nos braços de uma mulher. Para mim, não havia outra.

Porém, subitamente, ela retesou o corpo e mordeu minha boca. Dei um grunhido assustado e abri os olhos, separando nossas bocas. O brilho em seu olhar era excitado e magoado.

— Você pensa que sou uma dessas malucas sem cérebro que você fica, Lucas? Acha que pode me beijar e se esfregar, que fica por isso mesmo? E os anos que fomos magoados, não contam? Acha que eu tenho um botão de liga/desliga? — Estava histérica, gritando e esbravejando.

— Você simplesmente vai continuar com isso? Deixar tudo que há entre nós ir embora por causa de orgulho e teimosia? Já não basta todo esse tempo que sofremos? Porque eu também sofri. Você acha que não sei dos caras que você saiu? Sei muito bem como dói.

Ela arregalou os olhos, surpresa. Não pretendia falar isso, pois não achava relevante. Mas ela pediu. Uma vez, fui buscá-la no trabalho e Sabrina estava saindo com um mauricinho metido a besta. Não sei se rolou alguma coisa, mas doeu.

— Que foi? Eu sei que você também não ficou me esperando, então não me venha com hipocrisia dizendo que sente nojo de mim por ter ficado com outras mulheres. A única que eu quero é você, porra! Isso não conta? — Estava me excedendo de novo, mas Sabrina tinha o poder de me deixar enlouquecido.

— Não sei, ok? Tenho que pensar, essa proximidade me deixa perturbada. Fizemos muita merda. Não sei se daríamos certo com tanta mágoa guardada. — Ela olhava em meus olhos com tanto rancor que me encolhi internamente.

— Sabrina, você que fica guardando essa merda toda. Eu só sinto muito pelo tempo que perdemos, o resto não importa.

Ela baixou a cabeça e encostou a testa no meu peito. Apesar de tudo, ainda éramos amigos e um apoiava o outro incondicionalmente.

— Eu não sei se sou capaz de esquecer cada garota que você andou. E o que aconteceu no casamento está gravado na minha cabeça. Não sei se consigo ficar com você assim.

Sabia que tinha feito merda no momento em que puxei aquela garota para o jardim, mas estava tão louco das suas rejeições constantes que nem pensei direito.

— Aquilo foi a burrada mor. Sinto muito.

— Não foi, a pior foi quando você puxou aquela vaca loira no seu aniversário. Ali sim meu coração se despedaçou. Não sei bem se ele tem conserto, Lucas. Preciso de um tempo.

— Tudo bem, mas você não vai embora, né?

Não conseguia conceber a ideia de tê-la longe de mim.

— Vou sim, apesar de tudo, ainda continuo com a ideia de me mudar. Não dá pra ficar mais assim. É muito sofrimento.

Eu acariciava seus cabelos macios e aproveitei a oportunidade de estar tão perto para inalar seu perfume doce.

— Por favor, não me abandone. — Sentia as lágrimas se formando em meus olhos. Meu coração estava comprimido e não tinha para onde correr.

— Não fale assim. Deixe-me livre por um tempo. Vamos ficar separados pra ver no que dá? É melhor do que a gente tentar e acabar perdendo até mesmo a nossa amizade. Você é muito importante pra mim.

Levei a mão até o seu queixo e ergui seu rosto para poder olhar em seus olhos azuis.

— Ok, mas não foge de mim, tudo bem? E não vá morar em qualquer lugar para se afastar. Só se achar um apartamento legal é que deixo você ir.

— Ok. Vamos almoçar. Você sabe que odeio comida requentada. — Me deu um sorriso amarelo.

Concordei com a cabeça, mas antes dei um selinho leve em seus lábios. Tentei transmitir tudo o que sentia ali. Mesmo não tendo dito com palavras, eu queria que ela soubesse o quanto a amava. Fechei os olhos e gravei na memória o sabor daqueles lábios. Não sabia com certeza quando os provaria novamente, mas prometi a mim mesmo não esperar tanto.

Afastei-me e virei de costas, não conseguiria enfrentar seus olhos e me distanciar. Sentei na bancada e abri as caixinhas de comida. Ela se acomodou devagar no banco à minha esquerda.

Depois do que tivemos, tê-la tão perto iria me incomodar muito, mas não me afastaria. Meu plano meio que foi por água abaixo depois disso, porém não importava, porque a sinceridade sempre é o melhor caminho.

Almoçamos tranquilamente sem dizer uma palavra. Quando acabamos, Sabrina pegou da geladeira minha sobremesa favorita: *Nutella* com morango. Acho que ela queria adoçar meu humor.

— Hum, por que o doce?

— Queria que fosse algo especial. Sempre tivemos bons momentos na cozinha, não é verdade?

Assenti e me sentei novamente. Ela colocou a travessa à minha frente e pegou duas colheres. Sempre fazíamos assim, comíamos direto da vasilha.

Dei uma colherada e levei à boca. Cara, não existia doce mais gostoso. Uma imagem surgiu em minha mente. Só havia uma maneira de ficar ainda melhor: espalhado no corpo da mulher deliciosa à minha frente.

Abri um sorriso e olhei em seus olhos. Sabia que estava com cara de safado, como ela costumava dizer, mas não me importei, ia atacar com todas as minhas armas.

— Com certeza, e podem ficar ainda melhores.

Ela corou em um rosa lindo, e minha mente fértil voou ainda mais, porém recebi um banho de água fria.

— Eu vou procurar a academia amanhã. Quer ir comigo? — Ela não me encarou. Seus olhos estavam fixos na travessa.

— Que academia?

— A que o Alex trabalha. Vou fazer as aulas.

Virei minha cabeça de imediato, não podia acreditar.

— Você vai continuar com essa ideia?

— Como assim? Eu disse que ia fazer e vou. Estou te convidando. Se vai ou não, é problema seu. E, aliás, se ele falar do apartamento, vou lá conferir.

Puta merda! Era só o que me faltava. Sabrina morando e tendo aulas com aquele lobo.

— Eu vou. Preciso voltar a malhar. Mas você vai me esperar? Essa semana estarei no plantão diurno, saio às 19h.

—Ok, amanhã vou dar uma organizada na minha agenda. Então, vamos essa semana à noite, e semana que vem de manhã. Beleza, vai ser legal.

Só se fosse para ela. Apesar de gostar de malhar e fazer exercícios, não estava nada animado com o fato de o filho da puta do Alex ficar cobiçando a minha garota.

Capítulo 7
Sabrina

Dizem que, depois da tempestade, vem a calmaria. Eu não concordava. Nós explodimos e então entramos em um acordo, mas meus sentimentos estavam uma verdadeira luta. Eu não tinha certeza se era aquilo que queria. Por mais que Lucas me deixasse louca e morrendo de vontade de beijar sua boca e todo o seu corpo maravilhoso, ainda havia mágoa em mim. E eu não era uma pessoa que dava o braço a torcer. Um defeito claro da minha personalidade.

O jeito era me distrair com o trabalho. Em minha mesa havia pilhas e pilhas de relatórios para analisar e planilhas para fazer. Apesar de amar o que fazia, às vezes, queria algo mais animado, porque o tédio reinava naquela segunda-feira.

Tudo que aconteceu voltou à minha mente como um filme. Revivi nosso beijo e nosso amasso na cozinha, a briga durante e após o casamento. Era uma merda de montanha-russa. Não vou dizer que odiava aquilo, porque, às vezes, era bom, e discutir com o Lucas apimentava o meu dia.

Do outro lado do escritório, pela porta aberta da minha sala, percebi um dos meus colegas me observando, então sorri e acenei. Passamos algum tempo juntos e nos envolvemos quando entrei na empresa, o que não foi uma boa ideia, já que ele sempre ficava me cercando. Apesar de ele ser uma graça, o sexo não foi grande coisa. E eu não estava disposta a repetir a dose.

Com a manhã se arrastando, tinha que fazer a noite chegar logo; estava animada. Tanto para rever o Alex, que era uma deliciosa tentação, quanto para observar o Lucas fazendo exercícios, que, para um médico, estava em ótima forma. Na verdade, eu estava fodida!

Além de mexer comigo profundamente e amá-lo muito, Lucas era sexy pra caramba. E tínhamos uma história dolorosa e também uma amizade linda. Era complicado explicar nossa ligação; ele foi o primeiro que mexeu comigo de uma maneira tão intensa. Nem mesmo o idiota do Rick me fez sentir tanto.

Alex era lindo, safado, cachorro e certeza de sexo quente. O melhor?

Uma página em branco. Sabia que não podia levar a sério, seria algo casual e delicioso. Minha libido já estava em alerta para provar todo aquele corpo maravilhoso. Porém, ele não era alguém que eu pudesse comandar, e meu alerta de perigo estava ligado.

Ok, eu não era uma santa. Nada de ficar só olhando. Estava em uma seca de meses por não encontrar nada que me interessasse a ponto de esquecer o Lucas, nem que fosse por algumas horas. Era bom afogar mágoas em vários orgasmos.

Fui arrancada dos meus devaneios molhados pelo barulho chato do meu celular. Estendi a mão e o peguei dentro da bolsa, e vi que na tela piscava a carinha da minha irmã Ana Luiza, mostrando a língua. Sorri e fiz uma careta, preparando meu ouvido para broncas de como estava dormindo no ponto esperando a boa vontade do Lucas em cair na real.

— Fala, sua chata! — Eu tinha mais liberdade em falar assim com ela do que com Larissa. Minha irmã mais velha era muito séria e ficava tensa em fazer brincadeiras.

— Não fala assim comigo, pirralha! — Deu uma risadinha baixa, devia estar no hospital. — Como você está?

— Bem, na medida do possível. — Suspirei, não estava a fim de contar toda a merda que acontecia comigo.

— Hum... O bonitinho conseguiu te alcançar no sábado?

— Como assim? Você sabia que ele ficou atrás de mim?

— Aham, parecia que tinha roubado seu brinquedo favorito, uma graça. — Ana adorava Lucas, mas não era feliz em me ver sofrendo por ele. — Ficou meio louco quando eu disse que você tinha saído com o delícia do Heitor.

— Ah, foi você, né, cachorra? Ele parecia mesmo perturbado quando chegou em casa. — Agora entendia toda aquela cena na porta do quarto. Lucas estava com medo de eu estar com alguém, e não preocupado com o meu bem-estar.

— Você sabe que não resisto ao vê-lo coradinho de raiva. Fica uma gracinha, apesar de, às vezes, ser um pateta. Mas não foi por isso que liguei. Layla telefonou. Estão voltando amanhã, e pediu para irmos ao *Beer* na quarta. Ela tem uma novidade pra contar. Eu não sei o quê, mas é convocação geral.

Abri um sorriso na hora. Eu sabia qual era a novidade, mas não ia dizer que fui a primeira a saber o segredo. Todos da família eram meio possessivos e ciumentos em relação à minha cunhada, e podiam ficar chateados.

— Beleza. Hum, isso quer dizer que o Alberto vai estar lá. Você sabe disso, né?

Ouvi um barulho de alguma coisa caindo e Ana xingando baixinho. Ela perdia as estribeiras quando o assunto era o médico lindo e loiro que mexia profundamente com seus sentidos. Mesmo que ela negasse, depois da cena na cozinha, eu não acreditava mais.

— Sei, vai ser uma tortura ver aquela cara sorridente dele. Mas o que a gente não faz pela família. — Suspirou, dramática. — Então tá, pirralha. Te vejo lá, vai ser por volta das oito horas, antes de ela se apresentar. Vou desligar e voltar para os meus pacientes. Beijo.

— Beijo. Fica bem.

Desliguei e fiquei pensativa. A vida era uma porcaria de roda gigante, sempre dando voltas e parando no mesmo lugar. Ana estava há mais de dez anos fugindo do Alberto, e ele sempre atrás. Antes, só queria a amizade e nem isso ela concedeu. Aí, do nada, resolveu reconquistá-la. Não que eu soubesse, já que ela se recusava a falar qualquer coisa.

Voltei meus pensamentos para o trabalho. Tinha até o final do dia para enviar as planilhas para o meu chefe. Como eu tinha menos de um ano na empresa, não podia bobear. Gostava de fazer tudo certinho, sem falha. Odiava pegar planilhas mal organizadas.

Com o aumento do salário meses atrás e não tendo o custo de pagar aluguel, tinha conseguido juntar uma graninha. Quando encontrasse o apartamento, iria dar uma boa adiantada nos pagamentos, talvez até dar entrada em um carro novo. Já estava na hora de trocar o meu, porque eu o tinha desde os 18 anos, quando Bruno me deu, incumbido de me entregar este presente que papai deixou.

Às vezes, desconfiávamos que ele sabia que estava doente do coração e não disse nada para nos poupar. Por que, como alguém que morre de repente deixa tudo arranjado? Pensões a perder de vista e presentes para a vida toda?

Apesar de ser muito nova e não lembrar muito dele, sentia falta de ter um pai presente. Bruno tentou fazer esse papel, mas era diferente. Eu sempre soube que ele era meu irmão e levava muito a sério o que ele dizia. Fui uma adolescente rebelde e chata. Prova disso era a merda que fiz com meu ex.

Mas passado tem que ser deixado lá.

A manhã passou mais rápido do que imaginei. Já era hora do almoço, e decidi ir ao meu restaurante italiano preferido perto do escritório. Depois que Layla começou a namorar o Bruno, passamos a apreciar muito massa, pois ela cozinhava muito bem.

Já no elevador, senti uma presença atrás de mim. Imaginei quem podia ser. Arrisquei uma olhada de rabo de olho e vi que Felipe estava olhando direto para a minha bunda.

Bufei internamente. O cara parecia um garanhão, mas, na verdade, era daqueles tipos que gozava em dois segundos e não satisfazia a parceira de maneira alguma. Ficamos apenas uma vez, mas parecia que ele tinha gamado, pois não largava do meu pé.

Felipe era moreno-chocolate e tinha um quê de menino mau. Malhado ao extremo, devia ser esse o problema da sua impotência. Muito anabolizante para ficar forte.

Virei e o cumprimentei com um sorriso amarelo. Não pretendia dar falsas esperanças a ele de maneira alguma. Uma repetição daquela noite e eu me jogaria de uma ponte.

— Oi, Sabrina. Indo almoçar?

Ai, como não percebi que ele era um chato na época? Eu só saía esse horário para almoçar, não era de ficar vagando pelo prédio.

— Aham. — Me virei para esperar o elevador e suspirei, entediada.

— Hum, eu também. Podemos ir juntos, se você quiser. O que acha? Tô pensando em uma saladinha.

Ele era um pouco estranho, normalmente homem nem liga para o que vai comer, pelo menos não os que eu conhecia. As mulheres, sim, escolhem sempre saladas e passam fome, menos eu. Apesar de quase não engordar, gastava tudo na academia. Era uma mulher que comia muito.

— Então, Felipe... Eu vou comer massa hoje. O *Mamma's* tem muita coisa boa e engordativa. Tô precisando me acabar na comida. — Sorri com a minha trapaça. Eu sabia que ia horrorizar o cara, ele era meio neurótico com mulher comendo muito.

— Que é isso, gata? Você vai engordar assim. Tá tão linda.

— Ah, nem ligo. Minha mãe é fofinha. Se ficar igual a ela, tá ótimo. — Dei de ombros.

Ele arregalou os olhos e sacudiu a cabeça. Segurei um risinho que subia na minha garganta. Seria mal-educado rir da cara dele, na sua frente.

— Ok, então eu vou sozinho. Não sou chegado a massas. Mas cuidado, se ficar gorda, vai ficar sozinha.

Que idiota!

— Sabe, Felipe, antes sozinha com um vibrador bem grande do que com um cara que não me dá o prazer que meu amigo de pilhas me proporciona. — Sorri e entrei no elevador. Olhei para ele, que continuava parado do lado de fora, e mostrei em um gesto com o polegar e o indicador o mínimo que achava.

Ele fechou a cara e grunhiu, indo em direção à escada. Quando a porta se fechou, caí na gargalhada. Há tempos não me divertia assim. Estava precisando voltar à velha eu. Era muito bom, não gostava muito da menina séria que havia me tornado.

Costumava ser sarcástica e falante. Estava na hora de retomar minha vida, como era antes do ocorrido com aquele babaca do Rick.

Só de lembrar daquele palhaço, meu estômago revirava. Nunca contei tudo aos meus irmãos. Não tinha coragem, era vergonhoso demais. Eles só sabiam de uma aposta que havia feito com os amigos, mas omiti grande parte do que ocorreu.

No térreo, caminhei entre as pessoas que seguiam com suas vidas normais, e torcia para que a minha ainda fosse assim. Estava sempre cautelosa e com medo de esbarrar com um daqueles idiotas dos amigos do Rick, e eles falarem qualquer coisa sobre o passado.

Não sabia se havia feito certo em esconder o que passei, mas era complicado.

Eles já me conheciam no restaurante, por isso fui até o balcão fazer o pedido, mas o atendente me deu um sorriso e gritou para a cozinha:

— Mamma, Sabrina tá aqui. Prepara a macarronada que ela gosta.

Ela concordou, gritando de volta:

— Já vai sair!

— Obrigada, Rodrigo. Como tá a sobremesa hoje?

— Hum, do que você tá precisando? — Arqueou as sobrancelhas grossas.

— Um bom balde de sorvete com chocolate derretido estaria ótimo.

— Seu desejo é uma ordem, querida. Vai, pode se sentar que o garçom já leva seu almoço. Vamos caprichar no queijo.

— Obrigada.

Eu adorava ir naquele restaurante, não era chique nem nada, mas tinha um ambiente familiar acolhedor. Estava cheio por causa do horário, mas minha mesa de sempre estava reservada. Mamma adorava me receber, e uma vez até tentou empurrar um dos seus oito filhos para mim. Não que não fossem bonitos, mas os meninos eram muito jovens. O mais velho tinha acabado de completar 20 anos. No mínimo, eu gostava de caras da minha idade.

No entanto, eram meninos legais, e eu gostava de bater papo com eles. Até ajudei o mais velho a escolher a faculdade. Era coisa da cabeça dela mesmo.

Fiquei observando o movimento das pessoas. Quem frequentava o local era normalmente gente boa e feliz, que ia em pares ou grupos. Mas sempre havia algum solitário como eu. Um homem por volta dos 40 anos estava na mesa ao lado da minha com uma expressão triste e fiquei curiosa para saber o que o deixava assim, porém não seria intrometida. Desviei o olhar e aguardei. Não demorou muito para que um dos meninos trouxesse minha macarronada. E era um baita prato.

Agradeci e comecei a comer. A massa estava uma delícia, tudo era caseiro, desde o macarrão até o molho com os tomates colhidos no jardim. Terminei em tempo recorde. Achei que não era tanto assim como imaginava porque não havia mais nada no prato.

Uau, estava muito cheia. Porém, quando olhei para o lado, vi a sobremesa vindo ao meu encontro.

— Aqui, minha flor, seu sorvete com chocolate derretido.

Oh, meu Deus! Eu amava aquele lugar.

— Obrigada, Mamma. Vai ser um sopro no meu dia tedioso.

Ela se acomodou na cadeira à minha frente e ficou me observando.

Além de ser uma mulher linda, Carolina tinha não mais do que 55 anos. Era gordinha e com seios fartos, um coração de ouro e acolhia quem fosse como um filho.

— Oh, coitadinha. Coma tudo. Então, minha linda, como foi o casamento do seu irmão?

— Ah, Mamma... foi lindo. Layla e Bruno estavam felicíssimos.

— Que bom. Eles são um casal muito bonito.

Assenti e voltei para o meu sorvete.

— E aquele bonitinho do irmão dela, que veio com você algumas vezes?

Engoli o sorvete de uma vez, fazendo gelar tudo na minha cabeça. Por aquela eu não esperava, ela sempre prestava atenção, mas nas vezes que trouxe o Lucas estava atrapalhada na cozinha.

— Como você sabe dele?

Ela abriu um sorriso maternal lindo.

— Oh, querida, eu vejo tudo da minha cozinha. Só não vim cumprimentá-los pra não te envergonhar. Mas seus olhinhos brilham quando fala dele.

Suspirei pesadamente. Cara, eu era tão óbvia assim?

— Ah, é complicado. Eu e o Lucas temos uma história de muita mágoa. Pretendo me afastar.

— Mas você gosta dele? — Franziu a testa, sorrindo.

— Sim. Muito.

— Então não há mágoas, querida. Somos humanos, propensos ao erro. Agora me diz: é melhor perdoar e amar intensamente? Ou ter metade da felicidade com outra pessoa por um orgulho bobo?

Ela sorriu e se levantou.

— Não é pra me responder. Apenas pense nisso. Deus sabe que meu falecido marido não foi santo, mas acabou que meu amor era muito grande. Éramos jovens e idiotas. Criamos uma família linda, mas porque eu perseverei. Não me arrependo. Agora termina o seu sorvete e volte amanhã, ok?

Assenti, com lágrimas nos olhos. Mamma era um doce. Saiu falando em italiano com o seu caçula de 10 anos. Segundo me contou, seu marido havia falecido há dois anos e estavam todos se adaptando, mas ela não sofria porque os anos ao seu lado valeram a pena. Só ficou a saudade de um bom marido e pai.

Minha cabeça deu um nó, estava ficando louca. Tudo que ela disse fazia sentido, porém era muito difícil apenas esquecer.

Achava melhor deixar passar e ver no que ia dar. Nós precisávamos de um tempo separado, porque eu necessitava de novos ares. E ia começar com a aula na academia. Faltavam apenas algumas horas para ir. Aproveitaria ao máximo.

Capítulo 8
Lucas

"Lucas, vou pra academia antes do que combinamos.
Te encontro lá. Beijo, Sá."

Recebi a mensagem da Sabrina às três da tarde. Estava uma pilha de nervos desde então. A ideia de ela chegar sozinha na academia me incomodava. Era um prato feito para o lobo faminto.

Não havia o que fazer a não ser esperar o tempo resolver passar mais rápido. Um residente trabalha muito. Por mais que tenhamos algumas aulas práticas na faculdade, nada como a loucura e a correria de um hospital para te tornar um bom profissional. Como eu estava me especializando em Ortopedia, tinha casos que, confesso, pareciam impossíveis, e chegava até a pensar: "Cara, já era. Esse vai perder a perna". Mas não, meu supervisor, o *badass fix bones*, como nós o chamávamos, vinha e consertava um osso quase destruído.

Adorava essa área. Como ainda estava em início de residência, tinha uns bons anos pela frente, e auxiliava e aprendia o máximo. Desde o jardim, eu absorvia tudo que os professores passavam, e, por não termos muitos recursos, acabei adquirindo essa habilidade. E era feliz com isso, sempre dei valor ao que conseguia.

Ainda estava olhando a tela do celular e resmungando baixinho quando senti uma presença atrás de mim. Virei e vi que Alberto estava com a mão no queixo sorrindo e franzindo a testa em gozação.

— Cara, você virou um gatinho. O que tá resmungando aí? — Inclinou o queixo, apontando para meu telefone.

— Ah, Sabrina vai à academia sozinha. O que é uma droga! — Estava indignado, tinha muito planos para conversarmos antes de chegar ao local em que meu primeiro concorrente de peso estaria.

— E?

— O idiota do Wolf vai estar lá... — O que mais poderia dizer? Alberto era um babaca por natureza. Apesar de termos nos tornado bons amigos, ele pegava muito no meu pé.

— Wolf?

— É... Ridículo, né? Mas o cara é isso mesmo, Alberto, um lobo, só faltou comê-la na minha frente. E o pior? Sabrina deu mole, gostou da atenção. — Ainda não havia conseguido engolir isso.

— Lucas, sei que sou o último a dar esse tipo de conselho, pois fui e sou um filho da puta, mas você é um idiota da pior categoria.

— Ah, o sujo falando do mal lavado.

— Eu disse que devia ser o último a dizer isso... Mas por isso mesmo eu digo... Perdi muito tempo, cara. Sabe o que é ser louco por alguém há mais de dez anos? É uma porra! Eu tentei esquecer. Juro! Transei com metade da cidade, mas, mesmo assim, não deu certo. Agora eu concentro toda a minha energia em reconquistá-la, mesmo levando um fora atrás do outro. Estou persistindo, foram quatro anos. Tô ficando cansado, não sei se vou continuar. Mas ainda não desisti, tenho esperança de que aquela cabeça-dura esqueça o passado. — Suspirou, passando a mão pelo cabelo. — Você ainda tem chance, não fez uma merda tão grande quanto a minha. Pelo menos, vocês se mantiveram no nível da amizade e pode usar isso a seu favor na hora de rastejar.

— E o que você fez, cara? — Devia ser uma coisa enorme para alguém ficar magoado por tanto tempo.

— Não vou falar sobre isso. Ela me fez jurar que ninguém mais saberia. Então, se ela falar um dia, eu fico bem, mas, fora isso, não posso... — Balançou a cabeça, parecendo cansado.

— Entendo, mas não sei mais o que fazer, Alberto. Admito que fiz merda, foram quatro anos fazendo a mesma porcaria. Mas agora caí na real e não sei como agir. Tem esse cara, que tenho certeza que vai dar em cima dela. E Sabrina deu pinta de que vai cair na dele. Não sei o que fazer pra recuperar a minha boneca.

Alberto franziu os lábios, pensativo.

— Olha, Lucas, Sabrina não é fácil, mas é um pouco mais maleável do que a Ana. E tem o adicional de vocês serem amigos. Nem isso eu tenho. Ataca por aí, não dá brecha pra outro cara. É fria... Se ele conseguir entrar em campo, vai ser difícil tirar.

— Não pretendo. Eu vou cair em cima com tudo. — Estava disposto a atacar com todas as minhas armas, mesmo não sendo justo. Quem estava ligando?

— Isso aí, irmão. Você vai ao *Beer* na quarta? Fomos convocados. — Pelo jeito, ele também tinha recebido o memorando.

— É, vou sim. O casal tá de volta. — Sorri com a perspectiva de rever minha irmã. Estava com saudades.

— Ok. Bom, vou indo. Tenho que ver as crianças na UTI. Boa sorte com o furacão Sabrina. — Sorriu, divertido.

— Rá... Muito engraçado.

Observei Alberto sair e fiquei imaginando se teria que esperar tanto tempo para ser perdoado. Devia ser desgastante e frustrante. Não me imaginava naquela situação. Fiquei desejando uma mulher que não teria, porém não tinha nenhuma perspectiva de tê-la em meus braços.

Depois de um banho rápido no vestiário do hospital, me arrumei casualmente com calça jeans e uma camisa verde. Minha roupa de academia já estava na mochila. Não queria me atrasar.

Seria uma viagem curta, já que a academia era no centro. Olhei a hora e já passava das sete da noite. Droga, fiquei preso em uma cirurgia e me atrasei. Só esperava que Sabrina ainda estivesse lá. Do jeito que era apressadinha, podia muito bem ter ido embora só de birra.

Passei pela cidade tentando furar o trânsito o mais depressa possível. E era uma merda, horário de *rush* ficava uma loucura. Mas, enfim, cheguei ao meu destino. Desci com a mochila nas costas e fui ao encontro da minha garota.

Parei na recepção e me registrei. O procedimento era simples, pagava a matrícula e ia atrás de um personal. Mas, como eu já tinha um programa da outra academia, nem precisaria. A menina me olhava de cima a baixo, visivelmente interessada. Não dei bola, porque meus pensamentos estavam em uma garota de olhos azuis que me tirava do sério. Às vezes, queria bater na sua bunda de tão teimosa que era.

Antes de me trocar, resolvi procurar onde eram realizadas as aulas de Muay Thai. A menina da recepção me indicou o caminho e fui andando devagar, observando todo o ambiente. A academia era bem arejada e possuía aparelhos de última geração. Gostei muito, afinal, não seria uma perda de dinheiro mudar de academia só por causa da Sabrina.

Avistei o octógono da porta, e, para minha surpresa, Sabrina estava lá no meio com o professor. Como sempre, estava linda. Vestia um top preto e uma bermuda vermelha solta. Em suas mãos, havia faixas da mesma cor do calção. Estava concentrada e olhava Alex com atenção. Não havia me notado.

Ele lhe mostrava um golpe e encostei-me na porta para observar. Alex posicionou os braços da Sabrina em defesa, na frente do corpo, e mostrou o que faria. Girou o corpo e levantou a perna, batendo exatamente onde tinha mostrado.

Sabrina sorriu e falou alguma coisa. De repente, ele a abraçou e falou algo em seu ouvido que a fez corar. Alex virou o olhar e me viu parado. Sorriu, e bateu continência com dois dedos.

Filho da puta! Ele sabia que eu estava ali desde o início. Estreitei os olhos e observei-o cercar a minha garota de todos os lados. Sabrina virou o rosto e seu sorriso morreu. Fechei a cara e esperei-a sair do octógono.

Quando se aproximou, percebi que estava ofegante e suada. Seus olhos azuis brilhavam lindamente. Eu ficava hipnotizado por eles; desde o início, havia sido dessa maneira. A garota me tinha nas mãos e não sabia.

— Oi, você demorou. Achei que não vinha. — Estava sem graça.

— E você nem ia notar minha falta, né? — Eu sei, o monstro dos ciúmes se mostrou. Dane-se, estava morrendo de vontade de esmurrar o cara, colocar Sabrina sobre o ombro e mostrar a ela quem mandava.

— O que você quer dizer, Lucas? Nós combinamos, certo? Estava te esperando, mas, como demorou, eu vim pra aula.

Ela estava brava e ficava linda assim. Assenti e mordi o lábio, desviando o olhar, sem conseguir me conter. Devia beijá-la ali mesmo, talvez assim ela calasse a boca.

— Ah, tenho uma novidade. — Sua voz soou animada.

Voltei minha atenção para seu rosto e percebi que estava corada e alegre. Só torcia para que o Alex não fosse a causa disso.

— O quê?

— Alex encontrou um apartamento no andar abaixo do dele. Ligou pra imobiliária, que disse que vai estar disponível na próxima semana. Não é o máximo?

Porra! Isso doía. Ver a felicidade da minha garota por estar indo para longe de mim era demais. Tive uma vontade meio louca de jogar a cabeça para trás e uivar de raiva.

Meu peito pegava fogo, era como se estivesse arrancando meu coração e levando embora.

— Hum, e você confia nele pra morar tão perto? — Tentava a todo custo arrumar uma desculpa para Sabrina recusar.

— Eu mal te conhecia e fui morar com você.

Ouch! A mulher queria me matar.

— Ok. Você é que sabe da sua vida. — Dei de ombros, tentando não transparecer o que sentia. — Gostou da aula com o lobo?

— Para, Lucas, não fica zoando com o nome do cara. Acho até charmoso... — Ela sorriu, olhando para o chão, corada.

— O quê?! Tá, eu nunca vou te entender mesmo. — Aumentei o tom de voz, estava nervoso e com ciúmes. Péssima combinação.

— Eu sei que não vai. Já provou isso há quatro anos.

Olhei para ela. Nós tínhamos combinado de esquecer o passado, mas, pelo visto, não seria possível.

— E você é teimosa demais pra admitir qualquer coisa, né? Só eu que tô errado? Você não fez nada?

— Porra, será que você pode ser menos idiota? — A essa altura, Sabrina já estava gritando feito louca.

— O que tá acontecendo aqui? Vocês estão gritando e assustando o pessoal.

Alex se aproximou e o cara só vestia um calção preto. Olhava para mim com cara de reprovação e tive uma vontade infantil de mostrar o dedo do meio para ele.

Acho que, quando Sabrina estava envolvida, eu não ficava muito racional.

— Não foi nada, Alex. Só o Lucas, como sempre, sendo um idiota.

Sabrina estava empenhada em me magoar. E estava conseguindo até agora.

— É, Wolf. Tá tudo bem, na verdade, já estou indo. Vou me trocar, tenho uma série longa pra fazer. Se você quiser carona, Sabrina, vai ter que me esperar. — Eu estava sendo idiota, mas não podia evitar.

— Eu te levo, se quiser, gatinha. Vim de moto hoje.

Merda, fiquei com vontade de gritar, mas me mantive quieto e sereno, não mostraria fraqueza na frente dele.

— Não, agradeço, mas vou pro mesmo lado que ele. Vim direto do trabalho e não passei em casa, acabei deixando meu carro. Não vou cometer esse erro novamente.

Mas que porra é essa? Agora pegar carona comigo era um erro? Sabrina tinha essa mania de me atacar quando estava chateada. Já estava acostumado, porém tinha um adicional na história: o cara estava louco para eu sair de cena.

— Bom, eu tô indo. Até mais tarde, Sabrina. Tchau, lobo.

Virei-me e saí antes de dizer algo que me arrependeria. Sempre que ela me provocava, eu acabava falando ou fazendo merda. Pude sentir seu olhar em minhas costas e me forcei a não virar. Meu ego estava machucado.

Caminhei a passos lentos até o vestiário. Quando cheguei lá, deixei meus sentimentos virem à tona. Queria socar alguma coisa e bater naquela cara do idiota do Alex.

Por que era tão difícil ficar com a mulher que amo? Por que ela tinha que ser tão teimosa e linda?

Porra, eu ia acabar ficando maluco!

Andei até a pia e olhei para o meu reflexo no espelho. Meu rosto não era mais o mesmo de quando a conheci. Afinal, havia envelhecido, estava mais maduro fisicamente. Meus sentimentos é que eram uma bagunça e, às vezes, parecia um adolescente ciumento e raivoso.

Olhos verdes como os da minha irmã devolveram meu olhar, e me senti envergonhado por tudo que aprontei. Se fosse sincero, sabia que tratei as mulheres como objetos. Foi um meio de afogar minhas mágoas e saudades de uma garota que me enlouquecia. Mesmo que elas fossem fáceis, eu não tinha o direito de usá-las como se não fossem nada.

Minha irmã me ensinou melhor que isso. Teria que me segurar para não manter-me nesse círculo vicioso no qual me meti. E ainda conseguir minha garota de volta.

Capítulo 9
Sabrina

Eu não podia negar que Alex era um gato e me deixava tentada a milhares de coisas que surgiam em minha mente. Acabei convidando-o para ir ao bar na quarta-feira; foi meio que repentino. Quando vi, já tinha falado e não podia voltar atrás. Sabia muito bem que Lucas não ia gostar; era evidente seu desgosto pela minha nova amizade.

Porém, o cara havia me feito um favor, encontrando um apartamento para mim. Apesar de estar animada, eu sentia um aperto no peito. Você se acostumar a alguém e com certa situação é uma droga. Não conseguia tirar da cabeça que estava traindo Lucas, o que era uma idiotice. Ele havia feito sua escolha, teve muitas mulheres e esfregou-as na minha cara. Mas, depois da "pegação" na cozinha, percebi que o queria tanto quanto ele me desejava; às vezes, achava que até mais. Não sei dizer.

Sentia-me um pouco mal por tratá-lo daquela maneira perto do Alex. Mas era puro instinto me defender, tipo uma armadura. Pude ver em seus olhos verdes a decepção por eu estar saindo de casa, porque a intimidade que havia criado com Alex o incomodou profundamente.

Vi-o saindo em direção ao vestiário e tive vontade de chamá-lo de volta, pendurar-me em seu pescoço e esquecer de tudo. Só que meu orgulho era grande e estúpido demais.

Adorei a aula de Muay Thai. Além do fato de o professor ser tudo de bom, o exercício era ótimo. Muita técnica e aprendizado, mas tinha que ter disposição, porque era bem cansativo. Teve um golpe em particular que peguei bem rápido, o *spin back kick,* no qual o lutador dá um giro e acerta o adversário com o calcanhar. Fiz direitinho, Alex ficou satisfeito e disse que tinha uma ótima lutadora em mãos.

E por falar nele... Eu estava tendo uma visão privilegiada. O cara era deliciosamente gostoso. Só de calção preto e faixas enroladas nas mãos, seu peito musculoso e suado me dava vontade de lamber cada gominho do abdômen definido. E fora que era muito paciente e sedutor. Suas alunas se resumiam a jovens e lindas. Mas, segundo ele, as turmas eram separadas por faixa etária, já que com as senhoras idosas tinha que pegar mais leve.

Aquele olhar sedutor e o sorriso com covinhas deixava as mulheres babando, literalmente. Teve até uma aluna fingindo tropeçar para cair em cima dele. Infantil? Verdade, mas ela tirou uma casquinha.

A aula tinha terminado e Alex se aproximou, sorrindo sedutoramente, com suas covinhas aparecendo como nunca. Oh, Deus! Tinha que me segurar.

— E aí, gatinha. Tá indo embora? — Sua voz era, como sempre, preguiçosa. Como se tivesse acabado de acordar e ainda estivesse sonolento.

— Não, vou procurar o Lucas. Ele tá meio de mau humor, mas já deve ter descontado nos halteres. — Sorri, apesar de estar nervosa com sua aproximação repentina.

— Hum... Você tem alguma coisa com ele? Lucas me pareceu um pouco possessivo...

Arregalei os olhos e corei. Alex havia percebido nossa pequena briga quando chegou.

— Não, somos só amigos que dividem uma casa. A irmã dele é casada com o meu irmão. Então... somos família. — Dei de ombros.

— Entendi, mas tem alguma coisa entre vocês. Percebi a tensão, acho que todos ao redor perceberam. — Arqueou uma sobrancelha.

Decidi disfarçar, não gostava de falar com ninguém da minha relação com o Lucas. Era complicado até para mim. Imagina para um estranho?

— Impressão sua. Mas por que pergunta?

— Porque quero saber se tenho um rival para conquistar você.

Fiquei sem fala, olhei em seus olhos e me derreti um pouco. Ele estava dando em cima de mim, era óbvio. E ainda seríamos vizinhos. Seria um passo para sexo casual. Não que não tivesse feito antes, claro que sim. Porém, depois de toda a confusão no casamento, achei melhor me isolar e pensar nos meus sentimentos.

Todavia, tinha que admitir que um deus como o Alex tentando me seduzir seria difícil, quase impossível, resistir. Não era tão forte assim. Por isso resolvi procurar o Lucas logo.

— É... Vou procurar o Lucas, nos vemos na quarta? Já que amanhã não tem aula...

— Com certeza, pena que vai demorar tanto. Vai querer carona para ir ao bar? — Alex gritava sexo até falando de casualidades.

— Não, obrigada. Vou de carro, não quero incomodar.

Ele se aproximou, colocando a mão em meu rosto, e o acariciou com o dorso dos dedos.

— Incômodo nenhum. Adoraria tê-la na garupa da minha moto... — Sorriu malicioso meio de lado.

Puta merda, o cara ia me matar! Será que alguém já morreu de excitação excessiva?

— É... Quem sabe outro dia? — Sorri, sem graça.

Alex se aproximou, colando a boca em meu ouvido, ainda com a mão em meu rosto, e sussurrou:

— Eu vou cobrar.

Minha respiração parou. Seu hálito quente provocava arrepios em minha pele, e quase soltei um gemido frustrado. Estava há meses sem sexo, e, do nada, surgem dois gatos me provocando. Eu já disse que não era forte o suficiente para aguentar?

Ouvi uma risada rouca em meu ouvido e ele se afastou, me olhando nos olhos.

— Pode ir. Até quarta... — Se afastou com aquele andar descontraído, sedução emanando de cada poro.

Virei-me e fui no piloto automático ao encontro do Lucas. Outro que me deixava maluca!

Avistei-o no *crossover*, fazendo um exercício com dois elásticos nas barras que levantavam o peso dos dois lados, levando o braço em arco na frente do corpo. Fiquei paralisada. Ele havia trocado o jeans por uma bermuda preta folgada e uma camiseta branca, que estava colada em seu peitoral. Por mais que sempre visse Lucas sem camisa, fazendo exercício era outro patamar de maravilha.

Seus músculos definidos saltavam à vista de quem estivesse interessado em observar. E estava lotado, com garotas de idades aleatórias paradas observando. Claro, Lucas era lindo e sexy. E parecia alheio a tudo à sua volta. Estava concentrado em sua série enquanto olhava no espelho à frente.

Sabe esses caras de academia que fazem careta quando levantam peso? Estranho, né? Pois nele não era. Ficava mais sensual fazendo uma caretinha de força. Nesse momento, meu pensamento voou e tive milhares de imagens invadindo minha mente.

De repente, nossos olhares se cruzaram pelo espelho e ele parou o exercício. Não estava com uma expressão amigável em seu rosto. Ele desviou o olhar e caminhou até o canto onde tinha uma garrafa de água e uma toalha de mão. Enxugou o rosto suado e virou a garrafinha na boca.

Aproximou-se, quase colando o peito no meu. Percebi que estava ofegante do esforço físico, mas mantinha seus olhos verde-escuros fixos em mim.

— Já acabou a aula? — Balancei a cabeça, confirmando, parecia ter engolido a língua de tão lindo que ele estava. — Ok, eu já estou terminando, só falta a esteira. Me espera na recepção, vou fazer uns dez minutos e tô indo.

Afastou-se sem nem me deixar falar. Será que estava tão bravo assim?

Peguei minha bolsa e caminhei para a área de entrada, que tinha uma menina observando atentamente o movimento da academia, enquanto lixava as unhas. Sentei e peguei meu *iPod*. Se era para esperar, que fosse ouvindo música. Passei pela lista enorme e parei em uma especial: *Primeiros erros*, do Capital Inicial.

Enquanto a melodia tocava em meus ouvidos, me transportei para quando não tinha nenhuma preocupação, se iria magoar alguém, e, caso eu seguisse meus instintos, se iria me machucar. Não conseguia mais me ver assim.

O quanto o ex me mudou era conhecimento só meu. Ninguém sabia o que eu senti, o que aconteceu. E provavelmente ficaria assim.

Senti uma mão em meu braço e levantei os olhos das minhas mãos entrelaçadas. A garota da recepção estava parada ao meu lado, querendo falar alguma coisa. Parei a música e tirei os fones do ouvido.

— Oi, posso ajudar?

Ela mordia os lábios, visivelmente nervosa. Era até bonitinha. Por volta dos 19 anos, cabelos longos, tingidos de vermelho e olhos castanho-escuros.

— Queria te fazer uma pergunta. Posso sentar?

— Claro. — Me afastei para dar espaço.

— Meu nome é Adriana, mas pode me chamar de Dri.

— Ok, Dri. Do que você precisa?

— Fico meio sem graça... Mas eu vi você conversando com aquele cara de camiseta branca.

Merda! O ciúme começou a se formar no meu peito. Adivinhava aonde isso nos levaria. Já havia passado por situação similar.

— Sim, o Lucas?

Ela sorriu, mostrando um piercing nos lábios.

— Isso, ele é um gato. Uau! Então... queria saber se é seu namorado. Me perdoe se for, mas decidi perguntar antes de fazer qualquer besteira. Já me envolvi com caras comprometidos e não é legal.

Tive que reprimir um grunhido. Minha vontade era de gritar e dizer que sim, ele era meu. Mas a realidade era bem diferente.

— Não, Dri. Lucas é meu amigo, na verdade, somos família.

Ela arregalou os olhos escuros e bateu palminhas. A garota era uma criança, e queria se meter com o Lucas? Ele tinha aquela cara de menino sedutor, mas era um cafajeste.

Ok, sei que estava sendo irracional, mas faria qualquer coisa para melhorar a situação sem parecer possessiva.

— Bem que você podia falar com ele, né? Eu iria, na verdade, até pensei em fazer um movimento, mas ele chegou e entrou tão depressa que nem tive chance. Parecia querer encontrar alguém, agora sei que era você.

Oh, então ela já havia dado mole para ele, que a tinha rejeitado. E o melhor, à minha procura? Interessante...

— Olha, Dri. Vou te dizer a verdade. Lucas não é um cara que você quer se envolver. É um ótimo amigo, muito gentil e educado. Contudo, não para com ninguém, está sempre galinhando, não sei por quê. Com certeza, ele vai destruir seu coração.

Ela levantou uma sobrancelha, divertida.

— E quem tá falando de coração? Só queria uma noite pra transar com aquele cara maravilhoso. Estou longe de relacionamento.

Nossa, não se fazem meninas como antigamente. A Dri era bem sincera no que queria.

— Hum, entendi. Mas, mesmo assim, não acho uma boa ideia...

— O que não é uma boa ideia? — Levei um susto com a voz rouca do Lucas nos interrompendo.

Ele estava parado na porta da recepção, com as mãos na cintura e as pernas separadas. Quanto da conversa será que ele ouviu?

— Hum, você já terminou? Nem vi que se passaram dez minutos.

— Não passou. Eu que saí antes. O que não é uma boa ideia, Sabrina?

Pude notar em seu rosto fechado e olhos semicerrados que ele estava bravo. Mas, antes que pudesse dizer qualquer coisa, a garota se levantou e parou ao meu lado.

— Oi, meu nome é Adriana, mas pode me chamar de Dri.

Revirei os olhos, ela devia falar isso para todo mundo que conhecia pela primeira vez.

— Oi, Dri, já tínhamos nos falado quando eu cheguei, não? Precisa de mais alguma coisa para a matrícula? — A voz do Lucas suavizou um pouco falando com ela, mas ele ainda se mantinha sério.

— Não, tá tudo certo, só queria me apresentar — ela quase ronronou.

— Está apresentada. Agora, se nos der licença, precisamos ir pra casa. Tchau, até mais.

Lucas saiu puxando meu braço, deixando uma Adriana bem chateada. Não pude conter meu sorriso ao olhar por cima do ombro. Ela fez uma careta e marchou para atrás da mesa novamente. Bem feito, vadia!

Contudo, estranhei a atitude dele. Se fosse há algum tempo, ele teria flertado de volta. Se fosse maior de idade, para o Lucas já estava bom, porém aquela coisa toda me deixou confusa.

Ele praticamente me arrastava para o estacionamento. Paramos ao lado do carro e Lucas estacou.

Seu corpo todo estava tenso e pude ver que permanecia chateado. Ele se virou com uma expressão no rosto que eu nunca tinha visto.

— Nunca, Sabrina. Nunca diga que não é uma boa ideia alguém me conhecer. Não seja hipócrita em falar que sou um galinha. Nós não tivemos porra nenhuma nesses quatro anos pra você ficar toda sentida por eu ter transado com um monte de mulheres. — Sua voz saía entrecortada, e percebi que estava tentando se controlar. — Você nunca teve a decência de me dizer que sentia algo por mim. Como eu ia adivinhar? E a merda de não ter dado tempo pra você se arrepender? Besteira! Minha irmã me ensinou a respeitar a vontade dos outros, não ser inconveniente. E foi o que fiz. Você podia muito bem ter ido atrás de mim e me parado, se me viu saindo. Mas não... Você prefere ter seu orgulho estúpido intacto a ser feliz. E agora fica me chamando dessas coisas? Vai se ferrar! — gritou, descontrolado. — Pelo menos, eu não estou flertando abertamente com ninguém, agora que sei o que você sente por mim.

Depois de dizer isso, ele simplesmente se virou, abriu a porta ao lado do motorista e sentou-se atrás do volante, destravando o outro lado. Sua expressão era horrenda, porque a pura raiva refletia em seus lindos olhos verdes, antes tão amáveis.

Fiquei estacada onde ele havia me deixado, absorvendo todo aquele ataque. E não pude deixar de refletir se era verdade. Eu me fazia de vítima com ele? Lucas não sabia de nada que havia acontecido comigo, mas, de certo modo, tinha razão. Eu tinha que manter meu orgulho intacto, afinal, era o que me restou.

Lucas virou o rosto para mim, ainda mais enraivecido. Seu peito subia e descia rapidamente. O meu maior medo estava batendo na minha cara. Nossa amizade estava sendo ameaçada.

Só esperava que pudesse me mudar antes de se completar esse ciclo. Lucas era importante demais para perdê-lo. Se não pudesse tê-lo como homem por qualquer motivo que fosse, eu queria conservar o amigo.

Só esperava não ter destruído tudo de vez.

Capítulo 10
Lucas

Depois de falar o que estava entalado na minha garganta há muito tempo, permaneci em silêncio. Não queria mais nenhum confronto com a Sabrina. Ela tinha o poder de me irritar profundamente. De homem maduro e responsável, eu me tornava um adolescente imaturo. Aquilo tudo já estava me chateando.

Chegamos em casa e fui direto para o quarto me acalmar. Não estava no humor para nada, ainda mais se ela viesse com outras provocações. Percebi que parou em frente à minha porta pela sombra dos seus pés, mas, por algum motivo, desistiu e se afastou lentamente. Esperei a casa ficar em silêncio e fui tomar banho.

Debaixo da água fria, fiz um balanço da minha vida. Apesar de tudo, eu fui um menino normal, mas ter minha mãe ausente o tempo todo não foi fácil. O que compensava era o amor e o carinho da Layla. Ela me ensinou tudo que era bom, e o que é preciso para ser um homem leal e responsável. Tudo bem que certos princípios se perderam um pouco por alguns anos, mas o essencial é que sempre quis alguém ao meu lado. Devia ser algum complexo, eu não podia conceber a ideia de ver quem me importa se afastar.

Quando Layla foi morar com Bruno, tentei não transparecer minha angústia, mas fiquei muito aflito, porém sabia que era importante para o nosso crescimento. Estava na hora de cortarmos certos laços. Fomos unidos demais. Eu amei minha irmã por toda a vida. E, quando me vi sozinho, entrei em um desespero que quase me sufocou. Só melhorou quando pensei em convidar Sabrina para morar comigo. Seria muito bom, porque eu já a amava.

Sempre fui um cara romântico, e pensei na melhor maneira de fazer o convite: declarando o que sentia por ela. Foi um desastre! Ali desprendi todos os meus laços, toda aquela fragilidade e inocência que minha irmã cultivou em mim por medo que eu me magoasse, porque ela sempre foi superprotetora.

Sabrina acabou com tudo num só dia. Então fui um idiota estúpido e agi por impulso. Não que estivesse arrependido, nem perto, mas podia ter esperado, porque não estaria tão magoado como agora. Contudo, a culpa não era exclusivamente minha, como Sabrina sempre frisava. Ela também poderia ter deixado a teimosia de lado.

Agora não havia muito o que fazer. Eu ainda a amava, mas, no momento, estava exausto e não tinha nenhuma vontade de pensar numa estratégia de como ter a Sabrina de volta. A única coisa que queria era deitar na cama, dormir e esperar por mais um dia de trabalho para matar a ansiedade de rever minha irmã. Apesar de morarmos separados, nos víamos quase todos os dias. Fora o fato de que Bruno falava dela frequentemente. Era como se eu estivesse ao seu lado.

Saí do chuveiro e enrolei uma toalha na cintura, nem me preocupando em me secar. Estava uma noite quente e o corpo molhado me manteria sem calor por mais tempo. Caminhei lentamente pelo corredor e parei em frente à porta do quarto da Sabrina, que estava escutando música, como sempre fazia antes de dormir. Não pude de deixar de proceder com a rotina de sempre. Encostei-me à parede, fechei os olhos e me deixei levar.

A melodia de *When I Was Your Man*, do Bruno Mars, invadiu meus sentidos, e, quando percebi, estava cantando junto. A música falava tanto que pude sentir meus olhos marejarem.

"... Meu orgulho, meu ego
Minhas necessidades e meu jeito egoísta
Fizeram uma mulher boa e forte como você
Sair da minha vida
Agora nunca, nunca conseguirei limpar
A bagunça em que me meti
E me assombra sempre que fecho meus olhos..."

Isso me matava por dentro. O que fazer quando a pessoa que você mais ama está fugindo do seu alcance? Como agir para que ela não vá, mesmo percebendo que é o que precisa? Em meu rosto, deslizaram lágrimas de tristeza e saudade. De algo que realmente nunca tive.

Nunca ansiei muito, apenas fui de acordo com a maré. Porém, algo se quebrou dentro de mim quando a vi sorrir. Seus olhos azuis felizes eram o que mais me alegrava nos anos que passamos juntos. Foi seu sorriso que me deu força para continuar, suportar vê-la todos os dias, mesmo sabendo que não era minha.

Um barulho suave chamou minha atenção e desencostei da parede. Sabrina entoava a música suavemente. Sua voz não era das piores, mas não foi isso que me advertiu e sim os pequenos soluços que vinham do quarto. Meu coração se quebrou. Não suportava saber que estava sofrendo.

E foi ali que tive um pensamento que quase me pôs de joelhos. Sabe quando amamos tanto alguém que almejamos a sua felicidade, mesmo que seja longe de nós? Então, se era difícil demais para a minha garota, eu a deixaria ir, mesmo que me estraçalhasse. Acho que esse é o verdadeiro sentido do amor incondicional.

Minha vontade era entrar no quarto e fazê-la ver o quanto nós dois seríamos bons juntos. Só que a vida é muito mais complicada do que desejamos. Eu tinha que respeitar sua decisão mais uma vez.

Afastei-me antes que ela me pegasse novamente espreitando. Não que tivesse acontecido outras vezes. Sabrina tinha mania de ouvir música dormindo e eu sempre ficava por ali escutando, vendo se teria algum indício de que ela me queria. Até há pouco tempo, ela não ouvia coisas tão significativas.

Já deitado na cama, fechei os olhos, me preparando para o que viria. Meu coração estava cheio de um sentimento que não somos capazes de imaginar o quão doloroso pode ser até experimentá-lo: saudade. Eu já estava acostumado, por tudo que passei em minha vida, contudo, sentir por motivos tão diferentes era algo totalmente novo e intenso. Então, me lembrei de uma frase de *William Shakespeare*: "Conservar algo que possa recordar-te seria admitir que eu pudesse esquecer-te".

Existem pessoas que não dá para esquecer, nem se você tentar.

A melhor coisa para mim em um dia de trabalho é saber que você fez algo de bom para alguém. Chegou uma menina com o braço machucado e teria que colocar tala e gesso. Só que muitas ficavam assustadas, mas aprendi uma coisa que animava as crianças em meu período de treinamento quando ganhei a bolsa para a faculdade.

Tinha adesivos coloridos na gaveta e, sempre que colava alguns no gesso delas, elas ficavam radiantes. Essa garotinha tinha por volta de 8 anos e havia caído de uma altura razoável enquanto brincava. Não chegou a fraturar o osso, mas ele saiu do lugar. E não era algo indolor, ainda mais para alguém tão pequeno.

Quando colei as florzinhas em seu braço, ela ficou tão feliz, que me deu um abraço desajeitado de lado e saiu saltitando. E era assim que eu ficava satisfeito por ter escolhido a profissão de médico. Na verdade, Bruno dizia que não era uma escolha que a gente fazia. Era um dom que nos era dado, e apenas bons profissionais chegam a se sentir realizados em ajudar os outros.

Depois de guardar tudo, fui para a clínica chamar o próximo e topei com Kiara. Droga, tinha conseguido evitá-la por quase cinco dias! Estava bom demais para ser verdade. Tentei desviar, mas não foi possível. Ela deu uma corridinha e parou ao meu lado com um sorriso malicioso.

— Oi, gato. Pensei em você esse tempo todo. Temos que repetir a dose, adorei transar em local aberto. — Passou a unha por meu braço, me dando asco.

Cara, tem mulher que não tem desconfiômetro. Eu dei um fora nela, fui grosso, estúpido e ainda assim ela tentava alguma coisa.

— Oi, Kiara. Er... Não podemos repetir, aquela foi a última vez. E não foi legal o que fiz. Sinto muito, fui muito rude. — Tentei ser educado, mas frio. Não queria dar falsas esperanças.

— Ah, que graça. Não precisa de mãos e dedos comigo, querido. Eu gosto de você rude.

Fiz uma careta e a encarei. Que garota estranha!

— Não, eu não quero mais. Arruma outro cara. — O jeito era ser ríspido.

Ela fechou a cara e estreitou os olhos, me fuzilando com um olhar cínico. A mulher era meio assustadora.

— Então, é isso? Você tá me dispensando mesmo? — Ela soava realmente louca. — É por que falei da sua irmã? Sinto muito, retiro tudo que disse.

— Não, é que não gosto de você. Eu não vou transar com você de novo. Agora, se me der licença, tenho mais pacientes para atender.

Ela comprimiu a boca e franziu a testa.

— Quer dizer que você me usou e agora joga fora? — Ela só faltou gritar para todos ouvirem, sua voz um tom mais estridente.

— Kiara, você dá margem para os caras agirem assim. Não se faça de santa, nós sabemos que não é. Tenha um pouco de autoestima e não corra atrás de mim. Eu tô fora, não vou mais ficar contigo.

— Hum, você vai ver, Lucas. Ninguém me trata assim, seu palhaço. — Saiu pisando duro. Dei de ombros e segui meu dia. O resto foi tranquilo.

Estava a caminho do vestiário quando meu celular tocou. Tirei-o do bolso e vi que era minha irmã. Seu rosto sorridente alegrou meu dia.

— Ei, Lala. Como você está? Estou morrendo de saudades. — Pude ouvir sua risada do outro lado.

— Também estou, irmão.

— Ah, que bom. E como é a vida de casada? Já está entediada?

— Rá, muito engraçado, seu bobo. Você sabe que não dá pra ficar entediada com o meu garanhão.

— Eca, Lala. Não, por favor, sem detalhes.

Ela gargalhou do outro lado. Layla mudou totalmente, nunca havia feito brincadeiras desse jeito antes. Estava muito mais solta e desinibida.

— Ai... ai... Bom, tô te ligando pra avisar que já estou de volta. Amanhã você vai ao *Beer*, né?

— Claro, e vou perder a chance de ver o babaca do Bruno amarrado por completo? — Sorri. Adorava provocar meu cunhado.

— Tá. Deixa ele te escutar... Bom, hoje nós vamos descansar. Temos uma novidade.

— Você não vai embora, né? — ofeguei.

Meu coração afundou com a ideia de a minha irmã ficar mais longe do que já estava.

— Não, Luquinha, é outra coisa. Mas você ficou estranho. O que foi? — Sua voz estava preocupada, como eu conhecia bem.

— Nada não...

— Lucas, eu te conheço. O que está acontecendo?

Respirei fundo, temendo o que ela diria.

— Lala, eu te decepcionei?

— Como assim, irmão? Claro que não, você é um cara ótimo.

— É que andei pensando na vida e fiz algumas escolhas erradas, estou sendo uma pessoa diferente do que era. Não sei se gosto de mim assim.

O silêncio era uma coisa difícil de acontecer com minha irmã. Pensei até que ela tinha desligado.

— Hum, entendi. Bem, eu não ia me pronunciar, mas já que você está tocando no assunto... Eu não acho certo o modo como agiu esses anos. Creio que todos têm que errar pra aprender algo na vida. Ninguém é perfeito, Lucas. O melhor você já fez. Entendeu que está errado e vai tentar mudar. Nunca ficaria decepcionada com você, te criei muito bem pra saber a espécie de homem que se tornou. Só estava confuso, o que é totalmente compreensível.

Minha irmã era a melhor mulher do mundo, sem sombra de dúvidas.

— E se nesse meio tempo perdi algo que realmente me importava?

— Aí cabe a você se esforçar ao máximo pra ter de volta. Ainda dá tempo.

Meu coração aliviou um pouco com o que ela disse.

— Ok, Lala. Obrigado por tudo. Só queria te dizer que você foi, e continua sendo, muito importante na minha vida. Desculpe se fui um babaca esses tempos.

— Irmão, te amo demais. Agora vou indo, Bruno quer ver um filme. Beijo, te vejo amanhã.

Desliguei e guardei o celular no bolso. Troquei-me rapidamente e fui para casa, porque não estava a fim de ir à academia, queria banho e cama. Dias mais lentos eram cansativos.

Quando estacionei em casa, percebi que Sabrina não estava fora, seu carro na garagem era um indício. Estranho... Achei que iria à academia. Assim que entrei, um aroma delicioso me brindou. Ela estava cozinhando; sempre fazia várias guloseimas quando estava nervosa ou feliz por alguma coisa.

Tinha medo de descobrir qual das opções era a correta.

Quando a vi, tive um pequeno infarto. Ela tinha fones nos ouvidos e vestia um shortinho curto rasgado, top de malhar preto e seus cabelos negros estavam presos em um rabo de cavalo. Sua cintura delineada pedia para ser acariciada, assim como sua bunda torneada. Sabrina dançava, provocante. Minha vontade era de sentá-la no balcão e fodê-la ao esquecimento, até que nós dois estivéssemos tão esgotados que ninguém conseguiria abrir a boca para magoar o outro.

Agi sem pensar, dei dois passos e parei atrás dela, que tensionou e parou de dançar. Coloquei as mãos em sua cintura fina, acariciei por algum tempo e deslizei até sua barriga, escorregando lentamente. Fechei os olhos e aproveitei para sentir sua pele quente. Desci a boca até seu pescoço, inalando seu perfume provocante, beijei lentamente, passei a língua pela pele, sentindo seu gosto eletrizante. A mulher me acendia sem fazer nada. Com os dentes, tirei um fone do seu ouvido e sussurrei de olhos fechados:

— Eu tentei respeitar sua vontade, Sabrina. Juro que sim, mas não dá mais. Eu estou morrendo. Não quero mais brigar. Quero afundar dentro de você, uma e outra vez. Vamos dar uma pausa. Deixa-me te amar?

Capítulo 11
Sabrina

Existem decisões que mudam sua vida completamente. Em meus 23 anos, já tive que tomar muitas, algumas foram boas, outras nem tanto. Porém, estava em uma sinuca de bico. Se recusasse o que meu corpo e coração queriam, tinha certeza de que me arrependeria amargamente depois. E, se eu aceitasse, poderia me machucar. Tudo bem que Lucas não era um total cafajeste. Mas será que eu podia confiar nele? Será que meu coração estava pronto para se abrir totalmente?

Após nossa briga no dia anterior, chorei em meu quarto, lamentando o quanto perdi. Não sabia se estava realmente sendo hipócrita acusando-o, ou se era um mecanismo de defesa. Então, resolvi cozinhar para tentar voltar a uma boa convivência. Não imaginei que Lucas teria uma atitude tão incisiva e me cobraria uma decisão tão importante.

Decidi seguir uma máxima que aprendi há muito anos: *Carpe Diem*.

Sua respiração no meu pescoço levava a um novo patamar de excitação. Esvaziei minha mente de toda precaução e me deixei levar. Fechei os olhos e senti tudo. Seu corpo grande e musculoso estava a um milímetro de distância do meu, podia sentir o calor que emanava dele me provocando. As mãos em minha barriga haviam parado de se movimentar, esperando uma resposta. O local onde Lucas havia lambido estava formigando. Meu coração pedia, aos gritos, um pouco mais de proximidade.

Coloquei a mão na sua nuca e passei por seus cabelos macios. Pude ouvir sua respiração acelerar e seu corpo relaxar. As mãos subiram um pouco e pararam perto demais dos meus seios, que estavam sensíveis por antecipação.

— Sabrina, preciso da resposta. Quero ouvir você dizer. Deixa-me te amar?

Oh, Deus! Aquela voz rouca ia me matar. Mas eu não queria pensar em amor, não naquele momento. Mesmo que isso estivesse implícito, ele nunca sairia de mim, nem se tentasse. Contudo, eu queria apenas sentir.

— Lucas, faça sexo comigo. Me foda! Não fale de amor agora, por favor...
— Engoli em seco, esperando uma rejeição.

Ele ficou em silêncio e seu corpo endureceu atrás de mim. Já me preparei para sair, envergonhada. Mas logo Lucas colou seu corpo no meu e aproximou a boca do meu ouvido.

— Não tem como eu te foder sem amar, Sabrina. Com você, nunca vai ser só sexo. Eu não vou falar mais nada... Vou entrar em você como desejamos desde o início. Mas fique ciente a todo instante que não é uma porra de sexo sem sentido. Meu corpo clama pelo seu, e meu coração já te pertence há muito tempo.

Nem tive tempo de dizer nada. Lucas segurou minha cintura, me virando e olhando em meus olhos. Seu olhar queimou em mim, com desejo, raiva, decepção e amor. Sua respiração estava rápida como se tivesse corrido uma maratona. Mordi os lábios em nervosismo; as palavras haviam fugido da minha mente. Estava tudo em branco.

Eu estava a ponto de desistir quando Lucas desceu a boca na minha. Ai, eu estava perdida! Ele devia vir com um selo de advertência. Era puro pecado. Me invadiu com sua língua quente, lambendo e me deixando louca. Ele puxou meu corpo, nos colando, e senti tudo. Por estar com pouca roupa, cada músculo definido do homem podia ser localizado. Fora a ereção dura e pulsante em meu estômago.

Lucas não me beijava, ele estava devorando minha boca. Entre mordidas e gemidos, eu lambia e chupava sua língua. Ele tinha um gosto maravilhoso. Meu coração estava tão saturado de tantas coisas que tinha vontade de gritar. Não queria nem pensar sobre isso.

De repente, ele me levantou e automaticamente enlacei as pernas em seu quadril. Percebi que estava andando a caminho do quarto, mas então me lembrei.

— Lucas, as panelas. Tenho que desligar — tentei falar enquanto me beijava. Não era fácil, porque o homem tinha uma língua que, nossa...

Ele soltou minha boca e andou até o fogão, sem desgrudar os olhos dos meus. Estendi a mão e desliguei todos os botões. Lucas caminhou a passos largos, entrou em seu quarto, fechou a porta com o pé e olhou em volta. Aproximou-se da cama e me deitou levemente. Não desgrudei as pernas dele. Ele abaixou-se, ficando cara a cara comigo.

Olhou em meus olhos tão docemente que senti um aperto no peito. Seus lábios estavam inchados e molhados das minhas mordidas. Eu não queria nada leve e lento; tinha muita tensão sexual entre nós. Lucas levou uma mão até meu rosto e acariciou, passando-a em meu pescoço e cabelo. Prendeu os fios entre os dedos e puxou, me fazendo arquear a cabeça para trás.

— Agora você vai ser minha. Eu vou te foder ao esquecimento, exatamente do jeito que devia ter sido ontem à noite. Não se feche pra mim, Sabrina. Entenda de uma vez por todas, porra. Eu te amo! — Seus olhos verdes estavam brilhantes e me faziam querer me esconder de tanto que podiam me ler somente observando.

— Não, Lucas. Por favor, sem amor. Isso é complicado. — Desviei o olhar.

Ele puxou mais meus cabelos, me fazendo encará-lo.

— Como complicado? Você me quer e eu te quero. O que tem de tão difícil para você admitir?

— Não é tão simples. Você não entende...

— Então me explica, por que você não me deixa te amar do jeito que eu quero? Eu quero te entender, Sabrina.

— Agora não, depois. Por favor. Só quero você dentro de mim... Eu preciso!

Fechei os olhos, esperando sua decisão. Naquele momento, era a única coisa que podia dar a ele. A maneira que podia ser.

— Ok. Mas não vai ficar assim. Me solta. — Levou as mãos aos meus calcanhares, tentando desvencilhar-me dele.

— Não, por favor, eu preciso de você! — Sei que soei desesperada, mas me sentia realmente assim com a possibilidade de o Lucas me rejeitar.

— Eu também... Quero tirar nossas roupas, não dá pra transar assim.

Assenti e desentrelacei minhas pernas da sua cintura. Lucas se levantou, olhando em meus olhos, desceu o olhar por meu corpo e sorriu malicioso. Gente, como ele era lindo!

— Na verdade, você tem pouca roupa. Até que não seria tão difícil.

Corei, surpreendendo-me. Era muito difícil ficar envergonhada por um homem me ver sem roupa, só que com Lucas eu despia muito mais do que meu corpo.

Olhei seu físico maravilhoso e ofeguei. Pensando que, enfim, poderia explorar cada pedacinho que ansiei por tanto tempo. Ele puxou a camisa sobre a cabeça e jogou em algum canto do quarto, desfez a fivela do cinto e desabotoou a calça jeans, descendo por suas pernas lentamente. Não pude deixar de notar o volume em sua boxer preta.

Levantei os olhos e me deparei com seu rosto sorridente.

— Tá gostando de olhar? — Ergueu uma sobrancelha.

— Você nem imagina.

— Sua vez agora.

Sentei-me, retirando o top, e fiquei de joelhos para descer o short. Estava só com uma calcinha de renda azul. Os olhos do Lucas se estreitaram daquele jeito sonolento que eu tanto amava. Já ia tirar a calcinha, mas ele me interrompeu.

— Ainda não, por isso mantive a cueca. Se ficar sem nenhuma barreira entre nós, não vou aguentar. Meu tesão é muito grande. Você é a mulher mais linda que já vi.

Ele se aproximou, ficando de joelhos na cama. Pegou-me por debaixo do braço e me levantou. Fiquei de pé à sua frente. Seu hálito soprava em minhas coxas, fazendo-me arrepiar toda.

— Lucas, não me provoca. Eu te quero demais! — Olhei para baixo, e seu sorriso safado estava em toda a sua glória.

— Não quero te provocar, apenas te provar.

Levou a mão até a barra da minha calcinha, arrastando pernas abaixo. Seus olhos levantaram lentamente, desde meus pés até meu sexo depilado. Lucas ergueu as mãos, passando por minhas coxas; seu toque era macio e forte.

— Tem certeza que quer apenas sexo? — falou com a voz rouca, olhando-me nos olhos.

— Sim.

Ele assentiu, desviando o olhar, mas pude perceber certa dor em seu rosto.

— Ok.

Perdi o fôlego quando ele, subitamente, me jogou na cama.

— Então, vou te saborear como eu quiser.

Com o rosto na altura das minhas coxas, ele baixou a boca deliciosa direto em minha vagina. Sua invasão me deixou totalmente louca. Sua língua fazia coisas comigo que nunca experimentei. Podia sentir cada parte do meu corpo se arrepiando com cada lambida que dava, enquanto seus dentes se juntaram à brincadeira, e arqueei meu corpo em loucura.

O clímax me pegou tão forte e rápido que perdi totalmente a noção de onde estava. A única certeza que tinha era da respiração rápida do Lucas em minhas pernas. Com os olhos fechados, me deixei relaxar com os espasmos restantes em meu corpo.

Então, subitamente, fui arrastada para a beira da cama e fiquei com as pernas suspensas. Abri os olhos, atordoada com o ataque repentino. Um medo antigo me assolou, mas foi dissipado quando olhei em seus olhos verde-escuros de desejo. Lucas nunca me faria mal.

— Eu quero que saiba de uma coisa. Eu vou te foder. Mas, no final, você não vai conseguir fugir do que sentimos, eu não vou deixar.

Meu coração disparado se transformou em uma corrida tresloucada. Estava sem fôlego pelo orgasmo e não consegui dizer nada. Lucas estava ajoelhado no meio das minhas pernas e se inclinou, colando o peito musculoso em meus seios sensíveis. Seu rosto pairava sobre o meu, ele tinha o rosto sério e pude perceber a tensão em seu corpo. Levei minha mão ao seu rosto e acariciei levemente. Meus sentimentos por ele nunca estiveram tão aflorados.

— Faça amor comigo, por favor. Faça-me esquecer...

Ele fechou os olhos e relaxou. Então entrou num só impulso. Senti como se eu precisasse dele dentro de mim para sobreviver. Era algo que nunca tinha conhecido. Estava completa, alucinada. Agarrei seus ombros e finquei as unhas em sua pele. Lucas gemeu e se moveu, estocando em mim com força. A cama balançava e se arrastava. Tínhamos muitos anos de tesão reprimido. Enlacei as pernas em sua cintura e sincronizei com seus movimentos.

Lucas afundou o rosto em meu pescoço e mordeu meu ombro, me fazendo gritar de prazer. Senti o clímax surgindo novamente. Ele passou um braço por minha cintura, me prendendo ao seu corpo, e aumentou ainda mais os seus movimentos. Estava literalmente me fodendo ao esquecimento. Não conseguia pensar em nada. Meu corpo estava em chamas, com os gemidos e rosnados que emitia em meu ouvido.

— Não estou aguentando mais. Eu vou gozar, Lucas.

— Isso, goza gostoso no meu pau. Quero sentir você toda molhadinha antes de chegar lá.

Então, quebrei. Foi tão intenso que minha visão ficou escura. Arqueei as costas e gritei seu nome.

— Porra, você tendo um orgasmo é lindo, mulher! Se segura, é a minha vez.

Nem deu tempo de assimilar o que ele disse. Segurei em seus braços e joguei a cabeça para trás. Lucas estocou mais umas três vezes, e se derramou em mim com um grito rouco, seu corpo convulsionando a cada jato de gozo.

Estávamos suados e cansados. Lucas deixou seu corpo descansar em cima do meu. Enlacei seu pescoço e fechei os olhos, avaliando o estrago. Meu corpo latejava e estava saciado, mas minha mente e coração estavam em frangalhos. Naquele momento, percebi que o amor que sentia por ele se elevou ao nível máximo. Assustada era pouco para dizer como me sentia; apavorada era um adjetivo melhor. Eu não queria magoá-lo, nem a mim. O que fazer? Meu Deus, eu era uma bagunça.

As lágrimas inundaram meus olhos e não pude contê-las, nem o soluço sofrido que se formou em meu peito. Quando percebi, estava desencaixada do Lucas e deitada na cama com ele pairando acima de mim, enquanto me fitava, preocupado.

— Eu te machuquei, Sabrina?

— Não... É que... Ai, meu Deus! — tentei falar em meio aos soluços, mas era impossível.

Ele me abraçou e me aninhou em seu peito como se eu fosse uma criança. Deixei todo o meu sentimento extravasar em lágrimas grossas. Lucas murmurava palavras de conforto e acariciava meus cabelos. Abracei sua cintura e fechei os olhos.

Meu peito doía demais. Tê-lo daquela maneira tão intensa — como eu suspeitava que fosse ser — foi mais do que previ. Seria impossível retirá-lo do meu coração, porque Lucas fazia parte da minha alma.

Chorando em seus braços, acabei adormecendo.

Era tarde quando abri os olhos novamente, e Lucas estava adormecido ao meu lado com o braço em volta da minha cintura, protetoramente. Pensei em tudo que havíamos passado, e meu peito doeu. Um soluço ameaçou subir em minha garganta, mas o sufoquei. Não queria acordá-lo, ainda tinha muito medo do que poderia acontecer se permanecesse ao seu lado.

Desvencilhei-me delicadamente e levantei da cama. Olhei o homem que amava e que era meu melhor amigo. Como as coisas foram ficar tão complicadas? Por que eu fui abrir minha boca grande e dizer o que sentia?

De certo modo, eu estava confortável com nosso relacionamento. Então, por que agora, depois de tantos anos, fui estragar tudo? E ficou ainda pior com o sexo incrível que fizemos.

Não podia permanecer naquele quarto, seria demais. Dei uma última olhada no amor da minha vida, peguei minhas roupas e saí do quarto, deixando minha felicidade com ele.

Capítulo 12
Lucas

Fazia tempo que não dormia tão bem. Após ver o amor da minha vida chorando em meus braços, me senti um completo filho da puta. Tomei-a como outra qualquer, sendo que Sabrina era importante demais para mim. Depois que ela adormeceu, fiquei observando seu rosto lindo. Ela tinha uma feição tão suave que parecia uma boneca. E a vi quebrar. Não entendi bem o que a levou ao choro, nem perguntei. Às vezes, precisamos apenas deixar sair, desabafar tudo que guardamos dentro de nós.

Sua respiração leve me hipnotizou e acabei adormecendo também, sonhos do que tínhamos feito invadindo meu sono. Nunca senti tanto tesão na minha vida. A mulher era perfeita. Se não me controlasse, acabaria com a brincadeira rápido demais. Porra, parecia um adolescente! Mas também, após quatro anos passando vontade, era natural. Contudo, teria certeza que, na segunda vez, eu aproveitaria cada pedacinho do seu corpo maravilhoso. Na verdade, pretendia fazer isso logo que acordasse. Acabaria me acostumando a dormir com seu corpo quente ao meu lado.

Abri os olhos, e a primeira coisa que vi foi o espaço vazio na cama, onde antes tinha uma linda mulher de cabelos negros e olhos azuis. Levantei o braço e passei a mão pelo lençol; a cama estava fria. Ao perceber isso, a decepção me abateu e amaldiçoei-me baixinho por ter sido um babaca. Sabrina só queria sexo, como ela mesma disse. Eu a abracei como um homem apaixonado, e a única coisa que estava interessada era em alguns orgasmos que teve.

Ok, eu também tive minha parcela de prazer. Na verdade, nunca tive tanto em uma só foda. Mas pensei que finalmente ela cairia em si e me deixaria entrar, que deixaria toda a teimosia de lado. Enganei-me novamente, estava virando um padrão eu ser feito de trouxa.

Minha vontade era de gritar a agonia que havia em meu peito e extravasar toda a dor que sentia. Queria socar paredes e quebrar as coisas; esses impulsos sempre me acometiam quando o assunto era ela. Só que, desta vez, agiria diferente.

Não iria mais correr atrás, tinha sido eu desde o início. Não mais. Se Sabrina quis só uma foda comigo, é o que teria. Ia tratá-la exatamente da maneira que trato as mulheres de uma noite só.

Levantei devagar e percebi resquícios da noite passada. A cama estava toda desarrumada e senti seu perfume pelo quarto. Puxei com raiva o lençol, fazendo uma bola, e tirei a fronha do travesseiro. Ia lavar qualquer vestígio que me lembrasse da noite maravilhosa e também o que aconteceu depois.

Carreguei a trouxa para a lavanderia e joguei dentro da máquina. Não estava pensando em nada. O perfume ainda estava me incomodando, meu corpo todo cheirava a mulher e sexo. Percebi que estava nu na área aberta do quintal. Joguei sabão na máquina e liguei o ciclo de lavagem.

Fui direto para o banheiro. Queria arrancar de uma vez o perfume remanescente. Abri o registro e a água gelada anestesiou minha pele, lavando um pouco da raiva.

Fechei os olhos e joguei a cabeça para trás. Em minha cabeça, flashbacks do nosso sexo maravilhoso vieram com tudo, fazendo meu pênis latejar dolorosamente. Coloquei a mão direita ao meu membro endurecido e me deixei levar. Imagens do seu corpo nu me fizeram gemer de prazer.

Movimentei meu punho duro e rapidamente para cima e para baixo. Nunca gostei de me aliviar sozinho, achava um substituto muito fraco para uma boca gostosa, por exemplo, mas tinha situações arrebatadoras que exigiam alívio imediato. Em nenhum momento havia batido uma tão excitante. Só a imagem do corpo macio da Sabrina me fazia querer gozar. As lembranças dos seus sons fracos me levaram à beira do orgasmo. Em uma última investida, derramei-me com um gemido rouco e abafado.

Minha respiração estava acelerada, e meu coração batia muito rápido. Encostei a testa na parede e fechei os olhos enquanto a água fria escorria por minhas costas. Com o corpo relaxado, pude pensar melhor, porque a raiva havia esmaecido um pouco. Droga, Sabrina me colocava em estado de emergência em todos os sentidos!

Ao mesmo tempo que a queria loucamente, sabia que tinha que manter distância. Uma mulher tão complicada não era saudável para voltar à minha velha rotina. Pensando bem, acho que nunca mais seria o mesmo.

Não depois da noite passada. Se para ela fora somente sexo, uma maneira de extravasar, para mim, foi mais que isso; fiz amor em seu estado mais pleno. Precisava pensar em como fazê-la entender que, às vezes, existe somente uma pessoa que é destinada a estar ao nosso lado. E, quando não damos a atenção necessária, perdemos o que poderia ter de mais belo.

Só que, no momento, estava muito magoado. Nem queria vê-la enquanto estava assim. Desliguei o chuveiro e saí do boxe. Então lembrei que não havia levado nada comigo, tamanha a pressa de lavar todo o vestígio dela do meu corpo.

Dei de ombros. Estava na minha casa e, se esbarrasse com ela, que se fodesse. Estava quase na porta do meu quarto quando uma voz me chamou:

— Lucas, o que você está fazendo? — Mesmo de costas, percebi que Sabrina estava tensa. Sua voz vacilou um tom. Parei em frente ao meu quarto, nu, molhado e tenso. Fechei os olhos, não conseguindo encará-la.

— Estava tomando banho. Por quê?

— Mas você está nu...

— Acho que é assim que se toma banho, mas não tem nada aqui que você não tenha visto. O que você quer? Fala logo. Tenho que ir trabalhar. — Sei que fui ríspido, porém não podia evitar. Havia um buraco sangrando em meu coração que imaginei não se curar tão cedo.

— Er... Queria te perguntar se podemos deixar o que aconteceu ontem no passado e continuarmos amigos. Não quero te perder.

Merda, a mulher parecia ter o prazer de me machucar! Se ela não queria me perder, por que me abandonou no meio da noite? Nem me dei ao trabalho de virar.

— Ok, Sabrina. Não é importante. E, além disso, você vai embora, não precisa se preocupar.

Não lhe dei chance de dizer mais nada. Entrei no quarto e só ali permiti que minhas emoções viessem à tona. Olhei em volta, a cama sem lençol e minhas roupas espalhadas pelo quarto. Naquele momento, decidi não deixá-la perceber o quanto me magoava com aquela atitude. Se ela me queria apenas para um meio de se satisfazer, era o que teria.

Guardei meus sentimentos e fui trabalhar. A noite seria longa, e, de qualquer maneira, teria que encarar Sabrina. O que me animava era o reencontro com minha irmã. Estava morrendo de saudade do meu anjo da guarda.

Meu dia terminou a passos lentos. Nunca tinha tido um plantão maçante. Sempre fui muito animado em exercer minha profissão, mas não estava no humor de conversar com ninguém. E ser ortopedista consistia em trocar ideias com os pacientes, então fiz o meu melhor para não descontar nos outros minha frustração.

Fui ao bar assim que saí do hospital. Tinha levado roupa na mochila para me trocar. Não ia passar em casa e ter o risco de encontrar a Sabrina, já bastava ter que enfrentá-la na frente de toda a família sem poder demonstrar o quanto havíamos ficado íntimos.

Como tinha chegado cedo, provavelmente, daria tempo de curtir minha irmã um pouco; sentia muita falta do seu sorriso todas as manhãs. Não que eu fosse deixá-la saber. Do jeito que Layla era, ia se sentir culpada por ter se mudado e me deixado sozinho.

Chegando à porta do bar, percebi que já havia bastante movimento. Era de se esperar, a volta da estrela traria muitos clientes. Tinha pessoas que frequentavam o *Beer* só para vê-la cantar. Minha irmã tinha um talento raro, cantava com sentimento e sua voz era grave e rouca, incomum em mulheres. Planejei cantar algo com ela naquela noite porque sentia falta dos nossos duetos.

Avistei Layla sentada ao lado do marido, sorrindo, e ele a alimentava com batatas fritas. Os dois estavam muito felizes. Nunca vi minha irmã tão à vontade com alguém; nem mesmo comigo ela se abriu totalmente. Bruno havia lhe feito muito bem, e eu seria sempre grato.

Aproximei-me sem que percebessem, observando seus olhares apaixonados e sorrisos sinceros. Meu coração apertou e senti um frio na barriga. Aquilo era o que eu queria. O amor pleno e feliz. Só não sabia se poderia ter com a Sabrina. Mesmo tendo muitos problemas, no final, a escolha de ser feliz partiria somente dela. Eu só poderia esperar que sim, pois para mim amor de verdade só aparecia uma vez na vida.

— E aí, pombinhos, ainda não se cansaram um do outro? — Sorri ao me sentar, eu gostava de provocá-los, mas sabia o quanto se amavam.

Bruno e Layla olharam para mim, sorrindo, porque sabiam que eu só estava implicando.

— E aí, garoto? Eu sei que você sentiu falta do meu charme. Como andam as coisas no hospital?

— Ah, tudo indo. O seu substituto é um idiota! Mas não vamos falar de trabalho hoje. Estou com saudade da minha irmãzinha.

Layla veio para o meu lado, me deu um abraço forte e eu, como sempre, me emocionei, porque o elo que tínhamos era lindo e sincero.

Ela se afastou, me encarando com os olhos marejados.

— Senti sua falta, Luquinha — sussurrou, sorrindo.

Inclinei-me e dei um beijo em sua bochecha.

— Eu também, irmã. — O amor que sentia por ela chegava a ser palpável, era agradecido por tudo que fez. — E aí, me conta qual é a novidade...

Ela arregalou os olhos e sorriu, enxugando algumas lágrimas que haviam escorrido por seu rosto.

— Ah, não. Só quando todos estiverem presentes. Mas queria te perguntar uma coisa... Você pode cantar uma música? Adoro quando senta ao piano. Sabe que Heitor colocou um no bar só por sua causa, né?

— Claro que canto. Estava pensando nisso vindo pra cá. Sabe que senti falta dos nossos duetos. A cidade não é a mesma sem você, até sem o mala do seu marido. Mas queria tocar piano, meus dedos estão coçando.

Bruno, que estava sentado na outra ponta, sorriu e jogou uma batata frita em mim. Tínhamos nos tornado bons amigos. Após ter descoberto toda a situação da cirurgia que fez em mim, nos demos ainda melhor. Nós três concluímos que foi o destino, já que, como milhares de pacientes que passaram pela sua mesa, ele acabou salvando o irmão do amor da sua vida.

— Ok, também senti sua falta, seu empata-foda. — Bruno não cansava de me chamar assim, pelas vezes que atrapalhei os dois em momentos íntimos.

Layla corou instantaneamente.

— Então, Lala... Vou ter que esperar todo mundo mesmo? Sou seu irmãozinho, poxa.

— Pode parar com a chantagem emocional e essa carinha de pidão. Só vou falar quando todo mundo estiver aqui.

Eu estava impaciente com a chegada iminente da Sabrina. Queria distrair minha cabeça, mas, pelo visto, não seria possível.

— Tá bom. Já que não tem jeito, me contem como foi a viagem.

Layla contou em detalhes como se divertiram. Riu ao dizer como Bruno se desesperou quando ela nadou um pouco longe da praia. Pela cara do meu cunhado, ele não achou nada engraçado. Minha irmã nadava muito bem, e ele não tinha com o que se preocupar, mas eu entendia seu receio. Quando amamos alguém mais até do que a própria vida, ficamos loucos e superprotetores.

Após colocarmos o papo em dia, Alberto chegou sozinho. Depois, vieram Ana com Larissa e as crianças, e dona Marisa. Adorava aquela mulher. O cunhado do Bruno chegou e foi falar com Heitor no balcão. Juntei-me a ele e logo o restante dos rapazes.

Sentia a tensão entre Ana e Alberto maior do que de costume. Era impressionante aquela relação durar tanto tempo, entre mágoas e brigas constantes. A cada segundo que passavam próximos, era como um campo de batalha. Nós, que éramos inteligentes, mantínhamos distância e ficávamos neutros.

— Então, Betinho... Quando você vai dar um chega pra lá naquele osso duro da Ana? — Maurício, o marido da Larissa, implicava muito com a cunhada. Ele costumava dizer que para casar com aquela mulher tinha que ter um puta saco. Não podia discordar, porém sua irmã mais nova também não era fácil.

— Ah, Maurício. Eu, sinceramente, estou cansado dessa relação de gato e rato e preciso espairecer, urgente! — Balançou a cabeça, parecendo derrotado.

Seus ombros estavam em um ângulo estranho, jogados para a frente. Ele não lembrava mais o garanhão sedutor. Suas energias estavam todas focadas em reconquistar Ana. Arqueei uma sobrancelha, em descrença.

— Vai desistir?

Ele sorriu com aquele jeito característico, que já vi várias vezes muitas mulheres se jogarem em cima dele. Afinal, meu amigo não tinha sumido. Só mudara o alvo.

— Não mesmo. Mas tô querendo dar um tempo, sabe? Sei lá, viajar de moto, sinto falta, às vezes. Desde que decidi ter a Ana de volta, parei com toda a diversão. Fora que meu companheiro de estrada se amarrou.

Bruno deu-lhe um tapa na testa. A rotina dos dois havia mudado muito depois que ele conheceu minha irmã, porém sabia que não se arrependia.

Heitor, que estava em silêncio atrás do balcão observando, se aproximou.

— Também estava querendo dar umas voltas de moto. Podíamos marcar de ir juntos. Layla voltou e a deixarei tomando conta do bar pra mim. O que acha?

— Poxa, seria uma boa mesmo. Dar umas voltas pelo litoral seria legal. Tem problema, Bruno, se ela tomar conta de tudo?

— Claro que não. E não deixe que ela saiba que você me perguntou. Meu anjo arrancaria suas bolas por não perguntar diretamente para ela.

Rimos juntos com a imagem; era bem capaz de fazer isso, porque não permitia que tomassem conta da sua vida. Tinha sido independente por muito tempo. Alberto e Heitor se engajaram em planos para sua viagem, enquanto Maurício e Bruno estavam cochichando sobre alguma coisa.

A porta do bar foi aberta, revelando minha amada. Ela estava linda em um vestido sem alças azul-claro, quase do mesmo tom dos seus olhos. Sabrina sorria como há tempos eu não via.

Esqueci-me de toda a raiva que havia me feito passar. Levantei da banqueta e coloquei a garrafa de cerveja no balcão. Ia me aproximar e exigir que assumisse o que tínhamos. Não tinha jeito, Sabrina era minha, e eu, dela. Entendi plenamente o que Alberto passava com toda a situação de esperar pela Ana. Era inconcebível a ideia de pertencer à outra mulher que não a que amava.

Dei dois passos em direção a ela e estaquei.

Sabrina não viera sozinha. Wolf estava logo atrás com a mão em sua cintura.

Puta merda! Nunca quis socar tanto alguém como naquele momento. O filho da puta se sentia dono da minha mulher. E ela sorria como uma adolescente embasbacada.

O ciúme surgiu com tudo. As dúvidas invadiram minha mente, me fazendo quase hiperventilar. Fechei as mãos em punho, para não ir atrás dela e exigir explicações. De alguma maneira, me achava no direito, já que tivemos algo tão especial na noite passada. Senti alguém do meu lado, mas nem olhei, porque minha atenção estava focada no casal que acabara de chegar.

Sabrina caminhou até a mesa onde estavam as mulheres e apresentou seu acompanhante. Charmoso como era, cumprimentou-as com seu sorriso cafajeste.

— Quem é aquele, Lucas? — Bruno, ao meu lado, perguntou, desconfiado.

— É o filho da puta do Wolf, professor de Muay Thai da Sabrina — falei entre dentes.

— Merda!

Eu concordava. Quando você é galinha, reconhece um da espécie de longe. E aquele lobo transpirava carisma. Tinha um sorriso de dentes retos e aquele jeitão largado que hipnotizava as mulheres.

Ana me viu parado e fez uma careta; minha expressão facial devia demonstrar o quanto estava chateado. Ela inclinou-se e falou alguma coisa com a Sabrina, que se virou e nossos olhos se encontraram. Ela corou fortemente, mas eu não lhe daria o gostinho de perceber o quanto fiquei magoado.

Aproximei-me lentamente como um predador à espreita, e imediatamente Sabrina deu um passo atrás. Podia sentir a presença dos caras às minhas costas. Deviam estar com medo de eu fazer alguma coisa.

Não ia fazer nada de mais, nunca magoaria dona Marisa mostrando como sua filha estava errando. O idiota do Alex se levantou e me encarou, sério. Como se eu tivesse medo dele! Ele podia ser lutador profissional, mas eu também era. Fazia jiu-jitsu desde pequeno, porém aprendi uma coisa em minhas aulas: usar os ensinamentos fora do tatame ia totalmente contra o mantra que pregávamos.

Ficamos frente a frente, nos encarando. Desviei a atenção e observei todos tensos esperando alguma reação. Afastei-me e sentei ao lado da Layla, que respirou aliviada. Segurei sua mão e a apertei levemente. De maneira alguma faria um show.

Observei que Sabrina estava pálida, ela se sentou ao lado da mãe e de Wolf, e a percebi desconfortável com a situação. Era normal, com certeza eu não estava feliz. Mas quem mandou trazer o professor a um encontro familiar?

Em um murmúrio, apresentou Alex aos rapazes, que responderam com um cumprimento educado. Mas não vi boa vontade neles, não devem ter gostado do intruso.

Sabrina mantinha os olhos baixos na mesa. Seu rosto ainda estava pálido. Para mim, todos sumiram ao redor e só existia ela. Apesar de o meu coração estar partido, senti um frio na barriga quando ela me olhou. Seus olhos azul-claros estavam marejados e sofridos.

Quase morri. Decidi ali que ia tê-la de qualquer maneira.

Capítulo 13
Sabrina

Eu não queria que acontecesse nada daquilo. Depois do nosso encontro de manhã, no qual Lucas foi rude e insensível, meu mundo desabou. Senti toda a sua rejeição e foi como uma facada bem funda. Ele estava lindo, nu, molhado e irritado no meio do corredor. Não se deu ao trabalho nem de se virar. Sua voz estava grossa e profunda. Saiu sem se despedir, e notei na lavanderia sua roupa de cama. Então entendi: ele queria tirar qualquer vestígio da nossa noite.

Não tinha o direito de ficar chateada, pois quem o deixou fui eu. Porém, imaginei que teria uma reação distinta da indiferença. Senti-me como tantas outras que ele transou e descartou. Pensei, então, que talvez pudesse deixar todo o meu receio de lado e lhe contar tudo... Eu sabia que Lucas nunca me faria mal. Mas ter lembranças dolorosas, que te fazem querer morrer ou vomitar cada vez que elas te assolam, é horrível!

Tinha pavor de ele ficar sabendo e se enojar de mim. Sei que não fui culpada de nada, mas havia certos sentimentos em mim que diziam que poderia ter evitado, que, se fosse mais forte, poderia ter lutado. E eu me apavorava ao imaginar Lucas tendo estes mesmos pensamentos.

Então, por que resolvi mexer no que sentia por ele se não tinha intenção de seguir em frente?

Simples, estava cansada de ver o amor da minha vida nos braços de outras. Então, por que meu orgulho e teimosia não me deixavam livre para amá-lo? Deus, eu era complicada demais. Minha vida tinha sido tão fácil, então, em um único dia, ela virou de cabeça para baixo. Perdi toda a minha autoestima e confiança.

Deixei a lembrança dolorosa para trás e fui para um dia de trabalho cansativo. Felipe continuava com suas investidas chatas, e eu estava sem paciência. Dei-lhe um fora, ele não gostou muito e saiu xingando baixinho. O melhor foi a academia, onde extravasei toda a minha energia na aula de Muay Thai. Não queria mais levar o Alex, porque achei que machucaria o Lucas.

Só que não tive escolha, porque ele me seguiu com a moto até o *Beer*. Estava tensa por antecipação ao que Lucas poderia fazer. Não era segredo seu desagrado em relação ao Alex. Quando entramos, não consegui avistá-lo em lugar algum. Talvez viesse mais tarde. Contudo, quando Ana me cutucou e disse para olhar para trás, meu coração caiu e senti como se fosse desmaiar. Seus olhos transpareciam toda a dor e a mágoa. Neles, vi refletido tudo o que não queria: decepção e asco.

Fiquei com medo de um confronto, mas Lucas, como sempre, recuou e se sentou ao lado da Layla. Engoli em seco e me acomodei ao lado da minha mãe, com Alex a tiracolo. Comecei a ter raiva por ele estar ali, porém não o trataria mal. Já provoquei muita dor em tão pouco tempo.

Levantei os olhos, e Lucas estava me encarando daquele jeito só dele. O amor refletido em suas esmeraldas acalmaram um pouco meu coração.

— Então, já que estamos todos aqui, quero contar a novidade — Layla desviou minha atenção.

Já sabia qual era a novidade, porém me faria de desentendida. Do jeito que minhas irmãs eram ciumentas, não iriam gostar de eu ser a única a saber.

— Fala logo, anjo. Quero receber os parabéns. — Bruno sempre era o engraçadinho.

— Então... descobri um pouco antes do casamento, mas quis esperar a lua de mel para contar ao meu marido, que, por sinal, quase me matou por ter escondido por tanto tempo. — Ela fez uma pausa dramática. — Estou grávida!

Silêncio. Para uma família louca e barulhenta, eu esperava uma explosão. Não tantas caras embasbacadas.

— Sério? Vocês estão chocados?! Eles são como coelhos, não se largam um minuto. — Era verdade, eu achei que demorou a acontecer.

Minha declaração pareceu acordá-los, porque piscaram juntos e assolaram o casal de felicitações. Lucas sorria e abraçava a irmã. Eu fiquei meio aérea. Estava muito desconfortável, não sabia como agir com a intimidade que havíamos tido. Ainda podia visualizar seu corpo delicioso se movendo contra o meu.

Ele disse algo no ouvido da Layla, que assentiu e adiantou um passo.

— Então, gente, pra comemorar, o Lucas vai cantar e tocar piano. Vocês sabem que ele é ótimo!

Meu coração desatou a bater forte. Andei como sonâmbula enquanto os irmãos se dirigiam ao palco, e Layla recebia as boas-vindas e os parabéns de quem estava próximo e ouviu o seu anúncio. Parei a dois metros de distância do palco.

Lucas se acomodou ao piano e aguardou, enquanto minha cunhada cumprimentava os clientes do bar.

— Oi, gente. Que saudade eu estava de vocês, mas precisava de uma folga. Para comemorar a minha volta, o meu irmão vai cantar. Ele escolheu a música, e vai fazer o acompanhamento no piano.

Ela olhou para ele e sorriu, afastando-se, e voltou à mesa ao lado do marido. Lucas começou a tocar as primeiras notas de *Stay*, da Rihanna, e senti como se perdesse o chão. Ele corria os dedos pelo piano de olhos fechados, sentindo o som. Mesmo não tendo se profissionalizado, tinha o talento de Layla e colocava tanto sentimento em uma única música quanto a irmã.

Começou a introdução e, então, abriu os olhos, grudados diretamente nos meus.

"Foi uma febre o tempo todo
Um suor frio, uma pessoa impulsiva que acredita
Joguei minhas mãos para o alto, e disse: 'Mostre-me algo'
Ele disse: 'Se você se atreve, chegue mais perto'"

Nem prestei atenção ao meu redor. Tudo se apagou. Só existia aquele homem no palco que me sugava totalmente. Seus olhos estavam brilhantes de lágrimas não derramadas. Sorte a dele, as minhas escorriam livremente.

Ele respirava pausadamente enquanto entoava as letras tão fortes, e eu me afundava com os sentimentos que havia no meu peito. Sabia que parecia uma louca no meio do bar chorando e observando o pianista. Quando cantava, sempre me elevava a um nível totalmente surreal.

Lucas cantou e me despedaçou. Sua voz estava mais rouca do que o normal, resultado da emoção que sentia. Com os olhos grudados em mim, disse cada palavra, e eu entendi tudo. Ele queria que eu ficasse.

"Não tenho muita certeza de como me sentir sobre isso
Algo no seu jeito de se mexer

Faz com que eu acredite não ser possível viver sem você
Isso me leva do começo ao fim
Quero que você fique"

Fechou os olhos como se não aguentasse mais e vi uma lágrima escorrendo dos seus olhos. Foi a coisa mais linda que já ouvi.

"Oh, o motivo pelo qual aguento firme
Oh, porque preciso fazer este buraco desaparecer
É engraçado, você é quem está em ruínas,
mas eu era a única que precisava ser salva
Porque, quando você nunca vê as luzes,
é difícil saber quem de nós está desabando"

Às vezes, sentia como se as músicas fossem feitas para nós. Como poderia haver algo que se encaixasse tanto? Me senti em suspenso, como se observasse toda a cena de cima. Lucas continuou, e eu não sabia o que fazer ou como agir.

Meu coração e minha alma gritavam para que eu o amasse sem reservas. Mas minha mente persistia em reviver toda a desgraça.

Percebi uma presença atrás de mim, e seu cheiro inconfundível invadiu meus sentidos. Alex era uma pedida fácil. Sexo alucinado sem compromisso, sem ter que abrir meu coração e sem ter que contar minha maior vergonha. Ele permaneceu atrás de mim, em silêncio.

Lucas terminou a música e me encarou, parecendo não se importar com os aplausos que ecoaram pelo bar. Seus olhos verdes molhados me encararam como se pedissem algo. O que poderia fazer? Meu Deus, eu iria enlouquecer! Apenas balancei a cabeça em negativa. Mesmo a certa distância, percebi sua decepção. Trancou o maxilar e observou o cara atrás de mim, como se o culpasse.

Mas o culpado de tudo de ruim que aconteceu na minha vida nunca tinha sido apresentado.

Uma mão forte segurou a minha, que estava fechada em punho ao lado do corpo. Desviei o olhar do palco e observei os olhos chocolate, que estavam atentos e brilhantes.

— Você o ama. Por que fica negando tanto?

Arregalei os olhos, assustada. Será que era tão óbvia assim? Meus sentimentos pelo Lucas eram tão intensos que pareciam palpáveis para mim, porém não imaginava que eram para os outros.

— Não sei do que você está falando, Alex. — Tentei soltar minha mão, mas ele segurou firme.

— Não minta pra mim, gatinha. Sou um cara observador, sei quando uma mulher está a fim de um cara. E isso que você tem com o "esquentadinho" ali não é apenas físico, a situação é mais séria. Só não sei o porquê de tanta negação.

— Não quero falar sobre isso. — Desviei o olhar.

Alex era lindo, mas também muito perspicaz. Consegui esconder meus sentimentos por tanto tempo que posso ter me descuidado. E alguém tão esperto podia ver mais do que eu estava disposta a mostrar. Não achei mais uma boa ideia me envolver com um cara como ele.

— Ele te enganou, é? Porque, se for o caso, estou disposto a te ajudar a dar o troco. — Sua voz engrossou e olhei para seu rosto, boquiaberta. Alex sorria safado. *Ele realmente estava insinuando o que achei que estava?* — Sei que você ficou interessada em mim. Não sou idiota, eu também te queria. Esses lábios rosados e os olhos azuis me cativaram, adoraria tê-la debaixo de mim e ver seu rosto corar de tanto esforço que faríamos. E depois ia ouvi-la gritar várias vezes seguidas.

Achei que meu queixo estava no chão.

— É... Não sei se é uma boa ideia... — Antes de poder dizer qualquer coisa, vi minha irmã se aproximando de nós. Então, percebi que o Lucas já tinha voltado para a mesa e nos observava com o rosto contorcido em uma careta de raiva.

Ana balançou a cabeça, indicando que eu voltasse para a mesa. Alex se virou e sorriu para ela. Esse cara era terrível, até a mulher mais controlada cairia em seus encantos. E se alguém me contasse que minha irmã briguenta havia corado com apenas um sorriso, eu negaria e chamaria a pessoa de louca. Mas eu vi com meus próprios olhos!

— Sá, nós vamos fazer os pedidos. Vamos sentar?

— Claro. Vamos lá.

Adiantei-me à frente, sabendo que viriam atrás de mim. Layla estava sentada ao lado do irmão e falava com ele em voz baixa. Lucas tinha os cotovelos apoiados na mesa e com uma mão segurava um copo de whisky, depois sacudiu a cabeça para algo que a irmã disse e levantou os olhos.

A culpa é uma coisa que te corrói por dentro. Eu vi decepção e raiva nos olhos verdes que tanto amava. Alguma coisa dentro de mim se quebrou naquele momento. Não consegui encará-lo por muito tempo. Baixei os olhos e segui adiante, sentando ao lado de Alberto, que estava estranhamente silencioso. Alex se acomodou ao meu lado e ficou exatamente de frente para o Lucas.

A conversa fluiu, o tempo passou e relaxei um pouco. Layla e Bruno contaram sobre a lua de mel e nos divertimos com a loucura que foi quando minha cunhada contou ao marido que estava grávida. Ela achou que ele iria desmaiar. Segundo meu irmão, ele ficou tão assustado e feliz que não sabia o que fazer.

Ana, que estava sentada ao lado do Bruno, observava Alberto, mas logo desviava o olhar. Ele, por sua vez, estava tenso e chateado. Percebi, pela sua voz ao zombar do Bruno, que realmente ele não estava tão relaxado como era normalmente. Alex se entrosou bem com minha família, exceto com um. Justamente a pessoa que eu evitava olhar a todo custo.

Pelo canto do olho, percebi Heitor se aproximando. O moreno continuava lindo, ele era o meu ursinho fofo.

— E aí, pessoal, precisam de mais alguma coisa? Estrela? — Sorriu para Layla, que devolveu com o mesmo entusiasmo.

— Não, querido, está tudo bem.

— Ok, então. Alberto, não vá sem que possamos combinar sobre a viagem.

— Beleza, antes de sair, vou ao bar para conversarmos. Será que no próximo fim de semana dá pra você? Eu tenho uns dias de férias para tirar, e vejo se pode ser agora.

— O quê? Viagem? — minha irmã, que estava aparentemente alheia à conversa, se pronunciou.

Heitor olhou para ela e explicou:

—Nós vamos fazer um passeio de moto, preciso espairecer e combinamos de ir juntos.

— O quê? Que merda de ideia idiota é essa agora? — Ana soou um pouco desesperada demais para o meu gosto. Alberto olhou para ela, carrancudo, e vi o músculo do seu maxilar pulsando.

— E o que você tem a ver com isso, Ana Luiza? — Seu tom de voz estava grosseiro e ele praticamente cuspiu seu nome.

— Eu... Er... Nada...

Arregalei os olhos. Ana estava gaguejando e balbuciando. Puta merda, era o dia de ver coisas inéditas!

— Bom, porque você deixou de ter alguma coisa a ver comigo há muito tempo. — Alberto se levantou, quase me derrubando no caminho. Alex se afastou e me puxou para que ele passasse furioso.

Alberto foi em direção ao bar, deixando um clima tenso na mesa. Minha irmã engoliu em seco e começou a mexer no porta-guardanapos, de cabeça baixa. Tentamos desanuviar o clima, mas a noite já tinha virado de pernas para o ar.

Alex se aproximou do meu ouvido e perguntou se eu queria ir embora. Devia ter sentido o clima tenso e pensou em ser gentil, mas eu ainda queria ficar. Já ia responder quando ouvi um grunhido do outro lado da mesa. Levantei os olhos e Lucas nos observava, com raiva.

— Por que não se manca, cara? Aqui não é seu lugar! — Lucas nunca havia sido tão grosseiro na vida.

— Não seja ridículo, Lucas. Sabrina me convidou. E acho que eu me dei bem com todo mundo.

Alex levantou o queixo em sinal de desafio. Não via algo bom vindo daquilo.

— Acho que já deu de você por aqui — Lucas disse entre dentes.

— Eu já acho que não. Por que você não se conforma? Eu fui convidado e não vou sair até que Sabrina diga.

Alex estava quase debruçado sobre a mesa, atacando Lucas, e comecei a me desesperar.

— Conformar com o quê? Ela é minha!

— Então, por que ela está ao meu lado, e não do seu?

Todos da mesa observavam a troca de insultos entre os dois; parecia uma partida de pingue-pongue. Lucas respirava pesadamente e tinha a cara fechada e os olhos semicerrados.

Ele desviou o olhar do Alex e me observou. Percebi que teria que fazer uma escolha.

Sabia que esse dia chegaria, mas não imaginava que teria que ser com toda a nossa família e alguns curiosos próximos nos olhando.

Lucas se levantou, ficou de pé ao lado da mesa e me estendeu a mão direita.

— Você vem, Sabrina?

Capítulo 14
Lucas

Se há uma coisa que aprendi na minha vida, depois de tanto passar necessidade e sofrer por algo que não tinha, é que o tempo passa muito rápido, e perder chances significava um grande buraco no meu peito. Onde quer que eu esteja, Sabrina estaria sempre comigo.

A música que cantei mexeu tanto com ela quanto comigo. Sabrina soluçava copiosamente no meio do bar. Segurei-me ao máximo para terminar a linda canção. Eu comecei a tocar piano para tentar algo que animasse minha mãe, porque ela sempre pareceu orgulhosa da Layla, então me apaixonei pelo instrumento. Em meus dedos dançavam sentimentos. E queria demonstrá-los a Sabrina de uma maneira que não tivesse como fugir.

Até que o lobo apareceu e estragou tudo. Minha irmã tentou me acalmar, dizendo que eu respeitasse a escolha da Sabrina e não fizesse besteira. Por respeito a ela e todos à mesa, respirei fundo e relaxei um pouco. Mas, cara, eu nunca fiquei com tanta raiva de uma pessoa. Ele estava se infiltrando sorrateiramente, à espreita para qualquer fraqueza da minha linda. Ele sabia que a Sabrina estava frágil e se aproveitava. Quando se inclinou e sussurrou no seu ouvido, não aguentei.

Minhas implicâncias podiam ser infantis, assim como o jeito que eu me impunha ao meu rival, mas não conseguia me segurar, porque Sabrina me transformava em um cara sem sentido. Há quatro anos, Bruno disse que eu tinha que dar um ultimato a ela, eu fiz e deu no que deu. Desde então, fiquei cauteloso, media sempre as palavras e evitava me aproximar demais, pois não queria perder sua amizade também.

Contudo, eu estava no meu limite.

Sabrina teria que escolher e o momento havia chegado. Se ela me negasse, seria o fim. Eu a deixaria com sua vida vazia e tentaria seguir a minha. Sabia que não por inteiro, mas, às vezes, é necessário ir em frente mesmo faltando o órgão mais importante do seu corpo. Meu coração seria para sempre dela.

Aguardei ansioso de pé ao lado da mesa com a mão estendida. Sabrina me olhava fixamente, podia ver em seus olhos azuis a batalha que travava dentro de si. Meu peito apertou, pois não gostava de vê-la sofrer. Depois, Alex virou o rosto para ela, e percebi que o cara estava tenso e rígido.

— Você vai, Sabrina? — Sua voz sempre firme vacilou um tom. Com certeza, ele notou o quanto ela estava em dúvida e estava receoso quanto à sua resposta, pois isso daria a ele a certeza de quem ela queria.

O pessoal na mesa aguardava em silêncio, e minha irmã tinha lágrimas nos olhos. Sei que ela sofria com tudo isso, pois não gostava de me ver alterado. Porém, não havia nada que pudesse fazer para acalmar seus ânimos, apenas uma pessoa era capaz de mudar o rumo da minha vida.

Ana se aproximou da irmã caçula e cochichou em seu ouvido, séria. Parecendo despertar de um transe, Sabrina piscou e baixou a cabeça. Meu coração acelerou, era agora.

— Sinto muito, Alex.

Ela levantou e o lobo se afastou, lhe dando passagem. Alex encarou-me por alguns segundos e sorriu de lado.

— Cuida dela, cara. — Assenti, e ele se afastou, saindo do bar.

De pé ao lado da mesa, ainda cabisbaixa, Sabrina tinha o corpo rígido. Entendendo essa atitude como afirmativa, ganhei confiança de onde poderia pisar. Aproximei-me e levantei seu queixo. Ela tinha lágrimas escorrendo pelo rosto, mas seus olhos brilhavam um pouco aliviados. Acariciei sua bochecha com o polegar e aproximei minha boca dos seus lábios carnudos.

— Não chore mais, meu amor. Nós vamos ficar bem. Vamos sair daqui?

Ela assentiu e se virou para pegar a bolsa. Ana, dona Marisa, Bruno, Layla, Larissa e Maurício tinham um sorriso em seus rostos. Estavam satisfeitos com o desenrolar de tudo. Peguei a mão da minha garota e a puxei para o lado de fora sem olhar para trás.

Percebi que ela viera de carro, mas eu não iria me afastar logo agora que a consegui. Peguei meu celular e mandei uma mensagem para que Bruno cuidasse de tudo. Como ele tinha uma chave extra do carro, pois Sabrina sempre as perdia, seria uma mão na roda.

Apesar de o meu coração estar cheio de felicidade, o ciúme ainda se infiltrava em minhas veias, pois não me conformava de Sabrina levar aquele Wolf para a nossa reunião familiar. Estava me esforçando para não falar nada, não queria estragar o momento.

Ela permanecia em silêncio, mas segurava minha mão com força, como se fosse aquilo que a mantinha em pé. Ao lado do meu carro, destravei o alarme e abri a porta do passageiro, e só então olhei em seus olhos. Sabrina me encarava com determinação e medo.

Devido à minha empolgação, esqueci de verificar meus sentimentos. Em meu interior, estava sendo travada uma guerra. Fechei os olhos por um segundo, tentando me acalmar; seria vergonhoso se surtasse logo agora. Enquanto isso Sabrina soltou a minha mão e se acomodou no banco do passageiro.

Porra, estava tudo indo muito errado! Não era para estar tão sem ação assim. Respirei fundo e dei a volta no carro. Entrei e dei partida. O restante do caminho até nossa casa continuou no mesmo silêncio constrangedor. Eu não sabia o que dizer ou fazer para amenizar a situação. Então, alguns pensamentos chatos povoaram minha mente.

Será que ela se arrependeu? Será que queria ter ido com o Alex? Meu Deus, se eu não perguntasse, iria enlouquecer, mas corria o risco de estragar tudo. Será que eu estava disposto a ter apenas uma parte da Sabrina?

Depois de estacionar, olhei para o vidro da frente porque não havia nada a dizer, mas apenas uma coisa me incomodava. Então decidi que, se era para falar merda, que fosse completa.

— Por que, Sabrina? Qual o motivo desse sofrimento de tantos anos? Por que não se entregou de uma vez, se o que sentia era o mesmo que eu? Por que me deixou te magoar? Por que arrancou meu coração quando negou o meu amor?

Não olhei para o lado. O medo tomou conta do meu peito. Mas, quando ouvi um soluço sofrido vindo da minha garota, não tive alternativa. Como sempre, ela estaria à frente de tudo.

Sabrina tinha o rosto banhado de lágrimas. Seus olhos azuis estavam vermelhos, e meu coração se despedaçou. Perguntei-me quantas vezes isso iria acontecer quando ela estivesse envolvida. Pude perceber que estava sufocando e querendo falar. Aproximei-me e a abracei. Ela encaixou o rosto em meu pescoço e chorou por um tempo que pareceu uma eternidade.

— Diz pra mim, meu amor. Quero fazer alguma coisa, ilumina meu caminho para que eu possa te resgatar...

— Agora... não. Só quero que você me ame. Depois te conto tudo, prometo.

Em meio a soluços, minha amada fez esta promessa. Eu a faria minha, e, dessa vez, com sua entrega total. Afastei-me, olhei seu rosto e enxuguei as lágrimas que desciam copiosamente. Com os olhos baixos, ela segurou as minhas mãos que estavam em suas bochechas.

— Eu só tenho um pedido, Lucas.

— Qualquer coisa... — Eu faria tudo para tirar aquela tristeza do seu olhar.

— Siga seus instintos, me tome do jeito que quiser. Não precisa ser gentil. Eu preciso de você por inteiro.

Porra! Não sabia bem o que ela estava me pedindo, porém meus instintos pediam que eu a marcasse, que a dominasse, a fizesse entender de uma vez por todas que era minha! E não tinha nada de gentil nisso tudo.

— Sá, eu quero te amar. Não me peça isso.

Ela se afastou das minhas mãos e me olhou nos olhos. O que tinha ali me fez recuar: uma mágoa profunda. Minha garota estava despedaçada, e eu não percebi.

— Eu preciso. Quero você desse jeito, tenho que trocar lembranças. Por favor, não me negue. Preciso ser inteira de novo.

Havia sinceridade demais em suas palavras. Se fosse assim que ela me queria, assim me teria. Assenti, e Sabrina respirou fundo, aliviada. Abriu a porta e saiu do carro, afastando-se de mim, e, em seguida, entrou na casa. Preparei-me psicologicamente para o que viria e o que eu faria.

Saí e me dirigi à porta da cozinha. Entrei e estaquei. Sabrina estava no meio da sala, nua e linda, de frente para mim. Já havia parado de chorar e levantou o rosto, olhando em meus olhos. Estendeu as mãos com as palmas para cima.

— Vem, Lucas. Eu me rendo.

Eu estava como um idiota parado. Nós tínhamos transado apenas no dia anterior, porém, naquela luz e tão entregue, Sabrina era a coisa mais linda que eu já tinha visto. Saindo do choque do que tudo isso significava, peguei a barra da minha camisa e puxei, tirando-a pela cabeça, e joguei em qualquer lugar. Desabotoei a calça e a deixei no chão, junto com o tênis e as meias.

Permaneci apenas com a boxer cinza. Não pretendia que tudo fosse rápido demais.

Contudo, senti um desespero repentino. Meu corpo e minha alma pediam para que eu a tomasse. E assim eu faria. Andei em sua direção e parei diante do amor da minha vida, mas também a mulher que me fez sofrer. Sei que ela sofreu junto, mas tudo começou com uma negativa que nos matou.

— Depois dessa noite, não tem escapatória. Você vai ser minha, e se fugir eu vou até o inferno e te trago de volta. Entendeu? Não há outra maneira.

Sabrina assentiu, olhando dentro de mim. Um sentimento subiu em meu peito e tinha vontade de gritar para os quatro cantos do mundo que ela me pertencia.

Subitamente, a peguei pela cintura, assustando-a um pouco. Eu não pensava mais, apenas segui o instinto que me ordenava que a possuísse. Encostei Sabrina na parede e automaticamente ela enlaçou minha cintura com as pernas grossas. Nossos corpos queimavam, pareciam brasas. Olhei em seus olhos e aproximei minha boca da sua.

Eu não a beijei, simplesmente devorei seus lábios. Estava faminto por aquela mulher. Alguma coisa tomou conta de mim quando ela se rendeu, então eu também estava rendido. Entregue à necessidade mais básica: possuir.

Nossas línguas duelavam, e Sabrina soltava gemidos e murmúrios. Aquilo só atiçava mais minha vontade louca. Mordisquei seu lábio inferior e apertei sua cintura. Sabrina fincou as unhas em minhas costas e alimentou a luxúria que corria por minhas veias. Seus seios desnudos se esfregavam no meu peito. Movíamo-nos em sintonia, famintos um pelo outro.

Alguma coisa me dizia que essa experiência não seria nada parecida com a que tivemos. Nunca senti uma necessidade tão grande de estar com alguém. Afastei minha boca da sua e olhei em seus olhos.

— Eu quero você agora. Tira minha cueca. — Não queria me afastar do seu corpo, portanto não a soltaria.

Ela deslizou a mão por minha cintura, arranhando minha pele, e deslizou minha boxer, apertando minha bunda. Meu corpo se arrepiou e meu pau ereto latejou de dor, por isso desvencilhei as pernas do tecido. Desci minha boca para um seio farto e chupei com vontade, mordi o mamilo intumescido, e Sabrina gritou. Não estava sendo gentil. Queria estar dentro dela, estávamos encostados na parede da sala, nus e loucos de tesão.

Desgrudei nossas bocas e a senti formigar. Na noite anterior, a necessidade foi tanta que não tive tempo de apreciá-la como devido. Na verdade, acredito que nunca teria tempo suficiente.

Mas ficar sem venerar aqueles seios de pele macia e branquinha era um pecado sem igual. Não estava aguentando mais. Enquanto eu a sugava, ela se esfregava em minha ereção e eu estava quase gozando. Então, dei um impulso e entrei em Sabrina de uma vez. Levei uma mão ao seio que não tinha recebido carinho e apertei seu bico. Porra, eu estava alucinando!

Sabrina mordeu meu ombro e prendeu as pernas mais forte, se movimentando e acabando com qualquer resquício de sanidade em mim. Prendi-a na parede com as mãos para que parasse de se mover. Ela largou meu ombro e levantou a cabeça.

— Me fode gostoso, Lucas. Me faz sua completamente. Me ame! Me faça esquecer. Eu preciso de você! — Sabrina gritou e jogou a cabeça para trás. Era uma linda visão. Minha mulher estava no auge do prazer. E perdi a cabeça. Capturei sua boca e estoquei em seu corpo com força. Estava tomando o que era meu e foi negado. Eu a possuía completamente como pediu. Só que não era só corpo, podia jurar que senti minha alma se fundindo a ela.

Se antes Sabrina tinha meu coração, agora ela podia me quebrar em pedacinhos. E nós não éramos silenciosos, pois gritávamos como loucos. Podia ouvir meus grunhidos e rosnados misturados aos sons sexy que ela fazia.

Meu pau latejava querendo libertação, mas me impedi de ir antes dela. Mordi sua boca e ela gritou mais.

— Lucas, eu vou gozar. Preciso. Vem comigo.

— Goza, meu amor. Eu vou com você. Te sigo onde for, Sabrina.

Senti sua boceta apertada latejar e Sabrina gritou alto o meu nome. Meu peito inflou de algum orgulho primitivo; eu não queria que acabasse ainda. Enlacei sua cintura, a levando até o tapete. Deitei-a levemente e nos encaixei de novo. Desci meu peso nela e apoiei os cotovelos ao lado da sua cabeça. Acariciei seus cabelos negros e sorri. Não estava mais como um louco.

— Você não veio. — Mesmo ofegante, ela questionou o motivo de eu ter me segurado.

Sorri e beijei sua testa. Continuava duro e dolorido, mas ainda queria amá-la como realmente merecia.

— Temos tempo, agora eu quero te amar. Deixa?

Sabrina balançou a cabeça, concordando. E eu a beijei, não devorei seus lábios como antes. Mas demonstrei todo o meu amor. Explorei cada canto da sua boca, sentindo seu gosto e aspirando seu perfume. Movimentei o quadril lentamente, seu calor me envolvendo e alucinando. Eu tinha uma música na cabeça e o seu ritmo suave e a letra era tão certa para o nosso encontro, que me deixei levar. *The Scientist*, do Coldplay entoava e somente eu ouvia.

Eu manipulei seu corpo exatamente como um teclado de piano. Com os dedos, tateei sua pele. Separei nossas bocas e cantarolei em seu ouvido. Sabrina chorava, e eu também. Tanta emoção veio de uma vez que temi não me segurar: alegria, amor, exaustação por tudo que passamos, tristeza pelo tempo perdido, êxtase por estar com a mulher que amo. Deus, eu a tinha!

Em um trecho perfeito da música, me aproximei do seu ouvido e cantei:

"Tenho que lhe achar, dizer que preciso de você
E te dizer que eu escolhi você

Conte-me seus segredos, faça-me suas perguntas
Oh, vamos voltar pro começo"

Em todo momento, podia sentir a umidade de suas lágrimas. Distribuí beijos por seu pescoço e rosto. Lambi a água salgada em sua bochecha. Beijei seus lábios com amor e devoção.

Meu coração estava repleto. Minha alma cantava e dançava. Olhei em seus olhos e sorri.

— Amo você, Sabrina.

Ela levantou a mão e deslizou por meu rosto, fechei os olhos e apenas senti seu toque.

— Também te amo, meu amor.

E aquilo foi suficiente para eu entrar no meu próprio nirvana. Joguei a cabeça para trás e me entreguei ao sentimento mais intenso que alguém poderia sentir. Tive o orgasmo mais forte e ardente da minha vida. Estava onde devia.

Eu a tinha. De corpo, alma e coração.

Capítulo 15
Sabrina

Eu me perguntei, por quatro anos, se algum dia poderia ser colada de volta depois de ser quebrada em mil pedacinhos. Será que algum dia poderia ser inteira? Render-me? O amor é capaz de curar uma ferida que sangrava o tempo todo?

Confesso que estava em dúvida. Ainda tinha medo do que poderia acontecer, mas minha irmã sussurrou no meu ouvido: "Não perca essa chance, Sabrina. Não vire uma pessoa amarga. Vá!".

Então, tomei a decisão de me abrir. Contar tudo. Mas ainda queria viver nosso amor completo sem fantasmas à espreita. E eu me entreguei, estava rendida.

Lucas cantou e me amou com tanta intensidade que não pude segurar a emoção travada em meu peito. Deixei tudo fluir; meu amor por ele não tinha fronteiras. Senti minha alma se fundindo ao seu corpo. Não seria mais inteira sem a sua presença. Então, percebi que poderia ter me curado há muito tempo se tivesse me entregado. Quando deixei sair o que sentia, observei o meu homem em felicidade plena. Com a cabeça jogada para trás e um sorriso nos lábios, Lucas chegou ao clímax. E, em meio a lágrimas de emoção, me juntei a ele.

Uma gargalhada explodiu do seu peito, e a alegria era tão grande que me contagiou. Estávamos deitados no tapete da sala, encaixados, saciados e apaixonados. Lucas baixou a cabeça e seus olhos verdes brilhantes e lacrimosos estavam felizes. Estendi a mão e acariciei seu rosto. Ele se inclinou para o meu toque. Puxei seu pescoço e beijei sua boca com vontade. Senti uma aflição no peito, um desespero. Parecia que o perderia a qualquer minuto.

Meu medo não era infundado, o que eu tinha que lhe dizer poderia acabar com tudo. Não sabia se teria forças para aguentar uma rejeição, mas eu prometi e iria cumprir. Terminei nosso beijo, seu corpo forte e suado encostado em mim. Lucas levou a mão aos meus cabelos e acariciou. Baixou a cabeça e sussurrou:

— Você me levou às nuvens quando confessou seu amor. Nunca fui tão feliz na minha vida. Obrigado por me deixar te amar. Prometo nunca mais te magoar.

Meu coração se despedaçou. Apesar de estar feliz com sua declaração, não queria que acabasse. Desviei o olhar, pois não aguentava ver tanta felicidade ser extinta dos seus olhos. Lucas estava apoiado nos cotovelos, portanto, com as mãos livres. Então, puxou meu queixo e franziu a testa.

— Que foi? Disse algo errado? Vai me dizer que se arrependeu? Porque, se for isso, eu não aceito mais suas negativas.

Neguei com a cabeça.

— Me arrependi sim, mas de ter esperado tanto tempo.

— E por que esperou, então?

— Bom, se você quer mesmo saber, temos que nos vestir. Não quero te contar desse jeito. — Olhei para nossos corpos ainda colados.

Seria uma pena sair do seu abraço, mas, para reviver aquele inferno, eu teria que ter um mínimo de conforto.

— Ok.

Levantou-se e estendeu a mão para mim. Mais uma vez, eu aceitei. Ficamos frente a frente.

— Não importa o passado, Sá. Sempre te amei e vai ser assim até o fim. Ok?

Assenti, porque não podia falar nada. Minha garganta estava fechada de emoção. Só esperava que, depois de tudo, ele cumprisse essa promessa.

Lucas vestiu a boxer e eu fui para o quarto, porque queria algo confortável. Peguei uma grande camiseta velha e decidi tomar um banho para relaxar. Meu corpo estava tenso demais. Não queria demorar, e prendi os cabelos em um coque para não molhá-los. Abri o registro e me lavei rapidamente de olhos fechados, preparando o meu espírito para toda a carga iminente. Quando os abri de novo, vi que Lucas estava parado na porta com os braços cruzados, e me distraí um pouco observando seu peito musculoso e seus braços fortes. Ele sorriu amplamente.

— Quer companhia?

— Hoje, não. Precisamos conversar antes que eu perca a coragem.

Ele balançou a cabeça, concordando.

— Ok, então, eu vou tomar um banho. Me espera na sala. — Entrou no boxe, roçou o peito em mim e abriu o registro.

Saí e peguei a toalha. Seus olhos verdes não desgrudavam dos meus. E eu não conseguia me desvencilhar do seu magnetismo. Enxuguei-me e me vesti.

Fui para o corredor e podia sentir seu olhar sobre mim. Soltei os cabelos e olhei sobre o ombro. Ele estava estático, me observando. Sorri de lado e continuei.

Era bom me sentir desejada, ainda mais antes do desastre que viria a seguir. Sentei-me no sofá e encostei a cabeça, fechei os olhos, tentando organizar o pensamento para tudo que diria. Não era fácil, apesar de ter acontecido há muito tempo, mas todo aquele sofrimento ainda estava gravado em mim.

Senti uma mão quente em meu rosto e me assustei. Por um minuto, minha respiração acelerou e meu coração parou. Então, minha visão desembaçou e vi Lucas ajoelhado na minha frente, com uma expressão preocupada no rosto.

— Conta pra mim o que te assusta tanto. Eu quero te ajudar.

Assenti e me endireitei.

— Senta aqui. — Bati com a mão no lugar vago ao meu lado.

Lucas se levantou e notei que estava com outra cueca, agora vestia uma boxer azul-marinho. Acho que nunca me acostumaria com o quanto ele era lindo e doce, algo que, para mim, foi uma surpresa desde o início.

— Eu vou te contar tudo, e peço que não me interrompa. Ou, então, não vou conseguir continuar. Não vai ser fácil porque vou reviver tudo. E quero que você mantenha distância. Não me toque. É o único jeito. Ok?

Ele assentiu, e eu engoli em seco. Fechei os olhos e comecei a contar ao amor da minha vida sobre o dia que entrei em um inferno. Sem que pudesse controlar, as imagens, os sons, os cheiros e os toques que não gostaria de recordar invadiram minha mente e voltei àquele dia.

Conheci Rick numa balada. Fomos apresentados por um amigo em comum. Ele era lindo e sedutor. Com cabelos loiros bagunçados, olhos cor de mel e um sorriso de matar, ele possuía duas covinhas que emolduravam seu rosto quase angelical. Tive a impressão de que havia conhecido o cara certo. E, depois de uns amassos no banheiro do clube, ele pediu meu telefone.

Começamos um namoro calmo sem muitos problemas. Ele não era possessivo ou ciumento, nada que indicasse perigo. Todos da minha família aprovaram minha escolha, porque foi meu primeiro namorado sério. Na verdade, a única que duvidava do seu caráter era minha irmã, Larissa. Ela dizia que os quietinhos eram os piores. Bom, eu não dei ideia. Adolescente só quer fazer o contrário do que aconselham; parecia até pirraça, pois eu não sentia nada mais do que atração por ele.

Seguimos nosso relacionamento sem percalços. Eu era virgem e não tinha a intenção de transar tão cedo, mas ele começou a me pressionar. Com dois meses de namoro, ele disse que já estava na hora e me amava. Eu fiquei tão encantada que acreditei e acabei me convencendo de que o amava de volta. Mas, ainda assim, persisti na decisão de que devíamos esperar, e, a contragosto, ele aceitou.

Com exatamente três meses, ele me deu um ultimato. Disse que estava em abstinência sexual e se não déssemos esse passo ele iria procurar outra. Senti um frio na barriga com a perspectiva de ser traída, podia não gostar dele tanto assim, mas aquilo não foi confortável. Então concordei, procurei saber o dia que minha casa estaria vazia e o convidei. Já que seria minha primeira vez, queria que fosse em um lugar em que me sentisse segura. Não podia estar mais errada quanto a isso.

Foi em um final de semana, que era feriado. Os vizinhos estavam quietos dentro de casa, pois estava chovendo. Arrumei meu quarto e esperei Rick chegar. Ele nunca havia sido tão pontual. Às 20h, ele tocou a campainha e desci as escadas correndo, pois estava nervosa e quase perdendo a coragem. Abri a porta e notei que veio no carro do pai, um 4x4 com vidros escuros.

— E aí, gata? Tá linda, hein! — Olhou em volta e sorriu. — Estamos sozinhos?

— Sim, minha mãe saiu. Só volta amanhã.

Observei seu semblante, ele estava eufórico e bonito como sempre. Vestia uma calça jeans desbotada e uma camisa preta.

— Ótimo! Vamos subir?

Assenti e andei na frente. Notei que ele estava muito quieto e olhei para trás. Rick estava digitando no celular. Achei estranho, mas não me intrometi. Talvez fosse algo importante.

O frio na barriga não diminuiu. Meu coração estava acelerado, e não de um modo bom. Mas chegamos ao meu quarto logo. Rick entrou e encostou a porta.

— Vem cá.

Engoli em seco e dei um passo à frente. Ele colocou as mãos frias em meu rosto e esfregou a bochecha em meu pescoço.

— Vai ser legal, não precisa ter medo. Sou eu, ok?

Assenti e ele foi tirando minha blusa. Corei, envergonhada, já que nunca tinha me despido para ninguém. Fiquei apenas de sutiã e saia. Rick sorriu e passou as mãos pelos meus seios. Fechei os olhos; não estava confortável. Alguma coisa me dizia que não seria tudo aquilo que as meninas falavam na escola. Talvez fosse o meu parceiro. Não consegui responder na hora, pois estava nervosa demais.

Ele tirou meu sutiã e deixou-me nua da cintura para cima.

— Senta ali. — *Apontou para a cama. Não sabia que o cara seria tão frio assim. Talvez eu tivesse problemas e não sabia, porque não estava nem um pouco excitada.*

Virei-me e caminhei para o lado da minha cama. Sentei e aguardei. Ele retirou a camisa e desabotoou a calça, mas não veio para mim, abriu a porta e saiu no corredor. Franzi a testa. O que ele ia fazer?

Estava incomodada com tudo aquilo, e cobri meus seios com as mãos até ele voltar. Escutei um barulho na porta e ele apareceu nu com a roupa na mão. Seu pênis já estava ereto e com preservativo. Só que logo atrás tinha um cara, que eu nunca tinha visto na vida, com uma câmera na mão.

Arregalei os olhos e me desesperei.

— O que é isso, Rick? O que ele está fazendo aqui?

O cara sorriu e se encostou à porta. Olhou-me de cima a baixo. Fiquei com nojo dele, e minha mente voou para o que o idiota do Rick iria fazer.

— Calma, gata, ele só veio filmar nossa primeira vez. Quero guardar de recordação. — *Depois, se aproximou, acariciando o próprio membro.*

— Quê?! Não, você enlouqueceu? Vá embora, eu não quero mais. Leva seu amigo e procura outra que aceite esse tipo de coisa.

Rick fechou a cara e se aproximou com o dedo em riste.

— Você acha que vai dar o fora agora? — *Olhou para trás.* — Liga essa porra, cara!

Ele pegou meus ombros e me jogou na cama, e subiu em mim, afastando minhas pernas. Eu lutei e tentei me desvencilhar, mas ele era mais forte. E, com a facilidade da saia, não adiantou espernear.

Perdi a virgindade de uma maneira horrível e dolorosa. Ele me machucou, e sangrei muito, mas o que mais lamentei foi minha inércia no ato. Achei que devia ter resistido mais, gritado. Rick ria da minha cara, e seu amigo filmava tudo. Ainda tentei me soltar, mas ele imobilizou minhas mãos e terminou sua crueldade.

Quando acabou, se aproximou do meu rosto e falou:

— Se você contar pra alguém, eu vou espalhar esse vídeo pela internet. Todo mundo vai ver sua boceta sendo fodida por mim. Entendeu, Sabrina? Eu vou embora e você vai ficar quietinha. Tchau, delícia.

Minha cabeça entrou em parafuso. Fiquei em choque. Estava machucada e dilacerada. Estilhacei-me ali e tive certeza de que nunca mais teria todos os meus pedaços de volta.

Rick juntou suas roupas e saiu do quarto. Observei-o se afastando com o amigo. Só quando ouvi o carro dando partida foi que me permiti agir. Gritei como uma louca e lamentei o que aconteceu. Sabia que aquilo ficaria na minha memória para sempre. De alguma maneira, permiti-me extravasar toda a dor em meu peito.

Os vizinhos ouviram e foram me procurar, bateram na porta e perguntaram se tinha algum problema. Inventei uma desculpa e os despachei.

Passei a noite no chuveiro, tentando tirar toda a nojeira dele do meu corpo. Chorei muito e minha alma sangrava. Pedi a Deus que tirasse toda aquela dor. Só que ela não passou.

Quando minha mãe chegou no outro dia, os vizinhos contaram tudo e ela veio me questionar. Estava preocupada, mas eu disse a ela a mesma mentira e ela acreditou. Contei que me arrependi de ter transado com ele, que fiz algo impulsivo e que Rick havia feito uma aposta entre os amigos. Na verdade, não era uma mentira total. Ele realmente fez uma aposta e a filmagem era para comprovar. Ele apenas adicionou o estupro como bônus.

— Então, Lucas. Esse foi o motivo de ter te rejeitado; não conseguia tirar isso da cabeça. Estava machucada, ainda estou. Quando te conheci, tinha se passado uma semana, e não havia como me entregar para alguém. — Suspirei. Contar tudo me esgotou profundamente. — Fui idiota? Sim, você não é como ele. Mas qualquer movimento brusco me assustava. Não podia dizer nada a ninguém, não queria arriscar ter meu vídeo espalhado, e morri de medo de você sentir nojo de mim. Ainda estou. Fiquei um ano inteiro sem ninguém, você foi o mais perto de um relacionamento físico que tive naquela noite no parque. E depois eu estava no controle de tudo. Os homens que me envolvi eram todos submissos, e você tem força só no olhar.

Eu estava com o rosto banhado em lágrimas, e meu peito doía. Tinha um nó na garganta que não descia. Minha camiseta estava molhada e toda torcida pelas minhas mãos.

— Acho que sou culpada por tudo. Como fui confiar? Por que escondi? Eu mereço todo o sofrimento desses anos...

Fui arrebatada do sofá. Lucas me levantou com um impulso e me encaixou em seu quadril. Eu estava sentada em seu colo com uma perna de cada lado. Olhei em seus olhos e ele chorava como uma criança. Fiquei com medo de ver repulsa, mas só tinha sofrimento.

— Guardou isso todo esse tempo? — Sua voz estava rouca de tanto chorar.

— Sim, não contei, primeiro, por medo de ele cumprir a ameaça, depois, por vergonha. — Baixei a cabeça. Não conseguia encará-lo por muito tempo.

— E onde está esse filho da puta? Onde ele mora?

Arregalei os olhos, alarmada.

— Por quê? O que você vai fazer? — Minha voz vacilou, a ponto de quebrar em soluços.

— Sabrina, entenda uma coisa. Você é minha e eu vou te proteger. Vou acabar com a raça desse cara, nunca mais ele vai encostar em ninguém.

— Lucas, não. Eu imploro.

— Você nem precisa saber o que vai acontecer, mas não tente me impedir. Eu vou pegar esse vídeo de volta, ele não vai ficar com essa imagem sua. Se eu soubesse disso antes, teria tido fim há muito tempo. Você se manteve sozinha se envenenando. Sua família sabe? Bruno?

Neguei com a cabeça.

— Não, Lucas, não contei a ninguém.

— Sabrina, eu vou falar com o Bruno.

Tentei sair do seu colo, o desespero me consumindo. Meu irmão saberia da maior vergonha da minha vida.

— Você não pode fazer isso, por favor.

Lucas segurou meu rosto entre suas mãos quentes e acariciou minha bochecha com os polegares.

— Sabrina, quando aconteceu aquilo tudo com a Layla, eles me deixaram de fora. Eu quase enlouqueci, e não vou fazer o mesmo com seu irmão. Mas fica tranquila. Vai dar tudo certo. — Suspirou. — Agora, deixe-me te abraçar, meu coração está despedaçado.

Deitei a cabeça em seu peito nu e deixei minhas emoções lavarem minha alma. Lucas me abraçou tão carinhosamente que me senti uma criança. Chorei pelo que pareceram horas. E ele só me acariciava e cantava baixinho. Adormeci com sua voz sussurrando em meu ouvido:

— Eu te amo, minha princesa. Vou cuidar de você.

Capítulo 16
Lucas

Nos amamos a noite toda. Eu a embalei, acariciei seu rosto, deslizei as mãos por seus cabelos. Aspirei seu perfume, e medi cada pedacinho de pele do seu corpo. Amei Sabrina com tudo que tinha. Coloquei em cada carícia sentimentos profundos, e deixei bem claro em cada palavra dita que a amava e que ela era a mulher mais linda do mundo.

Não toquei no assunto em nenhum momento. Apenas apreciei tudo o que vivíamos, porém não queria dizer que tinha esquecido o que havia me contado. Enquanto ela narrava o que passou e o que o filho da puta lhe fez, um turbilhão de emoções invadiu meu peito. Eu tive uma vontade louca de abraçá-la e chorar até o amanhecer, mas também um impulso raivoso que me instigava a caçar o cara e acabar com a sua raça.

Contudo, resolvi apenas amá-la. Acreditei que era o que Sabrina precisava. Com certeza não era bom esconder todo aquele sofrimento, sem ter ninguém para contar e desabafar. Não podia conceber a ideia de alguém que se aproveita da confiança conquistada para aprontar uma dessas com uma pessoa que diz amar, apenas para se aproveitar e abusar.

O ser amado deve ser valorizado ao máximo, desejado com volúpia e delicadeza. Deve-se proteger, não magoar. Ouvir, conversar, se deliciar com cada momento e ser fiel aos sentimentos que lhe são oferecidos.

Mas nunca machucar. Um abuso sexual não precisa ser com penetração. Apenas tocar sem permissão já é uma invasão, que pode gerar traumas irreversíveis.

Observando Sabrina adormecida em meus braços, deixei toda a minha angústia sair, porque não me permiti extravasar; ela precisava de apoio. Porém, não conseguia mais segurar, e imaginar o que minha amada sofreu fez com que o nó na minha garganta ficasse quase insuportável. Era difícil respirar.

Lágrimas quentes molhavam meu rosto e peito, e, quando percebi, já estava soluçando em silêncio. Senti uma dor insuportável no coração e tive vontade de gritar. Desvencilhei-me do corpo da Sabrina para não incomodá-la; preocupar meu amor era a última coisa que eu queria.

Levantei e fui para o banheiro. Abri o chuveiro, entrei debaixo da água fria e chorei como nunca havia feito. Já não me aguentava em pé, fui deslizando pelo azulejo e sentei no chão, apoiando a cabeça nos joelhos enquanto a água fria caía em meus ombros. O barulho do chuveiro abafou meus soluços.

Descarreguei toda a minha frustração por não poder ter feito nada, mas, naquele momento, prometi achar esse cara e fazê-lo pagar. Pouco me importava se foi há quatro anos. Poderia passar quarenta anos que, quando eu o encontrasse, ele iria pagar por cada minuto de angústia que Sabrina havia sofrido.

Estava tão entregue ao lamento que não percebi o barulho da porta se abrindo. Só quando ela se abaixou e me abraçou foi que me dei conta da altura dos sons que fazia. Aos meus ouvidos, parecia morrer de dor. Amaldiçoei-me por dar mais essa aflição à Sabrina.

— Lucas, não chore. Por favor, não fique assim.

Abracei minha garota forte e sussurrei em seu ouvido:

— Dói demais saber o que você passou. Não sei o que fazer para reparar isso. Você precisa de mim, e eu estou arrasado.

— Você já fez demais, meu amor. Consertou grande parte do meu coração machucado.

Balancei a cabeça e tentei me acalmar; não queria que ela tivesse que me consolar. Mas não me saía da cabeça que podia fazer algo a mais, só não sabia o quê.

— Me promete que não vai esconder nada de mim? — Me afastei do seu abraço e encarei seu rosto. Sabrina chorava silenciosamente.

Droga, não devia ter me deixado levar pelas emoções. Ela precisava de carinho e apoio, não ter que me consolar.

— Prometo.

Assenti e me levantei, puxando-a pelos braços para que ficasse de pé.

— Ok, daqui a pouco vai amanhecer e a primeira coisa que vou fazer é ir à casa do Bruno.

Sabrina arregalou os olhos e respirou pesadamente. Percebi que estava à beira de um ataque de nervos, a abracei e acariciei seus cabelos, agora molhados, para que se acalmasse.

— Não precisa se assustar, ele não vai fazer nada com você. Eu prometo. Ninguém mais vai te machucar, meu amor. Mas eu vou atrás daquele cara. E Bruno vai comigo, tenho certeza. Você não está mais sozinha.

— Mas e se minha família me odiar porque escondi isso tudo? E se me culparem? Se acharem que eu o acobertei? Não sei se aguento uma rejeição.

Afastei-me do seu corpo e olhei em seus olhos azuis. Minha linda estava atordoada, seu rosto lindo, transfigurado, seus olhos estavam arregalados e vermelhos, e seus lábios, roxos. Droga, a água estava fria. Peguei seu queixo e levantei, dando um beijo leve em sua boca.

— Escuta uma coisa. Você não foi culpada de nada, e tenho certeza de que a reação da sua família vai ser bem parecida com a minha. Ninguém vai te rejeitar, Sabrina, e, em relação à questão de "acobertar", você estava apenas se protegendo. Não fique pensando demais. Vem, deixe-me te enxugar e vamos para o quarto, porque eu quero te abraçar.

Deitei minha mulher na cama e fiquei acalentando-a pelo resto da madrugada. Não consegui dormir. Minha cabeça estava a mil. Assim que o sol entrou pela janela, levantei e liguei para o hospital. Pedi que encontrassem alguém para me substituir, pois não iria trabalhar. Depois falei com Bruno, avisei que estava indo à sua casa e queria conversar. Ele disse que me aguardaria.

Me arrumei rapidamente e deixei um bilhete no travesseiro. Tinha apenas uma letra de música que ficou martelando na minha cabeça o tempo todo, depois que fizemos amor pela última vez. Acho que ela entenderia o que quis dizer.

Saí antes que ela despertasse. Bruno já me esperava na porta. Pelo jeito, devo ter transmitido minha angústia no telefone. Meu cunhado me conhecia bem, sabia quando tinha alguma coisa errada.

Desci do carro e caminhei devagar até a varanda da frente, me preparando para o que teria que dizer. Mas não deixaria de contar, a família tinha o direito de saber para poder ajudar Sabrina a superar e se curar.

— O que foi, Lucas? Notei sua voz estranha.

Respirei fundo e olhei nos olhos do meu cunhado.

— Layla está em casa, né? Tá dormindo?

— Sim, chegamos tarde do bar ontem. O que foi? Você e Sabrina não se acertaram? Achei que estava tudo bem.

— Estamos bem, mas é outra coisa. Podemos sentar? Não quero te contar em pé.

— Claro, vamos entrar.

Bruno se virou e abriu a porta da sala. Entrou e sentou na poltrona de frente para o sofá grande. Acomodei-me e olhei para ele.

— O que tenho pra te contar não é legal, cara. Mas você tem o direito de saber.

Ele franziu a testa, confuso.

— Fala logo. Tá me assustando.

Assenti e comecei a relatar o que aconteceu a Sabrina, omitindo certos detalhes que ele não precisava saber para não sofrer como eu. Apenas quando terminei, tive coragem de olhar para cima.

Bruno tinha os olhos arregalados e respirava fortemente. Havia raiva e tristeza estampadas em seu rosto. Não sabia que reação ele teria; vindo de um irmão qualquer uma seria esperada.

Só não estava preparado para o seu grito de dor.

O sofrimento do cara era evidente na tensão do seu corpo. Ele se levantou e começou a chutar e socar a poltrona em que estava sentado. Nem me movi, pois faria o mesmo se soubesse da Layla. Tanto que o fiz longe deles quando descobri o que aconteceu à minha irmã. Ele xingava e gritava como um louco.

Assustada, Layla saiu do quarto de pijama e já ia se aproximar do marido, quando me levantei e fui ao seu encontro.

— Deixa o Bruno, Lala. Depois que passar, você vai até ele.

Layla virou os olhos arregalados para mim. Acho que não tinha percebido minha presença até aquele momento.

— O que aconteceu? Por que ele está desse jeito?

— Depois você vai saber. Basta dar o apoio que ele precisar.

Ela assentiu e aguardou pacientemente enquanto Bruno descontava a raiva e a frustração, que eu sabia que estava sentindo, na poltrona. Tão subitamente quanto começou, parou. Ele caiu de joelhos no chão e apoiou os braços no tapete. Chorou como uma criança. Podia ouvir seus soluços do outro lado da sala.

— Vai, Lala. — Minha irmã prontamente atendeu; ela estava confusa e assustada. Porém, não questionou ou pestanejou, apenas abraçou o marido e sussurrou em seu ouvido, tentando confortá-lo.

Bruno não se moveu, só passou o braço em volta da Layla. Podia ver suas costas se movendo com o choro. Ela acariciava seus cabelos, se sentou e puxou o marido para o seu colo. Nunca tinha visto meu cunhado tão desesperado.

Claro que não fui diferente, apenas não pude extravasar na hora. Precisava dar apoio a Sabrina e mostrar que a queria com a mesma intensidade de antes. Meu peito se comprimiu com aquela cena. Graças a Deus, eu tinha vindo sozinho.

Depois do que pareceram horas, ele se acalmou e sentou, ainda de cabeça baixa. Ele acariciou o rosto da esposa e enxugou as lágrimas. Olhou para mim e vi muita tristeza em seu olhar.

— Como ela tá? — Sua voz estava baixa e rouca.

— Deixei-a dormindo, não queria incomodá-la. E queria te contar sem ela estar aqui, porque não sabia sua reação. E realmente foi melhor assim.

Ele assentiu, e Layla olhava entre nós, ainda mais confusa.

— Dá pra vocês me contarem agora?

— Lala, depois eu te conto. Agora não vai ser legal. — Não queria que Bruno sofresse mais.

— Não, Lucas, tudo bem. Sei que pra você também está sendo difícil, mas estou bem agora. Layla tem o direito de saber, eu me descontrolei. — Desviou o olhar para a esposa. — Anjo, seu irmão veio me contar que, quando Sabrina teve aquele rolo todo com o ex, não foi só aquilo que imaginamos. Ela foi forçada e filmada. E escondeu de nós todo esse tempo.

— Oh, Deus! — Layla colocou a mão na boca. — Onde ela tá, Lucas? Preciso ir até lá agora.

Assenti e olhei para o Bruno.

— Nós vamos atrás dele!

Não havia outra opção, o cara ia pagar. Mesmo se Bruno não concordasse, eu iria sozinho.

— Com certeza, mas agora eu só quero abraçar minha irmãzinha. Diga-me, Lucas, como ela ficou ao te contar?

Eu não gostava de lembrar do sofrimento estampado em seu rosto. Em todo o relato, ela enrolava a camiseta nas mãos em sinal de nervosismo. Mas não podia tocá-la naquele momento. Respeitei sua vontade e sofri junto com ela.

— Ela está bem, na medida do possível. Eu cuidei dela. Contudo, enquanto falava, provavelmente reviveu tudo. — Fui sincero, mesmo sendo difícil para ele saber que a irmã sofria.

— Vocês se entenderam?

— Sim, agora ela é minha. — Minha convicção o surpreendeu e um sorriso triste surgiu em seus lábios.

— Que bom ouvir isso. Sabrina merece alguém como você, pena que se conheceram tarde.

Eu concordava, mas a vida é assim. Tudo tem seu tempo. Layla, que estava chorando em silêncio, levantou e aproximou-se. Me deu um abraço e apoiou a cabeça em meu peito.

— Obrigada por você ser tão bom, Luquinha. Tenho orgulho do homem que se tornou. Agora, vamos cuidar da nossa menina. Ela já deve ter acordado. Vou trocar de roupa para podermos ir. — Afastou-se e levou a mão ao meu rosto, acariciando levemente. Bruno já havia se levantado e caminhado até a janela. Estava de costas, com os ombros tensos e a cabeça baixa.

— Lucas, nós vamos atrás desse cara ainda hoje. Não vai ficar assim! Você já ligou para o hospital? Se quiser, eu ligo.

— Eu já pedi que me substituíssem.

Ele balançou a cabeça e depois ficou olhando para fora.

— Sabrina sempre foi uma menina levada. Eu costumava chamá-la de pestinha. E não era à toa. Ela era a mais moleca, brincalhona e sensível. Quatro anos atrás, vi seu brilho apagar, mas não consegui entender o porquê. Achei que era por ter sido enganada e pensei que poderia acabar logo e se acertar com você. Precisava só de um empurrão. Mas não adiantou, ela construiu um muro enorme que ninguém podia transpor. Depois desse tempo escondendo essa angústia, fico pensando se ela será capaz de se levantar de novo, porque minha irmã parou no tempo. — Virou-se para mim e me encarou. — Só você vai conseguir, cara. Sei que é pedir muito, mas não desista dela. Por tudo que pode acontecer, fique com a minha irmã, ame-a como ela nunca foi amada. Trate-a com tanto carinho que seja até chato e meloso. Seja para a Sabrina o que sua irmã é pra mim.

Ele não precisava me pedir nada daquilo. Eu a amava desde o momento em que coloquei os olhos sobre ela. Mas entendi o que Bruno queria: uma segurança, uma certeza de que eu estaria com ela para o que desse e viesse. Eu não o decepcionaria.

— Não se preocupe, meu amigo. Eu amo sua irmã com tudo o que tenho e não vou deixá-la. Mesmo que ela me mande embora, eu sou teimoso o suficiente.

Bruno sorriu e se aproximou, passou um braço pelo meu ombro e bateu de leve.

— Minha irmã é uma mulher de sorte, cara. Vou indo na frente. Leva a Layla. Quero ver a Sabrina, sozinho. Pode ser?

Assenti e ele se afastou. Pegou as chaves do carro na mesa ao lado da porta e saiu. O amor que Bruno tinha pela sua família era o mesmo que eu tinha por Layla. E nós protegíamos nossas meninas. Ninguém ficaria impune se as magoasse.

O filho da puta que nos aguardasse!

Capítulo 17
Sabrina

Depois de tudo que sofri, não conseguia dormir direito. Acordava assustada com pesadelos horríveis daquele dia fatídico. Tinha vezes que meu terror noturno era tão forte que não aguentava ficar sozinha no quarto, então saía para a varanda e olhava o amanhecer chegar. Tinha medo de que, se fechasse os olhos, veria o rosto do Rick novamente.

Contudo, após desabafar com Lucas e amá-lo a noite inteira, meu coração estava leve. Dormi um sono tranquilo sem sonhos. Só que, quando acordei e ele não estava lá, me desesperei por ter sido demais o que contei. Minhas inseguranças vieram de uma vez só, até que vi um bilhete.

Com as mãos trêmulas, peguei o papel bem dobrado com meu nome na frente e li a seguinte frase: *Leia, você vai entender.*

No papel, tinha rabiscada a letra de uma música de rock popular brasileira, que eu era fã: *Só Hoje*, do Jota Quest. Meus olhos lacrimejaram ao perceber o que ele queria me dizer. Havia um trecho sublinhado que fez meu coração acelerar e paralisar ao mesmo tempo.

> *"Hoje eu preciso ouvir qualquer palavra tua*
> *Qualquer frase exagerada que me faça sentir alegria*
>
> *Em estar vivo"*

Eu entendi. Lucas me queria de qualquer jeito, de qualquer maneira. As lágrimas desceram e eu sorri. Não chorava de medo ou tristeza, mas de uma alegria imensa que tomou conta do meu peito. Deu-me uma vontade louca de pular e dançar, e foi o que fiz. Vestia apenas sua camisa e fiquei de pé na cama, pulei e gritei feliz como uma menina, coisa que há anos não era.

Depois dessa estripulia toda, caí deitada com os braços esticados e sorri para o teto. Apesar da mágoa, sentia um gosto de felicidade. Talvez fosse possível, teríamos tempo.

O barulho da campainha chamou minha atenção. Levantei e coloquei um short. Não imaginava quem poderia ser, já que Lucas havia saído, então não poderia ir de qualquer jeito. Nem tinha ideia de onde ele poderia ter ido. Aliás, tinha sim. Só não queria pensar na reação do meu irmão. Cheguei à porta rapidamente e abri. Minha respiração parou ao ver Bruno com os ombros caídos e os olhos vermelhos e inchados.

Não tive tempo de falar qualquer coisa porque fui arrebatada por um abraço forte e Bruno soluçou com o rosto enfiado em meus cabelos. Envolvi os braços em seu pescoço e o deixei desabafar. Não sei se ele não se aguentava em pé, mas estava bem pesado, por isso acabei sentada no chão com meu irmão mais velho em meu colo chorando como uma criança.

Meus olhos se encheram de lágrimas. Não pelo que sofri, pois já tinha chorado o suficiente por isso, mas por ver meu irmão sofrendo por algo que me aconteceu. Era um dos meus maiores medos: ver minha família triste por minha causa.

Acariciei seus cabelos negros tão parecidos com os meus. Quando percebi, já estava soluçando e Bruno se agarrava às minhas pernas, cada vez mais forte. Não soube dizer quem consolou quem, mas, apesar de toda a angústia, senti uma liberdade ao deixar tudo sair. Sabia que podia contar com alguém, que, se quisesse conversar, ele estaria ali para mim.

Abaixei-me e sussurrei em seu ouvido:

— Não fique assim, irmão, eu estou bem. Por favor, não chore mais.

Só que ele continuou. Por uns bons dez minutos, permanecemos na mesma posição. Seu pranto foi diminuindo e Bruno levantou o rosto, me observando. Engoliu em seco e passou a mão pela minha bochecha.

— Você está bem mesmo? — Assenti. — Me diga por que escondeu isso todos esses anos, Sabrina.

Desviei o olhar, envergonhada. Bruno sentou à minha frente e puxou meu queixo, me encarando.

— Não minta.

Pisquei algumas vezes para tentar espantar a emoção que me consumia quando lembrava de tudo. Olhei para fora, pois a porta permaneceu aberta.

— Ele me ameaçou, filmou tudo e disse que, se eu contasse para alguém, iria espalhar o vídeo na internet. Eu não poderia suportar que vissem todo aquele horror.

— Mas existem advogados, Sabrina. Nós iríamos processá-lo pelo que te fez. Aquele filho da puta estaria preso agora. Imagina só. Ele pode ter feito isso de novo. Não quero que se sinta culpada, mas, em uma situação dessas, esconder é a pior solução.

— Eu sei, você acha que não pensei nisso todos esses anos? Mas, quando estava recente, eu fiquei muito abalada, não conseguia me olhar no espelho sem lembrar do que aconteceu. E depois que melhorei o suficiente para viver, já tinha passado muito tempo. Como ia provar?

— Entendo. Mas você podia ter nos contado antes. Não deve ter sido fácil guardar isso por tanto tempo.

— Não foi. Só contei ao Lucas porque não aguentava mais me esconder dele.

— Ele te machucou?

— Claro que não, ele me consertou!

Bruno sorriu tristemente e se aproximou, me abraçando meio atrapalhado.

— Fico feliz por você ter alguém pra te apoiar. Muitas mulheres não têm o apoio da família e vivem com essa angústia por uma vida inteira. Algo tão forte e traumático tem que ser colocado pra fora; ficar guardando não pode ser bom. Saiba que sempre estaremos prontos para te ajudar.

Emocionei-me por ter o apoio incondicional do meu irmão. Balancei a cabeça, concordando, e nos levantamos. Já ia fechar a porta quando vi o carro de Lucas parando ao lado do Civic do Bruno. Layla desceu em disparada e veio correndo.

Alcançando-me, ela me abraçou apertado e carinhosamente, transmitindo tanta paz do jeito que só ela sabia. Abracei minha cunhada, amiga e irmã. E fechei os olhos. As lágrimas não vieram, estava me sentindo amada. Plenamente.

Layla se afastou e vi que seus olhos verdes, tão parecidos com os do irmão, estavam cheios de tristeza.

— Não fica assim, Lala. Eu estou bem.

Ela balançou a cabeça e se aproximou do meu ouvido:

— Amo você, Sá. Saiba disso, ok?

Um nó se formou em minha garganta. Eu nunca fui maltratada ou senti falta de amor pela minha família, mas, mesmo assim, ouvir quem se importa com você em momentos que precisamos é um bálsamo ao nosso coração.

Desviei o olhar da Layla e vi o amor da minha vida vindo em minha direção. Ele sorriu e se aproximou, me abraçando. Fiquei um pouco envergonhada; não estava acostumada a demonstrar intimidade perto da nossa família. Contudo, Lucas parecia não se importar nem um pouco. Aproximou os lábios do meu pescoço e me deu um beijo molhado.

— Viu o bilhete? — Concordei com a cabeça. — E entendeu o que eu quis dizer?

Afastei-me e olhei em seus olhos.

— Sim.

Lucas sorriu amplamente e me beijou na boca. Deus, eu nunca ia me cansar disso. Acabei esquecendo de Bruno e Layla e enlacei seu pescoço. Retribuí o beijo na mesma intensidade, nossas línguas dançando e se enrolando. Seus lábios carnudos se moviam nos meus com vontade, e parecia que nunca seria demais. Poderia provar sua boca por uma eternidade. Muito cedo ele se afastou e observei seu rosto corado. Nossa respiração estava acelerada. Estendeu a mão, passando por meu rosto.

— Você está linda, minha princesa.

Sorri e olhei para os lados. Meu irmão e minha cunhada não estavam na sala. Corei envergonhada por ter perdido o controle. Mas acho que quatro anos guardando tantos sentimentos libertados de uma só vez faziam isso com a pessoa.

— Eles foram pra cozinha. Vem, Bruno quer falar conosco.

— Como você sabe que foram pra cozinha?

— Porque ele disse. Você não ouviu?

Neguei e ele sorriu. Droga, eu ficava tão concentrada no Lucas que perdia a noção de tudo.

Bruno e Layla estavam abraçados, encostados no balcão. Falavam baixinho e sorriam. Acho que não nos perceberam, deviam ter o mesmo deslumbramento um pelo outro como eu e Lucas.

— Temos boas lembranças daqui, né, Anjo? Sente falta?

— Às vezes, mas estou feliz onde você estiver, meu garanhão.

Bruno estendeu a mão e acariciou o rosto da esposa. Presenciar o amor e o carinho entre eles era lindo. Permaneciam apaixonados e felizes. Às vezes, eram até inconvenientes...

Lucas pigarreou chamando a atenção deles. Bruno se afastou da bancada e deu de ombros.

— Essa bancada traz muitas lembranças. Relembrar é viver.

Layla ficou vermelha como um pimentão porque ainda se envergonhava com o jeito do meu irmão, que não tinha mudado nem um pouco. Continuava arrogante e sarcástico.

— Ah, cara. Que merda, muita informação. — Lucas sorriu e se aproximou do banquinho, se sentando. — Agora temos que conversar e decidir o que fazer.

Bruno assentiu, se virando para mim.

— Nós vamos atrás desse cara, Sabrina. Ele vai pagar por tudo.

— Mas e se acontecer alguma coisa com vocês?

— Como assim, Sabrina? Nada pode acontecer conosco. Vamos pegar esse vídeo e destruir, provavelmente ele fez isso mais vezes com outras pessoas e podemos denunciá-lo.

— Mas vocês podem ser presos. — Minha cabeça não estava captando o que eles diziam. Minha visão estava construindo imagens de Lucas e Bruno tirando satisfações com as próprias mãos. E dando alguma coisa errada.

Lucas me puxou pelo braço, fazendo com que me sentasse em seu colo. Acariciou meus cabelos, colocando algumas mechas atrás da orelha.

— Sabrina, não vamos fazer nada de mais. Mesmo porque, se acontecer alguma coisa com ele, perdemos a razão e não queremos isso, mas acho que um soco bem dado o filho da puta merece. Tudo bem que vai ser difícil parar depois. Mas vai dar tudo certo. Pode confiar.

Olhando Lucas e Bruno, percebi que as coisas poderiam ter sido diferentes anos atrás. Se eu tivesse contado a eles, não teria passado por tudo sozinha.

— Tudo bem, mas eu vou com vocês.

— O quê?! — Bruno se afastou dos braços de Layla e se aproximou, segurando minhas mãos e fazendo me levantar. — Você não está falando sério!

— Estou sim, quero colocar para fora o que esteve entalado na minha garganta.

Layla se aproximou do marido e colocou uma mão em suas costas.

— Deixa ela ir, Bruno. Sabrina precisa disso. Não é?

Assenti e desviei o olhar para Lucas sentado ao meu lado. Ele tinha a cabeça baixa e olhava para o chão. Soltei as mãos do Bruno e parei à sua frente, envolvi seu rosto e olhei em seus olhos.

— Que foi? Ficou chateado?

Ele negou com a cabeça e levantou os braços, me envolvendo em um abraço forte e carinhoso.

— Só não quero que você sofra. E se você reviver tudo ao olhar para aquele desgraçado?

— Eu preciso — falei com convicção. Às vezes, confrontar seus medos é o melhor tratamento.

Lucas me observou atentamente e suspirou.

— Ok, mas, se ele falar alguma gracinha, tá fodido.

— Eu sei...

Ficamos mais algum tempo em casa. Preparei café para todos e partimos logo em seguida. Deixamos Layla em casa, mesmo ela querendo nos acompanhar. Bruno não achou saudável, pois podia rolar muito estresse, e estando grávida não seria bom.

Como só eu sabia onde Rick morava, indiquei o caminho. Estávamos em um silêncio pesado dentro do carro. Ninguém se atrevia a falar. Quando Bruno estacionou em frente à casa do meu ex-namorado, quase perdi a coragem. As lembranças me atormentaram naquela hora. Estava quase pedindo para voltar quando a porta da frente se abriu e Rick saiu do mesmo jeito que me lembrava: arrogante e nojento.

Uma fúria subiu em meu peito, que não pude controlar. Saí em disparada. Ia matar o filho da puta.

Capítulo 18
Lucas

— Caralho!

Não tive chance de fazer nada. Estava sentado ao lado de Sabrina no carro. Ficamos em silêncio durante todo o trajeto. Quando paramos, percebi que ela estava tensa, parecendo prestes a fugir. Mas, quando um cara saiu da casa, tudo mudou.

Sabrina disparou porta afora correndo como uma louca. Ela não gritou antes de chegar ao lado dele. Acho que o cara nem viu o perigo indo em sua direção. Pela velocidade que ela estava, derrubou-o no chão e começou a socar seu rosto e arranhá-lo. Eu e Bruno saímos atrás dela e nos aproximamos.

Seus gritos podiam ser ouvidos a quilômetros de distância.

— Seu filho da puta, você não vai me fazer chorar mais. Desgraçado, nojento, asqueroso. Nunca. Mais. Vai. Me. Tocar. — Cada soco era um xingamento.

Esperamos, deixando-a ter seu tempo com ele. Acho que Sabrina tinha o direito de extravasar sua raiva e angústia. O cara tentava se desvencilhar, mas uma mulher decidida não era fácil de segurar.

Vê-la daquele jeito fez meu coração ficar ainda mais apertado, pois tudo que sofreu calada não deve ter sido legal. Uma lembrança ruim tem o poder de envenenar uma pessoa pouco a pouco. Pensamentos negativos alimentam ainda mais esse mal, fazendo de alguém apenas uma casca vazia.

O cara pedia que a parássemos e cobria o rosto com os braços. Puxei-a pela cintura. Não foi fácil segurá-la porque ela se debatia, querendo ir para cima dele novamente.

— Me larga, Lucas. Ele merece apanhar mais! — Sabrina estava enlouquecida, sua voz ficou esganiçada de tanto gritar, xingando o idiota.

— Eu sei disso. Mas você já teve sua chance. Se acalma.

Nesse momento, o cara se levantou, enxugando o canto da boca sangrando. Observou-nos e sorriu para Sabrina em meus braços.

— Então, a putinha achou outro cara? O que foi, Sabrina? Não ficou satisfeita com a nossa última trepada?

Eu já ia agir quando ele foi derrubado no chão de novo por um soco de direita do Bruno. Meu cunhado se aproximou do idiota caído e se abaixou, ficando cara a cara com ele.

— Lava essa porra de boca pra falar da minha irmã, desgraçado. Você tá mais do que ferrado e te aconselho a calar a boca. — Puxou o cara pela camisa e o colocou de pé. — Você mora sozinho aqui?

Sabrina, que respirava forte, se soltou de mim e deu dois passos à frente. Logo me aproximei, porque ela já tinha batido o suficiente no idiota.

— Não, se ele ainda mora aqui é porque vive com os pais. — Ela falava como se quisesse vomitar.

A minha vontade era partir para cima dele e socar sua cara até me cansar. Mas tinha que manter a calma, não podia colocar tudo a perder.

— Bom, ainda é cedo e eles devem estar em casa. Vai, moleque, chama seus pais, temos umas coisinhas pra conversar. — Bruno deu um empurrão nele e quase o derrubou novamente. Devia estar tonto depois de tanta porrada.

— O que vocês têm que conversar com eles? Eu não fiz nada!

Não aguentei. Até aquele momento, me mantive calmo, apenas apoiando a minha garota, porém, o bastardo se fazendo de desentendido despertou a minha raiva. Aproximei-me, ficando frente a frente; eu era um pouco mais alto do que ele. Estreitei os olhos e deixei bem claro para que não houvesse dúvidas de onde ele estava se metendo.

— Olha só, cara, eu vou dizer isso uma vez para que entenda. Essa mulher maravilhosa aqui é minha. Eu quase a perdi por causa da merda que você fez. Nunca se dirija a ela sem permissão, não se aproxime da Sabrina. Se encostar nela mais uma vez, acabo com você. Nós viemos tomar providências para que nunca mais abuse de qualquer garota.

O verme teve o desplante de sorrir. Tudo bem que seu rosto já estava vermelho e sangrando. Mas era uma coisa que eu estava disposto a piorar.

— E como você vai fazer isso? Já faz tempo que aconteceu, ninguém vai acreditar que eu a forcei. E, pra falar a verdade, Sabrina bem que gostou. Ainda escuto o gemidinho dela no meu ouvido.

— Filho da puta... — Já ia partir para cima dele quando Bruno me segurou pelo braço.

Virei a cabeça e, então, percebi que não estávamos mais sozinhos. Um casal, por volta de cinquenta anos, estava parado na porta assistindo toda a cena. Eram os pais do ex da Sabrina.

Eles estavam com os rostos torcidos em uma careta angustiada, parecendo assustados. Imagino que não seja legal ouvir do próprio filho que ele fez mal a alguém. A senhora tinha lágrimas nos olhos e se aproximou do filho.

— Filho, diz que é mentira. Fala pra sua mãe que você não fez isso com essa pobre menina. Por favor, não me dá esse desgosto.

Ele baixou a cabeça e sorriu. Acho que era meio louco, porque estava fodido e ainda ria. Desesperada, sua mãe pareceu assustada ao ver a expressão em seu rosto.

— Só com ela não, *mamãe*. Mas com todas que me recusaram. Porra, eu sou tudo que elas poderiam querer!

— Oh, Deus! Eu não te dei educação? Como você foi fazer uma coisa dessas?

A pobre mulher estava horrorizada e parecia prestes a desmaiar. O marido se aproximou de nós sem olhar para o filho e observou Sabrina.

— Quanto tempo tem isso, menina? — A voz do senhor estava embargada de emoção.

— Faz quatro anos que esse nojento encostou em mim.

O pai do cara baixou a cabeça com as mãos na cintura, respirou fundo e olhou Sabrina nos olhos.

— E, pelo que entendi, você não deu queixa. O que quer, na verdade?

Adiantei-me um passo. Eu entendia que estavam abalados, mas quem sofreu nessa história toda por anos foi a Sabrina.

— Senhor, sou o namorado da Sabrina e ela me contou na noite passada o que seu filho fez. A situação é a seguinte: ele não apenas abusou dela como também filmou e a ameaçou de espalhar o vídeo na internet se ela o denunciasse. Por isso o silêncio de anos.

O pai fechou a cara ainda mais e se virou para o filho. Eu só não temi por

151

ele porque merecia todo o castigo do mundo.

— Onde está esse vídeo, Rick? É melhor você dizer que o tem e que não o espalhou... — Com a ameaça, o rapaz deu dois passos para trás e o sorriso debochado morreu em seu rosto.

— Eu não tenho, apaguei logo que saí de lá.

Bruno se aproximou. Meu cunhado era alto e intimidante. Nós lutamos juntos por anos. Depois que Sabrina quis trocar de academia, eu me separei da turma. Então, o carinha estava mais do que ferrado se decidíssemos fazer justiça com as próprias mãos.

— Duvido, caras como você gostam de guardar troféus para relembrar das suas conquistas. Eu não vou sair daqui até ter esse vídeo.

— Eu acho bom você encontrar esse vídeo agora! — vociferou o pai dele.

Ele concordou com a cabeça e já ia se afastando. Soltei a mão da Sabrina e me adiantei. Não ia perder a oportunidade de lhe dar a prensa merecida.

— Eu vou junto, quero ver se não vai fazer cópias. — Olhei para o dono da casa, pedindo permissão. Afinal, eu tinha educação e não iria entrar na residência dos outros sem mais nem menos.

Ele assentiu e se aproximou da esposa, que não parava de chorar. Sinalizei para que Bruno cuidasse da Sabrina e segui o bastardo para dentro da casa. A moradia era grande, bonita e bem organizada. Subimos um lance de escadas e paramos em frente a uma porta. Ele olhou para mim e sorriu de lado.

— Então, você tá pegando meus restos?

Nem pestanejei, o cara estava de costas para mim e assim o imprensei na porta. Peguei seu braço direito, torcendo para trás, e, com a outra mão, segurei seu pescoço.

— Eu já disse para não mencionar o nome dela, filho da puta. Acho bom ficar pianinho até eu ter tudo em mãos. Entendeu? — Assentiu, e o soquei na porta antes de soltá-lo. Caras como ele são valentões com as mulheres, fazem-se de fodão para os amigos e contam vantagens em suas aventuras. Mas, na hora que aperta, enfiam o rabinho entre as pernas e saem de cabeça baixa. Covardes!

Ele entrou no quarto e se sentou em frente ao notebook aberto em uma mesa ao lado da cama.

— Eu quero todas as cópias de todos os vídeos.

— Não tem nenhuma. Apenas essa...

Prostrei-me às suas costas e observei o que fazia. Ele abriu uma pasta nomeada *gatinhas on-line*. Dei apenas um peteleco em sua cabeça, mas queria fazer muito mais. Ele se encolheu e logo salvou os vídeos em um pen drive.

— Agora deleta. E, se você tiver mais alguma cópia disso e estiver me escondendo, vai se ver comigo. — Ele fez o que mandei e me estendeu o dispositivo sem olhar para trás. Peguei-o e segurei seu pescoço novamente. — Agora aguarda a polícia, seu filho da puta. Sabe o que acontece com caras bonitinhos como você na prisão? Viram mulherzinha... Acho que vai gostar. Seu lance não é forçar? Pois é isso que terá de volta. Já ouviu falar na lei da ação e reação? Ela é certa e não falha. Espere e verá.

Dei-lhe um empurrão e saí. Estava louco para me livrar dessa situação toda. Queria ficar com minha mulher e abraçá-la o dia todo, mas sabia que ainda teríamos muita emoção.

Desci as escadas sem ser seguido pelo bastardo. Seus pais estavam em um canto da varanda do lado de fora, e Bruno e Sabrina, bem afastados. Estendi o pen drive ao meu cunhado e me aproximei do casal.

— Eu queria avisá-los de que vamos dar queixa. Isso não ficará impune.

A senhora soluçou e escondeu o rosto no ombro do marido, que assentiu e respirou fundo.

— Tudo bem, meu filho merece, depois de tudo. Acho até que depois dessa denúncia encontraremos outras. Vou forçá-lo a me entregar todos os vídeos e eu mesmo vou à delegacia.

A esposa se afastou com os olhos arregalados.

— Mas, querido, assim ele vai ficar mais encrencado ainda.

— Eu sei, Fátima, mas é preciso. Que tipo de pais somos nós que não ensinamos seu filho quando erra? Temos que tomar providências, acho que nós o mimamos demais. — Depois se virou para Sabrina. — Sinto muito, menina.

Sabrina se afastou do irmão e ficou ao meu lado, segurou minha mão e me olhou nos olhos, sorrindo.

— Não é culpa de vocês. Há uma coisa chamada livre arbítrio. Pode ser até que o deixaram solto demais. Mas foi ele que fez suas escolhas, e estão agindo certo lhe educando, nem que as medidas sejam extremas. Apesar de tudo, não tenho raiva de vocês.

A mãe do idiota se jogou nos braços da Sabrina e chorou. Meu peito se encheu de orgulho pela mulher que minha amada era.

Despedimo-nos e fomos para casa. Estava louco para tomar um banho e relaxar. Só que Bruno parecia ter outras ideias, fez o trajeto contrário e percebi que estava indo para a casa da mãe.

Notando a mudança, Sabrina ficou tensa em meus braços. Senti minha camisa molhando. Minha garota estava chorando. Droga, esse encontro ia ser difícil.

Provavelmente, Layla ligou para as mulheres, que estavam esperando. Sei que não iam julgar ou criticar, apenas ajudar, mas não gostava de ver Sabrina sofrendo ainda mais. Podia adiar esse confronto por mais um dia.

Passei a mão pelo seu rosto, capturando uma lágrima. Ela levantou a cabeça e me observou com seus olhos azul-clarinhos que tanto amava. Sua boca carnuda estava avermelhada e não resisti. Baixei a cabeça e dei-lhe um beijo carinhoso e reconfortante.

— Vai ficar tudo bem. Eu não vou sair do seu lado — falei em seus lábios.

Senti-a sorrindo e levantei a cabeça.

— Eu sei, você é meu príncipe salvador.

— Não, sou apenas um homem apaixonado. Quero te ver feliz o mais rápido possível, vamos acabar com isso e ficar em casa o dia todo. Ok?

Sabrina assentiu e levou a mão ao meu rosto. Me esfreguei em sua palma, sentindo a maciez da sua pele.

— Sabe, Lucas, me arrependo de não ter dito nada. Sofremos por quatro anos à toa. A culpa foi toda minha.

Segurei seu queixo e a encarei.

— Não diga isso. Você fez no seu devido tempo, precisava de espaço. Não digo que foi certo se afastar e esconder tudo, mas não vou te criticar. E eu não fui santo, tenho minha parcela de culpa. Devia ter prestado atenção e notado o que você sentia por mim. Agora estamos juntos e não vou te deixar ir, princesa. Você é minha.

Ela assentiu e se recostou em meu peito novamente. Senti um alívio por poder dizer isso. Eu não era feliz pelo que fiz. Senti-me um filho da puta total enquanto ela me contava seu sofrimento.

Se eu soubesse, ou desconfiasse, não teria sido tão galinha. Durante o tempo que ela sofria, eu saí transando para afogar a dor de amar e não ser correspondido. Não sei dizer se me perdoaria por isso, mas tentaria.

Se dependesse do meu amor e empenho, Sabrina seria a mulher mais feliz do mundo.

Capítulo 19
Sabrina

Descarreguei toda a raiva que sentia em gritos, chutes e socos. Não sei se fiz bem, mas, quando o vi feliz e inteiro enquanto eu me despedacei por anos, tive que agir. Era o mesmo nojento que me lembrava, e ainda se vangloriou de sua atrocidade. A única coisa que me deu força depois que passou a adrenalina foi saber que eu não estava sozinha. O amor e o apoio do Lucas foram essenciais naquele instante.

A reação dos pais do Rick foi de dar pena. Sua mãe não parava de chorar e o pai estava arrasado, e não paravam de pedir perdão. Senti uma calmaria em meu peito. Não me descontrolei mais. Mas, quando entramos no carro novamente, deixei as lágrimas descerem, aliviando a angústia dentro de mim. Pensar que poderia ter evitado, através de uma denúncia, que tantas meninas sofressem o que sofri me arrasou completamente. Lucas me abraçou e não disse nada, apenas me deu seu ombro.

Estávamos indo para a casa da minha mãe. Já imaginava o que encontraria lá. Mal percebi o caminho que percorremos, porque estava curtindo o colo que recebia. Quando Bruno parou, olhei em volta e avistei minha mãe parada na varanda da frente. Sempre tão linda e forte, ela parecia acabada. De longe, podia ver seus olhos vermelhos. Tinha os braços cruzados e com uma mão cobria a boca. Estava saindo, quando vi minhas irmãs e Layla se juntarem a ela na varanda.

Todas estavam tristes e chorando, porém estavam ali para me ajudar e me apoiar. Fiquei aliviada por não precisar falar nada. Engoli em seco e abri a porta, mas, antes de sair, Lucas segurou meu braço. Olhei em seus olhos lindos e senti o amor que tinha por mim.

— Não fique com medo, elas só querem te abraçar.

Assenti e saí. Baixei os olhos e fui andando sozinha até minha família. Quando cheguei ao primeiro degrau de cabeça baixa, percebi minha mãe parada à minha frente. Ela colocou a mão em meu queixo e o ergueu.

— Nunca fique de cabeça baixa, minha filha. Não há motivo para ter vergonha, você é uma vencedora. Eu tenho orgulho da minha menininha.

Meu coração se encheu de amor, joguei-me nos braços dela e me senti como uma criança novamente. Minhas irmãs e Layla vieram em um abraço grupal.

Estávamos emocionadas e abaladas, mas o carinho da minha família levou embora toda a dor que ainda restava em mim. Estaria sempre marcada; uma tragédia como a que aconteceu comigo nunca iria sumir da minha mente. Mas tendo amor, compreensão e apoio, conseguiria ultrapassar qualquer barreira. Eu era feliz por ter seres maravilhosos que me amavam incondicionalmente.

Murmúrios de promessas e declarações de amor me elevaram a um estado pleno. Prometi ali, no abraço das minhas meninas, viver cada momento único de amor e carinho. Sentir apenas as coisas boas, além de felicidade. Por isso, decidi fechar essa página da minha vida e me dar uma chance de ser feliz.

Não ia mais chorar por algo que não valia a pena. Eu estava curada de toda raiva e mágoa que possa ter sido plantada em meu coração e alma.

Separamo-nos e encarei as minhas garotas. Cada uma com seu jeitinho singular que eu amava. Ana era a mais abalada. Mesmo Larissa sendo a mais velha, com a minha irmã do meio, eu tinha uma relação de amizade e cumplicidade. Senti-me mal por ter escondido tudo dela.

— Sinto muito — eu disse com a voz baixa.

Ela sacudiu a cabeça e me olhou zangada.

— Não tem o que se desculpar. Não vou dizer que é uma vítima, porque tenho certeza que não quer ser vista assim. Você é uma lutadora, pois viveu esses anos sem se entregar à solidão e à dor, minha irmã. Quantos não aguentam, mesmo tendo tratamento psicológico? E você evoluiu e viveu. Realizou seus sonhos.

Sorri e olhei para trás, onde Lucas e Bruno estavam parados.

— Menos um. — Voltei minha atenção para elas. — Eu o perdi por muito tempo.

Layla sorriu carinhosa e passou a mão por meu braço.

— Você nunca o perdeu, Sabrina. Lucas sempre te amou e esperou o tempo que precisava para se curar. Mesmo não sabendo o motivo, ele respeitou sua vontade. Você tem uma vida inteira pela frente. Ele é louco por você! Olha lá a cara de paspalho, nunca o vi assim.

— E olha sua sorte, garota. Um gatinho como ele não se acha em qualquer canto. Se liga, hein, ou tomo ele de você. — Ana usava a brincadeira e o sarcasmo como uma armadura, mas já havia me acostumado com sua personalidade.

Larissa arregalou os olhos e sacudiu a cabeça, em desaprovação.

— Ana Luiza, pelo amor de Deus, o garoto é bem mais novo do que você.

— Nem tanto, e eu tenho todo um charme. Dá licença, você está fora do mercado. — Mostrou a língua para Larissa.

Essas duas sempre implicavam uma com a outra. Às vezes, o humor de Ana era irritante, e Larissa, sendo tão responsável, caía em sua provocação.

— Eu não sei como vocês conseguem mudar o rumo da conversa tão fácil. Vamos entrar porque tem um almoço nos esperando. Os meninos devem estar com fome. — Minha mãe sempre apaziguava os ânimos sem repreender ninguém.

— Que meninos, mãe?

— O mala careca e os pestinhas da Larissa. Ah, e o estorvo do Alberto. Não sei pra que vocês ainda o convidam.

Vi um brilho diferente nos olhos da minha irmã ao pronunciar o nome de Alberto. Tem um ditado que diz assim: "Quem desdenha quer comprar". Será que ela já estava pronta para retomar um amor há tanto tempo perdido? Só o tempo diria, relacionamento é muito complicado.

Bruno e Lucas se aproximaram e seguimos para a sala com minha mãe à frente. Entramos de mãos dadas; já estava mais relaxada em relação à intimidade em público. Nunca mais negaria o que sentia pelo Lucas.

Quando cheguei à sala, estavam todos em silêncio, me observando. Fiquei com medo de ter que falar algo. Não queria mais relembrar tudo, me explicar. Sei que meu irmão iria entrar com um processo e teria que dar meu depoimento, mas não para minha família. Agora queria esquecer. Lucas deu um aperto reconfortante na minha mão e olhei em seus olhos.

O amor que vi ali me fez querer beijá-lo, e assim o fiz. Segurei seu rosto e fiquei nas pontas dos pés. Um selinho carregado de carinho foi depositado em seus lábios. Afastei-me e sorri. Alberto, que chegara há pouco, mas não sabia o que havia acontecido, estava se aproximando com uma expressão engraçada.

— Cara, você tem noção do quanto é estranho ver você beijando ela? Faz isso na nossa frente não, que chato! — Ouvimos um bufo estridente e Ana estava com a cara torcida. — Que foi, Ana Luiza, tá com inveja?

Ela estreitou os olhos e levantou, ficando cara a cara com Alberto. Afastamo-nos um pouco, pois desses dois podia vir qualquer coisa.

— Pode até ser, porque Lucas é tudo que uma mulher pode pedir a Deus. Sabe, preciso arrumar um namorado logo. Será que não tem nenhum amigo no seu estilo no hospital, não, Lucas?

Lucas abriu a boca para responder, mas me inclinei e sussurrei:

— Não responde, só vai piorar. Ela perguntou pra provocar. — Ele assentiu.

— Agora virou papa-anjo, Ana?

— Melhor do que galinha, filho da puta.

— Você não tem jeito. Será que vou ter que falar tudo de novo?

Eles se encaravam como cães raivosos. Poderiam se morder a qualquer momento. Bruno adiantou um passo e se postou ao lado deles.

— Dá pra parar os dois? Caramba, porque não transam e matam logo essa vontade? Porra, não conseguem ficar um minuto sem se atacarem!

Alberto tinha as narinas infladas e pensei que ia agarrar a Ana e tascar-lhe um beijo. Talvez fosse o que ela queria. Mas ele se afastou, virando de costas, colocou as mãos na nuca e respirou fundo.

— Não se preocupe, Ana Luiza, eu vou sumir da sua vida. — Se virou para minha irmã e a encarou. Tinha tanta dor em seus olhos que fiquei com pena. — Só não se arrependa depois. Desculpe, pessoal, não posso ficar aqui. Tchau, Sabrina.

Acenei e ele saiu disparado pela porta. Ana arregalou os olhos e deu um passo à frente. Meu coração disparou porque parecia que eu via um filme. Achei que ela ia sair correndo atrás dele e fiquei na expectativa, mas Ana recuou e foi para a cozinha como se nada tivesse acontecido.

Bruno balançou a cabeça e me observou.

— Ainda bem que você não é cabeça dura assim. Ana ainda vai perder o cara e se arrepender depois.

— Mas por que ainda brigam tanto, se ela não quer ficar com ele?

— Porque ela sente alguma coisa por ele, e não gosta disso. Alberto vai viajar esse final de semana e só volta em quinze dias. Acho que vai ser bom ficarem sem se ver por um tempo. — Suspirou. — Ou morrem de saudade, ou percebem que não há mais nada a ser feito. — Afastou-se, alcançando sua esposa. Deu um beijo em sua testa e sentou ao seu lado. Depois de todos voltarem ao normal após a confusão, Lucas me arrastou para a varanda de trás e parou na escada.

— Vem, vamos dar uma volta.

Assenti e o acompanhei pelo quintal. Andamos de mãos dadas sem dizer nada. Estava um dia nublado e fresco. Chegamos a um lugar que eu não tinha voltado desde o casamento do meu irmão. Estaquei ao ver que Lucas havia me levado ao banco onde o peguei com a vagabunda.

Meu peito doeu com a lembrança e olhei para ele, magoada.

— Por que me trouxe aqui?

— Confia em mim? Então, vem.

Droga, não gostava de voltar a esse lugar. Mas fiz uma promessa a mim mesma de confiar no Lucas, então segui adiante. Com o estômago embrulhado, nos aproximamos do banco. Fechei os olhos quando a lembrança dos dois me assolou.

— Sabrina, olha pra mim, por favor.

Abri os olhos e Lucas estava na minha frente com uma expressão séria e os olhos brilhantes. Cobriu meu rosto com a mão espalmada e passou o polegar pela minha bochecha, em um carinho relaxante. Estava me contendo para não sair dali. O que me segurou foi ver que tinha lágrimas nos olhos do meu amado.

— Eu não te trouxe aqui para magoá-la. Queria te pedir perdão pelo que aconteceu nesse lugar. Sei que amava esse banco e não foi legal o que aconteceu. Se eu pudesse, voltaria atrás em muita coisa que fiz e disse. Fui um idiota sem noção e egoísta. — Respirou fundo. — Se eu tivesse prestado atenção, teria percebido que você me amava e sofria com tudo que acontecia, mas eu também estava magoado. O dia do casamento foi o estopim da minha frustração. Fui falar com você, que me tratou friamente enquanto eu queria te beijar a noite toda, porque estava linda naquele vestido. Então, fui idiota e impulsivo. Eu quero fazer desse banco uma lembrança diferente. Quero que lembre que foi aqui onde eu finalmente percebi que estava te magoando e resolvi lutar para ter você. Sei que pode soar estranho, mas eu nunca tinha notado a dor em seus olhos até aquele dia. Eu te amo demais, Sabrina. Não quero que se negue a ficar em um lugar onde você usava para relaxar. Então, aqui vai...

Lucas se ajoelhou e pegou uma caixa no bolso. Meu coração acelerou. Ele não podia estar fazendo o que eu imaginei. Arregalei os olhos e dei um passo atrás.

— Calma, princesa. Deixa-me terminar, não saia correndo. — Sorriu malicioso. — Eu quero ter você para o resto da minha vida, e entendo que não está preparada para algo mais sério e respeito. Mas tenho isso há quatro anos, e achei que estava na hora de dar a você. Eu não farei o pedido oficial agora, porque acho que você vai desmaiar. Mas você aceita ser minha, e só minha, para sempre?

Abriu a caixa e, finalmente, vi o que tinha repousado na almofada de veludo: um colar dourado com um pingente delicado, um símbolo do infinito com as pontas em formato de coração. Na parte que atravessava a frente era toda cravejada de pedrinhas brilhantes.

— Lucas, isso deve ter sido muito caro. — Foi só o que consegui pensar, pois há quatro anos ele era somente um estudante de Medicina.

Ele se levantou e pegou em meu queixo, fazendo-me erguer a cabeça para olhá-lo nos olhos.

— Não interessa quanto foi. Ele está esperando para ficar em seu pescoço esse tempo todo. Eu o comprei porque a única coisa que tinha certeza na vida era que eu te amava tanto, e o "até que a morte nos separe" não é o bastante. Então, Sabrina, aceita ser minha até o infinito? Assim como esse colar simboliza, meu amor por você não tem início, meio ou fim.

Deus, nunca imaginei amar alguém com tanta intensidade. Lucas segurava meu pescoço, impedindo-me de desviar o olhar. E só havia uma resposta a isso tudo. Eu era dele a partir do momento em que nossos olhos se cruzaram.

— Quando tudo aconteceu, eu quebrei e fiquei insensível ao que acontecia ao meu redor. Pretendia me tornar alguém diferente. Quando te vi no bar, meu coração ameaçou bater novamente, mas eu neguei até onde pude. Não queria ter essa fraqueza. E depois percebi que não tinha jeito e te amava demais, mas não pude ficar contigo por medo de te magoar. Ainda estava quebrada. Após anos me machucando, permanecendo na sua casa e vendo o vai e vem de mulheres... — Lucas fechou os olhos, mas eu não queria jogar na cara dele, era uma explicação que me senti obrigada a dar. — Não fique assim, não estou julgando, só quero que saiba tudo o que senti. Depois disso, percebi que tinha que ir embora, mas o simples fato de não te ver mais toda manhã fazia meu coração querer vegetar novamente. Minha mente pedia algo que me recusava a fazer, mesmo sendo o mais fácil. E na nossa primeira vez eu insisti para que fosse apenas sexo, porque era o que eu estava acostumada. Era mais seguro assim. Só que com você nunca foi só sexo.

Ele sorriu e encostou a testa na minha. Ficamos nos encarando e percebi que já tinha lágrimas escorrendo por meu rosto, tamanha era a emoção que sentia.

— Você finalmente consertou todos os meus pedaços quebrados, Lucas. Você é meu infinito. Não temos início, meio ou fim. Somos um.

Fui arrebatada por um beijo maravilhoso. Ele riu na minha boca e me contagiou com sua alegria. De repente, fui levantada do chão por seus braços. Lucas soltou meus lábios e jogou a cabeça para trás, rindo como um menino. Girou-me, dando gargalhadas, e me juntei a ele. Abri os braços, sentindo a plenitude de amar e ser amada.

Enfim, eu pertencia a ele. De corpo e alma.

Capítulo 20
Lucas

Mal cabia em mim de tanta felicidade. Eu a tinha, e era definitivo. Pude ver em seus olhos a veracidade e a determinação de cada palavra dita.

Ficamos mais algum tempo no jardim e voltamos para a casa de mãos dadas. Chegando lá, foi bem visível o novo adereço no pescoço da Sabrina. Suas irmãs e Layla encheram-na de perguntas. Enquanto as meninas se divertiam, fui até o Bruno, que falava ao telefone e não parecia nada bem.

Aguardei-o terminar a ligação e se virar para mim com o rosto fechado.

— Cara, quando a merda tá feita, tudo se fode.

— O que foi?

Ele balançou a cabeça, olhou na direção das meninas e fez um gesto com a cabeça me chamando para o lado de fora. Acompanhei-o até a varanda e logo Bruno soltou:

— Acabei de falar com um advogado conhecido. Parece que o estupro teria que ser denunciado imediatamente quando aconteceu. Agora temos que fazer um B.O. e levar o vídeo como prova, aí sim o delegado vai analisar e encaminhar ao Ministério Público, ou seja, é demorado.

— E esse filho da puta continua solto?

— O jeito é esperar que os pais cumpram o que nos disseram, até que a justiça seja feita. — Assenti e percebi que Bruno me encarava. — A única coisa que quero é ver minha irmã feliz. Tá me entendendo, Lucas?

Sabia o que ele queria dizer. Apesar de nunca falar nada a respeito das minhas escapadas com as mulheres, eu sabia que ele não aprovava.

— Eu sei, Bruno. Quanto a isso, pode ficar tranquilo.

— Ok, agora vamos entrar e almoçar. Ou mamãe vai ter um ataque daqui a pouco, porque ficou angustiada com o sumiço de vocês. Bela jogada aquela do colar, queria ter pensado nisso há quatro anos.

Tive que rir da cara dele. Perdi a conta de quantas vezes Bruno teve seu pedido de casamento rejeitado ou frustrado, até que, por fim, Layla tomou a iniciativa, mas o importante é que estavam juntos e felizes. Após muita coisa que passaram, os dois mereciam uma vida de paz.

Entramos e nos juntamos ao restante da família. O almoço foi animado, e ninguém mais tocou no assunto delicado, mas percebia alguns olhares de compaixão em direção a Sabrina. Ela sempre sorria, sabendo que a família só queria ajudá-la.

Apenas Ana se mantinha quieta e reservada. Parecia estar com a cabeça longe. Eu imaginava que estava pensando em certo pediatra emburrado. Sim, pois o humor de Alberto havia mudado drasticamente; ultimamente andava sem ânimo algum. Acho que a viagem faria bem.

Sabrina se divertiu como há muito eu não via. Com o peso do seu passado dividido entre todos que a amavam, devia ser mais fácil se soltar. Ficamos um pouco mais após o almoço e fomos para casa. Bruno nos levou, pois meu carro ficou na garagem para que pudesse dar apoio à minha mulher.

Mas havia um problema em tudo. Eu não sabia como agir. Não tinha a mínima noção do que ela queria nesse dia. A minha intenção era aproveitar o restante da folga e curtir ao seu lado. Mas não queria apressar nada. Meu desejo por ela nunca seria saciado e tinha receio de assustá-la.

Chegamos rapidamente, despedimo-nos de Bruno e entramos. Sem falar nada, fui para o meu quarto trocar de roupa. Estava nervoso como um virgem. Droga, sentimentos complicam tudo. Parecia pisar em ovos, não podia estragar tudo.

Tirei a calça, coloquei uma bermuda folgada e resolvi ficar sem camisa mesmo. Afinal, éramos um casal e, mesmo quando não tínhamos nada além de amizade, eu sempre me senti à vontade com ela em casa.

Voltei para a sala e percebi que Sabrina não estava em nenhum lugar à vista. Experimentei um misto de decepção e alívio. Já passava das quatro da tarde e resolvi preparar algo para comer. Um sanduíche de queijo e presunto seria uma boa para me distrair, e depois um banho gelado.

De repente, ouvi uma música vinda do quarto dela. Identifiquei como *Mirrors*, do Justin Timberlake. Franzi a testa e já ia levantar para saber o que ela estava fazendo, quando minha princesa apareceu no final do corredor. Quase tive um ataque cardíaco. Nunca imaginei ver algo tão lindo, doce e, ao mesmo tempo, sensual.

Sabrina vestia um shortinho preto e um top cinza, bem parecido com o que usou na academia. Quando me viu, sorriu e caminhou até a geladeira, depois ficou ali observando o conteúdo com um dedo na boca.

E eu fiquei embasbacado ao ver o quanto minha garota era linda. Seus cabelos negros estavam soltos e emolduravam seu rosto, lhe dando um ar sedutor. Estava com o sanduíche a meio caminho da boca, quando ele caiu na bancada, me dando um susto.

Por que me sentia assim? Já tivemos duas noites de amor maravilhosas e ainda ficava fascinado?

Fiquei observando pelo canto do olho o que ela fazia. Em um copo de vidro, vi que colocou algumas pedras de gelo. Queria saber o que iria fazer. Ela se virou para mim com um sorriso lindo que chegava aos seus olhos azuis brilhantes.

— Que foi, Lucas? Por que está não está comendo seu sanduíche?

Estava fazendo papel de idiota. Levantei do banco e me aproximei devagar até parar à sua frente. O copo em sua mão tinha uns seis cubos de gelo. Ergui o olhar e a encarei.

Aquela boca carnuda e sensual me convidava e pedia para ser beijada. Quando mordiscou o lábio inferior, me deu um desespero incontrolável.

Baixei o rosto e tomei entre os dentes a carne macia e deliciosa. Seus lábios estavam gelados. Então entendi sua intenção com o gelo. Ela queria brincar, mas eu teria que ter certeza. Nunca a forçaria a nada.

— O que você quer com esse gelo, princesa? — falei com a boca colada na sua, lambendo e mordiscando.

— Hum... — Ao som do seu gemido, percebi que estava distraindo-a, então me afastei e a observei.

Sabrina estava com os olhos fechados e sorrindo levemente. Peguei seu queixo e o ergui. Ela abriu os olhos lindos e me encarou.

— Nunca vou me cansar de apreciar como fica linda quando está relaxada e sentindo prazer. O que você quer com esse gelo?

— Uma coisa que li em um livro e nunca experimentei. — Corou, envergonhada.

Ficava mais linda com as bochechas rosadas.

— Sei... E o que era? Não sabia que lia livros eróticos.

Ela baixou os olhos por um segundo. E quando os levantou tinha fogo e expectativa em seu rosto.

— Sim, leio muitos e aprendi um monte de coisas novas. E esse último era uma brincadeira com gelo. Não tinha ninguém pra testar, mas agora eu tenho. — Sorriu amplamente.

Meu corpo se arrepiou com a expectativa. Não queria saber quem iria brincar com quem. Mas minha vontade por essa mulher apenas aumentou em um grau insuportável.

— Sou todo seu.

Ela lambeu os lábios e pegou minha mão, levando-me para seu quarto. Lá, percebi que esteve planejando algo desde que chegamos. Na cabeceira da cama havia dois lenços de seda. Arregalei os olhos ao constatar que a minha garota queria me amarrar. Voltei meu olhar e a encarei. Nunca havia feito isso, mas seu sorriso e seus olhos brilhantes foram impossíveis de recusar.

Entrei no personagem.

— O que você quer de mim, *Ama*? — Sorri malicioso.

Ela suspirou e olhou em volta, parecendo meio perdida, porém logo se recuperou.

— Tire a roupa e deite na cama — disse em um só fôlego.

Sorri e depois tirei a bermuda e a cueca. Nunca me importei com nudez e adorei quando ela viu que eu já estava excitado. Sua boca abriu e seus olhos se arregalaram. Adorava mexer com a minha mulher.

Caminhei até a cama e deitei, aguardando o que viria a seguir. Sabrina colocou o copo com o gelo no criado-mudo e se aproximou. Subiu em meu quadril, colocando uma perna de cada lado, e fechei os olhos quando se abaixou até encostar em minha ereção.

— Agora, vamos brincar. Vou te amarrar para que não possa me tocar. Não é nada como dominação, apenas li que intensifica o prazer. Gostaria que tentasse comigo depois.

Abri os olhos e a encarei.

— Tem certeza? Não precisa... — Podia incomodá-la, pois estaria à minha mercê e não queria que se lembrasse do que lhe fizeram no passado.

Ela sorriu, percebendo o que minha pergunta significava.

— Tenho sim, confio em você. Eu só sentirei prazer, nada mais. O medo se foi. Juro.

Assenti, aliviado, pois nunca queria ser comparado ao filho da puta, nem por um segundo.

Sabrina se inclinou e amarrou meus pulsos na cabeceira da cama. Seu perfume doce invadiu meus sentidos e fiquei louco para abaixar seu top e sugar seus seios deliciosos. Arrependi-me um pouco por permitir que me amarrasse. Mas, mesmo impossibilitado de tocar, meus lábios estavam livres. Abocanhei um seio por cima do tecido e mordi com vontade. Ela gemeu e se esfregou no meu pau.

Esse lance de ir devagar não era com a gente. Quando nos encostávamos, saíam faíscas que nos queimavam e acendiam um fogo, que só era saciado quando nossos corpos se uniam.

Ela se afastou bruscamente e tentei acompanhar, sendo parado pelas mãos amarradas. Deitei na cama, frustrado.

— Calma, vamos nos divertir um pouco. — Ela ainda tinha o prazer de rir de mim.

Levantou e tirou o short, ficando com uma calcinha branca de renda. Salivei em antecipação. Imaginei retirar aquele pedaço de pano com os dentes. Droga, eu a queria com desespero. Sensualmente, ela rebolou no ritmo da música que ainda tocava; deve ter colocado no *repeat*. Tirou o top que escondia seus seios lindos e pediam pela minha boca.

— Droga, Sabrina. Para de me torturar. Preciso de você.

— Já disse que quero brincar.

— Então começa logo, porra!

— Apressadinho... — Sorriu e pegou o copo com o gelo, sentou ao meu lado na cama e colocou um cubo na boca.

Arregalei os olhos quando percebi o que iria fazer. Ela passou o gelo pelos cantos da boca com um sorriso malicioso. Quando ficou satisfeita, o colocou no copo outra vez.

— Já ouviu dizer que a pressa é inimiga da perfeição?

Não pude nem falar nada. Sabrina se abaixou e cobriu meu pênis com a boca gelada. Puta merda, nunca senti nada igual! O frio e a maciez dos seus lábios quase me fizeram gozar e acabar com a brincadeira cedo demais. Fora que, com as mãos amarradas, não podia fazer nada.

Sabrina moveu sua boca em meu membro da mesma maneira que fez com o gelo. Sugava forte e deliciosamente. Minha mente estava vazia, pois só conseguia sentir; ela era muito boa no que fazia, perdição total!

Minha vontade era segurá-la e possuir seu corpo ferozmente. Não conseguia pensar em outra coisa. Talvez por isso ela tenha resolvido prender meus pulsos. Comecei a mover os quadris, tentando aliviar a dor que se formava em minha virilha. Já não aguentava mais até que Sabrina soltou e me olhou com os olhos pegando fogo.

— Você fica lindo assim, sabia? Nunca tive alguém tão sexy na minha vida. Lucas, você é a encarnação de tudo que eu podia querer. — Engatinhou pelo meu corpo até ficarmos cara a cara. — Doce, gentil, amoroso, sensual, gostoso, delicioso. E todo meu!

Sabrina abaixou-se e me beijou sofregamente. Retribuí com a fome que sentia. Estava excitado ao máximo e mostraria a ela o que era um cara amarrado e louco pela sua mulher.

Acho que nunca a beijei assim; tudo se intensificava pelo fato de estar preso. Nossas línguas duelavam, e eu podia sentir a ânsia que vinha da Sabrina em me ter. De repente, ela se afastou e estávamos ofegantes. Seus cabelos bagunçados a deixavam ainda mais sexy.

— Vem, Sá, não aguento mais. Eu quero você agora.

Ela sorriu e negou com a cabeça.

— Quero brincar mais. Acho que deve ter um gelo no copo ainda. — Estendeu a mão, pegando o copo, e tirou um cubo meio derretido. — Acho que esse dá.

Colocou o gelo em minha boca e passou por meus lábios. Capturei-o e briguei com ele, com os olhos fixos nos dela. Sabia o que estava querendo, só queria poder ter a mobilidade das mãos para apertar sua bunda gostosa. Mas iria deixá-la brincar.

Quando o gelo derreteu, lambi os lábios e a observei.

— Vem...

Ela respirou fundo e subiu de joelhos ao redor do meu rosto. Apenas olhei a calcinha branca e já fiquei louco.

— Puxa a calcinha para o lado. — Ela obedeceu. — Agora desce devagar até minha boca. Vou te chupar até você gozar.

Sabrina gemeu e desceu até mim. Quando seu sexo quente encostou nos meus lábios, passei a língua por ele como se fosse um sorvete. Ela se contorceu, e eu fechei a boca em seu clitóris, sugando sofregamente. Sabrina gemia e se movia em meu rosto. De olhos abertos, continuei a chupar sua vagina gostosa enquanto observava minha mulher se derramar em prazer. Tinha a cabeça jogada para trás e os olhos fechados, com a boca aberta em êxtase.

Senti-a quase pronta, molhada da minha saliva e da sua própria excitação. Mordisquei o nervo que lhe dava o ponto alto de todo o prazer.

Ela forçou o corpo para baixo e senti sua vagina se contrair quando gozou fortemente. Lambi cada gota. Depois, ela levantou e me observou com os olhos sonolentos, porque parecia não ter mais forças para nada.

— Solta minhas mãos. — Minha voz estava rouca pela vontade que tinha de possuí-la.

Ela o fez, e prontamente deitei em cima dela. Baixei a cabeça e beijei seu pescoço, fazendo carinho. Esfreguei o nariz em seus cabelos, apreciando seu perfume gostoso. Pude perceber sua pele se arrepiando e sorri.

— Você é minha, Sabrina. Não me canso de dizer. Eu te amo.

Entrei em seu corpo e me movimentei ao som da música que ainda tocava. Sabrina enlaçou as pernas em minha cintura e me acompanhou. Em um ritmo sincronizado, nos amamos. Cantarolei alguma parte da letra, enquanto minha mente estava sã, o que não durou muito tempo.

Quando cheguei ao ápice, não pensei em mais nada a não ser na mulher linda que tinha em meus braços, que era minha, deliciosamente minha.

Capítulo 21
Sabrina

Acordei com o corpo pegando fogo. Estava entre o sonho e a realidade porque minha mente repetia momentos há pouco vividos. Abri meus olhos devagar e percebi que ainda estava escuro, apesar de uma luz suave entrar pela fresta da porta entreaberta. Olhei para o lado e observei Lucas dormindo serenamente.

Então constatei o que me acordou: desejo. Em meu sono, as lembranças me assolaram; nunca tinha me sentido tão à vontade com o sexo e meu corpo. Mas, com Lucas, eu estava insaciável. Decidi não ficar esperando ele acordar, iria eu mesma despertá-lo.

Mordi os lábios e o observei atentamente. Ele era lindo demais. E minha necessidade por tê-lo em mim era quase dolorosa. Olhei seu quadril coberto pelo lençol branco e percebi que não estava pronto para o que eu tinha em mente. Claro, o homem estava dormindo.

Desci a mão por sua barriga, e ele se contorceu um pouco, mas não acordou. Afastei o lençol e o descobri. Nossa, ainda tinha que me acostumar a observá-lo sem deixar o queixo cair. Coisa estranha achar um pênis bonito, mas o do Lucas era. Talvez por amá-lo eu achava que tudo nele fosse lindo.

Arranhei sua coxa, fazendo seu membro dar sinal de vida. Sorri e olhei para seu rosto; ele ainda dormia. Cerquei sua espessura e acariciei para cima e para baixo. Escutei um murmúrio e levantei o olhar.

Um par de olhos verdes sonolentos me observava. Sorri e continuei trabalhando. Na verdade, não precisou de muito, pois, assim que tomou consciência do que eu estava fazendo, ficou duro e excitado.

— O que você está fazendo, Sabrina?

— Não é óbvio? Eu te quero, e não consegui esperar você acordar.

Lucas mordeu o lábio com um sorriso malicioso no rosto.

— E por que está só olhando? Já estou pronto — disse, com a voz rouca.

Nem precisou dizer mais nada. Subi em seu quadril e desci meu corpo em seu pênis túrgido, sentindo cada pedaço da minha carne recebê-lo. Fechei os olhos, intensificando o sentimento, porque era muito bom estar plena e saciada.

Subitamente, olhei em seus olhos e vi que Lucas me observava sério e deliciosamente sedutor.

— Venha, princesa, mova-se.

Não precisava de outro incentivo. Sorri delicadamente e comecei a me movimentar. Era um sentimento indescritível estar com ele assim. Sentia um frio na barriga, e meu coração palpitava descompassadamente. Eu subia e descia em seu membro pulsante e era o paraíso.

Lucas pegou meu quadril, intensificando o movimento. Me vi como uma amazona. Tive que rir desse pensamento. Apoiei as mãos em seu peito para dar apoio e sentei com tudo.

Gememos em uníssono.

— Assim você vai me matar. É isso que está querendo?

De olhos fechados, com apenas uma fresta de luz para que pudesse observá-lo, Lucas parecia um deus em minha cama. Não queria que saísse dali de maneira alguma.

— Não mesmo, meu desejo por você só aumenta. Eu quero isso por muito tempo — disse quase sem fôlego, sem parar de me mover.

— Eu tenho a melhor mulher do mundo. Vai, meu amor, se mexe com mais força.

Eu nunca fui de falar durante o sexo, na verdade, apenas tinha relações para provar a mim mesma que não tinha morrido e não estava traumatizada. Não sentia prazer, era algo frio e sem graça.

Com ele, era diferente. E eu queria mais. Cavalguei em seu pau duro e, a cada estocada, me partia em mil para não gozar e acabar com tudo muito rápido. Eu não pensava em nada e tenho certeza que Lucas também não. Apenas aproveitava a delícia que era estar fazendo amor com o cara que tinha meu coração.

Prendi meus olhos nos seus enquanto me deliciava com seu corpo. O orgasmo começou a surgir e estava sendo insuportável segurar. Imaginei estar fazendo caretas, pois Lucas levou uma mão ao meu rosto e sorriu.

— Não se segure, princesa. Eu quero também. — Sorriu lindamente.

Só precisou sua mão descer acariciando meus seios para me deixar levar. Senti os espasmos iniciarem em meu sexo e subirem pela barriga, se espalhando pelo meu corpo, me fazendo jogar a cabeça para trás e gritar o nome do homem que mudou minha vida completamente.

Voltei à terra lentamente e percebi que Lucas tinha os olhos fechados e um sorriso pleno no rosto. Desabei em seu peito com nossos sexos ainda ligados. Estava exausta. Com ele, sempre seria assim. Intenso.

Ficamos em silêncio, e me distraí com os carinhos que Lucas fazia em meus cabelos e a melodia suave do seu coração acelerado. Não cansava de me inebriar com o perfume que ele emanava. Na verdade, nunca me cansaria de nada relacionado a ele.

Essa constatação me fez sorrir e virei a cabeça, olhando em seu rosto. Ele parou com a mão em minhas costas e arqueou as sobrancelhas.

— Por que esse sorriso, princesa?

— Porque eu te amo, só por isso.

Senti seu coração bater mais rápido. Levantei a mão e acariciei seu rosto, que estava com a barba por fazer.

— Você sabe que dizendo isso eu levo a sério, né?

— E é pra levar mesmo, eu já te disse que sou sua, e não estava brincando. Não imagino minha vida sem você.

Ele mordeu os lábios, e eu sabia que queria falar alguma coisa.

— Você não vai mais embora?

Nossa, com tudo que aconteceu, tinha até me esquecido que ia embora. Mas agora não concebia a ideia de me afastar do meu amor. Olhei em seus olhos e percebi que ele estava realmente apreensivo com isso.

— Não vou, pode ficar tranquilo. Acho que, se eu tivesse ido, não aguentaria por muito tempo.

Ele jogou a cabeça para trás e respirou fundo.

— Graças a Deus. — Sua voz rouca me preocupou.

Puxei seu rosto e vi que tinha lágrimas nos olhos.

— O que foi, Lucas? Por que está chorando agora?

— Sá, o quanto você sabe da minha história de família? Eu não falei muito sobre isso.

— Só que Layla te criou quando seus pais faleceram.

— Eu sabia que minha irmã não ia falar sobre esse assunto porque a machuca também. — Suspirou e encostou a cabeça no travesseiro. Olhando para o teto, ele voltou a mexer nos meus cabelos, como se pudesse se distrair. — Nós dois fomos abandonados. Quando meu pai morreu, eu era muito novo, mas me lembro dele perfeitamente. Era um homem bom e um pai carinhoso, e eu o amava demais. Eu sofri, claro, mas o amor da Layla me consolou. Só que eu fui abandonado, Sabrina. Minha mãe esqueceu que a gente existia, eu quase não tive contato com ela devido aos seis anos em que vegetou, porque simplesmente não quis mais viver. Ela não queria aproximação e se fechou totalmente. Eu tive a sorte de ter minha irmã, que, mesmo sendo ainda uma menina, se preocupou em me dar carinho e atenção. E por isso sou tão grato a Layla, sempre tão doce e amorosa. Nunca quis dar-lhe preocupação e me contive, porém amadureci na marra. Mas sempre tive dentro de mim o medo do abandono. Por isso fiquei tão louco quando você disse que ia embora.

No final, sua voz era apenas um sussurro. Então, eu entendi sua atitude impulsiva há quatro anos; foi uma maneira de se defender por ser rejeitado e abandonado novamente. Nós dois enfrentamos problemas sozinhos e quietos, mesmo estando um na companhia do outro. Na verdade, acho que estarmos juntos agora era uma maneira de o universo nos compensar por toda a dor que passamos.

— Eu estou aqui agora, amor. Não vou te abandonar, prometo.

Após dormirmos literalmente grudados, levantamos e tomamos banho juntos. Depois, nos despedimos e combinamos de nos encontrar mais tarde, já que Lucas tinha muito trabalho por não ter ido no outro dia.

Eu também, mas nem me preocupei de avisar ao chefe que faltaria. Assim que cheguei, tomei uma bronca, e havia mil coisas na mesa me esperando. Fora o Felipe, que, pelo jeito, não havia desistido de me perturbar.

Mas, enfim, o dia terminou e recebi uma ligação do meu irmão assim que coloquei o pé para fora do escritório, a caminho da academia. Peguei o telefone na bolsa e atendi, animada. Adorava falar com ele.

— Fala, Bruno.

— Caramba, mas você só atende ao telefone assim.

Sorri, sabendo que ele já iria reclamar.

— É meu charme, mas diz o que você quer. Estou indo pra academia.

— Queria que encontrasse comigo no *Beer* hoje à noite. Vamos conversar sobre seu processo. Tenho notícias meio chatas.

Suspirei e fiquei em silêncio por um momento. Não queria levar isso até esse ponto, mas era necessário.

— Ok. Estarei lá. Já avisou ao Lucas? Ele sai às oito hoje.

— Já sim, o encontrei no corredor do hospital e ele ficou de ir direto do plantão.

— Beleza, te vejo lá. Agora vou descarregar umas energias.

— Ok, Sá, cuidado com o lobo, tá? O bicho pega se ele entrar em terreno alheio.

— Ai, que horror, nem vou responder. Beijos, irmão, te amo.

Desliguei antes que ele dissesse qualquer coisa inconveniente. Mas, por um instante, eu havia esquecido do Alex. De certa forma, eu dei corda para ele; estava frágil ainda. Claro, ele era lindo e sexy. Quem não ficaria tentada?

Teria que me desculpar. Não demorou muito e cheguei à academia; era perto do escritório e fui a pé mesmo. Enfrentar trânsito por vinte minutos de caminhada não estava nos meus planos.

Fui direto para o vestiário. Troquei-me rapidamente e fui em direção à esteira. Não ia lutar hoje. Queria apenas me exercitar e gastar energia. Fora que não sabia se seria uma boa ideia ficar corpo a corpo com o Alex. Acho que, depois de me explicar, seria mais fácil.

Coloquei os fones e comecei a correr. Esqueci-me de tudo ao redor. De repente, senti uma presença ao meu lado.

Quase tropecei e caí quando vi o Alex encostado na bicicleta, de braços cruzados, me observando e sorrindo. Nossa, nunca me acostumaria com o que sentia ao vê-lo. O cara tinha sedução emanando de cada poro.

Desliguei a esteira, tirei os fones e me aproximei.

— Oi, Alex. Queria falar com você.

Ele arqueou as sobrancelhas com desdém no olhar.

— Sério? Não me pareceu, você faltou à aula hoje.

— Desculpa, mas eu queria conversar com você primeiro.

Descruzou os braços e apoiou-os no guidão da bicicleta. Fiquei meio boba por causa dos seus braços fortes, mas logo desviei a atenção.

— Sou todo ouvidos.

— Eu queria me desculpar por aquele dia no bar. Não foi legal ter te levado e acontecido aquilo tudo. Sinto muito.

Ele começou a rir e olhei para seu rosto. Não entendia o porquê de achar graça.

— Sabrina, não tem que se desculpar. Você o ama, e eu sabia desde o início, mas não podia deixar de tentar. Afinal, não é todo dia que se encontra uma mulher linda como você. Espero um dia encontrar uma tão especial e que me ame tanto quanto você o ama.

Sorri e o abracei. Apesar de tudo, Alex era um cara legal e poderia ser um bom amigo.

— Obrigada, Alex. Fico feliz que possamos ficar numa boa. Odiaria ter que mudar de academia.

Ele sorriu e se inclinou para falar no meu ouvido:

— Nem pense nisso, ou não poderia tirar umas casquinhas sem levar um soco na cara.

Afastou-se e apertou meu queixo. Eu fiquei ali como uma besta, observando o cara se distanciar, fazendo a maioria das mulheres se virarem para olhar. Uma até caiu da esteira.

Depois dessa, era hora de encontrar o meu Lucas.

Tomei banho e me vesti; ainda era cedo e ele não devia ter chegado no bar. Mas seria bom conversar com Heitor e Layla. Adorava aqueles dois.

No *Beer*, já estava tudo movimentado. Minha cunhada havia feito o bar ferver, como também a administração do Heitor, pois o cara era mestre em entretenimento e organização.

Avistei o ursinho atrás do balcão do bar e o cumprimentei com um aceno. Ele sorriu e me indicou com a cabeça onde o Bruno estava. Meu irmão parecia hipnotizado vendo sua esposa se apresentar. Também pudera, Layla era linda demais. E sua voz, maravilhosa.

Ela dedilhava o violão lindamente e cantava com a alma. Minha cunhada escolhia um repertório bem nacional e eu gostava. Tinha uma paixão pelas músicas da Ana Carolina, e, naquele momento, tocava *Quem de nós dois*.

Layla fechava os olhos quando se emocionava e, quando os abria, sorria e observava o marido. Ao me avistar, inclinou a cabeça em minha direção e piscou para ele. Bruno se virou e me viu.

— Dança comigo, irmãzinha.

Peguei sua mão e começamos a dançar. Fechei os olhos e senti a música com a alma. Pensei em Lucas e sorri ao perceber que a canção era nossa, sem dúvida.

"No vão das coisas que a gente disse
Não cabe mais sermos somente amigos
E quando eu falo que eu já nem quero
A frase fica pelo avesso
Meio na contramão
E quando finjo que esqueço
Eu não esqueci nada

E cada vez que eu fujo, eu me aproximo mais
E te perder de vista assim é ruim demais
E é por isso que atravesso o teu futuro
E faço das lembranças um lugar seguro
Não é que eu queira reviver nenhum passado
Nem revirar um sentimento revirado
Mas toda vez que eu procuro uma saída
Acabo entrando sem querer na tua vida..."

Não existiam mais meias palavras com ele. Sabia o que sentíamos um pelo outro.

Um arrepio percorreu minha espinha e olhei em direção a um sorriso que encheu meu coração de felicidade.

O amor da minha vida tinha chegado.

Capítulo 22
Lucas

Assim que cheguei ao bar, procurei-a com o olhar, e encontrei-a dançando com o irmão. Layla me viu do palco e sorriu. Pisquei para ela e fui ao balcão para observar Sabrina de longe. Não demorou muito até que me notou; devia ser alguma coisa que nos ligava, pois sempre sentíamos a presença um do outro.

Sorri amplamente com todo o amor que havia em meu coração, e o que recebi em troca valeu o tempo que fiquei louco no hospital querendo vê-la e falar com ela. Perdi a conta de quantas vezes peguei o celular e desisti no meio do caminho. Não queria parecer pegajoso nem nada, então preferi refrear minha vontade de ouvir sua voz.

Deixei-a ter seu tempo com o irmão e decidi beber algo enquanto a esperava. Dei de cara com Heitor rindo da minha cara com um sarcasmo evidente no olhar.

— Que foi, cara? Nem vem...

Ele jogou a cabeça para trás e deu uma gargalhada. Palhaço, eu sabia o que viria.

— Fala sério, Lucas. Você nem sabe o que eu ia dizer.

— Com essa cara de babaca aí, posso até imaginar. — Sentei no banco e olhei em seus olhos.

Apesar de nos conhecermos e sermos amigos, eu sabia muito pouco da vida do tatuado.

— Ah, tipo que você disse que não ia se envolver com ninguém e que preferia ficar sozinho?

— Exatamente. Sabrina não é ninguém. Ela é a mulher mais linda, inteligente e interessante que eu poderia conhecer.

Com a minha resposta, ele ficou em silêncio e assentiu. Abaixou-se e pegou no freezer uma lata de refrigerante, estendendo-a em minha direção.

Ele sabia que, em período de plantão, eu não bebia; não valia a pena o gosto ruim na boca e a ressaca no dia seguinte tendo que encarar muitos pacientes.

— Tá certo. Sempre tem alguém especial, né?

— Você não tem ninguém assim? Nunca disse nada, apesar dos casos que sei que tem, nunca te vi com alguém por mais de duas vezes.

Ele colocou os cotovelos no balcão com o queixo apoiado nos punhos fechados.

— Não quero sair com alguém por mais do que esse tempo para que não criem expectativas. Apesar de, às vezes, ficar tentado pelo sexo ser bom, mas não é para mim. E respondendo à sua pergunta, uma vez achei que tinha. Mas me enganei.

— Sua esposa?

Ele assentiu e desviou o olhar.

— Existem vários tipos de sentimentos, Lucas. Aqueles que mexem com a gente de um jeito que você joga tudo para o alto e corre atrás sem pensar nas consequências, como uma mariposa que vai para a luz e acaba se queimando. E tem o que você e a Sabrina vivem, que é saudável, pois cada um sabe o que quer e confia no outro. A minha ex nunca tentou me entender ou confiar. E isso, meu amigo, é o fim. Acabou que, no final, foi tudo uma porra de um desastre total.

Uau, nunca imaginei que tivesse sido tão complicado. Claro, tinha curiosidade de saber mais dele. Poxa, éramos amigos, mas não iria forçar isso. Pude perceber sua dor em cada palavra.

— Mas quem sabe Deus ainda não tenha guardado alguém especial para você? Que vai te fazer bem, ao invés de mal?

Ele se ajeitou, atendendo um cliente. Depois, voltou e me encarou.

— Se isso acontecer, meu amigo, será uma luz na minha vida escura.

Heitor sorriu e inclinou a cabeça. Senti duas mãozinhas me abraçando pela cintura. Conhecia Sabrina pelo toque e perfume inconfundíveis, virei o rosto e me deparei com seus olhos azuis brilhantes e lindos.

— Oi. — Me deu um selinho na boca.

— Oi, amor. Como foi o seu dia?

Ela bufou, apoiando o queixo no meu ombro. Pegou a minha lata de refrigerante e deu um gole.

— Um tédio! Bronca, muito trabalho e colega chato pegando no meu pé. O que compensou foi a esteira depois. Descarreguei toda a minha energia.

Com a menção da academia, fechei a cara porque o ciúme me corroeu.

— Você viu aquele lobo?

— Ah, que fofo! Tá com ciúmes? — Ela viu minha cara fechada e revirou os olhos. — Vi sim, mas só me desculpei com ele. Não precisa ficar enciumado, Lucas. Eu não sou assim, você sabe.

— É, mas não deixa de me incomodar.

Um pigarro chamou nossa atenção e olhamos juntos para Heitor, que sorria.

— Eu estou aqui, vocês sabem, não precisam começar uma briguinha na minha frente — desdenhou.

Mostrei o dedo do meio para ele, o que o fez rir. Sabrina sentou no banco ao meu lado e se dirigiu a Heitor.

— Então, ursinho, quando vocês vão viajar?

Só era permitido que ela o chamasse assim. O cara se derretia com Sabrina, e admito que fiquei incomodado por um tempo. Mas ele sempre a tratou como uma irmã.

— Amanhã. Alberto adiantou nossos planos. Disse que precisava espairecer. Conversei com Layla e Elisa, que ficaram de tomar conta do *Beer* pra mim. Desde que assumi o bar por completo, tem me dado muito trabalho. Preciso descansar.

Sabrina sorriu e colocou a mão sobre a dele que estava apoiada no balcão.

— Toma cuidado, tá? Vou ficar preocupada com vocês percorrendo essas estradas de moto.

Ele apertou a bochecha dela carinhosamente.

— Não se preocupe, *baby girl*. Vamos ficar bem.

Eu também me preocupava com os dois, mas percebi que eles precisavam desse tempo. Às vezes, algo te incomoda tanto que é preciso se afastar.

Ficamos conversando até que vi Bruno e Layla se aproximando.

— Vamos conversar? — disse Bruno, sério.

Não vinha coisa boa, porque o notei tenso no hospital, mas ele não quis falar. Só ia contar quando estivéssemos juntos. Despedimo-nos de Heitor e procuramos uma mesa mais afastada.

Layla sentou ao lado do marido e entrelaçou os dedos nos dele. Dali eu tive certeza de que viria merda, pois ela o estava confortando. Talvez acalmando. Se já estava nervoso antes, depois disso, então, parecia que ia explodir.

— Bom, a situação é mais complicada do que imaginamos. O advogado me ligou depois de estudar o caso. Pela lei, o crime de estupro não pode ser mais indiciado porque o prazo seria de seis meses a partir do ato, o que não ocorreu. Agora, a única coisa a ser feita é um processo por danos morais, tendo o vídeo como prova. Então, o cara provavelmente vai se safar só com uma multa.

Uma fúria que até então não tinha sentido subiu em meu corpo. Arregalei os olhos, minha cabeça a mil. Arrependi-me de não ter socado o cara para não perder a razão, porém minha vontade era ir lá agora e fazer exatamente isso.

Trinquei os dentes para poder conter um pouco a raiva.

— Mais nada, Bruno? Só isso?

Ele respirou profundamente e balançou a cabeça. Parecia estar muito chateado também, só estava calmo agora por ter tido tempo de extravasar. Sabrina estava em silêncio ao meu lado. Eu não aguentei.

— Porra, que filho da puta desgraçado!

Levantei subitamente, ignorando as vozes de Layla e Sabrina. Tinha que sair dali antes que delatasse todos os nossos problemas. Provavelmente, Bruno escolheu o bar para eu ter que me conter, mas isso estava se tornando quase impossível.

Toda a angústia que senti pelo que minha princesa passou e o cara ainda se safar com algo leve me deixou em fúria total. Encostei-me em um carro e respirei profundamente, tentando me acalmar.

O sistema era uma merda! Como alguém se safa dessa porra?! Mesmo que se passem vinte anos, quem sofre esse tipo de violência nunca vai esquecer. Por que o causador se livra tão fácil?

Escutei um barulho na porta do bar e vi que Sabrina vinha em minha direção com o rosto preocupado.

Merda, não queria incomodá-la tanto. Teria que me controlar mais.

— Lucas, não fica assim — falou, num fio de voz, mas percebi que estava segurando o choro.

Puxei-a para o meu peito, abraçando-a, oferecendo carinho e proteção.

— Não se preocupa comigo, linda. É só que não foi legal saber que o desgraçado vai se safar numa boa, mesmo tendo um arsenal daqueles.

Ela assentiu, e eu beijei o topo da sua cabeça.

— Bruno disse que, se alguns daqueles vídeos forem recentes e acharmos a vítima, podemos persuadi-la a prestar queixa. Mas eu não acredito que ela irá se manifestar. Ou teria feito desde o ocorrido.

Assim como ela não fez.

— Eu sei que você está incomodada com isso tudo, Sá. Não negue.

Ela se afastou, me olhando nos olhos. Seu rosto estava tenso, com reações que eu sabia que estavam presas dentro de si.

— Claro que estou, me culpo por não ter prestado queixa quando aconteceu. Ele não teria feito com todas as outras. Não estaria livre para fazer de novo.

Levantei a mão e acariciei seu rosto. Ela se inclinou para o meu toque e passei o polegar, enxugando uma lágrima que descia por sua bochecha.

— Eu sei que se sente mal. E concordo que devia, sim, ter denunciado, mas entendo o que você passou, Sabrina. Ninguém vai te julgar por isso, já te falei. Vai dar tudo certo, não se preocupe.

Puxei-a novamente e ela se virou, ficando de costas para o meu peito. Abracei-a, enquanto ficamos observando as estrelas; estava uma noite fresca com o céu estrelado.

— Sabe, quando eu era menino, Layla tinha o costume de me contar histórias na rede quando a noite estava assim. Eu gostava muito. Acho que continuou até meus quinze anos, mais ou menos. Depois, meio que foi estranho ficar ouvindo contos de fadas. — Sorri ao lembrar que já estava maior que ela e ainda me sentia um garoto quando estávamos juntos. — Me lembro que, na última vez, ela tinha por volta de vinte e um anos e acabara de chegar do trabalho. Eu estava sentado na escada da frente e Layla estava exausta. Ela me cumprimentou e foi guardar suas coisas. Depois, voltou com o livro do Rei Leão. Sorri e ela começou a lê-lo. Quando acabou, me abraçou pelos ombros e disse: "Você sempre será meu garotinho, Luquinha. Sei que não quer mais ouvir histórias, mas, quando precisar da sua irmã, sabe que pode contar comigo".

— O companheirismo de vocês é lindo.

Sorri e dei um beijo no ombro da Sabrina.

— E ela sempre esteve ali, sabe? Em todos os momentos que precisei, tanto para um colo como para dividir alegrias ou tristezas. E é isso que quero que tenha em mente sobre nós. Eu posso não te contar histórias de contos de fadas, mas sempre estarei aqui pra você, seja para o bem ou para o mal.

Ela se virou e cobriu meu rosto com suas mãos pequenas e macias.

— Eu sei, meu amor. Você me salvou. Foi o meu príncipe no cavalo branco. Apesar de tudo que passamos, todo o sofrimento que causamos um ao outro, eu sempre o tive como meu porto seguro. Sabia que podia contar com você, para o que desse e viesse. — Sorriu docemente. — Só quando estava envolvido nas garras daquelas vadias que eu te odiava.

— Nem lembre isso. Não gosto de saber que te magoei tanto.

— Ah, isso fez parte da nossa história. Se eu fosse pensar friamente, não tinha motivo para ficar chateada, afinal, não tínhamos nenhum envolvimento amoroso. Éramos apenas amigos. Mas, como não pensei, eu quase morria com cada mulher que passava por sua cama.

Fechei os olhos ao ouvir a dor em sua voz. Fui um filho da puta e a fiz sofrer.

— Não farei mais isso, princesa. Pode confiar.

— Eu confio, meu amor. E também, se me sacanear, eu te mato. Você sabe, as baixinhas são as mais bravas!

Sorri e beijei seus olhos.

— Eu sei, sim. Quantas vezes não brigamos pelos foras que me deu? Já perdi a conta.

Ela riu e deu um tapa no meu peito.

— Você mereceu.

— Eu sei. Mas agora vou estar sempre ao seu lado. E se te magoar pode ter certeza de que não será por querer. Nunca mais quero te ver chorar por mim, minha linda.

Abracei-a e guardei no peito tudo de bom que tínhamos. O que era ruim praticamente joguei fora. Eu a tinha em meus braços, e ela era minha para guardar e proteger.

Não deixaria ninguém magoá-la. Nem mesmo eu.

Capítulo 23
Sabrina

Depois de voltarmos para o bar e nos despedirmos do Bruno e da Layla, fomos para casa. Como cada um tinha ido em seu carro, seguimos separados. Cheguei primeiro porque Lucas iria passar na farmácia. Ao entrar na cozinha, meu celular tocou.

Vasculhei sem olhar na bolsa enquanto deixava a chave em cima do balcão. Peguei-o e atendi rapidamente antes que parasse de tocar.

— Alô. — Silêncio, ninguém respondeu. Afastei o telefone e olhei para ver se tinham desligado, mas continuavam na linha. Percebi que era um número desconhecido. — Alô, está me ouvindo? Alôôô. Ai, vai arrumar o que fazer... — Desliguei, joguei o aparelho novamente dentro da bolsa e me esparramei no sofá. Esse povo fica à toa e perturba a vida dos outros, porém alguma coisa no telefonema me incomodou. Poderia ser coisa da minha cabeça, mas não vou negar que fiquei assustada.

Fiquei pensando e repensando quem devia ser, se era alguma brincadeira ou falha na linha.

Quando Lucas chegou, eu estava na mesma posição, jogada no sofá e roendo as unhas, preocupada. Ele franziu a testa, colocou a sacola na mesa de centro e sentou ao meu lado.

— Que foi, Sabrina? Por que essa cara?

Olhei em seus olhos e respirei fundo. Não queria preocupá-lo, mas não podia esconder dele.

— Recebi uma ligação estranha. Pode não ser nada, mas fiquei assustada.

— Estranha como? — Arqueou uma sobrancelha.

— Ficaram quietos e eu desliguei.

Ele mordeu os lábios e se encostou.

— Pode não ser nada. Mas, se acontecer de novo, me avisa.

Virou-se, me encarando. Tinha tanto amor em seus olhos que apenas assenti e me inclinei para dar um beijo em seus lábios; era uma energia que me puxava em sua direção. Tomei seu rosto entre as mãos e fechei os olhos, apenas sentindo sua respiração calma em meu rosto, além da sua boca quente e macia.

Queria apreciar bem devagar seus lábios, e Lucas me deixou ter meu tempo. Não se movia, a não ser para retribuir a doçura que aquele beijo se tornou. Mordisquei levemente, passando a língua por cada canto, sentindo e provando.

Abri os olhos e me deparei com seu olhar sorridente e feliz. Ele sorriu e levou as mãos aos meus cabelos, prendendo-os entre os dedos. Nossa respiração começava a ficar entrecortada e sabia aonde isso iria nos levar.

De vez em quando, precisamos passar uma noite inteira somente de aconchego e carinho. Agora eu queria amar seus lábios e sentir esse suave e doce sentimento que se apoderava do meu peito.

Tínhamos muito tempo para o sexo, talvez simplesmente acontecesse, como algo natural levado por puro amor.

Aprofundei o beijo, que continuava suave e vagaroso. Arrastei-me pelo sofá até ficarmos de quadris colados. Acariciei sua língua e suguei com desejo. Lucas desceu a mão pelas minhas costas e fez carinho, subindo e descendo pela minha blusa.

Com um último roçar de lábios, nos separamos. E pude sentir que nosso amor crescia. Com um beijo simples e doce ou algo quente e feroz, nós estávamos cada vez mais ligados. Sorri e me levantei.

— Você quer comer alguma coisa?

Ele assentiu com os olhos brilhando. Fui para a cozinha preparar algo para beliscarmos, já que não comemos nada no *Beer*. Já era bem tarde e um jantar não cairia bem.

Peguei na geladeira algumas coisas para um sanduíche saudável.

Lucas tinha se levantado do sofá e levado a sacola para a cozinha. Ainda não vira o conteúdo e não me importei em questionar. Ele parou ao meu lado, franzindo a testa.

— Sá, quando nosso relacionamento sexual começou... eu não perguntei nem você falou. Na verdade, nem importou. Mas pensei em algo hoje quando saímos do bar. Você está tomando anticoncepcional?

Droga! Deixei a alface que tinha nas mãos cair no balcão.

— Não — disse, de olhos arregalados, e engoli em seco.

Lucas suspirou.

— Imaginei. Bom, passei na farmácia e comprei camisinhas. as que eu tinha joguei fora. Mas me diz, tem alguma possibilidade de você ter engravidado? Nós transamos várias vezes sem proteção.

Olhei para os lados e comecei a fazer as contas. O que constatei quase me fez cair de costas.

— Bem, sim. Ai, meu Deus. E agora?

Ele me abraçou por trás e me apoiei em seu peito, sentindo a dureza dos seus músculos.

— Calma, princesa. Ainda nem sabemos se aconteceu, não fica com isso na cabeça. Se tiver acontecido, vai ser muito bem-vindo. Seremos uma família feliz.

Vi sinceridade em seu rosto. Não que eu não quisesse um bebê do Lucas, mas ainda não era a hora. Estava tudo muito recente, tínhamos que nos curtir mais.

— Tudo bem, minha menstruação está para vir em dez dias. Vamos ver se ela vai atrasar.

Ele pegou meus braços e me virou.

— Independente do que acontecer, estarei com você. Ok?

Assenti e resolvi não ficar pensando muito nisso, afinal não iria adiantar.

Fizemos nosso lanche conversando amenidades do dia a dia. Adorava essa parte do nosso relacionamento. Em quatro anos, essa conexão e amizade tinham se tornado essencial em nossas vidas.

Depois, decidimos tomar um banho. E que banho!

Lucas ensaboou cada pedaço do meu corpo, beijando toda a pele que limpava e enxaguava. Nos tocamos e amamos vagarosamente debaixo do chuveiro.

Tê-lo dentro de mim era o céu. Encaixamo-nos perfeitamente e, quando o olhei através das gotas d'água que caíam, foi a coisa mais linda que pude presenciar na vida. Sua boca entreaberta ofegava a cada vez que me estocava.

Nós nos amamos pelo que pareceu uma eternidade. Queríamos protelar o maior tempo, mas, quando não deu mais, caminhamos juntos para o êxtase.

Gozei deliciosamente e me senti esplêndida por estar em seus braços. Ele sorriu e acariciou meu rosto com a bochecha; não precisava dizer nada. Cheguei à conclusão de que as palavras já não eram necessárias, sabíamos o que sentíamos. E nada abalaria esse amor.

Saímos do chuveiro e fomos para o quarto dele. Outra coisa que precisávamos definir: apesar de o quarto dele ser confortável, o meu era maior. Mas deixaria para outra hora. Agora só queria dormir abraçada a ele e entrar no mundo dos sonhos.

Com um sorriso no rosto, me acomodei em seu braço estendido e encaixei em sua pélvis, nos colando completamente. Ele aproximou sua boca pecaminosa do meu ouvido e sussurrou:

— Boa noite, minha princesa.

Fechei os olhos e relaxei. Lindos sonhos invadiram minha mente. Em um momento, me vi indo por um caminho de flores ao encontro do meu amor, que, com um sorriso arrebatador, me esperava. Em outro, me via com um bebê doce de olhos verdes nos braços. Mesmo naquele mundo paralelo, senti um amor incondicional por aquela pessoinha que fazia parte de nós dois. Acordei com lágrimas de felicidade no rosto.

Talvez a ideia de ter um filho do Lucas naquele momento não fosse tão precipitada assim. Mas iria deixar o tempo correr e dizer o que seria das nossas vidas. Afinal, sempre acreditei que tudo tem sua hora de acontecer.

Lucas já estava se arrumando para trabalhar. Mesmo que o seu plantão tenha terminado na sexta, ele teria que trabalhar neste dia por ter faltado na quinta. Aproveitei e levantei. Iria dar um jeito na casa e fazer as unhas, talvez uma hidratação nos cabelos. Isso, coisas de mulheres. Só faltavam minhas irmãs e a Layla.

Decidi convidá-las para uma festinha. Mandei mensagem para cada uma enquanto preparava o café. Sabia que não responderiam prontamente por ser muito cedo. Depois de tomar café, Lucas partiu afobado porta afora.

Às nove da manhã, recebi as respostas. Só Ana poderia vir, porque Larissa estava às turras com os meninos, e Layla não se sentia bem por causa dos enjoos da gravidez, que a deixaram indisposta.

Ana chegou por volta do meio-dia, trazendo o almoço: pizza. Adoro!

Conversamos e fizemos hidratação nos cabelos uma da outra. Sempre tinha sido assim, apesar de nossa diferença de idade de nove anos, sempre nos demos bem.

Enquanto fazíamos as unhas, recebi uma mensagem de texto do Lucas.

"Sá, vai ter bota-fora do Alberto e do Heitor hoje à noite.
De lá, eles vão direto pra estrada."

Respondi com um "ok" e levantei os olhos, observando minha irmã.

— Ana, já está sabendo?

Ela me olhou, franzindo a testa.

— Do quê, sua louca? Do nada, já começa falando assim.

— Ah, deixa de ser chata. Vi seu celular vibrando e você fechou a cara, de repente, há uns vinte minutos.

— Não é nada. Coisa do trabalho.

— Uhum, sei, não tem nada a ver com o bota-fora de hoje à noite?

Ela tomou um susto e quase arrancou um dedo do pé.

— Droga, não tem não. Por quê? Eu nem quero ir. Caralho, arranquei um bife. Essa bosta vai sangrar até amanhã!

— Deixa de ser exagerada, Ana. Cara, o que aconteceu com você? Por que essa raiva toda? Pra mim, parece frustração sexual.

Ana levantou a cabeça, me fuzilando com os olhos estreitos e a boca franzida.

— Para que você saiba, sua fedelha, ninguém está frustrado aqui, tenho tantos homens quanto eu quero e muitos orgasmos com cada um.

— Eca, não foi isso que eu falei. E, além do mais, nenhum deles é exatamente o que seu corpo e seu coração pedem.

— Fodam-se esses traidores! Eu sigo e sempre segui minha mente. Essa sim não me trai ou deixa a ver navios.

Nossa, que mau humor. Mas achei que, se eu desse corda, ela falaria mais. Estava muito curiosa para saber o que rolou com eles e, claro, tentar ajudar.

— Isso quer dizer que você quer o Alberto?

— Porra, quero! — Ela arregalou os olhos e jogou o algodão em mim.

Eu ria e tentava me desvencilhar do seu ataque de fúria.

— Calma, Ana, não foi tão difícil assim deduzir isso. Mas por que não fica com ele, então? Ele te quer, tá mais do que na cara, minha irmã.

Ela suspirou e abaixou a perna do sofá, se encostando, depois deitou a cabeça, fitando o teto.

— Não é tão simples assim, Sabrina. Ele me machucou demais. Eu não consigo só esquecer, sabe? Por mais que ainda sinta algo por ele, não dá. Sou orgulhosa além da conta.

Olhei para minha irmã. Ela sofria, mas não dava o braço a torcer.

— Mas foi tão grave assim? Tem mais de dez anos.

Ela suspirou profundamente.

— Doze, na verdade. Conto todos os anos e por quanto tempo eu amei com todo o meu coração e ele foi despedaçado. Foi grave, sim. Eu não gosto de falar sobre isso, mas farei para tirar um pouco dessa sua cara de curiosidade. — Indicou com o dedo meu rosto, então percebi que estava todo franzido, porque tentava entender o que se passava com minha irmã. — Quando se está em um relacionamento, acima de qualquer coisa, precisa de confiança. Quando ela é quebrada, fode com tudo. Não tem volta, pelo menos pra mim. Não foi algo legal e indolor. Eu sofri por anos até conseguir ir para a cama com alguém, e tudo nas minhas condições. Por exemplo, eu não consigo que um cara me domine. Não dá, eles não mandam na cama. Entende o que eu quero dizer?

Olhou-me por um momento e assenti.

— Não que eu faça esse lance de BDSM, mas no sexo sempre tem alguém que conduz. E sempre serei eu. Assim é menos complicado, eu não me envolvo, mas nunca mais me deixei levar totalmente. E isso é uma merda, porque todos os caras que eu saio são um Zé Mané que não sabem foder. E me contento com essa porra!

Nossa, minha irmã estava mais quebrada do que eu imaginava. Mesmo tendo acontecido tudo aquilo comigo, consegui dar a volta por cima e tive alguns encontros bons. Apesar de sempre ficar com um pé atrás, alguns foram legais. Não tanto como me sinto agora. Mas nada do que ela estava me contando. Ana não se entregava mais completamente.

— E você está feliz com ele indo embora por um tempo?

Ela fechou os olhos e negou com a cabeça.

— Por mais destrutivo que possa ser, eu gosto das nossas brigas. Ficar sem vê-lo vai ser o inferno. Pior do que já é.

— Talvez seja bom. Quem sabe um não esquece o outro?

Ana abriu os olhos e me observou. O mel dos seus olhos estava escuro de tristeza.

— Sabrina, em doze anos, eu não esqueci da boca e do cheiro daquele homem. Você acha que duas semanas vão fazer diferença? Só se um de nós morrer, e acho que ainda assim não teria jeito.

Por mais que aquilo fosse sinistro, eu entendia o que ela queria dizer. Quando se ama de verdade, por mais que você não queira, outra pessoa não cabe mais naquele lugarzinho que foi conquistado antes. Esperava que eles conseguissem resolver tudo porque o tempo não espera por ninguém.

Capítulo 24
Lucas

— Não vejo a hora de pôr os pés na estrada.

Estávamos na sala dos médicos fazendo uma pausa.

Depois de uma cirurgia complicada, eu só queria fechar os olhos e descansar um pouco. Mas, quando cheguei, Alberto estava lá todo animado falando sobre sua viagem. Comentava entusiasmado dos lugares que iriam visitar. Pareceu-me que ele e Heitor tinham combinado tudo durante a semana.

— Percebi, não parou de falar isso em dez dos meus vinte minutos de descanso.

Ele franziu o nariz e sorriu, se recostando no sofá enquanto um dos nossos amigos se levantava dizendo ter terminado sua pausa. Não devia estar muito feliz em perder todo o descanso ouvindo Alberto falar.

— Ops, foi mal. Mas é que estou empolgado, cara. Faz tempo que algo não me anima assim.

Assenti e resolvi perguntar, afinal, ele não tinha tocado no assunto ainda. Alberto colocou na cabeça que iria reconquistar a Ana a qualquer preço, mas me parecia muito feliz em se distanciar. Não que eu o estivesse julgando. Ana era realmente muito complicada de lidar, mas, quando os sentimentos falam mais alto, não há escapatória.

— E não vai sentir falta da Ana?

Seu sorriso morreu e ele baixou a cabeça, pensativo. Cada vez que tocava no nome dela, essa era a sua reação; parecia que carregava um mundo nas costas.

— Demais para o meu gosto, mas é preciso. Não aguento mais essa vida de merda com ela.

Desde que ele havia me dito sobre o bota-fora no bar à noite, fiquei pensando se Ana ia. E se fosse, será que daria certo? O cara precisava de tranquilidade para viajar.

— Entendi, você vai tentar esquecê-la?

Ele levantou a cabeça subitamente, e vi que seus olhos tinham um brilho diferente. Parecia determinado, sei lá, não consegui identificar. Suspirou profundamente e coçou o queixo com o polegar e o indicador.

— Lucas, não esqueci essa mulher em nenhum minuto da porra de vida que levei por doze anos. E não será em uma viagem que farei isso. Eu vou pra descansar e espairecer, mas, quando voltar, ela vai ser minha a qualquer custo. Nem que eu tenha que amarrá-la! — Sorriu malicioso. — E estou achando isso uma boa ideia.

Tive que rir. Eu tinha a impressão de que Ana não teria escapatória mesmo. O cara estava determinado.

— Entendo. E você já ajeitou tudo aqui no hospital?

— Sim, aqui e fora dele. Já está tudo arrumado e com todas as minhas obrigações em ordem.

Franzi a testa com o que ele disse. Que eu soubesse, Alberto não tinha mais ninguém para dar satisfações desde que seus pais foram morar no exterior, mas deixei passar, porque já tinha dado a minha hora.

— Então vou indo nessa, cara. Muito trabalho pela frente. A gente se vê à noite.

Ele assentiu e se levantou também, indo para a máquina de café.

— Beleza, eu tenho mais uns dez minutos. Vou sair mais cedo hoje, era só o tempo de terminar as horas que ainda tinha a cumprir. Depois das três da tarde, estou oficialmente de férias.

Despedi-me e saí para o corredor. Esbarrei logo com Kiara, que me fulminou com o olhar. Estava evitando-a a todo custo. Aquela mulher era estranha. Não gostava nada do seu jeito, mas apenas poderia ser uma reação de alguém que foi rejeitada e magoada.

Por mais que tivesse feito aquela ameaça, sabia que era infundada. Resolvi, então, me desculpar, afinal, eu fui um babaca total.

— Kiara, só um minuto. — Ela já virava a esquina e parou ao ouvir-me chamar.

Cheguei ao seu lado e me preparei para os xingamentos que viriam depois de eu falar tudo.

— Queria me desculpar por ter te tratado daquele jeito, tanto quando estávamos juntos quanto depois. Fui um idiota e peço perdão.

Ela arregalou os olhos e franziu a testa.

— Sério? Você está se desculpando, por quê?

Nunca tinha ficado tão sem jeito na vida. Levei uma mão à cabeça, penteando os cabelos para trás. Era uma mania que tinha quando ficava envergonhado.

— Eu estava agindo como um babaca porque fui rejeitado pela mulher que amo. E, inconscientemente, descontava nas mulheres com quem saía. Agora percebo que não foi legal.

Kiara estreitou os olhos, sorriu e colocou as mãos na cintura.

— Você tá com ela, né? — Concordei com um aceno. — Tudo bem, Lucas. Eu entendo. Está perdoado, afinal, também ganhei no tempo que ficamos juntos. Mas vê se não faz merda, hein? Se for rejeitado, corra atrás da sua mulher.

Fiquei surpreso com sua resposta porque estava preparado para uma gritaria. Assenti e sorri. Senti como se tivesse tirado um peso das costas.

Voltei ao trabalho, pois muitos pacientes me aguardavam. E eu ainda deveria fazer uma cirurgia de introdução de parafuso no tornozelo de um rapaz que havia caído de skate.

Estava louco para chegar em casa e dar um beijo na minha princesa.

Quando cheguei, Sabrina já estava arrumada e linda. Nunca me cansaria de apreciar minha mulher, por isso aproximei-me e dei um beijo em seus lábios doces.

— Vou tomar um banho e já fico pronto, ok?

— Sem pressa. Estamos bem, eles vão viajar depois das onze.

Sorri e me arrumei rapidamente. Não queria perder esta noite, estava com vontade até de cantar. Quem sabe não sairia um dueto com a Layla?

Saímos e o trânsito estava bom. Chegamos de mãos dadas ao bar, que já estava lotado. O pessoal tinha juntado algumas mesas e estavam todos conversando animadamente. Até o Heitor estava no meio da bagunça. Percebi que já tinha um substituto no balcão. Senti falta do Maurício e da dona Marisa, fora a Ana, que não estava à vista.

Aproximamo-nos e Sabrina foi cumprimentar Layla e Larissa. Cheguei por trás do Heitor, dando tapas nas suas costas.

— E aí, preparados para aguentarem a companhia um do outro por quinze dias? Vai perder o posto de barman, tatuado. Quem é o cara?

Heitor fez uma careta, franzindo o nariz, e olhou para trás, observando o bar.

— Muito engraçado, aquele rapaz é o namorado da Elisa. Ela perguntou se podia empregá-lo, e até que é gente boa. Então, ele tem o posto em minha ausência.

Arqueei as sobrancelhas e olhei para Alberto e Bruno, que deram de ombros.

— Mas você não tinha um caso com a morena?

Como se tivesse chamado o seu nome, ela parou atrás de mim, enfiando a cabeça entre nós e colocando refrigerantes e cervejas na mesa.

— Não, Luquinha, nós só transamos algumas vezes. O tatuado aí tem medo de relacionamentos, então parti pra outra, muito obrigada. — Elisa virou para mim e piscou um olho, se afastando.

Fiquei de boca aberta, envergonhado, enquanto Alberto ria da minha cara.

— Você ainda não aprendeu que a Elisa é como um cara? Ela fala pelos cotovelos e escuta pra caralho. Não pronuncie seu nome em vão.

Heitor continuou emburrado. Ele e Alberto estavam somente no refrigerante. Claro, eles iam pegar estrada, então, nada de álcool.

— Dá para as *moças* pararem de falar? Que saco, nós não temos nada há anos. Vocês que ficam imaginando coisas. Bando de *mocinhas fofoqueiras* — disse, sorrindo e apontando o dedo para Alberto e Bruno.

Realmente os dois eram os que mais se envolviam na vida do cara, mas parecia que nem ligavam para isso.

A mesa estava dividida: os homens de um lado e as mulheres do outro. Eu continuei de pé sem saber onde ficar. Havia espaço ao lado da Sabrina e do Heitor, mas eu não deixaria minha princesa sozinha. Da mesma forma que fazia Bruno, que estava na curva do banco ao lado da Layla. Os dois não se largavam; mesmo entretidos em conversas diferentes, ficavam se tocando ou acariciando.

Não havia opção para mim. Sentei-me ao lado de Sabrina, que se virou e sorriu lindamente.

— Preferiu ficar comigo a matar a saudade dos amigos? Vai ficar sem vê-los por duas semanas.

Aproximei-me do seu ouvido e mordisquei, sussurrando:

— Acha que iria deixar outro se acomodar no meu lugar? Não mais. Fora que vou ter muito tempo quando eles retornarem. Vão voltar cheios de novidades. Eles falam pra caramba! Quero apenas curtir sua companhia, princesa.

Pude senti-la sorrindo.

— Quanto a alguém tomar o seu lugar, não precisa se preocupar. Ninguém me faz queimar como você.

Arregalei os olhos e me afastei, encarando-a. Ouvimos um pigarro e olhamos para a frente. Bruno fingia cara de bravo, mas percebi seu sorriso.

— Você sabe que ela é minha caçulinha, né? Nada de ficar se agarrando na minha frente — disse, rindo, por fim.

Layla deu uma cotovelada no marido e sorriu, virando-se para nós.

— Não liguem para ele, estamos todos muito felizes por vocês. Os dois merecem a felicidade plena. E é mais do que óbvio que só terão se estiverem juntos. É inevitável quando o coração escolhe.

— Verdade, o Lucas já estava me irritando. Volta e meia ficava reclamando: "A Sabrina saiu com o lobo, o lobo está dando em cima da Sabrina e blá-blá-blá", já estava ficando de saco cheio.

Filho da puta! Arregalei os olhos para o Alberto, que sorriu.

— Você vai ver, idiota!

A galera dispersou na conversa e falamos do marido da Larissa, que estava trabalhando e não poderia vir. Dona Marisa tinha ficado com os meninos para a filha se divertir, porém estava sentindo falta da Ana. Mas acreditei que não viria. Afinal, não gostava do Alberto, pois, segundo ela, queria distância.

— Vou pegar um refri. Quem quer? — falou Alberto, se levantando.

Todos negaram e ele caminhou sorrindo para o balcão do bar. Mas algo aconteceu. Ana tinha acabado de chegar. O cara parou no meio do caminho, embasbacado.

E não era para menos.

Ana estava vestida para matar.

Capítulo 25
Sabrina

— Caralho, agora ferrou geral! — Bruno expressou o que todos nós pensávamos da batalha de titãs que se formava à nossa frente. De um lado, Alberto estava de queixo caído e com os olhos vidrados. Do outro, Ana, que estava linda, atravessava o bar em sua direção com uma missão a cumprir. O que ela iria fazer, eu não saberia dizer. Só esperava menos confusão possível.

Minha irmã tinha se superado na produção, com uma calça justa branca e um top tomara que caia preto. Estava linda demais. Seus cabelos revoltos emolduravam o rosto, e seus olhos brilhavam. Seu andar decidido mostrou que não teria volta. Alberto estava perdido nas mãos dela.

Preparamo-nos para um ataque no coitado. Acho que ele também, pois, instintivamente, deu um passo atrás. Mas ela nos surpreendeu ao se aproximar e puxá-lo pelo pescoço, falando em seu ouvido.

De tenso, Alberto mudou para surpreso. Seus olhos estavam arregalados e sua respiração, ofegante enquanto ouvia o que minha irmã dizia. Ela se afastou, olhou em seus olhos e sorriu. Foi para a nossa mesa, cumprimentou todos com um aceno e se sentou ao lado de Lucas, que estava tão espantado quanto nós.

Ainda parado a meio caminho do bar, Alberto engoliu em seco e olhou para a nossa mesa, diretamente para minha irmã. Ela sorriu maliciosamente, e ele piscou aturdido. Jesus, o negócio estava pegando fogo entre eles. Saindo do estado catatônico, ele foi para o bar.

Eu, Layla e Larissa nos debruçamos juntas como se tivéssemos ensaiado e fuzilamos Ana com perguntas.

— Que merda é essa, Ana? O que você falou pra ele? — Sempre fui a mais curiosa.

— Você tá brincando com fogo. — Larissa arregalou os olhos.

— Mulher, deve ter sido uma sacanagem, né? Deu pra ver a eletricidade daqui. — Layla era muito perceptiva.

Ela só sorriu e arqueou as sobrancelhas. Em seus olhos, havia um brilho diferente.

— Não tenho nada a dizer. Dá para o bando se afastar?

Virei-me para o Lucas, que tinha o rosto alinhado com o meu por conta de estar quase deitada na mesa para alcançar minha irmã. Ele sorriu e levantou a mão, acariciando meu rosto.

— Deixe-a em paz, princesa. Tá na hora de eles se acertarem.

Assenti e me sentei novamente. Ia dizer que ela não se safaria fácil, quando Alberto voltou à mesa com duas latas de refrigerante e estendeu uma para Ana.

— Obrigada, Beto. — Sorriu.

Beto? Mas que porra é essa?!

Estávamos todos embasbacados. E, mais uma vez, Bruno deu voz ao que todos nós pensávamos.

— Quem é você e o que fez com a minha irmã emburrada?

Ela virou para ele e mostrou o dedo do meio. É, acho que ainda estava ali. Layla deu uma cotovelada no marido, fazendo-o ficar quieto, pois já iria rebater o gesto da Ana. Eles eram sempre assim. Iguais até nas provocações.

— Então, nós não vamos mais viajar? — Heitor, que estava em silêncio só observando, perguntou, fazendo Alberto se virar para ele com o cenho franzido.

— Vamos sim, por quê?

— Nada, só por isso. — Apontou com o dedo de um para o outro.

Alberto respirou fundo e olhou para Ana. Parecia confuso e magoado, enquanto ela tinha um sorriso vencedor no rosto.

— Nada mudou, cara.

Vixi, a porcaria era mais complicada! Só não entendia a expressão da minha irmã. Ela parecia feliz e empolgada enquanto ele estava em uma batalha interna.

— Então, pessoal, eu estava pensando em fazer um dueto. O que você acha, Lala? Vamos?

Percebi que Lucas tentava desanuviar o clima tenso. Layla sorriu.

— Ainda pergunta? Adoro cantar contigo, Luquinha.

De repente, Ana se levantou e pediu licença para ir ao banheiro. Semicerrei os olhos e fiquei olhando-a se afastar, mas, a caminho do corredor, ela olhou para trás e sorriu para Alberto, que baixou a cabeça, balançando-a devagar.

Olhei em volta e vi que ninguém percebeu. Estavam concentrados na escolha da música que Lucas e Layla iriam cantar. Parecendo resignado, Alberto se levantou e saiu de fininho, e ninguém notou que ele tomou o mesmo rumo de Ana.

Puta merda!

Se os dois foram para o corredor que levava ao banheiro feminino e ao camarim da Layla, só tinha uma coisa acontecendo.

Tapei a boca para me impedir de falar. Ninguém tinha nada a ver com a vida deles. Só esperava que minha irmã não confundisse ainda mais a vida do cara.

— Sabrina, vou para o palco. — Lucas piscou para mim e sorriu.

Assenti e observei-o caminhando de mãos dadas com a irmã. Mudei de lugar e me sentei ao lado de Heitor, de frente para o palco.

— E aí, ursinho? Fui só eu que percebi que o casal nitro foi para o mesmo caminho? — falei, olhando para frente.

Ele riu baixinho.

— Ah, bonequinha, você é perspicaz. Não, eu também, mas acho que só nós dois percebemos, o restante do pessoal estava distraído.

Assenti e me virei para encará-lo.

— E o que acha disso tudo? Será que vão se acertar?

Heitor respirou fundo e coçou o queixo.

— Ainda não, *baby girl*. Tem muita mágoa rolando, só que tensão sexual também. Não sei que tipo de merda isso tudo vai resultar.

Franzi a boca, pensativa.

— Acho que o jeito é deixar o tempo correr e ver no que vai dar, né, ursinho? — Ele sorriu, mostrando seus dentes brancos e alinhados e as covinhas na bochecha. Heitor era lindo. — E você, não vai deixar ninguém fazer merda com você?

Seu sorriso morreu.

— Já fiz muita. Acabou minha cota de merdas.

Fiquei olhando em seus olhos escuros e imaginando que dor era essa que ele mantinha dentro de si. O que aconteceu com alguém tão bom para deixá-lo tão fechado para o amor?

Acariciei seu braço, dando qualquer conforto que ele pudesse precisar. Heitor tinha se tornado tão especial em nossas vidas quanto Lucas e Layla. Estava sempre pronto para ajudar, porque tinha um coração enorme, mas o ursinho também sabia ser um leão quando era provocado. Desviei o olhar à procura de Bruno e Larissa. Vi que estavam de pé perto do palco. Ele não ficava longe do seu anjo enquanto ela cantava.

Olhei para Heitor.

— Vamos lá ver os dois nos emocionar no palco?

Ele concordou com um aceno e se levantou, me estendendo a mão. Caminhamos de braços dados até onde meus irmãos estavam.

Layla e Lucas conversavam com o DJ, que procurava em sua playlist a música que eles queriam.

— Oi, pessoal. Hoje é um dia especial, nosso chefe está partindo para uma viagem e vamos fazer um dueto em sua homenagem. Eu e meu garotinho ali. — Apontou para Lucas atrás dela com o polegar por cima do ombro. — O que acham de uma música nacional? *Pra você guardei o amor*, do Nando Reis.

Nesse meio tempo, percebi Ana saindo do corredor com as bochechas vermelhas e os lábios inchados. Estreitei os olhos e ela me encarou, baixou a cabeça e andou em direção à mesa. Ia evitar o confronto a qualquer custo. Safada! Nem um segundo depois, Alberto também se aproximou, mas não parecia feliz.

Em vez de segui-la, de nós. Observei seu semblante e constatei que estava nervoso. Ele me olhou e sorriu, triste.

— Não pergunta nada, Sabrina. Deixa como está. — E se virou para a frente, olhando o palco.

O que Ana fez mexeu demais com o cara. Então, Layla começou a dedilhar o violão de pé enquanto olhava para Lucas. Ele sorriu e se preparou para a música, que era linda.

Começaram em uníssono e eu me arrepiei, esqueci-me de todos ao redor, minha atenção voltada para os irmãos cantando no palco.

"Pra você guardei o amor
Que nunca soube dar
O amor que tive e vi sem me deixar
Sentir sem conseguir provar
Sem entregar
E repartir

Pra você guardei o amor
Que sempre quis mostrar
O amor que vive em mim vem visitar
Sorrir, vem colorir solar
Vem esquentar
E permitir"

De olhos fechados, Lucas cantava com todo o coração; ele tinha mais da irmã do que imaginava. Eles cantavam com o coração e a alma, e percebi que todos no bar pareciam emocionados porque a canção falava de amor puro e simples. Em sua forma mais límpida.

Eles se viraram juntos e encararam a plateia, e automaticamente encontrei os olhos verdes que tanto amava.

"Achei
Vendo em você
E explicação
Nenhuma isso requer
Se o coração bater forte e arder
No fogo o gelo vai queimar

Pra você guardei o amor
Que aprendi vendo os meus pais
O amor que tive e recebi

E hoje posso dar livre e feliz
Céu cheiro e ar na cor que o arco-íris
Risca ao levitar"

Sorriam ao encontrar as pessoas que deram o amor lindo que tinham um pelo outro. As lágrimas desciam pelo meu rosto, transbordando o que meu coração estava cheio. Eu amava tanto o homem quanto a mulher que o criou e fez dele o ser humano maravilhoso que havia se tornado.

Terminaram a música olhando um para o outro. Foram ovacionados de pé. Nunca vi tanto sentimento junto sendo doado em forma de uma canção que por si só já é linda.

Ao meu lado, Alberto tinha se virado e observava a morena que tinha perdido o sorriso nos lábios e olhava as mãos abertas em cima da mesa. Ele fechou os olhos e respirou fundo. Depois, se voltou para mim e sorriu.

— Garotinha, ame com todo o seu ser aquele cara. Ele arrancaria o coração por você. Esse tipo de amor não acontece duas vezes. — Sua voz estava embargada, e, sorrindo tristemente, se virou. — Está na hora, tatuado.

Heitor assentiu e foi até o balcão, pegou uma mochila e se aproximou do palco. Subiu e se postou ao microfone, antes ocupado por Layla.

— Galera, estou indo para uma viagem com meu amigo Alberto agora. Cuidem bem do meu bar, volto em breve.

Sorriu e desceu do palco. Lucas se aproximou e enlaçou meus ombros. Nós os seguimos para o lado de fora e paramos no estacionamento onde estavam as motos. Senti um arrepio na espinha, como se tivesse um mau pressentimento. Mas devia ser preocupação excessiva.

Todos estavam receosos por causa da hora que pegariam a estrada. Alberto mal olhava Ana, que estava ao meu lado com os braços cruzados.

Lucas me abraçou por trás, apoiando o queixo no meu ombro.

— Que foi, princesa? Está toda arrepiada. Sente frio?

— Não, Lucas. Estou com medo por eles.

Ele suspirou e beijou o meu pescoço, logo abaixo da orelha.

— Não fica assim, eles vão voltar sãos e salvos. Ou meto porrada nos dois.

Sorri com a brincadeira. Layla e Bruno se aproximaram dos caras e se despediram com um abraço. Eu e Lucas fizemos o mesmo.

Abracei os dois ao mesmo tempo. Meu coração estava apertado, e sentia lágrimas em meus olhos.

— Se cuidem, por favor. Prestem muita atenção na estrada.

— Pode deixar, bonequinha, vamos ficar bem. — Heitor se afastou, dando um beijo na minha testa.

— Não se esqueça do que eu te falei, Sá. Não se prenda a nada que não seja o amor que sente pelo Lucas. — Engoli em seco com o que Alberto disse e assenti.

Afastei-me e deixei Lucas se despedir. Larissa fez o mesmo. Então Ana se aproximou e deu um abraço em Heitor, mas, quando chegou perto do Alberto, ela olhou em seus olhos e esperou.

Ele apenas a encarou e balançou a cabeça, em sinal negativo. Ela mordeu os lábios e se afastou com os olhos lacrimosos, observando de longe.

Eles subiram na moto e partiram, deixando ali nossos corações aflitos para que retornassem logo.

Capítulo 26
Lucas

Apesar de ter tentado tranquilizar Sabrina, também senti algo estranho ao vê-los se afastando. Mas decidi não me preocupar demais, não aconteceria nada, eles eram prudentes e espertos.

— Vocês vão ficar mais? — Bruno parou ao nosso lado, com os olhos voltados para a entrada do bar.

— Acho que já deu, estou cansado e quero cama.

Ele assentiu e olhou para Sabrina, parada à minha frente.

— Você está bem? Parece preocupada.

Ela respirou fundo e balançou a cabeça.

— Estou bem, só queria que eles voltassem logo.

Bruno sorriu e apertou seu queixo.

— Eles vão ficar bem, Sá. Eu vou entrar porque temos que fechar hoje. Layla vai revezar com a Elisa. — Olhou para a porta do *Beer* novamente. — E a Ana, vai ficar? Ela parece prestes a explodir.

— Bom, eu vou lá dentro pegar sua bolsa para irmos, ok? — Ela assentiu e me afastei, porque era conversa de irmãos.

Ana Luiza estava parada no mesmo lugar, olhando a estrada que Alberto havia sumido. Cheguei ao seu lado e olhei em seus olhos; a mulher estava perturbada. Resolvi dar um conselho a ela, exatamente como ela me deu quando eu estava às turras com Sabrina.

— Ele vai voltar, Ana. E, quando acontecer, deixa de ser cabeça-dura. O passado ficou onde deve estar, não se prenda a ele.

Ela me encarou com os olhos arregalados.

— Não sei do que está falando, e, na verdade, nem você. Então, deixa que eu sei resolver minha vida. Bom, vou indo porque pra mim já deu. Tchau.

Saiu e foi para o seu carro no estacionamento, se despedindo dos irmãos no caminho. Ela era osso duro de roer, não seria fácil para o Alberto dobrar a fera.

Entrei, peguei a bolsa da Sabrina e dei um tchau para a Layla. Quando voltei, Sabrina estava me esperando encostada no seu carro com Bruno. Quando me viu, ela sorriu, enquanto seu irmão se aproximou de mim.

— Até segunda, Lucas. Descanse, hein?

Assenti e observei minha princesa. Tinha um sorriso brilhante em seus lábios que não consegui resistir. Aproximei-me e larguei sua bolsa no chão. Levei as duas mãos ao seu rosto, mas, antes de tomar sua boca, olhei em seus olhos e me perdi. Sorri de lado e a beijei forte e apaixonadamente.

Sabrina gemeu e enlaçou minha cintura, puxando meu corpo para o dela. Fiquei duro instantaneamente. Segurava seu rosto enquanto chupava sua língua; na verdade, era um duelo, não sabia quem tinha mais fome do outro. Seus lábios quentes imploravam por uma mordida, então, não me fiz de rogado. Mordisquei com vontade, lambendo logo em seguida.

Desci por seu rosto, dando beijos molhados, enquanto ela gemia em meu ouvido. Porra, estava louco de tesão! Com a gente era assim, um momento doce se transformava em pura luxúria. Afastei-me, olhando em seus olhos.

— Temos que ir embora, ou vou transar com você aqui mesmo.

Sabrina ofegou e assentiu. Abaixou-se, pegando a bolsa, e tirou de dentro a chave do carro. Com as mãos trêmulas, apertou o alarme e destravou a porta. Peguei seu braço, puxando-a, grudando nossos corpos mais uma vez.

— Eu vou demorar uns cinco minutos aqui. Quando chegar, eu quero você nua em cima da bancada da cozinha. Entendeu?

Ela mordeu os lábios e balançou a cabeça. Arrebatei sua boca com mais um beijo intenso. Em minha cabeça, uma nuvem de desejo havia tomado todo o meu juízo, então me afastei antes que cumprisse a promessa de provar seu corpo ao ar livre.

Sabrina piscou; estava tão abalada quanto eu. Entrou no carro e deu partida. Observei-a se afastar e contei no relógio o tempo para que ela pudesse chegar antes de mim. Passei as mãos pelos cabelos, impaciente.

— Foda-se que eu vou ficar aqui esperando.

Saí em disparada com o carro do Heitor, que havia deixado sob meus cuidados. Como ficava estacionado no *Beer* e ele não estaria na cidade, me pediu que o levasse para minha casa. Rapidamente dei partida, e, em alta velocidade, atravessei a cidade. Quando cheguei à garagem, nem me importei em trancar o carro. Entrei louco de vontade de tê-la. Ao abrir a porta, quase morri. Meu coração disparou no peito e ofeguei. Se havia uma visão mais linda do que minha mulher entregue e à minha espera, eu não tinha visto.

Sabrina estava sentada na bancada, nua, maravilhosa, com as pernas abertas apoiadas em cada banco. Olhava-me séria e sexy. Não existia mulher mais sensual, pois, com o seu rosto inocente e o corpo para o pecado, ela me colocava de joelhos.

Percorri o olhar por seu corpo e fiquei mais duro. Morria por um gosto dela. Mas faria tudo vagarosamente. Iria foder dessa vez, não seria apenas amor; sentia uma selvageria, vontade louca e incontrolável de mostrar a Sabrina o que podia fazer com ela e o quanto a faria gritar.

Puxei a camisa pela gola e desabotoei a calça, descendo-a pelas pernas junto com a cueca. Depois, tirei o tênis e as meias. Aproximei-me e percebi que sua respiração estava acelerada, enquanto a minha se manteve calma.

— Tá pronta para me receber? — Minha voz estava grave e rouca. — Já tá molhadinha, Sabrina?

Ela assentiu. Sorri. Se achava que iria se safar fácil com um aceno de cabeça, estava enganada.

— Me mostra o quanto está molhada. Toque-se, eu quero ver.

Sabrina arregalou os olhos e mordeu os lábios. Suas bochechas começaram a se avermelhar. Provavelmente não estava acostumada a ser tão à vontade no sexo, mas isso iria mudar.

— Vamos, princesa, me mostra. Quero sentir o seu gosto.

Ela engoliu em seco e levou uma mão à sua vagina, que, de onde eu estava, dava para ver o brilho de excitação. Ela circundou o clitóris com o polegar enquanto colocava o indicador na sua entrada. Fechou os olhos e gemeu.

— Oh, Lucas. É assim que você quer?

Sorri de lado; ela aprendia rápido.

— Isso, princesa. Agora mais rápido um pouquinho, mas nada de gozar. Quero sentir seu orgasmo na minha boca.

— Porra, como vou conseguir segurar com você falando assim?!

Eu ri e me aproximei, dando a volta e ficando atrás dela.

— Vai, gostosa, dê prazer a si mesma que eu quero ver. — Levantei um braço, enlaçando-a pela cintura, e cobri um dos seus seios com a mão. Puxando devagar seu mamilo túrgido, ela gemeu e encostou a cabeça no meu peito. Abriu os olhos e vi que puro fogo refletia nos meus. — Hoje, eu vou te foder bem gostoso.

Ela sorriu.

— É bom mesmo, ou eu vou te foder.

— Pode fazer isso também.

Com a mão livre, segurei-a pela garganta, apenas para prendê-la no lugar. A visão era linda, aquilo ficaria gravado na minha memória por muito tempo, talvez para o resto de nossas vidas. Sabrina estava entregue ao desejo com seu corpo todo exposto a mim. Enquanto ela se tocava, eu massageava seus seios, e sua boca vermelha pedia um beijo meu. Baixei a cabeça e mordisquei seus lábios, passando a língua por toda a extensão. Beijei sua boca com vontade, sugando sua língua, exatamente como iria fazer onde ela se tocava. Mordi seu queixo e percebi que Sabrina estava quase gozando.

Afastei-me e soltei seu seio. Ela abriu os olhos. Sorri e dei a volta na bancada novamente. Parando à sua frente, retirei sua mão e levei aos meus lábios, sugando seu gosto e me deleitando com como era bom.

— Deliciosa, quero que se segure na bancada, Sabrina. E não me toque. Vai sentir tudo sem me apressar e sinta-se à vontade para gritar, quero vê-la cantar meu nome.

Sabrina ofegou e engoliu em seco, eu ri e me abaixei ficando de joelhos à sua frente enquanto meu rosto estava alinhado com sua vagina molhada e gostosa. Puxei-a pelas nádegas, acomodando-a mais na beira da bancada. Nem dei tempo para ela pensar. Lambi todo o seu sexo gostoso e provei do seu mais doce sabor. Ela estava quase gozando já e muito molhada. Circundei seu clitóris durinho e fechei a boca em volta do nervo, sugando devagar e forte. Ouvia seus gemidos, mas nem me importei porque meus ouvidos zumbiam com o desejo que tinha dentro de mim.

Segurei suas coxas, pois ela se mexia, tentando se aliviar. Prendi Sabrina e invadi sua boceta com a língua do mesmo jeito que iria fodê-la, duro e gostoso.

— Lucas, mais forte. Me fode com essa boca deliciosa.

Sabia o que faltava para ela se entregar totalmente. Voltei ao seu clitóris e chupei, mordiscando levemente. Senti seu corpo todo em espasmos fortes, em consequência, ela gritou meu nome. Era como música aos meus ouvidos. Foi tão intenso que Sabrina acabou deitada de costas na bancada.

Levantei-me e deitei pelo seu corpo, beijando sua boca e dando a ela um pouco do seu próprio gosto. Meus lábios estavam quentes e formigando. Queria muito mais, era viciante seu gosto e cheiro. Mas meu pau doía de tão duro. Estendi uma mão e peguei seus pulsos, prendendo-a no lugar. Com a outra, direcionei meu membro e entrei em seu corpo em uma estocada só. Deslizou fácil por estar tão molhada.

— Ah, que boceta gostosa. Esse é o lugar que eu queria estar pelo resto dos meus dias. Morreria feliz estando dentro de você.

— Me fode, Lucas. Me faz gozar de novo.

Segurei seu pulso com força e arremeti sem pena, fazendo seus seios balançarem. Era hipnotizante, porque eles subiam e desciam a cada movimento meu. Ela levantou as pernas e as prendeu em mim, me dando mais acesso à sua vagina apertada e gostosa.

Estoquei em seu corpo como um homem com fome. E realmente estava morrendo de fome, pois sentia tudo: amor, luxúria, desejo e loucura. Era isso, ela me deixada insano. Totalmente fora de mim.

Abocanhei seu seio e suguei com força enquanto meu pênis entrava e saía. Ela gemia e gritava. Soltei suas mãos e a primeira coisa que fez foi arranhar minhas costas. Levantei a cabeça e a joguei para trás, e um gemido rouco escapou do meu peito.

Louco de desejo, olhei em seus olhos e apoiei a palma da mão na superfície da bancada. Transamos por muito tempo. Não tinha vontade de gozar, queria ficar dentro do seu calor eternamente. Mas percebi que minha princesa estava sofrendo.

Desci a boca em seu pescoço, sugando a pele cheirosa e suada. Suguei e arremeti diversas vezes com mais força. Mordi seu pescoço e ela gritou. Sentia-me selvagem, e o orgasmo começou a surgir em mim e sussurrei em seu ouvido:

— Vem pro paraíso, princesa.

Gozamos juntos, gritando, enquanto Sabrina estava arqueada totalmente grudada em mim e eu enterrado até o talo dentro dela.

Arremeti mais uma vez e caí exausto em cima da minha mulher, que era o meu céu. Um êxtase invadiu meu peito e tive vontade de gritar.

Foi o que fiz, em meio a gargalhadas de felicidade e prazer. Gritei como um louco, extravasando tudo que sentia. Para mim, a felicidade tinha um nome: Sabrina Petri.

Capítulo 27
Sabrina

Depois do sexo quente e selvagem, vê-lo gritar meu nome rindo foi simplesmente perfeito. Ele baixou a cabeça ainda com um sorriso no rosto e cobriu minha boca com a sua. Entreabri os lábios para recebê-lo dentro de mim. Será que tinha algum jeito de se ligar mais a alguém? Sentia como se pudesse flutuar. Quanto mais me entregava a ele, mais me sentia completa.

Nosso beijo era a coisa mais gostosa que existia. Claro que o sexo era maravilhoso, mas a intimidade de encostar uma língua na outra, de sugar os lábios e sentir a maciez da carne quente era incrível! Nós não nos beijamos apenas, mas eu senti com o coração aquela boca gostosa, entreguei minha alma, dei tudo o que podia. Fui amada com um roçar de lábios.

Lucas levantou a cabeça e pude ver no homem que amo a mesma felicidade que estava estampada em cada célula do meu corpo. Levou uma mão aos meus cabelos e sorriu.

— Suas costas não estão doendo? Eu sou pesado e a bancada é dura.

Balancei a cabeça. Estava sim, incomodando um pouco, mas eu ainda queria tê-lo exatamente ali.

— Estou bem, pode ficar quietinho. Quero sentir você dentro de mim mais um pouco.

Lucas sorriu malicioso e beijou a minha testa.

— Sabe que, por mim, eu fico enterrado em você o tempo todo, né? Aqui é o meu lugar preferido. — Se afastou um pouco e observou meus seios, que ficaram em alerta prontamente. — Ainda mais com uma visão dessas. Porra, mulher, você foi feita para admirar e degustar. Eu quero transar com você a todo instante.

Soltei uma gargalhada com sua admissão tão sincera. Sabia o que ele sentia, pois eu tinha a mesma impressão. Nunca me cansaria.

— Eu não sei o que te impede. Acho que ainda não reclamei de excesso, mas, se diminuir o ritmo e a fome, eu vou reclamar.

Ele arqueou uma sobrancelha.

— Minha linda, uma coisa pode ter certeza: meu tesão por você só vai aumentar. Não me canso do seu corpo, da sua boca... — se aproximou do meu ouvido, com seu hálito quente fazendo cócegas na minha bochecha — e do seu gosto.

— Oh, meu Deus. Já estou ficando excitada de novo. Acho que você tá me transformando em uma ninfomaníaca.

Ele riu, fazendo seu peito vibrar em meus seios, causando assim uma sensação nova na pele tão sensível e exposta.

— Isso é apenas resultado de muito tempo só querendo. Mas, depois que te provei, viciei. Quando estamos longe um do outro, só consigo pensar em como você é linda e gostosa. Tenho que me controlar para não me envergonhar em pleno hospital. Ficar duro de tesão em meio a um monte de pacientes não é confortável.

Fechei a cara na hora.

— Claro que não. Isso tudo aqui é meu.

— Hum, tá com ciúme. Eu gosto disso. — Sorriu e acariciou meu rosto com as costas dos dedos. — Mas, por mais que eu ame ficar assim com você, nós precisamos tomar um banho. Hoje o dia foi cansativo e suas costas devem estar machucando.

Saiu de dentro de mim, se afastando. Já de pé, estendeu os braços e me levantou da bancada. Agarrei em seu pescoço, sentindo seu perfume delicioso misturado com suor e sexo.

— Eu vou te dar banho, princesa. Quero cuidar de você.

Colocou-me de pé no chão do banheiro e abriu o registro do chuveiro, testou a água e estendeu a mão. Entrelacei nossos dedos sem pestanejar. Olhei em seus olhos e sorri. Lucas me ensaboou e massageou minhas costas.

— Por mais que não resista ao seu corpo, agora só vou cuidar da minha garota. — Beijou meu ombro e sorriu em minha pele. — Mas isso não é nada fácil.

Fechei os olhos e me deixei ser amada e cuidada. Suas mãos firmes passavam por meu corpo sensualmente, mas era suave. Fiquei excitada obviamente, mas o amor que enchia meu peito a cada toque distraía minha cabeça. E um sono se instalou em meus olhos. Encostei-me em seu peito e me permiti relaxar. Não sei dizer quanto tempo ficamos ali. Quando dei por mim, já estava na cama com Lucas deitado atrás de conchinha.

Aninhei-me em seu peito e fechei os olhos. A partir daí, sonhos bons povoaram meu sono.

Na manhã seguinte, acordei sozinha na cama, mas seu cheiro permanecia nos lençóis, travesseiro e no meu corpo. Um medo repentino de perdê-lo se apoderou de mim. Algo irracional e sem motivo, mas sabia que, se quatro anos sem ele foi um inferno, agora seria pior. Eu tinha provado a força do nosso amor e não queria perder.

Quase sufoquei sem ar com esse pensamento. Levantei rapidamente, vesti uma camisa do Lucas que estava jogada no criado-mudo e fui à procura dele. Queria ter certeza que nada daquilo era um sonho, que nosso amor era real, e que estávamos juntos de verdade.

Saí em disparada para a sala à procura do Lucas. Parei no meio do caminho quando o avistei na cozinha só de cueca boxer preta fazendo café. Na verdade, já tinha tudo pronto. Ele estava arrumando um monte de guloseimas em uma bandeja. Café na cama. Não iria estragar sua surpresa. Nas pontas dos pés, voltei para a cama e tirei a camisa. Deitei de novo e fechei os olhos. Minutos depois, senti o colchão afundar. Lucas se inclinou e beijou meu queixo, subindo em minha bochecha e enchendo meu rosto de selinhos delicados.

— Acorda, princesa.

Abri os olhos devagar, fingindo despertar naquele momento. Me espreguicei e sorri. Ele estreitou os olhos e franziu a boca.

— Você já estava acordada — ele constatou. Droga, eu não sei fingir!

— Ah, eu vi você todo bonitinho arrumando café na bandeja e não queria estragar sua surpresa. Desculpe.

— Não tem problema. — Acariciou meu rosto com o polegar. — Aqui está seu desjejum, senhorita.

Eu ri da voz de mordomo que ele fez.

— Hum, posso me acostumar mal, hein? Primeiro, sou comida na cozinha, depois, como na cama... Estou gostando demais disso.

Lucas arregalou os olhos, parecendo espantado com o que eu disse.

— Acho que você tá passando muito tempo com sua irmã. Você não tinha uma boquinha suja assim.

— Você não gosta? Apenas estou feliz, e me sinto à vontade para o que me vem à cabeça.

— Não, princesa, gosto de te ver assim. Você estava se tornando alguém muito travada. E gosto de sarcasmo, não esqueça que convivi com a Layla por anos. Apesar de a minha irmã ser um anjo, ela tem uma língua ferina. Só o Bruno pra aguentar.

Eu ri com a lembrança da minha cunhada e amiga. Ela e o Bruno eram muito engraçados de se ver. Parecia uma batalha quando discutiam, teimosos, nenhum dando o braço a torcer.

— Acho que sou mais parecida com os meus irmãos do que imaginava. Eu gosto de ser assim. Ser triste e me segurar, por medo do que os outros vão achar, é péssimo. Não quero me tornar uma sombra do que sou.

— Muito bom, gosto disso. Eu estava pensando em fazermos um programa diferente hoje. Ficarmos em casa de boa, só nos curtindo e, à noite, pegarmos um cineminha. O que acha? Nós nunca tivemos um encontro.

Seus olhos verdes brilhavam em expectativa. E realmente nós nunca saímos para um encontro comum de namorados.

— Eu topo.

Levantou-se e olhou meu corpo coberto pelo lençol.

— Tentação, que porra! Não consigo ficar longe. — Passou a mão pelos cabelos, chateado.

— Por que está chateado? Podemos incluir na programação uma rapidinha.

Ele sorriu e respirou fundo.

— Cara, eu tenho a melhor mulher do mundo.

Se jogou na cama, tirando a cueca. O café esfriou quando nos perdemos um nos braços do outro.

O dia passou deliciosamente. Fizemos almoço juntos, entre risadas e brincadeiras. Contei sobre minha infância, o pouco que me lembrava do meu pai. Eu sentia falta, mas não muita, pois Bruno supriu a carência que tive.

Não gostava muito de tocar nesse assunto com o Lucas. Mas, dessa vez, não pareceu imerso em lembranças tristes. Sorria o tempo todo e contou-me as poucas traquinagens que aprontou.

Layla ficava meio louca quando isso acontecia porque ela também era uma menina, então ele evitava. Mas, às vezes, era impossível.

Estava conhecendo mais dele nesse tempo que estávamos realmente juntos do que nos quatro anos que fomos amigos e colegas de quarto. Acho que a intimidade o deixou mais relaxado para contar seu passado.

Planejamos nossa saída e não via a hora. Percebendo minha ansiedade, ele me despachou para me arrumar. Ainda eram quatro horas da tarde, mas, segundo o Lucas, ele não aguentava mais me ver ansiosa. Então, resolvemos ir mais cedo. Corri para o chuveiro, sozinha. Tinha um encontro e estava animada.

Quando saí, ele estava parado na porta do banheiro com o ombro encostado na parede, braços cruzados sobre o peito nu e musculoso, me olhando de cima a baixo. A toalha enrolada no meu corpo não foi páreo para o seu olhar raio X.

— Se não fôssemos perder a sessão, eu iria te comer agora.

— Caramba! Você tem que me provocar, vou ter que me masturbar antes de sair.

Ele arregalou os olhos e ofegou, se desencostando da parede. Aproximou-se e pegou meus cabelos em punho. Aproximou a boca do meu queixo e mordiscou.

— Não brinca comigo, Sabrina. Ou te encosto nessa parede e te fodo antes de irmos.

Por mais que eu estivesse tentada, queria sair um pouco. Respirei fundo e olhei em seus olhos.

— Quando voltarmos, eu quero sim. Mas não podemos perder o cinema.

Ele sorriu de lado e beijou minha testa.

— Ok, mas eu vou ter que dar um jeito nisso aqui. — Apontou para o pênis duro que levantava o tecido do short.

— Então, acho melhor eu ir.

Saí rapidamente antes que ele me agarrasse de novo. Eu não iria resistir.

Peguei um vestido tomara que caia azul-turquesa curto e simples, com um decote em forma de V na frente, drapeado na cintura, e a saia acompanhava as curvas do meu quadril. Calcei sandálias de salto médio e sequei os cabelos. Eles ficaram volumosos e brilhantes. Maquiei-me levemente; não gostava de nada muito pesado.

Joguei os cabelos para frente e voltei, adorava esse efeito. Espirrei um pouco de perfume e fui ao encontro do meu namorado. Ainda achava engraçado chamá-lo assim. Ele me esperava na sala. Estava lindo demais, vestindo uma calça marfim e uma camisa verde de botão com as mangas dobradas.

Perdi a fala e acho que ele também. Aproximamo-nos e ele acariciou meu rosto.

— No mundo inteiro não existe mulher mais linda. Vamos? Estamos em cima da hora.

Percorremos a cidade até o shopping. Realmente estávamos em cima da hora, só deu tempo de comprar uma pipoca e um refrigerante. Sentamos naquelas poltronas sem divisão. O filme que escolhemos era uma estreia, um da Marvel de super-heróis. Eu adorei, claro. Mas o melhor de tudo foi a sensação de normalidade com o braço do Lucas no meu ombro, e em como me sentia bem.

Me diverti bastante. Cada vez que o galã aparecia na tela, podia ouvir suspiros pelo cinema. A mulherada adora esses caras. E eu não ficava atrás. Lucas achou engraçado e sorriu, tirando sarro de mim.

Saímos do cinema, abraçados, e fomos passeando olhando vitrines. Sabia que ele podia estar entediado, afinal, homem não curte essas coisas.

— Se quiser, podemos ir, não precisa aguentar olhar vitrines por minha causa.

— Estou acostumado, Sá. Minha irmã me trazia com ela quando fazia compras. Desde pequeno aprendi a dar palpites nas escolhas da Lala.

Arqueei as sobrancelhas, surpresa.

— Legal, Bruno nunca suportou isso. — Lucas riu.

— Mas tenho certeza de que agora é obrigado. Layla não nos dá escolha.

Estávamos em frente a uma joalheira quando parei. Fiquei observando a vitrine, tentando disfarçar os olhares das alianças, mas era meio difícil, minha mente apaixonada estava fervilhando.

— Princesa, aguenta aí que eu vou ao banheiro.

Assenti e dei um beijo na sua boca. Observei-o se afastar e olhei melhor. Tinha uma linda, de três cores: ouro branco, amarelo e rosa, e ainda com um diamante no meio. Perfeita!

Afastei-me antes que começasse a fantasiar demais. Meu celular vibrou na bolsa. Era uma mensagem da mamãe e de um número desconhecido. Abri e era um áudio. Coloquei os fones e escutei. Gemidos roucos denunciavam que era sexo, mas o que me causou um calafrio foram algumas palavras desconexas e choramingos.

Joguei o celular dentro da bolsa novamente e aguardei Lucas voltar do banheiro. Não sabia se contava para ele. Estava com medo, mas podia ser engano.

Quando ele se aproximou, na hora, percebeu minha tensão.

— Que foi, Sabrina? — Segurou meu queixo entre o polegar e o indicador.

— Nada não. Só estou cansada. E doida para aquela coisa no corredor.

Eu queria distraí-lo e deu certo. Ele sorriu malicioso e disse:

— Vamos, então. Vou comprar uma pizza para jantarmos. Vem.

Andamos de mãos dadas, e tentei ao máximo parecer bem, mas, no fundo, estava com muito medo. O que seria aquilo? Meu Deus, nem queria pensar!

Só esperava que não fosse nenhum fantasma querendo me assombrar.

Capítulo 28
Lucas

— Lucas, o advogado marcou uma reunião hoje à noite. Ele está com algumas pendências e só conseguiu esse horário para nós. Você pode pegar a Sabrina? — Bruno me parou no meio do corredor do hospital enquanto ia ao laboratório pegar um exame. Percebi que parecia cansado e preocupado.

— Ok, mas por que essa cara?

Ele passou as mãos pelos cabelos.

— Nada de mais, é que a Layla vem passando mal frequentemente. E não dormi direito esses dias.

Franzi a testa.

— Mas enjoo não é matinal?

— E alguma coisa na sua irmã é comum? Não, ela passa a noite inteira vomitando e tem dormido de dia. Acho que é porque trabalha no bar e o organismo dela se acostumou a trocar a rotina. E eu não consigo deixá-la sofrendo sozinha.

Sorri, satisfeito. Bruno era um bom marido para a minha irmã.

— Pensa só, daqui a alguns meses, o bebê tá aí, e você vai dormir menos ainda.

Ele respirou fundo, fazendo uma careta, mas sorriu. Estava mais do que radiante por ser pai. Me despedi, prometendo levar Sabrina ao prédio que ele indicou. Não seria difícil encontrar, ficava bem no centro comercial. Enviei uma mensagem dizendo que iria pegá-la no trabalho, e ela respondeu para encontrá-la na academia, pois tinha aula de Muay Thai esta noite.

Nem preciso dizer que não gostei nada, pois aula queria dizer que o babaca do Wolf estaria lá.

Com o passar das horas, fui ficando mais nervoso e ansioso. Queria resolver logo essa merda de processo e ver o filho da puta do Rick na cadeia. Caras como ele mereciam passar a vida toda trancafiados.

Depois do plantão, tomei banho e me troquei. A caminho da academia, sintonizei em uma rádio que só tocava MPB. Não era muito fã, pois era ligado nas internacionais. Mas música nacional me lembrava da minha irmã. E lembrar da Layla me fazia ficar calmo porque ela tinha esse poder sobre mim.

Estacionei e subi os degraus de dois em dois. A academia estava cheia para uma segunda-feira. Ao chegar à sala de Muay Thai, um ciúme doentio me corroeu.

Sabrina estava conversando com Alex e ria do que ele falava. Quando o cara levou a mão ao seu rosto, tive que agir. A passos largos, cobri a distância e parei ao seu lado.

— Vamos?

Ela sorriu sem graça porque sabia que eu estava com ciúmes. Inclinou-se e deu um beijo na minha boca.

— Vou me trocar e já volto.

Sabrina se afastou, e eu cruzei os braços, encarando o filho da puta à minha frente. Alex tinha um sorrisinho debochado no rosto. Sabia que vinha merda.

— Então, Lucas — coçou o queixo e inclinou a cabeça de lado —, tá cuidando direitinho da Sabrina? Cuidado, hein? Se bobear, eu tomo de vez.

Segurei-me para não socar sua cara. Olhei em seus olhos e deixei bem claro para não haver mal-entendido.

— Desiste, já te disse que ela é minha, melhor se conformar.

Ele sorriu e se aproximou, dando tapinhas nas minhas costas.

— Você é um cara legal, Lucas. Só estava te provocando, sabe que vou fazer isso mais vezes, né? Não consigo resistir — deu de ombros —, é mais forte do que eu. Mas não precisa se preocupar, entendi que a gata é sua, afinal, ela te escolheu. Relaxa. Eu não sou fura-olho.

Estreitei os olhos e fiquei pensando se podia confiar nele. E... não. Sua mulher e cueca não são coisas para confiar aos amigos, muito menos para um cara que a desejava, e ainda deseja. Não é porque ela está comigo que ele ficou cego.

— Vamos, amor. Tchau, Alex, até sexta.

Ele acenou e Sabrina foi me puxando pela mão. Ao passar na recepção, a mesma menina que vira nossa briga semanas atrás estava sentada atrás do balcão. Sabrina me olhou com os olhos brilhantes.

Depois, me puxou rapidamente e tomou meus lábios. Sabia que ela estava querendo mostrar para a garota que estávamos juntos. Não ficava confortável em deixar os outros sem jeito, mas pouco me importei quando sua boca quente colou na minha.

Apertei sua cintura e invadi seus lábios abertos com a língua. Acho até que Sabrina se esqueceu da garota, porque se entregou totalmente. Nossos beijos sempre eram os melhores. Quando a soltei, Sabrina cambaleou para trás e levou uma mão aos lábios inchados. Olhei em volta e vi que a recepcionista tinha sumido.

— Porra, amor, se isso é marcação de território, eu adorei.

Ela sorriu e me puxou pelo cós da calça, fazendo-nos colar novamente.

— Deixa de ser convencido. Isso é pra evitar problemas. Agora ela sabe que você é meu.

Semicerrei os olhos.

— Aquele lobo também sabe.

Ela jogou a cabeça para trás e gargalhou.

— Vamos, senhor esquentadinho. — Saiu andando à minha frente. — Você tinha que ver sua cara quando chegou. Estava horrenda. Se o Alex fosse um pouco frouxo, teria corrido.

— Mas ele ficou bem esperto com o que lhe disse. Não vai bobear, não.

Ela sorriu e descemos as escadas. No carro, seguimos em um silêncio confortável. Em um momento, Sabrina se virou para mim, franzindo a boca.

— Lucas, será que vai dar certo esse lance do processo?

Desviei o olhar do trânsito e a observei. Sabia que estava preocupada de ter que encarar o filho da puta novamente.

— Sabrina, depois de conversar com o advogado, nós vamos ficar mais tranquilos e saberemos qual caminho seguir. Relaxa. De qualquer maneira, eu vou estar do seu lado para qualquer coisa. Ok?

Ela assentiu e respirou fundo.

— Eu só não queria ter que contar tudo de novo. Sabe, depois que a gente conversou, foi como se jogasse tudo fora, quase não me lembro mais disso. E se eu tiver que falar e todos os fantasmas voltarem? E se eu ficar no inferno de novo?

Parei ao lado do prédio e soltei o cinto de segurança. Peguei seu rosto entre as mãos e olhei em seu oceano azul, me perdendo por um momento.

— Não vão. Sabe por que eu sei? Eu não vou deixar. Quando eles voltarem, eu exorcizo todo mundo. E se for para o inferno, eu vou atrás e te levo para o céu.

Ela riu docemente e cobriu minhas mãos com as dela.

— Eu sei, vou ficar bem, então. Desde que você esteja comigo.

Assenti e me afastei, olhei para o prédio e vi que Bruno estava parado em frente à porta, encostado na parede com os braços cruzados. E dormindo.

— Sabrina, olha seu irmão. Dormindo em pé, e a Layla nem teve o bebê ainda. Imagina quando nascer.

Ela se virou e cobriu a boca, segurando um sorriso. Arregalou os olhos e saiu devagar. Ela ia aprontar. Como eu sabia? Caçulas sempre aprontam. Desci do carro e me aproximei. Sabrina parou do lado do irmão e enfiou o dedo no nariz dele, que levou um susto e ficou encarando a gente de olhos arregalados.

— Mas que porra, garota, você não cresce, não?! Lucas, por que você deixou?

Levantei as mãos em sinal de rendição.

— Eu não posso fazer nada, cara. Você estava dormindo em pé, Bruno, pelo amor de Deus!

Ele passou a mão pelo rosto, parecendo realmente cansado.

— Eu preciso de uma noite longa de sono tranquilo. Está acabando comigo.

— Por que você não tá dormindo? — perguntou Sabrina, colocando as mãos na cintura.

— Meu Anjo trocou o horário dos enjoos. Ela os tem de noite, e não a deixo só.

Ela assentiu e ficou pensativa

— Isso é bom, ela não fez sozinha. Tem que passar perrengue junto.

— É, mas ela dorme a manhã inteira. Bom, mas chega desse papo que a gente tem hora marcada. O advogado já está esperando.

Entramos no prédio e subimos de elevador. Quando ele parou no andar, saímos com Bruno à frente, e me deparei com um andar bem arrumado e de bom gosto. Pelo jeito, era uma firma que ocupava o local inteiro. Deviam ser figurões da advocacia. Paramos na recepção e nos sentamos enquanto Bruno falava com a recepcionista, que o olhava com malícia.

Mas, como sempre, alheio aos olhares de outras mulheres, nem percebeu o interesse da garota. Voltou e se sentou ao nosso lado, deitando a cabeça no encosto do sofá. Sabrina olhava tudo com interesse evidente.

— Nossa, que lugar bonito. Se meu escritório fosse assim, estava bom demais. Como você conheceu esse advogado, Bruno?

Ele levantou a cabeça, esfregando os olhos.

— O irmão dele estava internado no hospital quando o conheci. E acabamos mantendo contato ocasionalmente. Quando precisamos de um advogado, só pensei nele. É o melhor do ramo.

Ela assentiu e continuou observando ao redor. Percebi que estava nervosa. Puxei sua mão, entrelaçando nossos dedos. Queria lhe dar conforto de alguma maneira.

— Senhor Petri, já pode entrar — disse a recepcionista, sorrindo.

Levantamos e fomos até a sala que a recepcionista indicou. Bruno deu duas batidas na porta e escutamos alguém respondendo de dentro da sala. Ele abriu e entrou.

Um homem jovem se levantou, dando a volta na mesa para nos receber. Notei Sabrina parada no lugar e olhei em seu rosto. Estava embasbacada. Depois, homens que são óbvios quando veem mulher bonita. Ela só estava faltando babar no advogado. Estalei os dedos na sua frente e ela piscou, corando. Virei-me e vi que o cara sorria.

— Ei, Bruno, quanto tempo, hein? Vejo que trouxe reforços. Prazer, sou o Dr. Alexandre Ferraz.

Capítulo 29
Sabrina

Ao sair do elevador, percebi que o lugar era de alto nível. Tudo de muito bom gosto e arrumado. Aguardei ansiosa e nervosa para conhecer o advogado. E se ele me julgasse de alguma forma? Meu Deus, não via a hora de esse suplício terminar.

Quando a recepcionista disse que podíamos entrar, quase tive um ataque de ansiedade. Se estava assim por falar com o advogado que iria me defender, imagina quando fosse dar depoimento.

Quando entramos na sala, parei por um momento. O cara que vinha sorrindo em nossa direção era lindo de viver, do tipo que te deixa embasbacada e sem reação: alto, forte, vestido em um terno bem-feito e caro, cabelos castanhos, olhos azuis penetrantes e um sorriso safado. Acho que era dele mesmo, porque não vi nenhuma malícia em seu olhar. Quando percebi que Lucas estava estalando os dedos na minha frente, pisquei envergonhada por ter sido pega em flagrante.

— Ei, Bruno, quanto tempo, hein? Vejo que trouxe reforços. — Virou-se para nós e sorriu. — Prazer, sou o Dr. Alexandre Ferraz.

Ele estendeu a mão para o Bruno e o Lucas, e, quando chegou a minha vez, já havia me recuperado do choque inicial.

— Obrigado por nos receber, Ferraz, essa é minha irmã, Sabrina, e seu namorado, Lucas, irmão da minha esposa.

Cumprimentamo-nos com um aceno. O Dr. Ferraz colocou as mãos na cintura e sorriu.

— Sem formalidades, por favor, nos conhecemos há tempos. Sentem-se, vamos conversar.

Deu a volta na mesa e acomodou-se em uma cadeira revestida em couro preto. Lucas puxou a cadeira para mim e se sentou ao meu lado.

— Então, pelo que o Bruno me disse ao telefone, seu caso aconteceu há quatro anos, e por isso o crime de estupro prescreveu. Com o vídeo, podemos

dar entrada no processo de danos morais. Mas ele não será preso por isso, Sabrina — disse, me olhando nos olhos. Era tão profissional e sério, mas emanava uma energia calmante. Não estava mais nervosa na sua presença.
— Mas, pelo que analisei dos vídeos que o Bruno me enviou, coisa que não foi fácil, tem um recente de três meses atrás.

Arregalei os olhos com essa informação. Deus, Rick era mais doente do que eu podia supor. Cobri a boca com a mão e tentei sufocar o soluço que ameaçava sair.

— Se eu tivesse prestado queixa logo que aconteceu, teria evitado muitos desses estupros.

Alexandre me olhou carinhosamente e balançou a cabeça.

— Acho que sua família já te disse isso. Eu vejo que você está cercada de amor, mas vou falar mesmo assim. — Respirou fundo. — Você não é culpada, Sabrina. É totalmente compreensível tudo que aconteceu. Eu já vi vários casos, e posso dizer com certeza que você é uma mulher e tanto. Não se deixou abalar, claro que o trauma não passou, porém seguiu sua vida e enfrentou tudo sozinha.

Lucas pegou minha mão e entrelaçou os dedos nos meus.

— Verdade. Ela arrebentou a cara do filho da puta.

Ao ouvir isso, o Dr. Ferraz arregalou os olhos, sorrindo.

— Boa menina, gosto disso. Conheço algumas mulheres assim. — Sorriu suavemente. — Então, querida, não se sinta dessa maneira. Talvez, quando aconteceu contigo, ele não tivesse sido preso, sabe como é o nosso sistema judiciário, e as mulheres de que abusou seriam maltratadas da mesma maneira. É muito complicado.

Assenti, mas, no fundo, ainda me sentia culpada. Bruno me olhou e sorriu suavemente.

— Então, Alexandre, como vamos prosseguir? Onde acharemos essa garota?

Ele passou a mão entre os cabelos e suspirou.

— Além do desgraçado e filhinho de papai gravar essas merdas... Desculpe o linguajar, mas eu fico revoltado. Ele também deixa nomes das meninas, além da data, então nós já a localizamos e ela está aí fora. — Inclinou o queixo para a porta.

— Oh, Deus. Ela vai me culpar.

— Não, Sabrina. Eu já conversei com ela, e disse o básico por telefone. Ela quer te conhecer, apesar de parecer chateada, achei que estava mais curiosa. Talvez queira saber como seguir em frente. Como já disse, nem todas conseguem.

Olhei em seus olhos azuis e desviei para encarar o olhar lindo do meu amor.

— Alexandre, mesmo que eles não soubessem, eu tive apoio, porque sentia o amor emanando deles a todo instante.

— Muito bom isso. Parece-me que ela está na cidade sozinha e não tem ninguém. Bom, ela está aí fora, posso mandar entrar?

Engoli em seco e assenti. Alexandre apertou a tecla do telefone.

— Ana, peça à menina para entrar, por favor. — Ele me olhou, sorrindo. — Fica calma, Sabrina, vai dar tudo certo, nós vamos conseguir pegar esse cara.

Assenti, porque, de alguma maneira, eu confiava nele. Devia ser implacável quando agia em sua profissão; seu olhar presunçoso devia fazer os adversários tremerem de raiva.

Escutamos uma batida na porta e me levantei junto com o Alexandre. Aguardamos e uma jovem de cabeça baixa entrou devagar. Quando ela levantou os olhos, senti meu coração comprimido dentro do peito.

Eu conhecia essa menina, ela andava com a turma do Rick, sempre atrás dele. Aproximei-me devagar com medo de uma rejeição ou algo parecido. Percebi os olhares dos caras à minha volta, mas minha atenção estava voltada para a garota. Estendi a mão e falei baixo:

— Prazer, sou Sabrina Petri. — Ela olhou para a minha mão estendida e seus olhos transbordaram lágrimas presas, mostrando sua mágoa em relação a tudo que lhe aconteceu.

— Por que não o denunciou? Por que deixou um monstro daqueles solto?

Baixei a cabeça, envergonhada. Por mais que minha família e meus amigos me dissessem, eu sabia que poderia ter evitado que ele fizesse isso com as outras jovens. Por isso, iria carregar essa culpa para sempre. Percebi Lucas se aproximando e parando ao meu lado.

— Olha, sei que você sofreu e sofre, mas a Sabrina passou por isso igualmente. E acho que você também não o denunciou, então não pode julgá-la.

— E o que você tem a ver com isso? — gritou a garota, exasperada.

Lucas já ia responder, mas olhei em seus olhos e balancei a cabeça, pedindo que permanecesse quieto. Voltei meu olhar para a menina.

— Sim, eu sou culpada quanto a isso. Mas creio que ele a ameaçou como fez comigo. Então, nesse caso, se não fosse pelo Alexandre te procurar, você não estaria aqui e o Rick continuaria impune. — Ela engoliu em seco, baixando a cabeça.

— Desculpe, eu me descontrolei. Não tenho ninguém aqui e não consigo superar.

Soltei a mão do Lucas e me aproximei, colocando a mão em seu braço, dando um aperto carinhoso.

— Olha, isso não acontece de uma hora pra outra, não. Eu demorei muito tempo para querer tocar minha vida. Quase perdi a coisa mais importante do mundo e não me perdoo, porque ainda acho que sou culpada e que podia ter resistido mais. Mas, querida, você tem que ser forte por você mesma e mais ninguém. Se apegue a algo e siga em frente.

Ela levantou os olhos e sorriu tristemente.

— Eu tenho algo a me apegar: ver aquele nojento atrás das grades.

Assenti e olhei para o Ferraz com os olhos suplicantes; estava doida que acabasse tudo de uma vez. Ele assentiu, entendendo o que eu queria.

— Ok, Patrícia, sente-se que eu vou explicar o que vamos fazer.

Lucas deixou que Patrícia se acomodasse ao meu lado e postou-se atrás de mim com as mãos nos meus ombros. Alexandre colocou os cotovelos sobre a mesa e juntou os indicadores na frente dos lábios.

— Como tem menos de seis meses do que aconteceu com você, podemos tentar uma denúncia de estupro e, com os vídeos, será mais garantido. Mas quero que saibam que não é certo que ele vai cumprir pena atrás das grades. Ele pode responder em liberdade até o julgamento, que pode demorar anos. Não vou dar essa garantia a vocês, ainda mais se ele tiver influência e conseguir um bom advogado.

— Mas será que conseguimos? — Bruno, que até então só observava, perguntou, com o cenho franzido.

Ele sorriu de lado e encostou-se à cadeira.

— Olha, Bruno, eu sou o melhor do ramo. Modéstia à parte, não tem ninguém que se iguala, mas você sabe que tem muitos corruptos por aí. Mesmo os pais dele dizendo que vão apoiar e denunciar o filho, acho meio difícil porque vão fazer o possível para que o garoto fique solto.

Bruno me olhou com os olhos cheios de dor e pesar por toda a situação, além de estar cansado.

— Não fique assim, vai dar tudo certo — tentei confortá-lo.

— Isso, não adianta ficar se estressando. Tudo vai se encaminhar. De alguma maneira, esse cara vai se dar mal. Vou fazer o meu melhor, podem ter certeza. Com o depoimento da Patrícia, ele receberá uma intimação em breve, porque, na verdade, eu vou levá-la na delegacia agora.

— Eu preciso ir, Dr. Ferraz? — Mesmo não querendo, eu iria, se fosse preciso.

Ele levantou os olhos azuis lindos, sorrindo.

— Não, querida, eu estarei te representando. Você vai receber a intimação para depor também, mas quem vai fazer a primeira denúncia é ela.

Assenti e olhei para a garota ao meu lado.

— Quer que eu te acompanhe?

— Não precisa. Estou acostumada a ser sozinha. Você pode me dar seu telefone para o caso de eu querer conversar?

Fiquei na dúvida, não era de dar meus dados pessoais assim. Mas a menina era sozinha e eu poderia ajudá-la com alguma coisa que precisasse, então peguei na bolsa um cartão e o estendi em sua direção.

Ela agradeceu e guardou na bolsa. Alexandre se levantou e olhou para o meu irmão.

— Eu vou à delegacia e te dou notícias quando chegar em casa. Ok?

Ele assentiu, caminhou até a porta e estendeu a mão para o advogado.

— Obrigado pela atenção e pelo seu tempo. Aguardo sua resposta.

— Imagina, quando precisei, você também esteve a postos. — Depois se virou para nós e sorriu. — Te vejo de novo, Sabrina, fique bem. E, Lucas, cuide da princesa. Elas são joias raras. — Sorriu amplamente. Acho que o cara estava apaixonado. Pude ver em seus olhos o mesmo brilho que via no espelho todos os dias.

Despedimo-nos e voltamos para o carro. Cansado, Bruno disse que iria para o bar e pegaria Layla, pois quem fecharia hoje era a Elisa. Coitado do meu irmão, estava exausto.

Seguimos para casa em silêncio. Eu estava olhando mensagens nas redes sociais pelo celular e vi uma de um nome estranho, devia ser *fake*. A mensagem era meio sinistra, com imagens estranhas de corpos nus. Apaguei e disfarcei, não querendo que Lucas visse.

Quando ele estacionou na nossa garagem, eu desci e fui direto tomar um banho. Quando saí, Lucas estava sentado na minha cama aguardando-me voltar, depois se levantou e pegou meu queixo, segurando firme.

— Nunca mais diga que foi culpa sua. Entendeu? Nunca! Nem pelo que ele fez, nem porque não o denunciou. Já passou da hora de abandonar essa mentalidade. O único culpado de um estupro é o estuprador. Não há motivos que incitam esse ato horrendo, só uma mente doente tem coragem disso. — Engoli em seco e olhei em seus olhos verdes sinceros. — Você é forte e guerreira, suportou anos com isso só pra si e continuou firme. Não quero te ver se culpando nunca mais. É bom tirar isso da sua cabeça. Entendeu? Diga!

— Entendi — falei em um fio de voz.

Ele me puxou para os seus braços, acariciando meus cabelos molhados. Acomodei-me em seu abraço carinhoso e senti seu perfume. Fechei os olhos e tentei imaginar minha vida sem ele. Não existia! Sorri com esse pensamento. Com Lucas ao meu lado, talvez conseguisse deixar de me culpar.

Mas sabia que isso não iria acontecer de uma hora para a outra.

— Lucas, você acha que eu preciso de terapia?

Ele se afastou, me segurando pelos braços.

— O que você acha? Você é inteligente e lúcida. Acha que precisa de ajuda profissional?

Desviei o olhar do seu, vasculhando pelo quarto em busca de uma resposta. Em meu coração, eu sabia que sim. Não que eu fosse louca ou desequilibrada. Mas, por mais carinho e atenção eu recebesse da minha família, sentia que eles diziam que não era culpada por me amarem.

— Acho que sim.

Ele puxou meu rosto e deu um beijo suave em meus lábios entreabertos. Seu hálito quente era um bálsamo para a angústia dessa noite.

— Se é o que você quer, princesa, que assim seja. Tem uma psicóloga muito boa no hospital. Vou marcar uma consulta pra você, ok?

— Tudo bem, mas não quero que o Bruno saiba.

Ele franziu a testa, mas concordou com um aceno. Passou a mão em meu rosto e sorriu.

— Eu acho que o advogado te surpreendeu, não? Percebi seu olhar embasbacado — provocou, balançando as sobrancelhas.

Corei na hora. Droga, creio que todos perceberam!

— Ficou com ciúme?

— Não, percebi pelo olhar que o cara já está laçado.

Fiz biquinho e dei de ombros, indo até o armário. Soltei a toalha e peguei uma camisola de seda na gaveta.

— O que eu posso fazer? Aquele Alexandre Ferraz é lindo!

— Engraçadinha. Ele não é nenhum príncipe encantado, viu? Tá na cara que é pegador.

Sorri com o pensamento que tive.

— Não, nada de príncipe pra ele. Tá mais pra lobo mau mesmo.

Mas, como disse o Lucas, era mais do que óbvio que o cara já estava caidinho por alguém. Garota sortuda!

Capítulo 30
Lucas

Após a tensão no encontro com o advogado, conseguimos a confirmação de que a denúncia havia sido feita. Cinco dias depois, recebemos uma mensagem do Ferraz dizendo que o Ricardo tinha recebido a intimação.

Estava apreensivo com o desenrolar dessa história. Não sabia como seria dali para a frente, nem quanto tempo iria levar. Não gostaria que Sabrina tivesse que suportar meses ou anos de processo. Indo e voltando, tendo que encarar sempre aquele filho da puta e ainda não ter o veredito merecido e esperado.

Essa sexta-feira foi extremamente cansativa, o hospital estava lotado e enfrentei várias cirurgias ortopédicas. Cheguei em casa exausto. Sabrina ainda não estava, pois tinha aula de Muay Thai. Não me importava muito mais em relação ao Alex, porque eu confiava completamente nela.

Tomei um banho relaxante e fui preparar um jantar gostoso para nós. Meu celular tocou em cima da bancada. Era Alberto.

— E aí, cara? Já cansou do tatuado, ou tá de casinho com ele? — atendi, sorrindo.

— Rá, como você é engraçado. Tá andando muito com o Bruno, hein?

— Deixa ele ouvir você falando isso. Mas diz aí, como estão as coisas? — Caminhei até a geladeira, tirando os mantimentos que usaria no jantar.

— Tudo tranquilo, já passamos por quatro cidades litorâneas bem legais. Heitor não é uma garotinha como você... Nada de reclamar.

— Ah, cala a boca. Mas fala, ligou só pra papear ou algo específico?

Escutei-o suspirar e fazer uma pausa.

— Como ficou a Ana Luiza depois que fomos embora?

Sorri com o telefone preso entre a orelha e o ombro. Segurei o peito de frango, tirando da sacola.

— Você quer a verdade ou uma resposta enfeitada?

— O que você acha, idiota? Se eu tô perguntando...

— Sei lá... Bom, Ana ficou arrasada e puta comigo quando dei um chega pra lá nela. — Coloquei o frango em cima da tábua de carne.

Escutei Alberto pigarrear e percebi, ao fundo, um barulho de carros e mar.

— Sei... — Suspirou pesadamente. — Você tá ocupado, cara? Queria conversar.

— Não, tô legal, preparando um jantar, mas estou te ouvindo.

— Se você não estivesse com a Sabrina e pudesse tê-la pela metade, o que faria?

Franzi a testa e larguei o frango em cima da tábua, tentando entender o que ele quis dizer.

— Olha, Alberto, não sei se entendi bem, mas qualquer chance de ter alguma coisa com a Sabrina eu pegaria, cara. Ela que nunca deu espaço. Acho que seja qual for a tentativa é válida. Eu a tendo em meus braços está bom demais.

Ele ficou em silêncio por um tempo, e eu aguardei.

— Hum, é complicado essa merda de coração, né?

— Alberto, o que está acontecendo? Cadê o Heitor?

— Está no hotel, eu vim para a praia pensar. Precisava esvaziar a cabeça. Saí pra me afastar e relaxar, mas não adianta porque aonde eu vou, a Ana tá comigo. Cara, isso é tortura demais!

Fiquei com pena dele. Amar desse jeito por tanto tempo sem ser correspondido, ou com esperança de ser, devia ser doloroso. Na verdade, eu sabia que era. Eu não sofri a metade do que ele sofreu e foi horrível.

— Se eu posso te dar um conselho é que relaxe aí. Quando voltar, cobre uma decisão nela. Já passou da hora de acertarem os pontos. Se não for para ficarem juntos, que se separem de vez. Sendo amigos, isso só vai piorar.

— Você tem razão — falou, com a voz embargada. — Farei isso. Se ela não quiser nada, eu vou embora, cara. Acho que não quero a metade de um amor. Valeu pela conversa, avisa ao pessoal que voltamos na quarta, beleza?

— Ok, fica bem. Relaxa a cabeça e pensa muito antes de tomar qualquer decisão.

— Pode deixar. Dá um beijo na bonequinha. Tchau. — Ele desligou e eu fiquei ali olhando para o frango em minhas mãos. Alberto acabaria se tornando um cara amargurado com essa briga de gato e rato entre ele e Ana.

— Nossa, que concentração no frango. — Olhei pra cima ao escutar a voz da minha princesa.

Sorri e lavei as mãos, indo ao seu encontro. Beijei seus lábios doces, saboreando cada pedacinho com a língua. Sentia no peito uma angústia, devia ser pela conversa com o Alberto e por sentir em sua voz a dor que havia nele. Afastei-me e olhei em seu céu azul.

— Como foi seu dia, amor? — Ela sorriu, acariciando meu rosto com as costas da mão.

— Foi bom, cansativo, mas me revigorei na academia. Por que essa carinha?

Abracei seu corpo e afundei o nariz em seus cabelos negros, gravando seu perfume na memória.

— Eu estava falando com o Alberto ao telefone. Eles voltam na quarta.

— E você ficou triste por isso?

Balancei a cabeça, negando.

— Não. Ele me fez uma pergunta sobre ter um amor pela metade e fiquei chateado por ele e Ana não se entenderem.

Sabrina se afastou, com os olhos tristes.

— Eu também fico. Apesar de não saber o que rolou, acho que eles deviam se dar uma chance. Afinal, passou tanto tempo e, mesmo assim, é óbvio o que sentem um pelo outro.

Assenti, beijando sua testa. Soltei seu corpo e sorri, pois tinha que dar a outra notícia para ela.

— Recebi um recado do advogado. O Rick já recebeu a intimação.

— Eu sei. Eu também recebi. — Andou até o sofá e se sentou. — A primeira audiência foi marcada para daqui a dois meses.

Levantou-se, pegando o meu rosto entre as mãos, e disse:

— Não fica assim, amor. Vai dar tudo certo. Eu não estou nervosa, tá? Agora, o que você está fazendo de gostoso para o nosso jantar?

— Surpresa. Vai tomar um banho e vem para conversarmos.

Ela sorriu, dando um selinho em meus lábios, e saiu em direção aos quartos.

Voltei à cozinha para terminar de preparar o fricassê de frango que ela adorava. Eu aprendi a cozinhar desde pequeno. Tinha que ajudar Layla em alguma coisa e, às vezes, gostava disso.

Cortei o frango e preparei todo o restante. Distraído, pensei em minha vida com e sem a Sabrina. Uma nostalgia me abateu, fazendo-me ficar tonto. Sentia falta de quando eu, ainda garoto, e Layla ficávamos horas na cozinha preparando almoços e jantares, em festas comemorativas apenas para nós dois. Nunca fui de fazer amigos, acho que tivemos muitas perdas em pouco tempo e isso nos deixou cautelosos em relação a laços afetivos.

Quando Layla conheceu Bruno, acabou a solidão. Fomos literalmente adotados por aquela família louca, barulhenta e linda. Apesar de amar a Sabrina como homem, tenho muito carinho por ela também porque sou grato por sua amizade esses anos todos. Tê-la ao meu lado me fez amadurecer e me tornar o ser humano que sou hoje.

Não fui nenhum santo. Errei muito. Mas, no final, as coisas se encaminharam para a felicidade plena que havia em meu coração. Tudo tem um propósito e motivo. Aprendi a duras penas a não questionar demais. Deus sabe o que faz.

Quando Sabrina retornou, eu já estava colocando o fricassê no forno. Ela se sentou na bancada, sorrindo, e pegou um pouco de batata palha dentro do saquinho.

— O Alex perguntou de você...

Ergui uma sobrancelha e apoiei as mãos afastadas na bancada, me inclinando para a frente. Sabia o que Sabrina iria ver, e não me decepcionei. Estava sem camisa e ela devorava meu tórax com os olhos.

— Ah, é? E o que ele queria? Por acaso se apaixonou por mim?

Ela sorriu sem desviar os olhos.

— Pode ser. Não é muito difícil. Você sabe?

— Não sei, não. O quê?

Sabrina riu e estreitou os olhos.

— Você sabe que me deixa sem chão quando fica exibindo esses músculos definidos?

— Não sabia.

— Aham, engraçadinho. Ele só perguntou onde estava o meu defensor ciumento. Eu disse a ele que devia estar me esperando em casa, nu e com um lacinho pra presente.

Arregalei os olhos e não pude evitar meu queixo de cair.

— Sério que você disse isso?!

Ela gargalhou, jogando a cabeça para trás, e se engasgou logo em seguida. Entre tosse e risada, saíam lágrimas dos seus olhos.

— Claro que não. Mas você devia ver a sua cara agora, Lucas. Hilário!

— Você é muito engraçadinha. Sabe que merece um castigo por ser tão impertinente? — Dei a volta devagar, em modo predador. E minha presa tinha os olhos azuis arregalados e ria descontroladamente. — Acho melhor correr, princesa. Quando eu te pegar, vai ser castigada.

Sabrina levou um dedo à boca, sorrindo.

— Eu vou gostar desse castigo?

Semicerrei os olhos, captando exatamente o que estava insinuando.

— Não sei. Será? Corre pra ver.

Ela deu um grito e correu pela sala. Como nossa casa era pequena, não tinha muito lugar para ir. Acabei pegando-a rápido demais. Joguei-a deitada no tapete, pairando em cima do seu corpo e me esfregando devagar. Apenas provocando. Inclinei-me, baixando o rosto e mordendo seu queixo e pescoço. Sabrina gemia e se agarrava a mim.

Mas, se ela pensava que seu castigo era sexual, estava muito enganada. Por mais que eu estivesse tentado a transar com ela até o mundo acabar, a gatinha merecia um pouco de tortura. Afastei-me e sorri. Ela arregalou os olhos com a expressão em meu rosto.

— Que cabecinha suja. Eu vou me acabar de rir vendo você sofrer.

Nem a deixei falar nada, ataquei sua barriga com cócegas, fazendo-a gritar e tentar se desvencilhar. Não dei trégua, dava gargalhadas vendo-a tão alegre. Minha garota precisava de alegria em sua vida.

Quando a soltei, ela se curvou em uma bola, me olhando como uma garotinha brincalhona.

— Só foi salva porque tenho que olhar o forno. Mas não me provoque, mulher, as consequências são gravíssimas.

Sorri, me virando e deixando-a com resquícios da diversão nos olhos. Nosso jantar estava pronto e coloquei em cima da bancada, arrumando tudo: pratos, talheres... Coloquei um pano no antebraço e fiz uma mesura de garçom quando ela se aproximou.

— *Mademoiselle*, seu jantar está servido.

Sabrina riu e segurou meu queixo com uma mão, aproximando a boca da minha.

— Vou adorar saborear o jantar, meu garçom, e depois você.

— Caramba, mulher! Assim você me tira dos trilhos. Agora, vamos com esse jantar para ter o outro logo.

Terminamos a noite dançando no meio da sala coladinhos. Adorava tudo que envolvia meus braços ao seu redor.

Era completamente apaixonado pela Sabrina.

Capítulo 31
Sabrina

— Como vamos ficar daqui pra frente, princesa?

Lucas estava deitado de lado com a cabeça apoiada na mão, enquanto traçava com o dedo contornos e desenhos em minha barriga nua. Olhei em seus olhos verdes e percebi que estava tenso, com medo da minha resposta.

— Como assim, amor?

— Moramos na mesma casa e não vamos nos mudar. Desde que decidimos ficar juntos mesmo, dormimos todos os dias no quarto um do outro. Só estou curioso. Vamos continuar assim? Ou aprofundar a relação? Sei lá, tô confuso. — Baixou os olhos, constrangido. Ele ficava lindinho assim.

Peguei seu queixo, fazendo-o me encarar.

— E que diferença faz, Lucas? Estamos juntos, nos amamos. Não estou entendendo.

Ele suspirou e deitou na cama, olhando para o teto. Lucas estava mesmo chateado.

— A diferença é que, mesmo sabendo que é minha, eu ainda estou inseguro. Não queria te incomodar com isso, mas não consigo tirar da cabeça. Até então, a diferença dos quatro anos que vivemos na mesma casa é que estamos transando, dormindo juntos e abrimos nossos corações. Mas não sei, preciso de mais, tenho que ter a certeza de que é minha. Nós vivemos como pessoas casadas, Sabrina, mas não estamos. Ah, eu estou confuso.

Sorri e subi em seu corpo, pairando sobre seu rosto, e meus cabelos caíram à frente, fazendo uma cortina entre nós dois.

— Olha, eu te amo demais. O que quer? Que eu me mude pro seu quarto ou você mude para o meu? É isso? — Ele ergueu uma mão, tirando o meu cabelo de um lado, e, ao mesmo tempo, acariciando meu rosto e pescoço.

— O que eu quero de você, não sei se está pronta para me dar. Está?

Baixei a cabeça, roçando meus lábios nos seus deliciosamente macios.

Chupei sua boca vagarosamente, mostrando o quanto eu pertencia a ele. Afastei-me e seus olhos refletiam o amor e a luxúria dos meus.

— Precisa de mais alguma resposta? Eu quero você intensamente todos os dias e todos os minutos. Vamos fazer o seguinte... Compramos um guarda-roupa maior e você se muda pra cá. O que acha?

Lucas sorriu como um menino. Então, eu percebi que, por ter passado anos sofrendo com a rejeição da mãe, ele tinha que ter uma certeza de que não seria abandonado, mais como uma garantia. Mesmo após tantos dias juntos e tantas noites de paixão, ele ainda se sentia inseguro. E eu iria dedicar todo o meu tempo para fazê-lo entender o quanto o amava.

Passamos a manhã de sábado na cama, nos tocando e aproveitando nosso tempo juntos. Conosco, as palavras já não eram necessárias, pois, com olhares significativos e toques carinhosos, eu demonstrava o meu amor por aquele ser incrível que tinha ao meu lado. O quanto Lucas era frágil e inseguro, ninguém percebia, pois estava sempre pronto para lutar por quem se importava. Mas ele tinha cicatrizes de rejeição entranhadas. Ter perdido o pai, e a mãe indiferente o feriram profundamente, já que nem o amor da irmã foi capaz de suprir essa falta.

Ele tinha um modo todo lindo de fazer amor, inclusive, as músicas estavam sempre presentes. Às vezes, colocava uma no iPod e se movia de acordo com a batida. Outras vezes, cantarolava no meu ouvido. Antes de tomarmos banho, transamos tão devagar que me deu vontade de chorar. E a canção que ele dedicou ao momento não me deixou segurar. Cantou baixinho no meu ouvido, com a voz embargada, *Just The Way You Are*, do Bruno Mars.

Lucas acariciava meu rosto enquanto entrava em mim e derramava sua alma. Afastou-se, olhando em meus olhos:

"Quando eu vejo o seu rosto
Não há nada que eu mudaria
Pois você é incrível
Exatamente como você é
E quando você sorri
O mundo inteiro para e fica olhando por um tempo
Pois, garota, você é incrível
Exatamente como você é

Os lábios dela, os lábios dela
Eu poderia beijá-los o dia todo se ela me permitisse
A risada dela, a risada dela
Ela odeia, mas eu acho tão sexy

Ela é tão linda
E eu digo isso pra ela todo dia"

Eu me derreti toda e senti meu corpo se elevando a um nível totalmente diferente de amor por mim e por ele, que me fazia completa e realizada.

À tarde, resolvemos passear, e aproveitamos para visitar Bruno e Layla, com o intuito de ver se meu irmão tinha recuperado seu sono, coitado! Quando chegamos lá, ele estava na garagem lutando para montar um armário pequeno. Descemos do carro e ele nem nos percebeu, pois parecia de mau humor.

— Droga de parafuso que não entra, mas que porra! — bradou, jogando a chave de fenda longe.

Arqueei as sobrancelhas e olhei para o Lucas, que tentava segurar a risada.

— Cara, o que é isso? Acordou do lado errado da cama, é?

Ele nos olhou surpreso por ter notado nossa presença só naquele momento. Suspirou e sentou no chão, apoiando os braços nos joelhos.

— É que eu posso ficar horas com o bisturi na mão sem me cansar, mas não consigo montar a porra de uma sapateira pra minha mulher. Sou um imprestável!

Eu tive que rir, e Lucas me acompanhou. Ver o Garanhão, tão seguro de si, chateado por não conseguir montar um móvel era pra lá de hilário. Ele estreitou os olhos e fez uma careta.

— Irmão, você já olhou o manual? Lá tem explicação para essas coisas. — Apontei para o armário com as portas frouxas.

— Manual?

Jesus, homens não sabem de nada!

— É, querido — resolvi falar com ele como se fosse criança —, dentro da caixa sempre vem um manual de instruções.

Ele franziu a testa e se levantou, pegou a caixa jogada no canto ao lado do carro e procurou. Ergueu um papel que havia lá dentro e o observou atentamente, abrindo um sorriso envergonhado. Que fofo! Não resisti e aproximei-me, apertando sua bochecha.

— Que bonito que você fica encabuladinho.

— Você é muito engraçadinha... — Levantou os olhos, mirando no Lucas. — Como você aguenta essa espertinha?

Lucas se aproximou, enlaçando minha cintura e beijando o topo da minha cabeça.

— Porque eu a amo. Exatamente como você aguenta a Lala.

E nisso minha cunhada apareceu na porta com uma colher na boca e um pote de sorvete de chocolate na mão.

— O que tem eu?

Bruno a observou e seu sorriso aumentou mais, se é que isso era possível. Largou tudo e abraçou a esposa, cochichando em seu ouvido. Ela corou e deu um tapa no seu braço. Eu conhecia aqueles dois, tinham um fogo que não acabava. Desviei o olhar da cena íntima e puxei Lucas pela mão.

Ele me acompanhou sem hesitar, pois sabia como era o casal apaixonado. Sentamos na varanda e ficamos observando a rua enquanto o casal se agarrava na garagem. Era lindo ver que, após quatro anos juntos, eles tinham a mesma paixão e o mesmo amor do início do relacionamento.

Alguns bons minutos depois, Layla apareceu toda envergonhada, nos convidando a entrar. Almoçamos e conversamos sobre a volta repentina dos meninos; eles ficariam duas semanas fora, mas resolveram voltar antes.

O palpite do Bruno era que Alberto estava muito mexido com o lance da Ana e não conseguia se divertir. Heitor, prestativo como sempre, deve ter tomado a decisão por ele de voltar para casa.

Meu coração estava apertado com essa viagem. A todo momento que me lembrava dos dois, sentia calafrios. Mas não me manifestei, pois não queria assustar ninguém com minha neurose.

Tivemos uma tarde ótima regada a risadas e brincadeiras. E, claro, música. Layla e Lucas juntos com um violão era sucesso na certa. Voltamos para casa e dormimos nos braços um do outro.

O domingo também foi divertido. Eu e Lucas nos enfurnamos em casa, vimos filmes e seriados na televisão, sempre com um balde de pipoca entre nós. À noite, ele teve plantão de 24h e sairia só na segunda às sete da noite. Combinamos de ele me buscar na academia, porque precisava deixar meu carro na oficina para revisão e seria o momento perfeito.

Passar a noite sem o calor do seu corpo foi mais difícil do que imaginei, rolava na cama à procura do seu abraço e não encontrava. Cheguei a cogitar ligar para ele de madrugada, apenas para ouvir sua voz, mas não quis atrapalhar. Acabei pegando no sono às quatro da manhã para levantar às sete.

Nem preciso dizer que passei a segunda como um zumbi, e o pior foi aguentar meu chefe buzinando na minha cabeça. Pelo menos, o Felipe me deu trégua e parou de me procurar. Deve ter caído na real.

O dia todo sem receber notícia do Lucas estava me deixando louca, até que chegou uma mensagem. Felicidade era ver o seu nome piscando no celular.

Oi, princesa. Estou morrendo de saudades, não vejo a hora de te ver. Pego você no estacionamento às sete em ponto. Não se atrase. Beijos.

Esse tempo que se arrastava era enlouquecedor! Então, enfim, deu cinco da tarde e fui para a academia. Alex estava pegando pesado. Não sei se foi a falta de sono, mas senti meu corpo todo doendo. No final, não tive coragem nem de trocar de roupa, fui de top e bermuda esperar o Lucas no estacionamento.

Faltavam cinco minutos e queria que, quando chegasse, eu estivesse à sua espera. Parei no estacionamento e percebi que estava deserto. Não gostava de ficar em lugares assim, mas ali era bem tranquilo. Então nem dei muita atenção.

Já tinham se passado dez minutos e nada do Lucas. Peguei o celular e resolvi ligar. Quando terminei de discar, percebi um vulto parado à minha frente. Levantei os olhos e, se eu tivesse coração fraco, teria morrido de susto ali mesmo.

Rick estava com o rosto contorcido em uma máscara de fúria. Os punhos fechados ao lado do corpo traduziam toda a sua tensão. Instintivamente, dei um passo atrás, mas não conseguia desviar o olhar.

— Achou que ia fugir de mim, vadia? Não, Sabrina. Acho que você tá querendo mais do que eu te dei tempos atrás, né? — Sorriu como um louco.

Engoli em seco e fui me afastando.

— O que você quer? Se encostar em mim, vai ser preso!

— Por isso estou aqui, sua filha da puta. Quem mandou me denunciar? Eu te disse que você iria pagar caro por isso.

Nem pude dizer mais nada porque ele avançou em minha direção, fazendo-me derrubar a bolsa e o celular no chão. Tentei gritar, mas minha boca estava coberta por sua mão. Ele apertava minha bochecha com força, dolorosamente, e eu tentava me desvencilhar. Mas o pânico me dominou, deixando-me indefesa e sem saída.

Levou-me para um canto mais afastado da rua e me jogou no chão. Bati a cabeça com força, contudo, mesmo assim, tentei gritar. Ele tirou um pano não sei de onde e amarrou na minha boca. Com o coração acelerado, percebi sua intenção: ele queria me estuprar de novo. As lágrimas caíam furiosamente no meu rosto.

Rick tirou outra tira de pano do bolso e amarrou meus pulsos para atrás. O cascalho machucava meus braços e costas. Eu só pedia a Deus por algo que me salvasse daquele pesadelo.

— Agora, eu vou te pegar de novo. E você vai gritar como uma louca. — Se levantou, puxando o meu short e a minha calcinha.

Gritei sem sair nenhum som. Chutei seus braços e, então, ele me deu um soco, deixando-me tonta por um minuto, e senti alguma coisa quente escorrendo por meus cabelos. Pisquei, tentando voltar à realidade, não queria perder a consciência, não podia deixar tão fácil.

Entrei totalmente em pânico quando Rick, sorrindo, abriu o zíper da calça e tirou seu pênis nojento.

— Dessa vez, vadia, vai sentir muita dor. Eu vou acabar com você!

Eu saí do corpo. Anestesiei-me. Não queria sentir aquilo. Só podia pedir a Deus que saísse viva de tudo. Ou quem sabe, morrer de uma vez fosse melhor.

Capítulo 32
Lucas

Caramba, não queria ter me atrasado tanto. Era para estar de prontidão na porta da academia quando Sabrina saísse, porque preparei todo um cronograma. Eu a levaria para um passeio e depois nos amaríamos em casa até o amanhecer, mas uma cirurgia de emergência me segurou. Olhando para o relógio, vi que não estava muito atrasado, pois eram sete e cinco.

Meu celular tocou no banco do passageiro. Olhei para a tela e o rostinho da minha princesa sorria para mim. Peguei o celular e atendi, sorrindo.

— Fala, princesa. Já estou chegando, minha linda, acabei me atrasando no hospital. — Escutei um baque e uma voz masculina ao fundo. — Sabrina? O que está acontecendo?

Ela não respondeu, mas um som abafado se infiltrou na linha:

— *Achou que ia fugir de mim, vadia? Não, Sabrina. Acho que você tá querendo mais do que eu te dei tempos atrás, né?*

— O que você quer? Se encostar em mim, vai ser preso!

Arregalei os olhos e senti meu coração gelar. A porra do Rick estava atrás dela.

— Caralho! — Bati com a mão aberta no volante em desespero.

Não queria desligar o telefone, mas precisava chamar alguém. A primeira pessoa que veio à minha cabeça foi o Bruno. Terminei a ligação com ela e apertei a discagem rápida para o meu cunhado. No segundo toque, ele atendeu.

— Bruno, o Rick tá com a sua irmã. Eu estou a caminho, chame a polícia. Ela está na academia.

Nem esperei ele responder e joguei o celular longe, que caiu em qualquer canto no chão. Afundei o pé no acelerador, estava quase lá. Devo ter ultrapassado alguns sinais vermelhos, mas nem me importei, pedia a Deus que protegesse minha garota e que eu não sofresse nenhum acidente por conta da alta velocidade. Não podia deixá-la nas garras daquele otário.

— Estou chegando. Estou chegando... — repetia esse mantra para mim mesmo como se assim pudesse acalmá-la de alguma forma.

Graças a Deus não tinha trânsito, parecia até brincadeira, mas o caminho estava livre. Estacionei de qualquer jeito em frente à academia. Abri a porta do carro e saí sem fechá-la, porque, se fosse necessário, estava preparado e pronto pra matar aquele cara de cacete. Procurei-a sem fazer barulho, ou ele poderia tentar algo contra Sabrina para impedir que eu me aproximasse, até que ouvi um grito abafado e uma voz sinistra, que o acompanhou:

— *Dessa vez, vadia, vai sentir muita dor. Eu vou acabar com você!*

Segui o som e o que vi me fez quase vomitar. Sabrina estava sem o short, enquanto um pano cobria sua boca, e seus braços estavam presos atrás do corpo. O filho da puta tinha as calças abaixadas e se preparava para machucar a minha princesa. Desgraçado!

Ela não esboçava mais nenhuma reação. Parecia conformada com o que iria lhe acontecer, contudo, as lágrimas desciam por seu rosto incontrolavelmente. Eu nem pensei, uma fúria me invadiu e dei um urro de raiva. Nunca em minha vida senti tanto ódio assim. Aquilo me invadiu e eu corri impulsivamente, derrubei o desgraçado no chão e enchi sua cara de socos. Ele tentava me segurar e ainda conseguiu me acertar, mas eu estava anestesiado. Não sentia dor, só cólera por aquele ser desprezível. Imaginei que, se não tivesse ninguém para me interromper, eu faria alguma besteira, pois não pensava em nada. O que me chamou a atenção foi um murmúrio baixo da Sabrina.

Com os olhos arregalados e injetados de raiva, virei o rosto e vi sua expressão triste e magoada. Ela chorava, tentando se levantar. Voltei meu olhar para o filho da puta, que se contorcia de dor, e meu ser gritava para que acabasse com ele, mas Sabrina precisava de mim. Peguei em sua camisa, fazendo-o me encarar.

— Eu só não vou te matar, desgraçado, porque quero ver você virar mulherzinha na cadeia. Filho da puta, você vai sofrer por cada minuto de desespero que causou. — Joguei-o no chão e me afastei.

Aproximei-me devagar, olhando-a nos olhos, então senti meu rosto molhado de lágrimas. Engoli em seco e tentei ser forte. Procurei não olhar para suas pernas e seu quadril, pois ela estava nua da cintura para baixo. Tirei a minha camisa e cobri seu colo. Ela me olhou agradecida, eu a sentei, desamarrei seus braços e soltei o pano da sua boca.

Com as duas tiras em mãos, olhei para o monstro que estava tentando se levantar. Virei-me para a minha princesa e pedi desculpas por deixá-la sozinha por um segundo. Andei até ele, pronto para terminar o serviço, enquanto me passava pela cabeça milhares de dores que podia lhe causar, mas o bem-estar da minha mulher vinha em primeiro lugar, por isso amarrei os seus braços e, em seguida, as suas pernas. Ele me olhou horrorizado.

— Puxa minha calça, cara.

Por pouco, não voei em cima dele e terminei o que havia começado. Eu não respondi e dei-lhe as costas, pois estava totalmente com a minha atenção voltada na Sabrina. Vesti a camisa nela, que ficou no comprimento das suas coxas, então avistei seu short jogado no chão e ajudei a colocá-lo, pois assim se sentiria mais confortável. Ao longe, eu já ouvia a sirene da polícia.

Abracei-a forte e Sabrina desabou em meu peito. Acabamos sentados no chão com ela no meu colo. Com calma, analisei seus ferimentos: a cabeça sangrava e seu rosto estava coberto de hematomas. Minha raiva e repulsa só cresciam.

Sabrina soluçava de tanto chorar. Eu sofria em silêncio, dando o amor que ela precisava.

— Achei que você não chegaria a tempo. Eu... estava morrendo... de medo.

— Shhh... meu amor, estou aqui. Perdoe-me, fiquei preso no hospital, mas vim o mais rápido que pude quando atendi sua ligação.

— Oh, meu Deus, que pesadelo. Aquele desgraçado! Lucas, ele ia me estuprar de novo. Eu só queria morrer.

Afastei-a do meu peito e olhei em seus olhos azuis tão lindos.

— Não diga isso, meu amor. Você está viva e nada vai acontecer com você. Ok?

Ela assentiu e me abraçou de novo. Logo os policiais chegaram junto com um Bruno desesperado. Quando ele viu a cena, percebi exatamente a raiva que senti quando presenciei tudo. Viu o Rick estirado no chão amarrado com a calça arriada. Achei que ia acabar com o cara de vez, mas foi contido por dois policiais.

Meu cunhado estava descontrolado.

— Eu vou acabar com você, seu desgraçado. Me solta, porra, eu vou matar ele. Me solta!

Sabrina se desvencilhou dos meus braços e correu para o irmão, tentando contê-lo. Ela o abraçou e, então, Bruno se acalmou, envolvendo o corpo pequeno dela em seu abraço protetor. Ambos caíram ajoelhados no chão, enquanto Bruno chorava e acariciava seus cabelos.

Enquanto isso, dois policiais pegaram o cara e o levaram para o camburão. Ele foi jogado lá de qualquer maneira e trancafiado. Outro policial se aproximou de mim.

— Já pedimos uma ambulância. Você chegou a tempo? Ela foi abusada?

Suspirei e agradeci a Deus por não ter me demorado.

— Ele não a tocou sexualmente, provavelmente estava se vangloriando antes do ato. Mas bateu muito nela... — falei, com o coração apertado.

O policial assentiu e olhou para trás.

— Ele tá fodido, com a denúncia já formalizada e esse flagrante, vai ficar trancafiado até o julgamento.

— Que morra na cadeia!

— Bom, eu vou aguardar a ambulância chegar e vou ao hospital pegar seus depoimentos. Tudo bem?

Fiz uma careta e assenti. Por mais que não quisesse fazer Sabrina passar por isso, era necessário para que tudo corresse de acordo com a lei. Vi a ambulância estacionar e dois paramédicos se aproximarem dela. Eu cheguei ao seu lado e a abracei. Sabrina me olhou com a cabeça apoiada em meu peito.

— Vem comigo? Não quero ir sozinha. — Assenti e nos afastamos.

Olhei para trás e vi que Bruno estava desolado. Voltei e toquei seu braço. Parecia que desabaria a qualquer minuto.

— Ele não conseguiu, Bruno. Eu cheguei a tempo. — Ele suspirou, soltando soluços sofridos. — Levanta e se acalma. Te vejo no hospital. Ok? Vai ficar bem?

Ele passou a mão pelo rosto, enxugando as lágrimas que desciam.

— Vou sim, preciso de um tempo para me acalmar antes de dirigir.

— Beleza. Tranca meu carro, por favor. Depois eu pego.

Bruno balançou a cabeça e se afastou, ficando de costas para nós com as mãos na cintura. Olhava para o céu e quase pude ouvir sua prece de agradecimento por nada de mal ter acontecido à irmã.

Quando voltei, Sabrina estava deitada na maca e os paramédicos faziam perguntas a ela. Sentei-me ao seu lado e peguei sua mão frágil, que tremia descontroladamente; devia estar à beira de um ataque. Tentei acalmá-la para que não tivesse de ser sedada.

Chegamos ao hospital rapidamente e Sabrina foi levada para longe de mim. Mesmo eu sendo médico, não pude acompanhá-la, pois sabia o procedimento. Ali, naquele momento, eu era membro da família, não um da equipe.

Entrei em desespero por estar tão longe dela. Queria abraçá-la até sua angústia ser retirada do peito. Queria mimá-la, beijá-la até que toda a dor desaparecesse. Enfim, trocar mágoa por carinho, porque meu coração queimava pela necessidade de acalentá-la.

— Lucas. Lucas. — Olhei para a porta do hospital.

Ainda estava parado no meio do caminho olhando para a porta onde ela tinha sumido. Minha irmã vinha em minha direção, com o semblante preocupado. Senti-me um garotinho de novo. Abracei-a e ela me levou até os bancos que tinha no canto.

Layla não disse nada. Acariciou meu rosto dizendo para me acalmar que tudo daria certo. O pior tinha passado. Eu a tinha salvado.

— Lala, tira essa dor do meu peito. Não aguento. Por favor, faz passar. — Sei que pedia demais, mas era algo incontrolável. Sentia-me impotente e inútil.

— Oh, meu menininho... chore, eu estou aqui. — Sua voz emocionada me acalmou e eu me deixei levar.

Minha raiva pelo que aconteceu se transformou em amor por minha garota. Podia chorar aqui, mas teria que ser forte por ela depois. Quando dei por mim, Bruno entrava na sala com as irmãs e a mãe. Estavam todos desolados.

Não via a hora de poder vê-la e abraçá-la.

— Vem, Lucas. Vamos atrás de informações. Isso está demorando demais — disse, muito sério.

Levantei, enxuguei meu rosto com o dorso da mão e sorri levemente para as meninas. Entramos no corredor da emergência e fomos à procura do médico responsável.

Encontramos Priscilla, a plantonista da emergência, que nos encaminhou para onde Sabrina estava sendo tratada.

— Ela está com a cabeça e as costas muito feridas, além de vários machucados no rosto. Fizemos exames de sangue padrão e também ginecológico. Ela não sofreu abuso de qualquer tipo, mas está muito abalada emocionalmente, por isso eu encaminhei um pedido para a psicóloga. Amanhã, a Jeny estará aqui.

Bruno assentiu e olhou para Priscilla.

— E quando ela vai ter alta?

— Creio que depois da avaliação psicológica, ela ficará mais um dia. Queremos Sabrina em observação para evitar qualquer ataque de ansiedade ou pânico.

— E se eu cuidar dela? Acho que ficará mais confortável com suas coisas em casa.

Ela franziu a testa e suspirou.

— Trabalhar com médicos é um problema. Vamos ver o que a Jeny vai falar depois da avaliação. Se ela liberar amanhã, Sabrina poderá ter alta.

Assenti, e observei-a se afastando. Olhei para o Bruno, que estava pálido e com olheiras.

— Vai pra casa. Eu vou passar a noite aqui, Layla não pode ficar. E você sabe que ela só vai embora se você for; deve estar preocupada.

Ele engoliu em seco e assentiu.

— Lucas, não sei como te agradecer por ter salvado minha irmã. Não sei o que teria feito se aquele desgraçado a tivesse machucado de novo. — Ele me abraçou emocionado e se afastou, olhando em meus olhos. — Agradeço a Deus por ter colocado você e a Layla em nossos caminhos. Serei eternamente grato por tudo.

— Eu que agradeço por ter nos recebido em sua família. Eu e minha irmã sempre fomos sozinhos, conhecíamos o amor porque nosso sentimento sempre foi grande, mas vocês nos acolheram com tanto carinho que é impossível não se emocionar. Você é um irmão para mim, Bruno.

Ele sorriu e me abraçou.

— Vamos vê-la agora?

Assenti e, antes de entrar, questionei sobre o que aconteceria com Rick.

— Liguei para o advogado, e ele disse que já entraria com um pedido de prisão formalmente. Pelo que me falou, o cara tá ferrado sem possibilidade de defesa satisfatória. — Seu maxilar estava trancado de raiva.

— Queria ter batido mais. O filho da puta merece tudo que certamente irá passar.

Bruno concordou comigo e entramos no quarto. Sabrina estava deitada com a roupa trocada e de olhos fechados, mas, quando nos ouviu, abriu seu mar azul e sorriu devagar.

Foi quando meu coração, mais uma vez, se entregou a ela.

Capítulo 33
Sabrina

Reviver aquele pesadelo foi um inferno. As mãos daquele nojento em mim, me machucando, foi terrivelmente assustador. Já tinha por certo um novo ataque. Se Lucas não tivesse chegado a tempo, eu teria sido abusada novamente.

Eu era agradecida por ter escapado dessa. Minha cabeça estava a mil. Quando Lucas chegou, experimentei uma mistura de alívio e vergonha. Saber que ele me viu naquela posição e naquele estado simplesmente me deixou arrasada. Mas seu carinho e conforto aliviaram um pouco a angústia em meu peito.

Meu coração se partiu em pedaços ao ver Bruno tão descontrolado. Não precisava ser confortada por ele. Eu tinha que dar colo ao meu irmão.

Quando chegamos ao hospital me levaram à emergência e examinaram-me minuciosamente. Usaram um kit pós-estupro para comprovar que não havia tido nenhum tipo de penetração. Não, essa parte não tinha ocorrido novamente, graças a Deus.

Uma enfermeira jovem e bonita se aproximou com um sorriso solidário.

— Querida, precisamos cuidar da sua cabeça e das suas costas. Ok?

Assenti e me virei de lado. Ela limpou e desinfetou, fazendo curativos em meus machucados nas costas por conta de ter sido arrastada no chão. Em minha cabeça, havia um corte superficial e ela limpou, cortando o cabelo em volta para que não atrapalhasse a cicatrização, e cobrindo com gaze. Meus braços estavam arranhados e percebi que estavam ficando roxos dos dedos daquele monstro.

— Agora, meu anjo, vou limpar o seu rosto. Depois, vou coletar sangue para exames. Procedimento padrão, tudo bem?

Balancei a cabeça, concordando. Não queria falar muito. Apenas o necessário. Senti meu rosto dolorido e o olho inchando, não conseguia ver direito por ele.

— Meu amor, você está bem? A doutora está te achando muito quietinha. Não quer conversar?

Olhei para a enfermeira simpática e prestei mais atenção. Então, a reconheci... Era a loira que estava com o Lucas no casamento do Bruno. Engoli em seco. Como esse mundo é pequeno! Quem diria que alguém que tanto odiei iria me tratar tão bem?

— Você não está me reconhecendo? Claro, estou horrível assim.

Ela franziu a testa e inclinou a cabeça para o lado. Quando pareceu me reconhecer, vi seu queixo caindo.

— Meu Deus, você é a garota do Lucas. Desculpa, não te reconheci. Mas o que aconteceu? Eu não fui muito bem informada, não foi ele que te fez isso, foi?

— Não, nunca. Foi um ex meu. Lucas me salvou.

Ela sorriu e seus olhos brilharam, não gostei. Morri de ciúmes, porque a menina era linda e, pelo que pude ver, simpática também. Percebendo o meu desconforto, balançou a cabeça.

— Não fique pensando demais — falava enquanto limpava meu rosto. —, eu desisti dele assim que percebi que te amava. Também não tivemos nada muito sério. Eu fui meio louca nesses tempos, tive uma desilusão amorosa com um cara que amei por muito tempo. E, quando conheci o Lucas, vi nele a oportunidade de me recuperar, talvez de ser amada. Fui meio vadia, na verdade, não me orgulho de ter desviado da minha personalidade. Mas todo mundo erra, né?

— Verdade. Mas você não me fez nada.

Ela baixou os olhos e sorriu, triste.

— Eu meio que o ameacei no corredor um dia, estava pra baixo e queria descontar em alguém. Mas já me desculpei e ele também. Então, sem mágoas.

— Lucas se desculpou com você?

— Sim, ele disse que foi muito cafajeste por um tempo, mas que, quando teve você nos braços, finalmente percebeu o mal que fez e quis se redimir.

Meu coração se encheu de alegria. O ciúme continuava ali porque aquela linda mulher já tinha transado com meu namorado, mas saber pela boca de outra mulher o quanto eu era importante foi libertador.

— Agora, querida, quanto ao que lhe aconteceu, creio que vão indicar um psicólogo pra você e sugiro que não recuse. É bom conversar com quem pode te entender, sabe? Já vi muitos casos de meninas que não quiseram ajuda profissional e acabaram surtando. Algumas tiram até a própria vida por não aguentarem quando as lembranças as sufocam.

Bom, a enfermeira não sabia que isso já tinha acontecido e eu tinha seguido em frente. Mas ela tinha razão, eu já havia decidido que procuraria ajuda. Agora mais do que nunca seria preciso.

— Não recusarei. Agradeço sua atenção.

Ela sorriu com os olhos tristes.

— Imagina, é meu trabalho. Mas sou solidária a casos como o seu. Já passei por algo assim com alguém próximo e sei como é difícil. Mas vamos lá, agora seu rosto está limpinho e vai demorar alguns dias para os hematomas sumirem. Vou tirar seu sangue. Amanhã deve receber o resultado.

Assenti e ela pegou a seringa. Virei o rosto porque não gostava de agulhas. Tirou duas ampolas de sangue e acomodou em uma base de isopor. Depois se virou para mim, sorrindo.

— Vou indo, Sabrina. Acho que vão te acomodar em um quarto particular em breve. Espero que fique bem. Posso passar pra te ver amanhã antes de ir embora?

— Claro, pode sim.

— Ok, até mais. — Saiu, me deixando de queixo caído.

Às vezes, julgamos as pessoas por momentos tensos e difíceis. Nunca sabemos o que estão passando ou sentindo. Não que eu fosse virar amiga íntima dela, mas nada me impedia de ser simpática com alguém que me tratou tão bem. Independente de ela ter dormido com o meu namorado ou não.

Depois de uns vinte minutos, me transferiram para um quarto particular. Quando estava sendo acomodada, escutei uma batida na porta. Abri os olhos e sorri levemente. Bruno e Lucas entraram com os rostos tristes e abatidos. Eu observei os dois e me ressenti por causar essa dor novamente. Mesmo sem ter culpa, me sentia mal.

Mas não iria demonstrar mais essa fraqueza, tinha que ser forte por eles e por mim também. Lucas se aproximou da cama com os olhos marejados, mas segurou a emoção. Ele beijou cada ferimento do meu rosto antes de chegar aos meus lábios. Sua presença era como um calmante, ele era uma luz em minha vida.

— Você está bem, princesa? Precisa de alguma coisa?

— Estou bem, obrigada. Fui muito bem cuidada. — Omiti por quem, não queria perturbá-lo. Poderia achar que a garota se aproveitou para tripudiar, e do jeito que Lucas era impulsivo iria atrás dela antes de me deixar explicar.

Meu irmão continuava parado na porta, cabisbaixo. Estendi a mão e chamei seu nome. Ele veio e me abraçou, acariciou meus cabelos e beijou minha testa.

— Sei que você não vai querer ouvir isso, mas ele foi preso, Sabrina, e vai continuar assim. Não vou deixar aquele desgraçado solto.

Meu coração apertou só com a menção dele, mas fiquei aliviada por continuar encarcerado.

— Que bom, fico mais aliviada. Você já falou com a mamãe e as meninas?

— Elas estão lá fora. Vou mandar entrar.

Assenti e observei-o saindo. Lucas permaneceu ao meu lado com o cenho franzido.

— Sabrina, eu queria pedir perdão por ter me atrasado. Se não tivesse ficado preso em uma cirurgia, você não teria passado por aquilo.

Arregalei os olhos e o olhei; ele falava sério.

— Meu amor, pelo amor de Deus, não se culpe! Ninguém é culpado por isso, aquele desgraçado estava me seguindo. Tenho certeza de que as ligações e as mensagens eram dele.

— Que ligações?

Droga! Deixei escapar sem querer. Não queria dizer ao Lucas, mas era tarde demais.

— Há uma semana, eu estava recebendo umas ligações estranhas, às vezes, ficavam em silêncio; e nas outras, eu ouvia mensagens sinistras de gemidos e sussurros. Fiquei assustada, mas achei ser engano.

Lucas passou as mãos entre os cabelos, mostrando claramente seu nervosismo, ficou sério e me encarou.

— Por que não me contou, Sabrina? Isso é muito grave e podia ter sido pior. Não quero nem pensar no que teria te acontecido se eu não chegasse a tempo.

— Eu sei, me desculpa. Só não queria te deixar preocupado.

Ele pegou meu rosto entre as mãos e olhou dentro da minha alma.

— Nunca me esconda nada, meu amor. Se me preocupo, é porque te amo, aliás, tem muita gente aqui que te ama. Então não fique escondendo nada, nem o que está sentindo. Sabe que pode se abrir comigo.

Assenti e esperei um beijo nos lábios, que veio com muito carinho e cuidado, pois minha boca estava ferida. Escutei um barulho na porta e Lucas se afastou. Minha mãe, minhas irmãs e a Layla estavam ali querendo me ver.

Mamãe se aproximou, preocupada, e, quando viu meu rosto, não pôde conter um soluço. Cobriu a boca com a mão e se aproximou, deitando a cabeça em minha barriga. Acariciei seus cabelos claros, tão parecidos com os da Larissa, e a acalmei. E assim foi com as outras. Acho que o sofrimento era tanto que elas precisavam ser consoladas também.

— Sabrina, você está bem?

Por mais que não gostasse de ouvir isso repetidamente, entendia a preocupação delas.

— Estou sim. Agora está tudo bem. Cadê o Bruno?

Layla sentou ao meu lado e sorriu.

— Tá lá fora tomando um ar. Ele ficou muito abalado com tudo.

Olhei minha cunhada tão linda, a gravidez tinha feito muito bem a ela. E seu carinho com a minha família e meu irmão era incansável. Era muito grata a ela por muita coisa, principalmente por ter criado um ser tão lindo como o Lucas.

— Cuida dele, Lala? Não o deixe sofrer demais.

Ela assentiu e ficamos conversando por mais um tempo sobre amenidades. Acho que ninguém queria estender aquele assunto por muito tempo. Lucas se afastou um pouco, sentando na poltrona próxima ao banheiro. Deixou as meninas terem seu tempo ao meu lado.

Estávamos distraídas quando Bruno entrou todo esbaforido procurando Lucas com o olhar. Seus olhos azuis arregalados estavam em pânico. Meu corpo todo se arrepiou, não era uma boa notícia.

— Alberto e Heitor sofreram um acidente.

Capítulo 34
Lucas

Quando as coisas começam a desandar, é de uma vez só. Pela cara do Bruno, o acidente devia ser sério. Observei Ana, que estava pálida e procurava um lugar para se apoiar. Não emitia nenhum som. Comecei a me preocupar. Ela se fazia de durona, mas, quando envolvia o Alberto, era como uma bomba prestes a explodir.

— Ana, você está bem? — perguntei, me aproximando devagar. Parei à sua frente e levantei seu rosto, vendo que seus olhos castanhos refletiam muita preocupação.

Ela engoliu em seco e assentiu. Por via das dúvidas, a puxei pelo braço para que se sentasse na poltrona que eu tinha ocupado. Voltei minha atenção para Bruno, que parecia embasbacado.

— Já sabe da gravidade da situação?

— Parece que eles estavam próximos à cidade e um carro em alta velocidade pegou os dois em um cruzamento. Eu não estou tendo boas perspectivas não, cara. — Passou a mão no rosto em nervosismo.

A sala estava em silêncio pela notícia, e ninguém esboçou reação. Mas tinha que fazer alguma coisa.

— Vamos lá, a gente procura saber mais informações. — Bruno assentiu e saiu para o corredor. Voltei para a cama onde Sabrina estava deitada e beijei sua testa. — Volto logo, meu amor. Qualquer coisa, manda me chamar, e, se a Ana passar mal, não hesite em procurar ajuda. Ok?

— Tudo bem. Traga notícias. Meu Deus, eu não tive um bom pressentimento dessa viagem.

— Eu sei, princesa, mas vamos torcer para que nada muito sério tenha acontecido aos nossos meninos. Volto com notícias. Ok?

Saí dali para encontrar Bruno, que estava meio abalado no corredor. Além de ser muito ligado ao Alberto, seu amigo de anos, teve o lance com a Sabrina e ainda o Heitor, que tinha se tornado tão importante para nós. Um amigo de verdade.

Chegamos à recepção e logo assaltamos a médica do plantão com perguntas:

— Patrícia, tem notícias do acidente do Alberto?

Ela balançou a cabeça, concentrada, e digitou algumas coisas no computador com uma expressão triste no rosto.

— Eles estão sendo trazidos para cá e chegarão no máximo em dez minutos. O acidente foi grave e estão desacordados. Só isso que foi informado no sistema. Sinto muito.

Bruno se virou com as mãos na cabeça. Estava muito abalado, a noite não tinha sido fácil. E eu suspeitava que estivesse longe de acabar.

— Porra, aqueles filhos da puta tinham que pegar a estrada à noite. Que merda, nós avisamos a eles, Lucas. Por que tinham que ser tão teimosos?

Aproximei-me e coloquei a mão em seu ombro.

— Vem, vamos nos trocar para cuidar dos nossos amigos quando chegarem.

Ele se virou com os olhos brilhando de lágrimas não derramadas.

— Você acha isso prudente? Por estarmos tão envolvidos? Tem todo um protocolo...

— Foda-se o protocolo, são nossos amigos. Temos que cuidar deles. Você é o melhor na sua área e, modéstia à parte, eu sou bom também, estamos sem ortopedista no plantão de hoje e provavelmente eles têm ossos quebrados.

Bruno balançou a cabeça, e mais do que depressa corremos para o vestiário e trocamos nossas roupas pelos uniformes da emergência. Voltamos apressados para a entrada do hospital; agora era só esperar a ambulância. Quando chegamos, tinha vários amigos de profissão à espera. Alberto era querido por todos no hospital. Estavam tensos e preocupados.

Minutos depois, escutamos a ambulância se aproximando e não demorou muito para que parasse no acostamento. Eu e Bruno agimos rapidamente, estávamos com o equipamento todo em mãos e prontos para a triagem, que era o principal a ser feito.

Dois paramédicos saíram rapidamente e deram a volta, abrindo a ambulância, onde desceram primeiramente uma maca e notei ser Heitor, porque o reconheci pela cor da sua pele, pois seu rosto... Deus, ele estava muito machucado! Seu braço estava em um ângulo estranho, enquanto o rosto, o pescoço e as pernas... estavam esfolados e ensanguentados. Por ser careca, podia ver a ferida aberta em sua cabeça coberta com gaze para estancar o sangue, porém ele já estava entubado e no balão de oxigênio.

A segunda maca foi retirada do veículo, e Bruno se aproximou. Depois de fazer a triagem de Heitor, iria verificar como Alberto estava. Levantei suas pálpebras para ver se estavam reativas, e ele mostrou uma pequena contração na pupila. Provavelmente estava com traumatismo craniano.

— Paciente negro, 32 anos, com possibilidade de traumatismo craniano, pulsação baixa, braço direito quebrado. Encaminhar urgente para a sala de ressonância magnética — dei ordens para os residentes responsáveis. De lá, seria feito o exame completo para decidir o melhor tratamento.

Voltei minha atenção para o Alberto, e Bruno já estava fazendo a triagem. Ele não estava nada bem, machucado por todo o corpo. Seu rosto estava muito ralado.

— Paciente caucasiano, 33 anos, pupilas reativas, descarto possibilidade de traumatismo craniano. Pulsação forte, mas continua inconsciente. Fratura exposta na perna direita, cirurgia urgente. — Ele me olhou, mostrando em seus olhos o significado disso.

Assenti e já fui dando ordens.

— Encaminhem Alberto para a sala de Traumatologia o mais rápido possível, não podemos demorar, há risco de infecção e amputação da perna. — Me virei para o Bruno enquanto levavam Alberto para a cirurgia. — Vá ver o Heitor, estou muito preocupado. Ele me parece péssimo, quase não teve reação cerebral, Bruno.

— Ok. Cuide do nosso amigo.

Assenti e corri pelo hospital. Estava nervoso, já havia feito cirurgias sérias e de emergência, mas ali na mesa de operação estaria meu amigo. Ele dependia de mim para ter sua perna no lugar. Não que os outros pacientes fossem diferentes, mas, naquele momento, tinha muitos sentimentos duelando em meu coração. Preparei-me rapidamente, esterilizando as mãos, e vesti a roupa descartável, colocando uma máscara e a touca.

— Dr. Lucas, o paciente apresenta fratura exposta cominutiva no fêmur da perna direita; o osso foi quebrado em três pedaços. A carne foi lacerada.

Os demais órgãos estão intactos. O paciente está sedado, mas responde bem a estímulos. O Dr. Ricardo está a caminho para supervisionar a cirurgia.

Assenti e me posicionei ao lado do paciente. Sua perna estava coberta por um pano com abertura só no ferimento. Observei atentamente e vi que o negócio estava feio. Se a cirurgia não fosse bem-feita, ele poderia perder a perna, se infeccionasse. Sua recuperação seria dolorosa, o osso estava quase esmigalhado. Olhei para o seu rosto. Naquele momento, o diretor do hospital entrou todo equipado para acompanhar o procedimento.

— Aguenta aí, amigo, vou te ajudar. — Virei-me para a equipe médica presente. — Vamos lá, pinos e placas aqui, por favor. Vamos esterilizar esse ferimento. Drenagem para o sangue. Já tem a intravenosa da transfusão?

Com tudo no lugar, foquei totalmente no meu trabalho. Reposicionei os ossos dilacerados, tomando cuidado para não ter nenhum pedaço preso à carne, e esterilizei tudo. Pedi a Deus para que me desse sabedoria; nunca tinha ficado tão nervoso em uma cirurgia. Coloquei a tala por baixo, a fim de manter a perna reta e começar a fixação dos parafusos. Fiz uma incisão para trabalhar melhor e fixei os pinos, para manter o osso no lugar posteriormente à placa; era algo complicado e meticuloso. No total, foram oito parafusos e a haste.

Quando a parte mais complicada acabou, fiz mais uma esterilização geral e fechei a incisão. Ele iria ficar com uma boa cicatriz na coxa. Imobilizei sua perna em uma tala e enfaixei. Com tudo terminado, respirei fundo e olhei para o teto, fazendo uma prece silenciosa pelo sucesso do procedimento.

— Ok, pessoal. Levem-no para um quarto e o deixem sedado por algumas horas, para que seu corpo se cure sozinho, sem fortes emoções. Amanhã, podem tirar a sedação. Eu vou avisar aos familiares e amigos.

As enfermeiras assentiram e me aproximei do rosto de Alberto, que, apesar de machucado e um pouco pálido pela perda de sangue, estava bem.

— Você vai sair dessa, meu amigo. Agora vou ver nosso careca tatuado. — Levantei-me e olhei para o diretor do hospital. — Ricardo, obrigado pela supervisão. Sem você, eu teria burlado o protocolo.

— Sem problemas, Lucas. Você foi brilhante, ainda bem que não vou ter que demiti-lo. — Sorriu e foi junto com a equipe.

Saí da sala e retirei a roupa descartável. Olhei meu rosto no espelho e percebi o quanto estava abalado, pálido e com olheiras. A noite não tinha sido fácil para ninguém... Engoli em seco e fui ver Sabrina, pois devia estar preocupada. Depois, veria como Heitor estava. Apesar de ter ficado por cerca de duas horas na sala, o caso dele era mais grave e, provavelmente, a cirurgia demoraria mais.

Bati na porta e entrei. Todas me olharam com expectativa. Tirei a touca e passei os dedos pelo cabelo. Sentei-me na cadeira ao lado da porta e respirei fundo.

— Ah, porra, Lucas, fala logo. Estou enlouquecendo sem saber de nada. Como eles estão? — Ana estava com os olhos vermelhos e arregalados.

— Alberto teve a perna quebrada com fratura exposta. Eu fiz a cirurgia, mas o deixei sedado para que descanse. Nada mais sério do que isso. Vamos administrar antibiótico para combater qualquer infecção que ele venha a ter. O problema é o tatuado.

Layla ofegou e se aproximou. Além de obviamente cansada, estava preocupada e assustada. Acidentes mexiam conosco, perdemos nosso pai assim e a lembrança machucava muito.

— O que aconteceu com o Heitor, Luquinha?

— Ele foi o mais atingido, está todo machucado e com o braço quebrado, mas o pior é a cabeça. Vim lhes dar notícias antes de procurar por ele. Ainda deve estar em cirurgia.

— Ah, meu Deus, quanto desastre! — Dona Marisa estava horrorizada, sentada ao lado de Sabrina na cama.

Levantei e fui ver minha princesa.

— Você está bem, querida? Não aprontou nada, né?

— Não, eu saí e tentei procurar notícias, mas não me deixaram ir muito longe. Tive que voltar.

Balancei a cabeça, sorrindo. Sabrina era impossível. Mesmo abalada e machucada, era teimosa.

— Trata de ficar quietinha aqui. Eu vou buscar notícias e volto.

Olhei todas as meninas e voltei para o corredor, andando de cabeça baixa, com a touca na mão, que teria que colocar de volta para entrar na sala de cirurgia. Não podia acreditar em tudo que acontecia. Alberto estava fora de perigo, mas seu estado ainda era preocupante. O corpo teria que reagir, caso houvesse infecção. E teria que ser forte, pois a recuperação seria dolorosa, fora os meses de fisioterapia.

Minha preocupação maior era o tatuado. Cheguei à sala de Neurocirurgia e me vesti com material esterilizado novamente. Entrei e vi que Heitor ainda estava em cirurgia. Pelo visto, teve vários remendos, mas, naquele instante, era a sua cabeça que estava sendo operada. Bruno me viu e se aproximou, chamando para a parte envidraçada do outro lado. Não era prudente barulho naquele ambiente.

— Ele tá mal, Lucas. Teve o baço perfurado por uma costela, o braço esquerdo fraturado e, o pior, a concussão na cabeça. O cérebro está inchando consideravelmente. Pascoal está retirando um tampão para que ele não tenha pressão intracraniana, o risco de AVC está altíssimo. Estou preocupado, cara. — Balançou a cabeça e respirou fundo enquanto ainda olhava pelo vidro. — E o Alberto?

— Fora de perigo. A fratura no fêmur foi bem feia e sua recuperação não vai ser fácil, fora isso muitos arranhões e machucados. Mas nada sério, agora é torcer para ele não ter infecção.

Bruno assentiu e suspirou.

— Já falou com as meninas? Devem estar preocupadas. Eu não pude ir lá. Depois de estancar a hemorragia no baço dele, preferi ficar.

— Eu fui lá. Estão bem nervosas. Ana parecia bem abalada, e Layla ficou preocupada com o tatuado.

Olhamos em sua direção. Pancada na cabeça é complicado, porque não depende apenas de o cérebro desinchar para que tudo acabe bem, podem haver sequelas irreversíveis, e depende também de o paciente ter força de vontade.

— Espero que esse pesadelo acabe logo. Você vai ficar? Vou ver se Layla está bem. Espero por você quando acabar do lado de fora. Ok?

— Tudo bem. Só saio daqui com notícias concretas. Vai tranquilo ver a sua mulher.

Observei Bruno sair de cabeça baixa e olhei para nosso amigo. Heitor era um cara legal, mas triste. Merecia uma chance de ser feliz. Só podíamos esperar que tudo desse certo.

Capítulo 35
Sabrina

Quando Lucas saiu atrás de informações, Ana desabou em um desespero que chegava a doer em quem estava próximo. Era muito difícil assistir ao sofrimento da minha irmã. Acho que ela só não saiu com o Lucas para esperar a ambulância por falta de forças. As lágrimas desciam pelo seu rosto e os soluços dolorosos ecoavam altos pelo quarto. Mamãe correu e a abraçou, tentando acalmá-la.

Ana falava coisas desconexas, mas entendi um pouco. Ela pedia a Deus para não levá-lo, que ainda tinham muita coisa para resolver. Que poderiam recuperar o tempo perdido. Que o passado não tinha mais importância, mas ela não podia perder o único homem que amou.

Não sei se ela tinha a intenção de que ouvíssemos isso tudo, mas estava perturbada demais para prestar atenção ao que dizia. Estava ansiosa e preocupada com eles, então resolvi ir atrás e procurar informações. Como as meninas estavam cuidando de Ana, nem perceberam a minha saída.

Porém, não fui muito longe. Um enfermeiro me colocou de volta no quarto prometendo nos trazer informações. Sentia uma angústia pura em esperar sem fazer nada, pois imaginava mil cenas, boas e más. Mas não queria cogitar a hipótese de acontecer algo muito grave com meus amigos.

Tive um mau pressentimento quando falaram da viagem, mas achei que fosse coisa da minha cabeça. Ou saudade antecipada. Porém, existem situações que fogem do nosso alcance e entendimento. Elas simplesmente têm que acontecer.

Lucas entrou depois de mais ou menos duas horas. Ana relaxou totalmente com a notícia de que Alberto estava bem, mas dopado; o que me preocupou foi Heitor. Ainda nada conclusivo. E, mais uma vez, senti algo estranho no ar, uma tensão que antes não estava ali.

Mais algum tempo se passou e todos estavam tensos. Bruno voltou para o quarto atrás de Layla, querendo tranquilizá-la, mas não quis contar nada, só que o caso dele era grave. Depois, saiu dizendo que iria esperar Lucas na porta da sala de cirurgia para ver se pegava mais informações.

Quando retornaram, ambos estavam com os semblantes fechados e muito cansados. Já devia ser de madrugada, mas ninguém quis ir para casa. Estavam todos muito preocupados.

— E então? Como foi tudo?

Desci da cama, me aproximando do Lucas, e o abracei de lado, encostando a cabeça em seu peito musculoso.

— Bom, ele passou por uma cirurgia para aliviar o inchaço do cérebro. Sofreu traumatismo craniano, um baço perfurado, a costela e o braço esquerdo quebrados. A cirurgia foi bem-sucedida, agora resta esperar pra ver se ele reage, e vai continuar sedado para a recuperação.

Nossa, pelo jeito, Heitor estava mesmo arrasado. Bruno abraçou Layla, que chorava baixinho, e beijou o topo da sua cabeça, dando conforto à esposa.

— E já sabem como tudo aconteceu? Teve alguma testemunha? O carro que os atingiu foi identificado?

Lucas encostou a cabeça na parede e fechou os olhos.

— Não sabemos, parece que o motorista não prestou socorro. Alguém que passava pelo local disse que eles estavam dirigindo corretamente e o carro avançou o sinal. Nem parou para anotar placa nem nada, apenas pediu socorro.

Deve ter sido algo muito rápido para pegar os dois de uma vez. Mamãe se aproximou, pegando meu rosto entre as mãos.

— Querida, eu vou pra casa levar a Ana, ela não está bem.

— Como assim? Quem disse que eu não estou bem? Estou ótima. Por que não estaria? — Todos olharam para ela, estranhando sua atitude tresloucada.

Há pouco tempo, chorava se lamentando por ter perdido tempo... Agora, falava como se não se importasse com nada. Minha irmã era complicada, para entendê-la totalmente precisaria saber de tudo que aconteceu em sua vida. Como não era uma opção, pois ela não se abria, nós ficávamos a ver navios.

Só que, às vezes, chegamos ao limite, por mais que ninguém queira se intrometer. Minha mãe encarava Ana com o rosto que conhecíamos bem: pronta para uma bronca. Encolhi-me ao lado do Lucas, antecipando o que viria.

Dona Marisa sabia ser intimidante quando queria. Colocou as mãos na cintura e andou até parar na frente de uma Ana com os olhos arregalados.

— Olha, minha filha, eu sei que você pode estar sofrendo, e sempre teve essa atitude maluca de desdenhar do que te magoa. Não sei o que aconteceu entre você e o Alberto que te magoou tanto, porque você não diz. Mas acho que já está na hora de deixar de ser tão hipócrita e admitir que está morrendo de vontade de vê-lo, que você o ama. Todos aqui sabem. Não é segredo pra ninguém. Mas tenha em mente que vai acabar perdendo o seu homem por causa de um orgulho besta. — Suspirou pesadamente, balançando a cabeça. — Depois que alguém passa por algo como o Alberto acabou de passar, vê a vida de outra maneira e tende a querer aproveitar cada segundo dela. E, se ele perceber que está perdendo mais tempo com você, vai acabar dando no pé. Então, Ana Luiza, use os neurônios que eu te dei e essa inteligência de que tanto se orgulha, e dê um jeito na sua vida. Ninguém aqui aguenta mais seus desfiles com manés que só sabem baixar a cabeça para você.

Uau, olhei para o rosto da Ana, que estava sem reação. Branca como papel, achei que ela fosse desmaiar. Mas a única coisa que fez foi se virar, pegar a bolsa na poltrona e sair batendo a porta. Mamãe se virou e franziu a testa.

— Alguém tinha que dizer isso a ela. Depois que perder de vez, não adianta chorar. Mas não se preocupe, ela deve estar lá fora me esperando. — Se aproximou de mim e alisou o meu rosto. Seu carinho era sempre bem-vindo. — Venho te ver amanhã. Ok? Fique bem, minha filha.

Virou-se para o Lucas, passou e o abraçou, sussurrando em seu ouvido. Ela o adorava, assim como a Layla. Depois, saiu com Larissa. Ficamos os quatro no quarto meio aéreos. A noite não tinha sido fácil. Saindo do seu devaneio, meu irmão soltou a esposa e se aproximou.

— Nós vamos embora, ok? Lucas vai ficar. Preciso levar Layla pra casa.

— Claro, coloca ela pra descansar. Foi tudo muito tenso hoje. E, Lucas, você podia muito bem ir pra casa, pelo menos, pra tomar um banho.

Ele sorriu de lado e coçou a cabeça, parecendo ofendido.

— Por acaso eu tô fedendo? Vou tomar um banho aqui e visto algo limpo do hospital. Não sairei do seu lado, princesa.

Layla parou ao lado de Bruno, enlaçando sua cintura com o braço, e me encarou com seus olhos verdes carinhosos.

273

— Acho que você não vai conseguir se livrar dele tão cedo, Sabrina. Lucas é pior que uma mamãe-galinha. — Ele sorriu e mostrou a língua para ela. — Fica bem, tá? Amanhã à tarde, eu volto.

Assenti e sorri.

— Acho que virão tomar seu depoimento de manhã, Sá. Eu pedi para que não incomodassem hoje.

Não fiquei confortável com a notícia, mas, dessa vez, não seria como a outra que fiquei quieta e deixei aquele monstro livre.

— Tudo bem, Bruno. Conversarei com eles.

Ele se abaixou, beijando minha testa como fazia quando eu era criança. Bruno sempre foi carinhoso e preocupado. Imaginei como estaria seu coração com tudo o que estava acontecendo, pois sempre se sentiu responsável. Mesmo sendo mais novo que Larissa, lembro-me que, quando ela conheceu o Maurício, fez uma entrevista assustadora com nosso cunhado.

Eu nunca me incomodei com essa superproteção, sempre tive em mente que era porque ele nos amava. Observei-os saindo e admirei o amor que emanava deles. Você quase podia ver ondas de bons sentimentos saindo dos seus poros.

— Vou tomar um banho no vestiário e volto, guarda um lugarzinho pra mim na cama. — Lucas piscou sensualmente e sorriu.

Sabia que ele estava brincando, porque a última coisa que queria naquele momento era sexo.

— Ok. Não demora.

Quando ele saiu, deitei e encostei a cabeça na cama, pensando em toda a merda que aconteceu naquela segunda-feira amaldiçoada. A única coisa boa era o desgraçado do Ricardo estar preso.

Por mais preocupados que todos estivessem com minha sanidade mental, eu me sentia bem. Claro que fiquei assustada e mortificada por ter aquele monstro me tocando, mas, dessa vez, estava com a cabeça no lugar, não me culpava pelo que aconteceu porque eu sabia que o único responsável era ele.

Eu não era mais uma vítima, mas uma sobrevivente.

Agora, nossa única preocupação era o acidente dos meninos. Droga, por causa da imprudência de alguns, pessoas inocentes acabam pagando.

Uma batida na porta me tirou dos pensamentos que invadiam minha mente, e uma enfermeira entrou sorrindo.

— Olá, está se sentindo bem? — Parou ao lado da cama, ajeitando o cobertor no lugar. A moça parecia ter seus trinta anos, era baixinha, tinha cabelos castanhos presos num coque e um sorriso gentil.

— Estou sim. Obrigada por perguntar.

— Imagina. Vim trazer seu exame para dar uma olhada, tem algo ali que precisa saber. Esperei o Dr. Lucas sair para trazer, mas, se quiser esperar eu ir, também pode ser. Fiquei sabendo que você é conhecida do Dr. Alberto. Pobrezinho, ele e o amigo. Tsc, tsc... Tomara que se recuperem. Bom, já falei demais, tenho essa mania. Vou sair e esperar o doutor voltar. Qualquer coisa, me chama. — Colocou um envelope em minhas mãos e saiu.

Franzi a testa, estranhando a atitude da mulher. Por que esperar o Lucas sair? Será que eu estava doente? Ai, que droga, odeio ficar curiosa. Sentei-me melhor, cruzei a perna, e abri o envelope, tirando dali uma folha com o resultado.

Passei o olhar pelo que estava escrito e arregalei os olhos. Deus, isso era real? Não conseguia acreditar. Era demais para uma noite só. Não sabia até quando meu coração aguentaria tanta emoção contraditória.

Engoli em seco e olhei em volta do quarto, tentando assimilar tudo que vi na folha de papel.

— Puta merda!

Guardei o exame e a enfermeira colocou a cabeça dentro do quarto.

— Você está bem? Viu o exame?

Balancei a cabeça, e ela sorriu.

— Quer conversar?

— Agora não. Preciso digerir tudo primeiro.

Ela sorriu amigavelmente e saiu. Deitei na cama e cobri os olhos com o braço. Como contaria para o Lucas? Estávamos em um momento tão delicado. Tanta confusão acontecendo. Teria que enfrentar depoimentos, julgamentos, processo longo. Ai, meu Deus...

— Por que está com essa carinha, princesa? Já está com saudades de mim?

Arregalei os olhos e virei a cabeça para ver se o envelope estava no seu campo de visão. Rezei para que ele não tivesse percebido. Então, voltei a olhá-lo e sorri.

— Só estou cansada, meu amor. Vem dormir comigo. Estou louca para ir pra casa. Não sei por que me seguraram aqui até agora.

Ele deitou-se atrás de mim e ficamos de conchinha. A cama não era grande, mas cabíamos nela.

— É porque a Jeny vem te ver amanhã cedo. Quer dizer, hoje. Daí vai receber alta.

— Tô louca pra ir pra casa. Aqui está sendo uma caixinha de surpresas.

Lucas pegou meu queixo, fazendo com que eu olhasse para o seu rosto.

— Tá preocupada com os caras? Vai dar tudo certo. Não se preocupe.

Assenti e deitei a cabeça no travesseiro. Esperava que desse tudo certo mesmo. Mas, quanto à surpresa, Lucas não perdia por esperar. Acho que mudaria nossa vida para sempre.

Capítulo 36
Lucas

Dormir abraçado naquela cama de hospital não foi muito confortável, mas ao lado dela era sempre muito bom. Acordei sobressaltado com um barulho no quarto. Sabrina já estava sentada conversando com alguém. Quando me virei, quase caí da cama. Kiara estava ali no quarto.

— O que você está fazendo aqui, Kiara?

Elas pararam de falar como se notassem a minha presença só naquele momento. Kiara sorriu envergonhada e baixou a cabeça.

— Ela me atendeu ontem quando cheguei, amor. Não seja ignorante em falar assim com a garota. Você foi o cafajeste! Ela veio me ver porque iniciou o plantão agora.

Arregalei os olhos e me virei para Sabrina, que estava calma até demais. Fiquei com medo dessa reação. Mas que porra é essa?!

— Hum, e não tem problema com isso?

Sabrina apenas arqueou uma sobrancelha, me desafiando a dizer o porquê do "problema". Eu que não iria tocar no assunto. Virei-me para a enfermeira, que continuava no mesmo lugar. Kiara havia mudado da água para o vinho. Quando tivemos o rolo, ela era atirada e cínica, mas agora parecia até tímida em estar na minha presença. Coisa estranha...

— Não, Lucas, está tudo certo. Eu não vou incomodar sua namorada. Só queria saber se ela estava bem.

— Desculpa, Kiara, não queria te ofender, mas acordei assustado. — Levantei-me e dei um beijo na testa da Sabrina. — Bom dia, amor. Eu vou ver como estão todos. Você tem alguma notícia do Alberto, Kiara?

— Não, eu cheguei e vim direto pra cá.

— Tudo bem, vou lá. Daqui a pouco, Jeny deve passar por aqui, e vou ver se consigo sua alta. Dos seus machucados superficiais, eu cuido direitinho em casa.

277

Sabrina segurou meu rosto entre as mãos e sorriu, dando um selinho na minha boca. Um beijo tão suave e doce que derreteu meu coração.

— Volta logo, vou morrer de saudades — falou com os lábios encostados nos meus.

Sorri e me afastei. Entrei no banheiro, fiz todo o ritual da manhã e fui para o corredor. Fiquei feliz em saber que Sabrina estava bem o suficiente para rir, brincar e conversar. Acho que dessa vez daria tudo certo.

Àquela hora, o hospital estava tranquilo por causa da troca de plantão. Aliás, eu estaria trabalhando agora, mas decidi pedir uma dispensa para cuidar da minha princesa.

Primeiro, resolvi olhar como o Heitor estava na UTI. No dia anterior, quando saí da sala, a perspectiva não era boa. Ele respondia pouco aos estímulos, e o medo da equipe era que ficasse com sequelas, se sobrevivesse. Me aproximei da porta de vidro e apertei o botão para chamar a enfermeira. Quando ela apareceu, sorriu e destravou a porta.

Entrei e esterilizei as mãos.

— Tudo bem? Vim ver o Heitor Teles.

— Ah, sim. Segunda cama à direita, ele ainda está sedado.

Assenti e fui até lá. Quando abri a cortina, meu coração apertou. O tatuado estava meio irreconhecível. Quando se sofre uma pancada na cabeça, mexe com tudo, seu rosto estava inchado e machucado, o braço, engessado. Era muito triste presenciar aquilo.

— Porra, cara! Vê se reage, amigo, porque ainda temos muitas coisas pra aprontar. E o *Beer*, como vai ficar sem você? A Layla vai surtar. Vai deixar sua estrela sozinha? Alberto tá acabado, todo fodido e de perna quebrada. Tem que levantar pra dar uns tapas na cabeça dele. — Suspirei, olhando para o seu rosto. Mesmo sabendo que estava sedado, eu ainda tinha esperança de que ele abrisse os olhos e me respondesse. — Não se entrega, irmão. Ainda é muito cedo.

Existe uma coisa que se chama vontade de viver, e muitas pessoas perdem isso ao longo da vida. Por acontecimentos diversos, a escuridão toma conta de nós e nos esquecemos de caminhar para a luz. E, em casos como o do Heitor, é imprescindível que tenhamos vontade de viver. Esperava que ele se apegasse a algo, porque, pelo que conhecia do tatuado, ele ainda caminhava nas sombras.

Depois de mais alguns minutos, fui embora, não poderia permanecer na UTI por muito tempo. Agradeci à enfermeira e pedi que, se houvesse qualquer alteração no quadro dele, mandasse me avisar. Agora era a vez de eu ver o Alberto, que já devia estar acordado.

Quando parei em seu quarto, o circo estava armado. Ele tentava se levantar enquanto dois enfermeiros o mantinham no lugar.

— Mas que porra é essa?! — Ao ouvir minha voz, Alberto se virou com o rosto transformado em fúria.

— Ainda bem que você chegou, Lucas, esses brutamontes não me deixam ir ver como o Heitor está.

— Eu não sei que ideia de louco é essa, cara. Você não pode sair andando agora, tem que esperar pelo menos 24h da cirurgia. Tem noção de quantos pinos tem na sua perna? Eu tenho!

Ele bufou e recostou-se na cama, parecendo exausto. Claro que estava, todo esforço para se levantar, ainda mais em seu estado, era no mínimo cansativo. Alberto abriu os olhos e me encarou.

— Como ele está, Lucas? Fiquei sabendo por alto.

Respirei fundo e me sentei na cadeira ao lado da sua cama. Coloquei os cotovelos no joelho e baixei a cabeça.

— Ele está em coma induzido por traumatismo craniano. Fora as outras merdas que aconteceram, mas o mais sério é isso. Agora é esperar pra vê-lo reagir.

— Droga! Que merda, e tudo culpa minha. — Alberto socava a cama, parecendo atormentado.

Levantei a cabeça e percebi que ele realmente estava, porque seus olhos brilhavam de lágrimas não derramadas.

— Como culpa sua, cara? Foi culpa daquele motorista filho da puta que avançou o sinal.

Ele me olhou e suspirou.

— Eu quis vir embora antes do programado, não aguentava ficar longe. Heitor concordou e, como estávamos sempre viajando à noite, não quis esperar. Não conseguimos nem pensar. Quando percebi, estava voando longe e senti uma dor da porra na perna, daí só acordei hoje.

— Cara, não se martirize. Não tinha como saber que essa merda toda iria acontecer. — Balancei a cabeça e suspirei, tanta coisa tinha ocorrido que não sabia por onde começar. — A Ana esteve no hospital ontem.

Alberto ficou estranho, fechou a cara e olhou para o outro lado, parecendo incomodado por eu ter mencionado o nome dela.

— Por minha causa? Rá, claro que não. Deve ter vindo pelo Heitor.

— Não, ela veio pela Sabrina. Aquele louco a atacou de novo, mas cheguei a tempo, porém ela ficou muito machucada. O desgraçado bateu nela. — Cada vez que me lembrava disso, sentia uma repulsa no peito, além de uma vontade insana de ter matado o filho da puta.

— Mas que merda para um dia só. Ah, se eu pego esse cara, nem sei o que faço, melhor mantê-lo longe mesmo. Mas ela está bem?

Assenti e contei que estava melhor do que eu esperava. Que até estranhei Kiara estar no quarto de manhã e me assustei. Mas parecia que Sabrina estava tranquila com tudo.

— Se eu pudesse, ia lá ver a bonequinha. Traga ela aqui quando tiver alta.

— Ok. Não vai perguntar da Ana?

Ele virou o rosto e comprimiu os lábios.

— Não tenho por que saber dela.

Sorri. Já tinha passado por essa fase: a negação. Era uma merda, porque você queria saber, falar e tocar na pessoa, mas não dava o braço a torcer. Aqueles dois teriam muito trabalho pela frente, já podia até ver a briga de gato e rato, porque alguma coisa me dizia que o tempo deles estava chegando.

— Mas eu vou falar mesmo assim. Quando ela ficou sabendo do seu acidente, entrou em choque, e, segundo a Sabrina me contou à noite quando elas foram embora, Ana chorou como uma louca, balbuciando coisas, como tempo perdido e toda essa merda. E depois entrou em negação, assim como você... — Sorri e ele fechou a cara. — Aí, dona Marisa entrou em ação, e isso eu vi. Ela deu o maior chega pra lá nela. A garota ficou perturbada.

Os olhos arregalados do meu amigo foram hilários de se ver, e abria e fechava a boca como um peixe fora d'água.

— Não precisa dizer nada. O problema é exclusivo de vocês, mas, reforçando o que minha sogrinha linda disse, está na hora de deixarem a hipocrisia de lado e ver o quanto são loucos um pelo outro.

— Dona Marisa disse isso?

Levantei-me, sorrindo, e arqueei as sobrancelhas.

— Disse sim, e é válido para os dois idiotas. Bom, vou indo que a Sabrina já deve ter recebido a Jeny. Tomara que dê tudo certo e possa levar minha princesa para casa. Se cuida e nada de aprontar. Seu osso esmigalhou em três pedaços. Tem noção de como essa merda vai doer?

Ele fez uma careta, antecipando o processo que seria dali para frente. Saí, deixando-o com seus pensamentos, e fui ver a minha mulher.

Quando cheguei ao quarto, Sabrina já estava com uma roupa limpa que Bruno havia trazido. Aliás, meu cunhado estava lá com o policial pegando o seu depoimento.

Peguei o final do seu relato. Ela estava emocionada, mas firme. Quando disse sobre eu ter chegado e a salvado, senti um novo aperto no peito, uma vontade louca de embalar Sabrina nos meus braços e não deixar que nada a machucasse. Observei seu rosto contorcido com as lembranças que a assolavam. Não via a hora de esse pesadelo acabar.

O investigador saiu e me aproximei. Não disse nada, e a beijei. Nem me importei de o Bruno ainda estar no quarto, só queria mostrar à minha princesa que, dessa vez, ela não estava sozinha e que eu nunca iria abandoná-la. Aspirei seu perfume doce e apreciei seus lábios com delicadeza e amor. O beijo era ao mesmo tempo suave e intenso, mas carregado de sentimento e emoção. Deslizei meus lábios pelos dela entreabertos, pedindo passagem. Ela abriu a boca um pouco e acariciei sua língua doce com a minha.

Levei a mão ao seu rosto, deslizando pela pele macia da sua bochecha e pescoço, garganta e queixo. Entrelacei os dedos em seus cabelos, massageando devagar. Pude sentir Sabrina relaxando. O que sentíamos era hipnotizante, não tínhamos noção de onde estávamos quando nos concentrávamos um no outro. Afastei-me um pouco da sua boca e dei beijos por seu rosto, subindo até os olhos. Encostei a testa na dela e aguardei aqueles faróis azuis se abrirem. E sempre que acontecia isso, meu coração acelerava loucamente, como agora.

Sorri e ficamos assim por alguns minutos.

— Q-que foi isso, amor? Fui ao céu e voltei só com um beijo.

Passei o polegar pelos hematomas em seu rosto e quis chorar, mas não faria isso; se ela estava sendo tão forte, eu também seria.

— Só quis te beijar, sabe que não resisto a essa boca vermelhinha e linda. — Sabrina sorriu e corou levemente.

— Nem me olhei no espelho ainda. Devo estar horrível. Ainda sinto meu rosto latejar.

Porra, eu daria um braço para não ouvi-la falando assim. Ainda mais sentir tudo isso.

— Tá linda, meu amor. Mas, e aí? Como foi com a Jeny?

— Legal, conversamos e ela me liberou. Estava esperando só você voltar. O Bruno também. — Ela inclinou para o lado, procurando o irmão. — Ué, cadê o Bruno?

Sorri maliciosamente.

— Deve ter se queimado com o nosso fogo. — Balancei as sobrancelhas.

— Caramba, esqueci dele. Deve ter ficado envergonhado.

Dei de ombros. Já presenciamos tantos momentos dele com a Layla que merecia ter de volta.

— Então, já que recebeu alta, vamos pra casa. Eu peguei folga de três dias para cuidar da minha princesa. O Alberto me pediu pra te levar lá.

— E o ursinho?

Respirei fundo e fui juntar suas coisas, enquanto ela se levantava da cama.

— Está estável, mas você não pode ir lá hoje. Ele está na UTI. Outro dia trago você. — Eu queria esperar ele melhorar, porque não sabia a reação da Sabrina ao ver seu amigo tão destruído.

Ela concordou e fomos visitar o Alberto. Quando entramos, os dois ficaram abalados com a aparência um do outro. Bruno estava com o amigo. Com a chegada de Sabrina, ele se postou ao meu lado.

Sabrina e Alberto se consideravam irmãos e estavam conversando baixo um com o outro. Ela estava deitada em seu peito, lamentando o que tinha acontecido com todos. Enquanto isso, Alberto acalentava a minha garota.

Depois de melhorarem do susto, prometi trazê-la no outro dia. Chegamos em casa e estava louco por um banho. Coloquei as coisas dela no quarto e fui para o banheiro. Deixei a água escorrer por meu corpo, tirando toda a tensão. De olhos fechados, relaxei. Quando os abri, Sabrina estava do outro lado do boxe, nua e linda.

— Quero que você me ame, Lucas.

Capítulo 37
Sabrina

Quando acordei no hospital, senti tanto amor dentro de mim que mal conseguia ficar parada. Fiquei observando Lucas dormir ao meu lado, quietinho e sereno. Apesar de a cama ser apertada, para nós foi uma noite sem igual.

Chegamos em casa e eu só pensava em uma coisa: ser amada. Ele foi para o banheiro e não perdi tempo, tirei toda a minha roupa e fui atrás dele. Eu não estava no meu melhor estado, pois tinha hematomas e machucados pelo meu rosto e corpo. Porém, me sentia segura para ficar de qualquer maneira perto dele. Sentia-me sempre linda.

Parei na porta do banheiro, observando aquele homem lindo no chuveiro. Minha intenção não era me juntar a ele, mas mostrar-lhe o tanto que eu o queria. Lucas podia estar com receio de me tocar, e por isso mesmo eu o queria. Para substituir lembranças e dor por amor.

Ele abriu os olhos e me percebeu ali. Vi o exato momento que notou que eu estava nua. Seus olhos se arregalaram e sua boca se entreabriu. Podia jurar que ouvia seu coração disparar no peito.

— Quero que você me ame, Lucas.

Ele engoliu em seco e fechou os olhos. Devia estar pensando na consequência de fazermos sexo. Provavelmente achava que eu estava sensível e abalada.

— Olha pra mim — pedi com a voz embargada. — Eu quero sentir suas mãos no meu corpo. Quero sentir seu carinho, seu amor. Quero ser cuidada, preciso sentir seu corpo junto ao meu. Por favor, não me negue isso.

Ele fechou o registro e abriu a porta do boxe, parando à minha frente. Olhou-me de cima a baixo. Senti como se estivesse sendo acariciada, meu coração acelerou e foi minha vez de ofegar e respirar fundo.

Ainda de olhos fechados, senti seu rosto molhado bem próximo do meu, enquanto as gotas mornas caíam em meu ombro, fazendo-me arrepiar todinha. Lucas deu beijos suaves no meu pescoço, aproximou-se do meu ouvido e sussurrou:

— Eu te amo mais do que a mim mesmo, Sabrina. Faço o que você pedir e desejar. A única coisa que nunca iria cumprir por ser impossível é me afastar, não vou mais te deixar. — Mordiscou minha orelha, esfregando o nariz no meu pescoço. — Vou beijar cada pedaço do seu corpo gostoso, lamber e sentir o seu gosto, além de me inebriar com esse cheiro cítrico que me deixa louco. Vou transar com você lentamente, colocando em cada investida o amor que tenho dentro de mim. Vou te fazer gozar tão devagar que vai durar uma eternidade. E, quando acabar, começarei tudo outra vez.

Oh, meu Deus! Meu corpo estava em chamas, sentia uma eletricidade subindo em minhas pernas e se instalando em meu peito, além de um frio na barriga em expectativa. Sabe quando seu peito está tão cheio de sentimento que parece que vai explodir?

Abri os olhos e Lucas estava me beijando delicadamente. Levei a mão até seus cabelos, entrelaçando meus dedos em suas mechas macias e molhadas. Virei o rosto e sussurrei:

— Sou toda sua.

Ele sorriu na minha pele e enlaçou minha cintura, me levantando do chão. Fomos em direção ao meu quarto, que era mais perto. Lucas me colocou em cima da cama e se ajoelhou à minha frente. Ergueu uma mão e acariciou cada parte dolorida do meu rosto com beijos, que sabia ser o modo de me consolar sem falar nada. Seus lábios tocaram cada um dos meus machucados, tirando a dor deles com carinho.

O ato de amor é isso. Em cada toque, palavra ou sensação, você demonstra o tamanho do seu sentimento. Sentia, naquele gesto tão importante, uma renovação; e, com a surpresa que nos aguardava, seria o começo de uma vida maravilhosa.

Lucas me abraçou, enlaçando meus ombros, e esfregou seu rosto no meu.

— Você é a pessoa mais importante da minha vida. A mulher mais linda, forte, guerreira e inteligente que conheço. Te admiro demais, princesa.

Será que um amor pode ser tão grande que ele transborda? Sim, a prova disso era o que me acontecia. Sorri amplamente com a revelação que teria que contar a ele. Esperava que ele a amasse assim como eu.

— Você é o homem mais doce, lindo, gentil, atencioso e forte que eu conheço. Eu amo cada parte sua, Lucas. Cada pedacinho, qualidade e defeito. Te amo por inteiro, não trocaria nada do que passamos, mesmo o que sofremos separados, porque tudo isso serviu para que nos amássemos com todo o coração e alma como é agora. — Ele se afastou e coloquei a mão em seu rosto, admirando o quanto era lindo. — Você me salvou desde o primeiro momento que te vi. Entrou na minha vida quando mais precisei. Tenho certeza de que, se não fosse por sua presença constante, eu não estaria aqui hoje. Obrigada por existir e me amar.

Ele assaltou minha boca em um beijo maravilhoso. Seus lábios quentes e ainda úmidos do banho brincavam com os meus. Sua língua gostosa se entrelaçava na minha, e o frio na barriga voltou com tudo. Senti a excitação se formando em meu ventre e descendo até o meu sexo. Estava molhada e pronta para recebê-lo.

Lucas desceu, beijando o meu rosto, e, ao mesmo tempo, o meu colo. Acariciou meus seios com as mãos enquanto devorava meu corpo com a boca. Seus lábios desceram até meu mamilo túrgido. Sugou delicadamente, fazendo espasmos elétricos percorrerem minhas veias. Mordiscou, brincando e sorrindo a cada gemido que eu dava.

— Você está me enlouquecendo. Não consigo enxergar ou ouvir nada. Só sentir. Ai, isso é bom, não para.

— Não vou, princesa — falou, com a boca colada em meu seio.

Desceu a mão pela minha barriga, alcançando minha vagina pulsante. Precisava urgentemente ser preenchida. Com o polegar, ele circundou meu clitóris, e eu gritei, tamanha era a sensação, porque, enquanto sugava meu seio, ele brincava com o ponto mais sensível do meu corpo. Colocou um dedo dentro do meu sexo molhado, entrando e saindo.

Caramba, eu sentia tudo, precisava ser tomada com força e carinho, selvagem e doce. Pensei que ia pirar com o duplo ataque, em meu mamilo e clitóris. Gritei seu nome em um orgasmo gostoso e forte.

Escutei sua risada baixa, e o rosto do meu amor pairou sobre o meu.

— Sabe que o som mais excitante do mundo é ouvir você gozar? Não tem nenhum pudor, grita e enlouquece, me levando junto. Você é a perfeição, mulher.

Deitou-me lentamente com uma mão espalmada em meu tórax. Fiquei ali, olhando puro músculo de homem gostoso, com uma ereção mais do que dura. Podia vê-lo pulsando, pois, do seu pênis, saía líquido pré-ejaculatório, prova do quanto estava excitado.

Lucas deu beijos molhados em minhas coxas, me fazendo contorcer e me segurar para não tocá-lo. Sei que ele queria seu tempo para cumprir o que eu lhe pedi: que me amasse. Seus lábios torturadores subiram e senti sua respiração em meu sexo, e só isso já renovou minha vontade. Depois, deslizou a língua, lambendo dolorosamente devagar; eu não sabia se iria suportar. Meu corpo parecia que entraria em combustão a qualquer instante. Sugou, mordeu e acabou com qualquer resquício de autocontrole meu. O orgasmo veio quando ele ria dos meus gritos e gemidos, e a vibração fez algo totalmente novo no meu clitóris sensível e inchado. Foi realmente delicioso.

Estava acabada. Sentia meu corpo todo mole. Meus braços estavam esticados para os lados, minhas pernas não se aguentavam nem arqueadas. Levantei a cabeça, dando de cara com olhos verdes brilhantes e um sorriso para lá de safado. Lucas lambeu a boca.

— Já te disse que seu gosto é maravilhoso?

— Você acabou comigo. Não consigo nem falar.

Ele mordeu os lábios e pegou sua ereção, acariciando-se e movendo a mão para cima e para baixo.

— Tem certeza de que está cansada? Eu não terminei de te amar. Temos a tarde e a noite inteirinha — falou, com a voz rouca de desejo.

Engoli em seco e não conseguia desviar o olhar, vê-lo se acariciando era muito sexy. Lucas não tinha nenhum pudor. O sorriso sem-vergonha no seu rosto denunciava isso.

— De repente, me sinto revigorada.

Lucas soltou uma gargalhada que desconcentrou seu "trabalho".

Ele deitou ao meu lado, entrelaçando a perna direita na minha, enquanto sua ereção descansava dura em meu quadril. Passou a mão por minha barriga, subindo até meus seios, garganta e rosto. Em seguida, deslizou o polegar em meus lábios.

— Sua boca é muito gostosa, Sá. Não me canso de olhar, beijar e morder. Vou possuir seu corpo beijando sua boca, chupando sua língua. Será que esse é o significado de possuir por inteiro?

Mordi seu dedo, surpreendendo-o.

— Você me possuiu por inteiro desde o primeiro beijo e o primeiro toque. Quando eu te pedi que fizesse só sexo, isso não aconteceu, porque sempre te amei. Naquele dia, eu me entreguei totalmente e me assustei com a força do que sentia. Tinha medo. Agora, chega de conversa, gato. Me leva, me entrego, sou sua.

Lucas grunhiu e ficou de joelhos na cama, no meio das minhas pernas abertas, que já tinham recuperado a força.

— Sim, é minha. — Entrou de uma vez só, fazendo-me gritar de prazer.

Arqueei meu corpo de encontro ao seu peito forte. Lucas enlaçou minha cintura com um braço, prendendo-me. Era algo diferente e muito sexy, pois ficávamos colados, pele com pele. Era demais! Prendi as pernas em volta do seu quadril e acompanhei seus movimentos preguiçosos. Ele passou a língua em meu pescoço, provocando arrepios por todo o meu corpo.

Lucas olhou em meus olhos enquanto fazíamos amor; sempre nos entregávamos totalmente ao ato. Sentia tudo ao mesmo tempo, e minha mente ficava em branco. Seus olhos tão brilhantes e felizes me amavam, assim como seu corpo com suas estocadas firmes e constantes. Em meu ventre, começou a se formar o ápice daquele amor, o que deixava tudo ainda mais claro: eu pertencia a ele.

— Amor, estou quase... Vem comigo?

— Sempre!

Ele prendeu os joelhos com firmeza no colchão e sentou, me puxando para o seu colo sem nos desligar. Apoiei as mãos em seus ombros e me movi, subindo e descendo por seu pau gostoso. Enquanto isso, Lucas lambia e mordia meu pescoço.

Ele desceu, beijando meu colo, e capturou um seio com os lábios, sugando com força. Segurei sua cabeça no lugar porque estava bom demais ser estimulada em dois lugares ao mesmo tempo. Ele mordeu forte na mesma hora que eu desci. O orgasmo me pegou desprevenida, fazendo-me desfalecer em seus braços. No mesmo instante, pude senti-lo se derramando dentro de mim.

Deitei a cabeça em seu ombro, respirando forte e pesadamente. Estava sem fôlego. Lucas acariciou minhas costas suadas e seu hálito fez cócegas no meu pescoço. Quando me recuperei parcialmente, me afastei e olhei em seus lindos olhos verdes, sorrindo.

— Nossa, essa felicidade toda e esse sorriso lindo são para mim? Eu sou a causa? — Acariciou meu rosto, colocando uma mecha de cabelo atrás da minha orelha. Lucas era tão carinhoso que chegava a achar ser de mentira, talvez um sonho.

— Você sempre é a causa do meu sorriso, felicidade e amor. Quando penso que não, acontece algo novo que aumenta ainda mais o que sinto por você. Tenho que agradecer a Deus por ter colocado sua irmã no caminho do Bruno, e então eu ganhei você.

Ele beijou minha testa, sorrindo.

— Eu te amo, princesa. Nunca vou me cansar de dizer isso. Mas você está um pouco mais sentimental hoje. Por quê? Não que eu esteja reclamando, mas estou curioso.

Meu coração acelerou, já estava na hora de contar a ele o quanto nossas vidas iriam mudar.

— Bem, sim. Tem um motivo especial...

Ele arqueou as duas sobrancelhas, curioso.

— Posso saber o que é? Estou ficando com ciúme, porque, se fosse eu e meu poder sexual incrível, você já teria dito. — Bateu o dedo na ponta do meu nariz.

Tive que rir. Realmente, seu poder sexual era incrível. Tanto que...

— Você é muito engraçadinho. Mas até que tem a ver sim. — Respirei fundo. Peguei seu rosto entre minhas mãos e beijei seus lábios. — Eu tô grávida.

Observei suas reações com a notícia. Ele arregalou os olhos e sua respiração parou. Pegou-me pelos braços, me afastando um pouco. Engoliu em seco e olhou para baixo. Depois voltou a me olhar.

— Sério?

— Sim, recebi ontem o exame de sangue. Quis te contar em casa depois de nos amarmos, não em uma cama de hospital.

Ele desviou o olhar. Estava meio perdido. Um medo invadiu meu coração. Será que tinha ficado chateado?

— Lucas, nós não usamos camisinha nenhuma vez. Mesmo depois de percebermos isso, acho que nunca passou por nossa cabeça. Se você não gostou, desc...

Ele me beijou, me calando. Desesperado, devorou minha boca, soltando um estalo ao se afastar

— Eu já disse que você fala demais? Eu não gostar? Estou em choque, mas feliz pra caramba. — Gargalhou com a cabeça jogada para trás. — Porra, eu vou ser pai!

Sorri ao ver seu entusiasmo. Ele me olhou com amor e levantou-me pela cintura, colocando-me de pé à sua frente. Minha barriga ficou na altura do seu rosto.

— Oi, bebê, é o papai. Eu sei que ainda é muito pequenino, provavelmente um feijãozinho, mas quero que saiba que a gente te ama demais. Não vejo a hora de te pegar no colo. — Abraçou minha cintura, deitando a cabeça em minha barriga.

Meus olhos se encheram de lágrimas e as deixei cair. Acariciei seus cabelos, fazendo o carinho que ele procurava.

Lucas era minha felicidade plena.

Capítulo 38
Lucas

Duas semanas se passaram depois daquele dia complicado. O ataque da Sabrina, o acidente do Alberto e do Heitor, mas algo aconteceu para amenizar toda a má sorte: eu vou ser pai! Caramba, é inexplicável o que senti e ainda sinto. Fiquei abobado quando Sabrina me deu a notícia, mas agora estava igual a um paspalho. Conversava com o bebê todos os dias. Um amor sem igual por alguém, que ainda era tão pequenino, me tomou por completo.

Depois de uma semana longa em que Sabrina teve que ir à delegacia prestar uma queixa formal, ficamos sabendo que estava tudo caminhando bem. Rick aguardaria seu julgamento na cadeia, pois várias denúncias de estupro foram feitas contra ele. Meu amor estava levando as coisas muito bem. Depois da descoberta da gravidez ela emanava felicidade, e nada a abalava. Estava fazendo terapia com a Jeny desde que saiu do hospital, por insistência minha, claro, já que ela dizia não precisar. Mas eu ficava mais seguro com essa ajuda extra.

Alberto estava prestes a sair do hospital. Já tinha retirado os pontos e iria para casa terminar o tratamento. Graças a Deus, não tinha dado nenhuma infecção, mas seu caso ainda exigia cuidados. Meu plantão tinha acabado de começar, mas antes eu ia verificar o Heitor.

Cheguei à porta da UTI e aguardei que a enfermeira me deixasse entrar. Lá, encontrei Liz Queiroz, uma neurocirurgiã amiga do Bruno e do Alberto. Depois de retirar o sedativo, Heitor não acordou, continuou em coma. Como ela era a melhor na área, decidimos chamá-la para avaliar o caso.

Parei ao lado da cama e fiquei observando. Liz estava sentada bem próxima do Heitor, conversando com ele. Falava baixinho por causa dos outros pacientes, mas pude ouvir uma boa parte.

— Você tem que reagir, Heitor. Seus amigos estão preocupados. Tem que lutar, rapaz. Tanta coisa para fazer e viver. Encontrar um amor, quem sabe? Queria tanto ver esses olhos chocolate brilhando. Vai, quero ver seu sorriso de covinhas que a Sabrina me falou. — Acariciou seu rosto com a ponta do dedo.

Arqueei uma sobrancelha ao escutar aquilo. Se eu não soubesse, diria que a Dra. Liz estava tendo uma quedinha pelo seu paciente. Pigarreei para fazer minha presença notável, antes de escutar mais coisas que não devia. Ela me olhou assustada e se afastou dele.

— Olá, Dr. Lucas. Veio ver o seu amigo? Ah, mas é claro que veio, pergunta boba a minha. — Sorri ao perceber que ela estava nervosa. — Droga, já estou falando demais. Desculpa, não posso evitar.

— Tudo bem, Liz, mas pode me chamar só de Lucas. Como ele está hoje?

Aproximei-me da cama, observando o tatuado. O inchaço na cabeça e no rosto havia diminuído, mas o braço ainda estava engessado. Os machucados no rosto eram quase inexistentes.

— Bom, está reagindo a estímulos cerebrais, mas não acorda de jeito nenhum. Respiração ok, coração e tudo.

— Entendo. E qual o prognóstico, Liz?

Ela fez uma careta, olhando para ele. Liz era uma mulher bonita, com o rosto gentil e doce, cabelos castanho-avermelhados presos em um rabo de cavalo e olhos num tom violeta, muito raro.

— Ai, Lucas, sua condição física está em perfeito estado. Mas o seu emocional provavelmente está abalado. O cérebro já se curou, agora depende dele. — Suspirou. — Infelizmente, não posso fazer mais nada. Droga!

Toquei seu ombro, oferecendo conforto. Sabia o quanto era ruim se sentir impotente, principalmente na nossa profissão. Às vezes, não há o que fazer.

— Não fique assim. Heitor vai sair dessa, tenha fé. Ele é um cara forte. Você vai embora, já que seu trabalho terminou?

Ela balançou a cabeça, negando, sem tirar o olhar dele.

— Vou ficar mais um tempo. Consegui uma transferência pra cá. Quero acompanhar seu progresso. Não consigo me afastar.

Nossa, ela estava mesmo envolvida com o tatuado.

— Que bom, Liz, fico feliz em saber que ele tem você. — Ela arregalou os olhos, corando.

Sim, eu disse com duplo sentido. Joguei verde para colher maduro. E consegui o meu intento, ela ficou muito sem graça, denunciando seu desconforto com o que falei.

— Mas ele também tem vocês. Nunca fica sem visita. Aliás, Alberto esteve aqui hoje, parece que vai ter alta agora na parte da manhã.

Assenti e deixei por isso mesmo. Heitor precisava de uma mulher bonita e gentil. Só faltava o mané acordar.

— Vou vê-lo agora. Bom, Liz, vou indo, tenho plantão de 12 horas. Qualquer coisa, já sabe. Pode mandar me chamar.

— Tudo bem, vou terminar os testes com Heitor.

Sorri e me despedi, dando uma última olhada no meu amigo. Esperava que ele realmente saísse dessa. Caminhei devagar até o quarto de Alberto, que devia estar louco para ir para casa. Quando cheguei à porta, tive que parar e rir um pouco. Ele estava de pé, pulando num pé só, guardando roupas na mochila.

— Cara, cadê sua muleta? Acha que só porque é médico pode fugir das exigências?

Ele virou e me olhou assustado. Sabia que era errado forçar a perna.

— Ah, essa porcaria é muito chata. Sei muito bem me virar.

— Aham, ainda acho que devia arrumar alguém para te ajudar. Sei lá, contratar uma enfermeira.

Ele franziu a boca em uma careta engraçada.

— Não quero! Não sou um inútil, posso cuidar de mim mesmo.

— Porra, mas você é teimoso. — Me aproximei da cama e sentei, observando sua afobação.

Estar no hospital como paciente era diferente do que como médico. Não era legal, não. Sabia como ele se sentia. Quando terminou, sentou na poltrona com dificuldade por causa da tala na perna.

— Foi ver o Heitor? — Assenti e ele continuou: — Estou muito chateado com isso. Chamei a Liz para avaliar o cara porque é a melhor. Mas não adiantou. Segundo ela, depende dele. E sabe como ele é. Não sei se tem vontade de continuar.

— Você percebeu certo interesse dela?

Alberto arregalou os olhos e sorriu.

— O que você viu? Achei que era coisa da minha cabeça.

— Acho que ela se envolveu demais. Não quer ir embora. Pegou transferência pra cá.

— Sério? Porra, se eu tivesse uma doutora daquelas cuidando de mim, e não um chato como você, acordava rapidinho. — Deu um sorriso sarcástico.

— Rá, rá. Muito engraçadinho. Não se esqueceu da Ana, né? Ela veio te ver?

Alberto fechou a cara e respirou fundo, olhando para o teto.

— Nem uma vez, não sei o que aquela louca quer. Acho que eu vou desistir, velho. Não aguento mais ficar esperando. Apesar de ter tido vários encontros ao longo dos anos, minha vida está estagnada.

— Vai desistir mesmo?

Ele fechou os olhos e, quando os abriu, pude ver a dor e a saudade estampadas em seu rosto.

— Acho que sim, mesmo não parando de pensar nela por nem um segundo. Não aguento essa vida, estou envelhecendo e quero algo mais certo para o futuro. Mesmo meu coração pertencendo à outra... — Suspirou e deu um tapa na perna. — Mas, e aí? Como estão as gravidinhas lindas?

Sorri ao lembrar-me da Layla e da Sabrina. Elas estavam muito felizes que as crianças cresceriam juntas. A família ficou em êxtase com a notícia. Layla estava de quase quatro meses e Sabrina, completando um.

— Estão bem. Layla cismou que já tem barriga aparecendo, mas não tem nada lá. Sabrina exala felicidade, cara. Me sinto o filho da puta mais sortudo do mundo.

— Bom, porque realmente é. Dê sempre valor a isso, ter um filho é o melhor sentimento que existe.

— Verdade. Vamos indo? Tem alguém pra te buscar?

Ele se levantou todo torto e fez uma careta de dor.

— Nossa, isso dói. Tenho, sim. O Bruno ficou de me buscar porque está de folga. Deve estar lá fora me esperando.

Peguei sua mochila e coloquei no ombro. Entreguei a muleta que estava encostada na parede. Alberto não parecia nada confortável andando com aquela coisa debaixo dos braços.

— Tem certeza de que não vai chamar ninguém pra te ajudar?

— Tenho, não quero mulher perto de mim enquanto estou tão confuso. Sabe como é. Quatro anos na seca.

Arregalei os olhos. Achei que fosse sacanagem que ele estava esse tempo todo sem ninguém, mas pelo jeito não era.

— Achou que eu estava brincando, Lucas? Não, eu realmente tentei esse tempo todo. Mas parece que não adiantou. Bom, paciência. Depois do que passei, comecei a enxergar a vida diferente. Não vou me martirizar por algo que foi há muito tempo. Agora, chega desse papo de sentimento, cara. Você tá ficando todo bobo só porque está apaixonado e vai ser pai.

— Foda-se, estou mesmo!

Rindo, fomos para o corredor. Por onde passava, Alberto era cumprimentado. As enfermeiras se ofereciam para cuidar dele, mas o cara recusava.

Ele parou para conversar com o diretor do hospital e meu celular tocou. Era Sabrina.

— Fala, minha linda.

— Lucas, você está com o Alberto? — falou, exasperada.

— Estou levando ele lá pra fora. Bruno está esperando.

— Não tá, não.

— Ué, então vou chamar um táxi.

Ela riu do outro lado da linha.

— Não precisa, tem outra pessoa esperando por ele. Só liguei para você ficar preparado. A cobra vai fumar!

— Que porra é essa, Sabrina? De onde saiu essa expressão?

— Ah, aprendi por aí. Mas fica preparado. É briga de cachorro grande.

Soltei uma gargalhada.

— Caramba, hoje você está inspirada. Mas tudo bem, estou preparado. Nenhuma pista do que possa ser?

— Nããooo. Você vai ver. Estou com saudade, ainda sinto seu corpo em mim.

Bati na testa com uma mão; a mulher acabava comigo.

— Ok, nem vou responder ou sou capaz de largar tudo aqui pra ir te ver. Já está no trabalho?

— Tô sim, na minha sala, com muita vontade de você.

— Ai, porra, vou desligar ou acabo me envergonhando. Tchau, depois te falo como foi.

— Boa sorte. — Desligou.

Que merda era essa agora? Esperei Alberto terminar sua conversa com o diretor do hospital. Devia estar querendo voltar a trabalhar, mas não conseguiria tão cedo.

Ele saiu carrancudo e Ricardo só ria, se afastando, mas cumprimentou-me com um aceno e foi embora. Aproximei-me.

— Vamos, cara. Já está há muito tempo de pé, forçando essa perna.

Ele assentiu e caminhamos até a porta do hospital. Alberto andava de cabeça baixa; devia estar chateado por não poder fazer tudo que estava acostumado.

Quando chegamos à saída, percebi o motivo de Sabrina ter me ligado. Ana estava encostada no carro. Mesmo sendo minha cunhada, eu sempre a achei linda, aliás, as meninas Petri eram maravilhosas, sem exceção. Tinha os braços cruzados, vestia uma calça preta e uma blusa azul de botão, e usava óculos escuros que escondiam seus olhos castanhos. Em seu rosto, como sempre, havia um sorrisinho doce e sarcástico.

Notei exatamente a hora que Alberto percebeu sua presença. Várias reações passaram pelos olhos do meu amigo: felicidade, saudade, tristeza e, por fim, raiva. Fiquei olhando de um para o outro, prevendo briga de cachorro grande, como disse Sabrina.

— Que porra você tá fazendo aqui, Ana Luiza? — vociferou Alberto.

Ela descruzou os braços e desencostou do carro, andou sensualmente até parar na frente dele, retirou os óculos, e vi que tinha um brilho desafiador em seus olhos. Vixi, ia dar merda!

— Vim te buscar. Eu vou cuidar de você.

Capítulo 39
Ana Luíza

Dizem que você vê sua vida passar diante dos seus olhos à beira da morte. Eu vi tudo que vivemos e perdemos, passando como um filme na minha frente. Tudo que fiz e disse voltava para me assombrar naquele momento aterrorizante, quando achei que nunca mais ia vê-lo novamente.

Desesperei-me, e tenho certeza de que, em meu ataque de remorso, disse coisas que não devia. Eu e Alberto passamos por tanta coisa, só que ninguém sabia. E, depois que minha mãe me falou tudo que eu já sabia, me fez refletir. Fiquei em casa os quatorze dias em que ele permaneceu internado, enquanto vários *flashbacks* invadiram minha mente, fazendo-me quase sufocar com tantas lembranças, mas o que mais me incomodou foi o nosso último encontro.

Depois de passar o dia com Sabrina conversando e admitindo para mim mesma o quanto meu coração pertencia a ele, tomei uma decisão. Não seria o que ele estava esperando. Claro que, em parte, sim, mas decidi levar adiante essa ideia maluca. Arrumei-me minuciosamente para mexer com ele, vesti uma calça branca colada no corpo e um top tomara que caia preto, que deixava meu colo à mostra. Alberto sempre dissera que minha pele branquinha era uma delícia de se apreciar.

Assim que desci do carro, fiquei nervosa e quase desisti, mas não aguentava mais, de quatro anos para cá estava sendo insuportável resistir. Suas investidas estavam cada vez mais ousadas, e minha vontade de senti-lo novamente chegava a doer. Em todo esse tempo separados, eu nunca tive um amante como ele; era vergonhoso admitir que, para ter um orgasmo verdadeiro, eu fechava os olhos e imaginava que era seu corpo quente e forte em cima de mim, sua boca macia que me beijava, seus olhos azuis que me enlouqueciam. Só assim eu tinha prazer.

Às vezes, parece que as coisas se encaminham a nosso favor. Assim que entrei, vi que ele estava parado no meio do bar, rindo de algo que Lucas lhe dizia, mas, quando se virou e me viu, ficou embasbacado. Exatamente a reação que eu esperava, então coloquei meu plano em prática. Caminhei em sua direção o mais sensual possível e olhei seu corpo gostoso de cima a baixo.

Sorri com a perspectiva de que poderia colocar as mãos nele novamente. Ignorei meu irmão falando, pois poderia me fazer desistir.

Aproximei-me e o puxei pelo pescoço. Minha intenção era tomar sua boca, mas não tinha coragem de me expor com tanta gente olhando. Mesmo não sabendo do nosso passado, eu tinha medo que alguém caçoasse de mim, e que as lembranças que eu preferia esquecer viessem me assombrar novamente.

Senti seu perfume, cheirei mesmo, passei o nariz por sua pele, causando um arrepio nele e em mim. Mordisquei o lóbulo da sua orelha e sussurrei:

— Tenho uma proposta pra você, te espero no banheiro feminino. Não se atrase, Beto.

Afastei-me e sorri, dei as costas para ele e me sentei como se nada tivesse acontecido. Tentei ignorar os olhares à minha volta, coisa que era um pouco impossível, já que todos estavam em silêncio. Quando Alberto voltou à mesa, não me olhava e tinha o rosto confuso e retraído. Não sei o que ele esperava, talvez que eu me declarasse publicamente? Não, ainda mais depois de tudo que ele me fez no passado.

Aguardei ansiosa, e tentei parecer normal enquanto ele estava com cara de tacho. Acho que desconfiava do que eu tinha para falar. Levantei subitamente e fui em direção ao banheiro, mas, antes de me virar para o corredor, olhei para trás e o peguei me observando intensamente. Meus joelhos fraquejaram, e quase perdi o rebolado. Mas seria forte.

Entrei no banheiro e aguardei; tinha que ficar calma para não estragar tudo. Encostei-me na beirada da pia e cruzei os braços. A porta se abriu, e Alberto entrou sem me olhar. Passou a chave, trancando-a, e só então se virou.

Seus olhos azuis elétricos me encaravam com uma mistura de sentimentos que me deixou apreensiva. Não entendi aquela frieza toda, afinal, ele não me quis por quatro anos? E, segundo ele, se manteve fiel ao que seu corpo e alma pediam.

— Eu não sei por que, mas desconfio que não vou gostar dessa conversa. — Encostou-se na porta, mantendo distância.

Acho que, se ele estivesse muito perto, eu não conseguiria falar. Era muito difícil conseguir atingi-lo, ainda mais com a proximidade do calor daquele corpo que estava gravado em minha mente a ferro e fogo.

— Hum... não sei. Mas eu estou muito animada — falei, olhando seu corpo sugestivamente.

— Fala logo que estou perdendo a paciência. Daqui a pouco, vou pegar a estrada.

Engoli em seco e tomei coragem. Não era fácil com aqueles olhos de aço entrando na minha alma como se desvendassem o que guardava dentro de mim. Mas não deixaria. Nunca mais me entregaria por inteiro novamente.

— Eu quero te fazer uma proposta, já que disse que quer ficar comigo. Quero ser seu encontro casual. Quando eu quiser transar eu te ligo e nos encontramos. Eu tenho o controle de toda a relação, e não quero que ninguém saiba desse acordo. Não quero ser vista em público contigo. Simples assim, a gente fode e continuamos nos odiando normalmente.

Disse toda essa palhaçada olhando para os lados. Quando arrisquei olhar para ele, tive vontade de sair correndo. Uma raiva que nunca havia visto estava direcionada a mim. Em doze anos o desprezando e maltratando, ele nunca tinha tido essa reação. Temi por minha integridade. Sabia que nunca me agrediria, mas a indiferença machucava mais.

— É sério isso, Ana Luiza? Você quer foder e nada mais? Está preparada para as consequências? E quanto à exclusividade? — Alberto praticamente cuspia as palavras.

Não tinha pensado nessa parte, mas não aguentaria vê-lo com ninguém.

— Enquanto estivermos nos vendo, não podemos ter mais ninguém.

Ele semicerrou os olhos e assentiu. Meu coração batia descontroladamente, mas enlouqueceu quando Alberto desencostou da porta e caminhou até mim com passos decididos. Ele apoiou as mãos na pia, se inclinando e mantendo o rosto na altura do meu. Sua respiração pesada soprou em minha boca, e automaticamente a abri, esperando o que viria.

— Que porra de homem você acha que eu sou pra aceitar essa merda de proposta? Acha que não tenho sentimentos, Ana? Acha que eu quero ficar com você assim? — Meu coração pararia de bater a qualquer minuto, e minha barriga parecia ter mil borboletas. Deus, esse homem ia me enlouquecer! — Quero ficar com você direito, poder te beijar quando eu quiser, transar com você de noite e de dia, mas algo gostoso e natural. Não com horário marcado!

No final, ele estava sem fôlego e seus olhos pegavam fogo. Engoli o nó que se formou em minha garganta e tentei manter minha voz firme.

— Por que esse dedo todo, Alberto? Nunca escolheu demais suas companhias e não passou tanto tempo com alguém. Eu quero você, mas tem que ser dessa maneira. — Dei de ombros, tentando parecer indiferente.

Alberto fechou os olhos, parecendo derrotado. Eu estava quase desistindo dessa ideia maluca quando ele falou com a voz embargada:

— Porque nenhuma delas era você.

Tomou minha boca com a sua, feroz e esfomeado. Nossa, como senti falta disso. Cada minuto do meu dia, as lembranças dos nossos momentos juntos me tiravam a vontade de continuar negando e evitando. Naquele momento, eu me entreguei.

Enlacei seu pescoço, gemendo e percebendo o quanto era bom estar em seus braços novamente. Ele me apertou entre a pia e o seu corpo forte e quente. Nossas línguas brigavam, gulosas. Nossa respiração forte e nosso batimento cardíaco estavam sincronizados. Meu sangue virou lava nas veias. Um fogo e uma vontade que há muito tempo não sentia me consumiram.

Mas, quando me dei conta, ele estava se afastando como se tivesse sido queimado. Olhava-me friamente e, de repente, me senti a pior pessoa do mundo.

— Eu vou pensar nessa sua proposta, mas não se aproxime de mim até eu procurar você.

Saiu batendo a porta, sem me deixar questionar nada. Ele me ignorou o resto da noite. Eu me senti um lixo, quando, na verdade, foi ele que causou tudo isso. Se eu era a rainha do gelo agora, a culpa era exclusivamente dele. Quando partiu, tentei me aproximar, mas ele apenas balançou a cabeça. E eu fui embora, já desistindo da loucura toda. Quando veio a notícia do acidente, quase enlouqueci, pensando que perdi a oportunidade de tê-lo novamente, porém, graças a Deus, não tinha lhe acontecido nada muito grave.

E agora eu estava na porta do hospital, pronta para levá-lo para casa e cuidar dele até que melhorasse e pudéssemos seguir com nossas vidas. Não sei se conseguiria ter o tipo de relacionamento que propus. Eu não sabia separar as coisas. Na verdade, me senti uma farsa por ter escondido todos esses anos meus sentimentos, quando tinha vontade de jogar tudo para o alto e me entregar a ele. Mas meu orgulho era grande demais. Não conseguia simplesmente esquecer.

Ainda mais pelo fato de que minha dor era maior do que Alberto imaginava, porque o próprio não sabia de certa parte do que aconteceu. E nunca saberia, se dependesse de mim.

Ele apareceu na porta com as muletas debaixo do braço e com Lucas ao seu lado, que foi o primeiro a me notar. Coloquei meu sorriso sarcástico no lugar e aguardei que me visse. E, quando aconteceu, eu sabia que viria ofensa, mas não estava preparada para a raiva em sua voz.

— Que porra você tá fazendo aqui, Ana Luiza? — disse com a voz grossa e a cara fechada.

Desencostei do carro e andei até ele com meu olhar mais sensual. Mas, por dentro, estava morrendo de nervoso.

— Vim te buscar. Eu vou cuidar de você.

Ele estreitou os olhos azuis, deixando apenas uma fenda.

— O caralho que você vai. Eu vou de táxi, se o Bruno não veio, aquele traidor! Não quero você perto de mim.

Senti como se uma faca tivesse sido enterrada no meu peito. Mas não ia deixá-lo ter esse gostinho.

— Deixa de ser teimoso! Eu sou enfermeira e vou cuidar de você, precisa de alguém pra te ajudar. E fora, querido, que sua virgindade não está em risco comigo, fica tranquilo porque não abuso dos meus pacientes.

Ouvi Lucas rindo e direcionei um olhar do mal para ele, que parou na hora, desviando os olhos para o outro lado.

— Merda! Eu vou matar o Bruno. Ok, você pode me levar pra casa. Mas, de lá, eu me viro.

Arqueei as sobrancelhas e sorri, vitoriosa. Olhei para o Lucas e pisquei, mandando um beijinho no ar.

— Tá vendo, Luquinha, a Cinderela tá com medo de mim. Isso me torna o dragão da torre?

Lucas não aguentou e caiu na gargalhada. Eu sorri e dei as costas para eles. Assim que me virei, fiquei séria. Estava morrendo de medo do que essa decisão de ajudá-lo me traria. Abri a porta do carro e Alberto se aproximou, mas, antes de sentar, inclinou-se para perto do meu ouvido e sussurrou:

— O dragão é da história da Bela Adormecida, ou seria do Shrek? Não importa, mas, se você quiser *Ann baby*, eu posso te comer no almoço e no jantar. — Sorriu e entrou, sentando-se.

Filho da puta! Meu corpo ficou em chamas logo que ele disse isso. Virei-me, tentando disfarçar, e dei um tchau para o Lucas, que tentava a todo custo não rir. Nem dei ideia. Agora tinha um baita problema nas mãos. Só esperava não me entregar ao *ímpeto* que poderia me destruir.

Capítulo 40
Sabrina

— Sabrina, sem desculpa, nós vamos pra casa do Alberto fazer uma visitinha de boas-vindas. — Layla riu baixinho e continuou: — Você não pode faltar.

Suspirei, cansada. O dia tinha sido exaustivo e eu só queria cama.

— Tudo bem. Vou chamar o Lucas e passamos lá, mas não vou demorar.

— Ok, entendo. Também não estou a fim de madrugar. Como foi tudo? E seu trabalho na ONG?

Sorri amplamente ao lembrar... Tinham se passado duas semanas do dia fatídico do segundo ataque, e eu estava fazendo terapia três vezes por semana com a Jeny. E, em uma sessão, ela sugeriu que eu fizesse algum trabalho relacionado ao que sofri. De início, fiquei receosa, mas depois cedi e procurei na internet algum local nas proximidades. Acabei achando um instituto que fazia trabalhos e reuniões com mulheres que sofreram abuso sexual. Marquei uma visita e fui, esperançosa.

Encontrei mulheres de todas as idades, meninas e meninos tão jovens quanto meus sobrinhos de oito anos. Fiquei arrasada ao ver tantos casos semelhantes, mas ao mesmo tempo distintos. Como alguém que se diz humano é capaz de uma atrocidade dessas? Tinha histórias de pessoas da família que ganhavam a confiança e, então, cometiam esse crime dia após dia por anos.

A diretora do local me chamou até sua sala e me ofereceu um "cargo", para que eu pudesse ajudar as pessoas que ainda não conseguiram reerguer suas vidas e seguir em frente. Então, fui convidada a participar de uma palestra, tipo aquelas reuniões dos alcoólicos anônimos. Levantávamo-nos e relatávamos nossas experiências, com o apoio de quem já sofreu aquilo, porém, ao mesmo tempo, eu sentia que também estava sendo ajudada.

Tinha frequentado três reuniões e me emocionava em todas. Fiquei sabendo que ali eram só mulheres, além de alguns meninos e meninas, mas tinha muitos garotos adolescentes passando por essa situação. Fiquei chocada com isso, porque muitas pessoas pensam que o estupro é causado apenas por homens, mas existe um número alarmante de casos em que mulheres adultas abusam de meninos na puberdade. E, nesses casos, as vítimas se sentem duplamente culpadas, pois a fisiologia masculina é simples: se estimulada, há ereção. Então, a própria vítima acaba não considerando um abuso, mas, a partir do momento que alguém força uma situação, seja homem ou mulher, ela está cometendo o crime.

Eu frequentei todas as reuniões e passei o que estava aprendendo nas consultas, como também tentei ajudar da melhor maneira possível, porque, na verdade, eu ainda estava fragilizada. E para sempre estaria marcada por aquele ato hediondo.

— Tudo ótimo. Muita coisa triste que tem por ali, Layla, mas é bom ver essas pessoas tentando se reerguer.

— Estou muito orgulhosa de você, Sabrina. Além de ter se tornado uma mulher forte e guerreira, ainda ajuda outras que passaram por situação semelhante. Você é incrível!

Meus olhos lacrimejaram; eu não me achava forte. Tinha medo de muitas coisas, mas o fato de tentar e seguir em frente me fez conseguir ter minha felicidade de volta.

— Eu só consegui porque tinha o apoio de vocês. Mesmo não sabendo de nada, nunca deixaram de me amar. Bom, Lala, vou tomar um banho e esperar pelo Lucas. Beijo.

Desliguei o telefone e fiquei sentada no sofá, pensando na vida, que tinha se transformado totalmente. Meu coração estava cheio de amor, e minha alma, leve. Eu tinha o homem mais maravilhoso do mundo, um bebê a caminho e uma família linda que me amava incondicionalmente.

Levantei e fui para o banheiro, tomando uma chuveirada relaxante e demorada. Caminhei nua para o quarto e parei em frente ao espelho enorme que tinha ao lado do guarda-roupa.

Observei meu reflexo com cuidado. Estava com um mês de gestação e, claro, não tinha nada aparecendo, mas podia muito bem imaginar, certo? Fechei os olhos e coloquei as mãos sobre a barriga e senti um amor emanando de mim que me fez sorrir.

Visualizei-me de sete, oito meses... E depois com um bebê lindo em meus braços. Não via a hora de isso acontecer.

Algumas pessoas, tenho certeza, poderiam achar cedo demais para sermos pais. Novos? Talvez. Porque nosso relacionamento havia apenas começado... Mas o amor que Lucas e eu tínhamos um pelo outro ultrapassava as barreiras do tempo. Sofremos "separados" por um período muito longo. Relacionamo-nos com outras pessoas. Vivemos juntos, mas não de verdade. E não havia alegria maior do que saber que o fruto desse amor tão intenso e impulsivo estava por vir. Nós amávamos nosso filho com todo o nosso ser, assim como sempre foi conosco.

Desde o início, não pensamos, apenas agimos. Tivemos momentos de tristeza absoluta que achei não ter jeito, perdia as esperanças de poder amá-lo sem moderação, mas a felicidade por um gesto simples compensava a dor e voltava a esperar pelo melhor. Apenas pelo simples fato de cada um existir.

Ser amada e valorizada, mesmo que em parte desse tempo tenha sido apenas como amiga, foi o ingrediente principal para me tornar quem eu sou. Foi o pontapé inicial para a minha superação.

Já sentia uma conexão com aquela pessoa que ainda nem conhecia. O bebê que crescia dentro de mim era resultado de um amor tão grande que transbordou, um pedacinho meu e do Lucas que se transformaria em um ser diferente e lindo. Meu filho seria amado incondicionalmente. Não, esse acontecimento não foi cedo nem por impulso. Mas, na hora certa, porque foi concebido no momento em que mais nos amamos.

Senti um par de mãos quentes e fortes por cima das minhas. Abri um sorriso e senti seu perfume. Eu estava tão perdida em meus pensamentos que nem notei sua aproximação. Abri os olhos e encarei aquele amor que sempre via refletido em seus olhos verdes.

Durante anos, eu procurei um amor sublime, e, quando o encontrei, quase o perdi. Lembrar-me disso fazia um nó se formar em minha garganta, mas eu não deixava essa depressão tomar conta de mim. Sabia o quanto ele me amava.

— Há quanto tempo você estava me observando?

Lucas sorriu e encostou o queixo no meu ombro. Estávamos de frente para o espelho, nos encarando.

— O suficiente para perceber o quanto eu sou sortudo de ter uma mulher maravilhosa como você, e um bebê também lindo a caminho. Você tem noção da minha felicidade e quão grande é o meu amor por vocês?

Sorri amplamente, ele sempre dizia coisas assim. Emocionava-me saber como eu o fazia feliz. E a recíproca era verdadeira.

— Que bom, pois nós também amamos demais o papai. — Me virei, enlaçando-o pelo pescoço.

Ele ainda vestia a roupa branca do hospital e tive que me segurar para não levá-lo para a cama e esquecer qualquer jantar na casa do Alberto. Eu já estava nua mesmo, seria bem fácil. Mas tínhamos que ir, tinha certeza de que, se não aparecêssemos, a Layla estaria batendo na nossa porta logo. A mulher tinha ficado impossível com os hormônios da gravidez. Coitado do Bruno!

— Temos que ir para a casa do Alberto. Se não fosse isso, te jogaria na cama.

— Hum... Dizem que a libido das mulheres aumenta na gravidez. Será que é verdade? — Mordeu os lábios sensualmente, fazendo-me latejar em antecipação.

— Amor, se for verdade, você tá perdido. Pode tomar uns energéticos para aguentar o tranco, porque temos oito meses pela frente. E, toda vez que te vejo todo gostoso, tenho vontade de devorar cada pedacinho.

E era verdade, Lucas era uma tentação de homem. Com uma barba rala e um sorriso travesso no rosto, ele sempre me deixava em chamas.

— Temos que ir nesse jantar mesmo? Acho que vai ser um caos. — Riu gostosamente. — Você tinha que ver a confusão que teve na porta do hospital. Alberto não queria Ana perto dele, mas sabe como ela é. Turrona, teimosa e orgulhosa. O cara está ferrado.

— Sério? E será que ela vai estar no jantar?

Lucas deu de ombros e encarou meus lábios entreabertos.

— Agora só uma coisa me interessa: seus lábios quentes nos meus.

Beijou-me de um jeito distinto, parecendo esfomeado. Mas, apesar de nos beijarmos tanto, era sempre novo e diferente. Sua língua acariciava a minha e sugava vorazmente. Senti meu corpo formigar. Decidi que talvez um atraso de algumas horas não fizesse mal. Puxei-o pela gola e o arrastei até a cama. Joguei-me de costas e Lucas caiu por cima.

Assustado, ele separou-se de mim, apoiando os cotovelos na cama.

— Você é louca, e se eu amassei o bebê?

— Não amassou nada, agora cala a boca e faz amor comigo!

Ele sorriu e olhou-me com malícia, mordendo a boca com gosto.

— Seu desejo é uma ordem.

Nos amamos por meia hora, sem pausa. Não conseguia resistir estando tão perto e não poder tê-lo dentro de mim, tocando e amando. Corremos para a casa de Alberto, atrasados. Provavelmente Layla e Bruno já estavam lá. Apertamos a campainha com um sorriso culpado no rosto. E imagina qual foi a minha surpresa ao ver quem atendeu a porta com roupa informal, descalça e com os cabelos em um rabo de cavalo: minha irmã, Ana Luiza, que nos olhava com aquele jeito durão e sarcástico dela.

— O que você está fazendo aqui, Ana? — disparei de uma vez.

Ela bufou e revirou os olhos.

— Nossa, você não tem outra coisa pra perguntar? Bruno disse a mesma coisa. O que é tão surpreendente assim?

Arqueei as sobrancelhas, como se dizendo: *Sério que você não sabe?* Olhei para o Lucas, pedindo uma ajuda, mas ele apenas deu de ombros.

— Ah, cara. Já vi que vou ter que me explicar pra cada um de vocês. Mas que gente chata! Bem, o mala do Alberto vai precisar de uma enfermeira, e aqui estou eu. Tirei férias e vou ajudá-lo.

— Sei... Tudo bem. O pessoal já está aí, né?

Ela assentiu e nos deu passagem. Fomos para a sala, onde tinha várias caixas de pizza na mesa. Layla e Bruno estavam ao lado de Alberto. Larissa e Maurício, com os gêmeos, e mamãe acariciando a barriguinha que minha cunhada ostentava.

Ana passou por nós e sentou de frente para Alberto. Cumprimentamos todos e fui logo me servindo de pizza de calabresa e quatro queijos. Hum, delícia.

— Então, Sá, já fez sua primeira ultrassonografia? — Layla perguntou, sorrindo.

— Não, está marcada para a semana que vem. Não vejo a hora. Sei que ainda é pequenino, mas estou ansiosa.

Ela sorriu amplamente e olhou para o marido. Bruno pegou seu queixo, apertando-o levemente, e deu um selinho em seus lábios. Depois se virou para nós, sorrindo como um idiota.

— Bom, nós fizemos e conseguimos ver o sexo. Ainda não é cem por cento certo, mas sentimos que está correto.

Olhei com expectativa para eles e fiquei animada instantaneamente, tudo bem que eu também desconfiava, porém como iria saber?

— Fala logo, cara. Quero saber se serei padrinho de uma gatinha ou de um garotão — disse Alberto, levando um pedaço de pizza à boca.

Ana o encarou, fuzilando-o com os olhos.

— E quem disse que você será padrinho do meu sobrinho?

Ele sorriu amplamente e piscou. Caramba, não sei como minha irmã aguentava. Alberto tinha um sorriso safado e era tão sedutor que aquele olhar poderia ser proibido.

— Não fique assim, *Ann baby*, serei junto com você. De alguma maneira, nós estaremos juntos no altar.

— Você é um babaca!

— E você, uma frígida.

Minha irmã grunhiu e já ia levantar com uma espátula na mão. De onde ela tirou aquilo, meu Deus? Mas, antes de qualquer coisa, Bruno olhou para os dois, repreendendo-os:

— Dá pra parar, vocês dois? Que merda, já disse o que precisam para liberar essa tensão! E sim, os dois serão padrinhos do meu filho, assim como Larissa e Maurício, Sabrina e Lucas. Então, engulam essa merda e se aturem. — Bufou, se sentando e massageando a testa como se assim se acalmasse. Layla sorriu amavelmente e balançou a cabeça.

— Bem, nós teremos uma menina.

Ficamos felizes com a notícia, e meu palpite estava certo. Seria bem engraçado vê-lo com uma filha adolescente. Ainda era muito cedo, mas tinha certeza de que já estaria tomando providências para manter os gaviões longe.

— Já escolheram o nome? — perguntou Ana, sorrindo.

Bruno abraçou Layla, dando um beijo em sua testa.

— Sim, Ângela, pois tenho certeza de que será outro anjo em minha vida.

Gente, quando imaginaríamos que Bruno Petri, o garanhão da parada, ficaria com os quatro pneus arriados por uma mulher, e agora viria mais uma para deixá-lo babando? Alguns podiam achar esse cuidado todo com a Layla muita rasgação de seda, mas, para mim, o que meu irmão tinha com a esposa era lindo de se ver. Acho que faltam no mundo homens completamente apaixonados e que demonstram isso, que dão carinho e atenção.

Ficamos mais algum tempo, e senti muita falta do Heitor. Nosso grupo sem ele era muito vazio. Seu sorriso sincero e doçura eram simplesmente encantadores. Segundo Alberto e Bruno, Liz era a melhor neurologista da área e ficaria até que ele se recuperasse. Meu coração se encheu de alegria por ter alguém para cuidar do ursinho. O cara era muito sozinho e triste; uma amizade nova seria bom para ele.

Despedimo-nos do pessoal e fomos para casa; eu estava cansada e só queria cama. Lucas foi dirigindo e acabou tomando o caminho mais longo. Não entendi, mas não perguntei. Quando percebi, estávamos parados em frente à pracinha onde aconteceu nosso primeiro beijo. Lucas desligou o carro e virou para mim.

— Lembra da primeira vez que viemos aqui?

Engoli em seco e assenti. Eu tinha jogado aquela vaca dentro da piscina e saí como uma louca. Acabamos parando na praça e quase transamos em um dos bancos.

— Sim, foi nosso primeiro beijo. Como ia esquecer?

Ele sorriu e levou a mão ao meu rosto, acariciando carinhosamente com o polegar.

— Eu tive que me segurar para não te possuir naquele banco. Se eu tivesse insistido, você teria cedido. E o que teria sido de nós? Será que teríamos ficado juntos? Ou você jamais me perdoaria por não ter esperado seu tempo? — Segurou meu queixo, pois tinha abaixado a cabeça ao lembrar dos momentos angustiantes que sentia como se meu coração tivesse sido arrancado. — Olha pra mim. Sá, eu amo você. Te amei desde a primeira vez que a vi. Já te disse isso. E pra mim aquele beijo foi o mais gostoso que provei. Sabe, eu sonhei com ele por anos, consolando-me por não ter mais. Foi o que me fez seguir em frente e continuar te amando, porque precisava de mais, e tinha esperança de provar sua boca novamente.

— Eu teria mesmo me entregado a você. Uma névoa tomou conta de mim naquele momento e me esqueci de tudo, mas depois, em casa, me senti absurdamente ridícula. Ainda tinha feridas abertas que sangravam sempre. E por isso te dei aquele fora na última vez, por isso não podia deixá-lo tentar mais, pois eu cairia em seus braços e não sabia se te odiaria ou a mim mesma. Tinha que ter tempo. E, mesmo sofrendo e morrendo de raiva de você, no fundo, eu era agradecida por ter respeitado essa decisão.

Ele suspirou e sorriu, triste.

— Se eu soubesse, não teria feito metade das merdas que fiz. Nunca quis te magoar. Mas eu também fico feliz por não ter sido precipitado. Acho que tudo aconteceu no tempo certo, amadurecemos e podemos, enfim, viver nosso amor plenamente. — Sorriu lindamente. — Só que uma coisa nunca vai mudar, Sabrina.

— O quê? — Arqueei as sobrancelhas, curiosa.

— Somos impulsivos, e acho que isso é muito bom. Nunca viveremos em uma rotina, e acho que está na hora de refazermos aquele beijo. O que acha?

Meu coração bateu descompassado. Se eu conhecia bem aquela carinha de safado, ele estava propondo revivermos totalmente. O que significava ir até o fim, assim como queríamos. Engoli em seco e sorri. Tenho certeza de que meus olhos pareciam dois faróis, pois Lucas tinha a expressão mais pura de felicidade.

— Sim, meu amor. Vamos seguir mais esse *impulso*.

Epílogo
Lucas

Enfim, iríamos ver o nosso bebê. Tudo bem que ainda era muito pequeno, mas já tinha coração batendo. Mal podia esperar para ver esse milagre. Deus, como eu amava os dois, era algo inexplicável e lindo.

Estávamos na sala de espera e só tinha mulher ali, alguns maridos/namorados acompanhavam suas esposas/namoradas, mas eram poucos. Sentia-me estranho, pois elas não tiravam os olhos de mim. Tinha vindo direto do hospital e ainda vestia branco. Inclinei-me para Sabrina e sussurrei:

— Por que elas estão me olhando?

Sabrina sorriu e olhou em volta, percebendo que metade das mulheres nos encarava, depois se voltou para mim e sussurrou, aproveitando para morder minha orelha:

— Você fica lindo de branco. Elas estão apenas imaginando o que tem por baixo.

Droga, corei como um pimentão! Sabrina riu da minha cara e voltou sua atenção para o celular. Percebi que navegava nas redes sociais para passar o tempo.

Fomos chamados e, mais do que depressa, me levantei para fugir daquele monte de grávidas com os hormônios em ebulição. Na sala de ultrassonografia, Sabrina se trocou e deitou, aguardando a médica que realizaria o procedimento. Sentei-me ao seu lado e tentei confortá-la, pois sabia que estava ansiosa.

— Olá, sou Fernanda Simões. Então, animados pra ouvir o coraçãozinho do bebê?

Acho que perdemos a fala, pois apenas assentimos e a doutora sorriu. Sentou-se no banquinho em frente às pernas da Sabrina e calçou as luvas. Pegou o transdutor, colocando uma camisinha. Ligou o aparelho e olhou para nós calmamente.

— Sabrina, quero que relaxe, não vai doer. Mas, se ficar tensa, pode ser desconfortável. Tudo bem?

— Ok. — Apertei a mão da Sabrina e aguardei.

A médica colocou o aparelho entre as pernas dela, e logo fiquei incomodado. Apesar de conhecer bem o corpo da minha mulher, fiquei sem graça. Era diferente estar com uma estranha mexendo na intimidade da Sabrina.

— Bom, tá tudo bem. Vocês podem ver aqui que o colo do útero está fechadinho. Vou fazer alguns cálculos para ver de quanto tempo você está, Sabrina. — Eu tinha alguma experiência naquele tipo de exame e podia ver algo diferente, mas não me arrisquei a dar nenhum palpite.

Sabrina estava encantada, olhando para a tela. Sabia que não entendia muita coisa, porque a ultra era um pouco confusa.

— Está vendo alguma coisa, meu amor?

Ela balançou a cabeça e sorriu.

— Não muito, mas é lindo. Tudo é lindo.

Sorri e acariciei seus cabelos. Agradeci a Deus por me dar aquela mulher linda e por estar prestes a ter uma notícia ainda mais surpreendente. Sabrina também não esperava por isso.

Fernanda virou-se para nós, e me olhou.

— Tenho certeza de que já percebeu o que estou tentando ver, mas vamos escutar o coração para ter certeza?

Assenti e meu peito parecia explodir. Ela ligou o áudio e uma barulheira poderia ser escutada do outro lado da sala. Meu Deus, era verdade! Sabrina franziu a testa e olhou para nós dois.

— O que está acontecendo? Vocês estão me assustando.

— Você quer falar, Lucas?

Virei-me, olhando naqueles olhos azuis que tanto me encantavam.

— Amor, nosso bebê está bem, aliás, acho que até demais. Bom, quantos batimentos você pode ouvir?

— Dois. Mas um é meu.

Balancei a cabeça, sorrindo.

— Não, minha linda. O seu batimento não pode ser ouvido pelo transvaginal. São dois bebês, tem dois sacos gestacionais. Teremos gêmeos.

Sabrina arregalou os olhos e virou-se para a tela novamente. Parecia tentar identificar os dois embriões ali. Ela abriu um sorriso enorme enquanto as lágrimas desciam por seu rosto.

— Meu Deus, dois meninos?

— Como assim, meu amor? Ainda não dá pra ver o sexo, você está com oito semanas — falei, rindo.

Ela sorriu ainda mais e colocou a mão sobre a barriga.

— Eu sinto, Lucas. São dois meninos lindos, meus filhos. Ai, Deus, eu mereço isso tudo? Três homens maravilhosos na minha vida. Estou tão feliz.

Fernanda sorriu e balançou a cabeça, concordando com o que Sabrina disse.

— Se a mamãe diz, eu acredito. Nós sempre sabemos dessas coisas. Então, já que você tem tanta certeza, escolheu o nome?

Sabrina se virou para mim e sorriu timidamente.

— Já sim, Eduardo e Gustavo. Não tem problema, né, eu ter escolhido sozinha? É que tenho pensado muito nisso.

Inclinei-me e beijei sua testa. Como eu iria me importar de ela escolher o nome das crianças? Sabrina resplandecia de tanta felicidade. E, na verdade, eu também fiz algo sem ela saber. Esperava que ela gostasse, e agora teria que dobrar tudo.

— Claro que não, eu amei o nome dos nossos meninos. Mas acho que devia pensar em nome de meninas, só para garantir.

— Ok. Mas são meninos, eu sei.

O exame foi concluído e fomos embora com um sorriso no rosto e uma foto dos nossos filhos em mãos. Meu coração estava acelerado e morria de nervoso. Esperava que Bruno tivesse arrumado tudo. Seria um desastre encontrá-lo lá ainda.

Ao entrar no carro, mandei uma mensagem dizendo que estava a caminho. Dirigi com o coração na mão. Estava nervoso e feliz. Tinha mais duas pessoas importantes na minha vida.

Quando chegamos em frente à nossa casa, respirei aliviado ao notar que meu cunhado não estava mais lá. Descemos e aguardei que ela chegasse à porta da cozinha para abrir.

— O que foi, meu amor? Está abismado ainda com a notícia?

— Não, apenas esperando você abrir. Estou sem a chave. — Ela franziu a testa, mas pegou sua chave na bolsa, abrindo a porta.

Entramos e olhei de esguelha. A luz no meu antigo quarto estava piscando exatamente como pedi que ficasse. Aproximei-me da bancada da cozinha e encostei, mas percebi a hora exata em que Sabrina notou. Ela caminhou até o cômodo e abriu a porta devagar.

Parou e colocou a mão na boca. Virou-se com os olhos arregalados e o sorriso brilhante. Aproximei-me e a enlacei pela cintura. Lá dentro tudo estava transformado. Como estávamos dormindo no quarto dela, aquele seria naturalmente o quarto do bebê.

Comprei tudo na semana que soube da sua gravidez. Berço, cômoda, decoração, poltrona de amamentação. Móbiles decorativos e musicais. Cortinas e tudo o mais. Era um quarto dos sonhos. Agora teria que acrescentar só mais um berço.

Peguei seu queixo, aproximando nossos lábios.

— Gostou da surpresa, meu amor? — falei, com a boca colada na dela.

Sabrina fechou os olhos e sorriu. Assentiu e se virou, admirando o quarto.

— Mas como você fez? Estávamos no consultório.

— Bruno arrumou tudo. Disse que precisaria de um favor meu em um futuro próximo e já estava garantindo que eu aceitaria sem pestanejar.

Sabrina fez uma careta e balançou a cabeça.

— Você está ferrado! Mas, amor, eu amei. Esse berço é um sonho, e esse ursinho? Ai, Deus, maravilhoso. Escolheu tudo sozinho? — Assenti e me aproximei, levando-a comigo. Parei ao lado do berço e olhei para ver se a outra surpresa estava no lugar.

— Mas ainda não acabou. Olha ali. — Apontei para o urso amarelo que segurava uma caixinha.

Sabrina ofegou e cobriu a boca, me olhando abismada.

— Pega, meu amor.

Ela estendeu a mão e pegou o objeto, me olhou com os olhos brilhantes e voltou a atenção para a caixa de veludo. Pegou com delicadeza e, quando a abriu, seu queixo caiu. Observei cada reação da mulher que eu tanto amava e me fazia o homem mais feliz do mundo.

Ajoelhei-me e peguei sua mão, acariciando seu pulso com o polegar, demonstrando o conforto que queria que sentisse.

— Como você está careca de saber, eu te amo com todo o meu coração e a minha alma. Você me faz cada dia mais feliz, eu amo tudo em você. Defeitos, qualidades, seus momentos felizes e tristes. Mulher, eu te amo por inteiro. Quero estar com você em cada um desses momentos. Aceita se casar comigo, princesa?

Sabrina se ajoelhou à minha frente e pegou meu rosto entre suas mãos suaves. Beijou meus lábios, sorrindo, com lágrimas descendo por seu rosto.

— Eu aceito ser sua esposa. Mas saiba que sou sua desde que meus olhos encontraram os seus, meu amor. Você é tudo e muito mais que eu poderia querer. Agora tenho três homens na minha vida que me farão a mulher mais feliz do mundo.

Beijamo-nos ajoelhados no quarto dos nossos filhos. E não poderia ter amor maior do que aquele; um sentimento que começou com um olhar agora era eternizado com os seus lábios em uma promessa silenciosa de estarmos sempre juntos e nos amarmos louca e profundamente.

Seria sempre dela, como ela era minha. E assim como fiz quando tive a certeza do seu amor — quando Sabrina se entregou totalmente, naquele dia no jardim da sua mãe —, levantei-me com ela nos braços, rodopiando, joguei a cabeça para trás e gargalhei com a felicidade que explodia em meu peito.

Estávamos juntos para nunca mais nos separarmos.

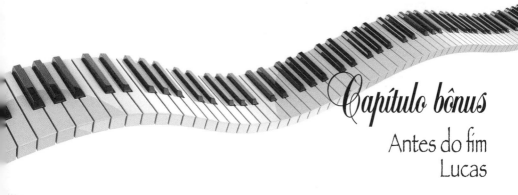

Capítulo bônus
Antes do fim
Lucas

Nunca pensei que mudar de quarto daria tanto trabalho. Acho que, por nunca ter me mudado, não tinha ideia de quanta tralha acumulei ao longo dos anos. Mas tinha que levar as coisas para o quarto que dividia com Sabrina para que a surpresa pudesse ser montada. Bruno estava com tudo pronto e precisava deixar o quarto vazio.

Puxei uma caixa empoeirada de cima do guarda-roupa e a coloquei no chão. Passei um pano em cima dela e abri para ver se poderia jogar fora ou se iria para a garagem. Dentro, tinha alguns álbuns velhos e diplomas, troféus e toda a parafernália da nossa infância. Porém, um envelope cor-de-rosa, desbotado e um tanto amarelado, chamou minha atenção. Além do fato de ter o meu nome e o da Layla nele, vi que era a letra da minha mãe. Engoli em seco e não poderia imaginar o que encontraria ali. Só que, por ter o nome da minha irmã, eu tinha que abrir em sua presença. Levantei-me imediatamente e decidi procurá-la.

Quando cheguei à casa da Layla, a vi sentada na escada da varanda, olhando Elvis correndo atrás de uma bola. Quando me viu, ela sorriu e acenou. Entrei, passei a mão na cabeça do Elvis e sentei ao seu lado na escada.

— Que foi, Luquinha? Tá com uma cara estranha.

Olhei em seus olhos verdes e sorri.

— Estava limpando o meu antigo quarto e encontrei uma caixa velha, e dentro tinha esse envelope. — Estendi para Layla, que o pegou e reconheceu a letra da nossa mãe. Ela me encarou com os olhos arregalados e suspirou. — Eu vim aqui para que possamos ver o que tem dentro. Pronta?

Layla assentiu e abriu o envelope, retirando de lá duas folhas de caderno velhas e amareladas. A letra da nossa mãe me deu um aperto no peito. Minha irmã começou a ler em voz alta, palavras tão carregadas de sentimentos que era como se ouvisse sua voz doce outra vez:

319

Para meus amados filhos, Layla e Lucas.

Eu não sei como começar a dizer tudo que tem dentro de mim, para que entendam o que passei esses anos que vivemos sem o pai de vocês. Não sei explicar ou me desculpar por tê-los deixado pela dor que me consumiu. Mas eu resolvi escrever essa carta para que saibam o quanto foram especiais em minha vida. Não como redenção para algo que sei que não há perdão, mas como uma maneira de me despedir. Sei que pouco tempo me resta... Então acho que vou começar de quando conheci o homem mais lindo do mundo.

Fábio me encantou desde o primeiro segundo que pus os olhos nele. Era um rapaz de bem com a vida, extrovertido, lindo e muito simpático. Tornamo-nos amigos e logo percebemos que tudo se encaixava, desde que estivéssemos juntos. Começamos a namorar, e, dois meses depois, fui pedida em casamento. Tínhamos dezessete anos, e claro que meus pais não permitiram. Exigiram que eu terminasse a escola, pelo menos. Quando a tortura de não poder ficar com meu amor do jeito que eu desejava acabou, nos casamos numa cerimônia simples no civil. Não tínhamos muito dinheiro e Fábio ainda precisava terminar a faculdade. Eu não continuei estudando. Trabalhei na loja de uma amiga até que, um ano depois de me casar com a minha alma gêmea, recebi a notícia de que nosso amor havia gerado um fruto.

Os preparativos para a chegada do meu bebê foram feitos com muito cuidado, e não quis saber o sexo até o dia do nascimento. Então, tudo era em cores neutras. Nove meses depois, vi nos olhos da menina mais linda do mundo um amor tão grande que ainda não consigo explicar, e não havia outro nome para a minha boneca: Layla, bela como a noite.

Logo tive que fazer uma reforma no quarto da minha menina; a princesa merecia tudo em rosa e lilás. A pequena crescia a cada dia e se tornava meu maior orgulho. Seu dom para a música pôde ser percebido em seus primeiros anos, quando, um dia, fui surpreendida por sua voz doce cantando a música de ninar que entoava para ela todas as noites. E, quando achamos que nossa vida era perfeita, ela se tornou ainda melhor. Estava grávida novamente. Layla ficou tão feliz e disse que seu irmãozinho se chamaria Lucas. Mesmo sem sabermos se seria menino ou menina, ela tinha certeza de que seria seu Luquinha.

Quando Lucas nasceu, a nossa vida estava completa. Nós quatro tornamo-nos um. A felicidade estampada no rosto do Fábio ao observar suas crianças brincando, ou apenas adormecidas no sofá de casa, exaustas de um dia inteiro de brincadeiras, era de puro amor. O pai de vocês os amou intensamente.

Agora, meus filhos amados, ser mãe de vocês foi a maior realização da minha vida. Nada pode ser comparada à felicidade que me invadia ao ver o sorriso de vocês a cada manhã. Receber seus abraços carinhosos, ouvir suas vozinhas e gritarias pela casa. Ver Lucas se tornando um homenzinho responsável e preocupado com a irmã. Perceber em Layla o mesmo amor de mãe que eu tinha pelo nosso menino. Vocês não fazem ideia do orgulho que sinto ao ver que vocês seguiram em frente e, que, apesar de toda a dor, não desistiram, além de perceber que, em seus olhos, ainda vive a alegria e a vivacidade do meu Fábio.

Quando perdemos o pai de vocês, uma parte de mim foi junto. Tudo foi desestruturado, e não consegui seguir em frente. Sei que os desapontei, que não consegui ser a mãe que precisavam. Não pensem que meu amor por vocês diminuiu ou que não são importantes para mim. Eu os amo com tudo que tenho, mas infelizmente sobrou pouco de mim. Preciso reencontrar minha alma gêmea para ser completa novamente.

Não sei quando encontrarão essa carta, mas peço a Deus que um dia possam ler essas palavras para saberem o quanto foram amados por mim e seu pai. Vocês dois são o nosso maior orgulho e amor. Antes de me despedir, quero dizer algumas coisas que devia falar pessoalmente, mas não tenho mais forças para tal.

Layla, minha pequena, não se esqueça de amar intensamente. Sei que carrega a responsabilidade por seu irmão, e não é fácil. Mas, minha filha, não deixe de viver, realize seus sonhos e fantasias. Seja feliz! Não deixe que o medo a impeça de amar. E, quando encontrar alguém que faça seu coração disparar loucamente, se entregue. Não me tome como um exemplo, você tem a força do seu pai. Tenho orgulho da mulher que se tornou.

Lucas, meu doce menino, seja responsável e cuide da sua irmã. Leve com você o amor e a integridade do seu pai, e saiba que não há nada mais importante do que a família. Seja íntegro. Espero que encontre uma garota que o faça feliz, que reconheça o tesouro que é, e a ame, meu filho. Ame com cada fibra do seu ser. Deixe-a saber o quanto é especial e importante. Todos os dias das suas vidas diga à sua amada que tem sorte por tê-la encontrado. Seja feliz, meu menino!

Amo tanto vocês que dói. Cada minuto que não consigo prosseguir e ter a certeza de que não os verei mais velhos, com seus filhos... Meu Deus, como eu queria ver meus netos, eu me desespero e me afundo em tristeza.

Juro que eu queria ser alguém melhor, queria merecer o amor de vocês. Mas não tenho mais forças. Perdoem-me, se puderem, e saibam que foram tão amados, que acho que não merecem apenas parte do que sou. Sei que meu fim está próximo, posso sentir meu coração cada vez mais fraco. Por isso resolvi deixar essa mensagem para que, no futuro, saibam do nosso amor por vocês. Do meu amor por vocês.

Espero de todo coração que sejam felizes. Que tenham encontrado um amor pleno e perfeito. Amo vocês demais, minhas crianças.

Estaremos olhando por vocês, para sempre.

Sua mãe que os ama muito, Laiana.

Ao fim da carta, meu coração se livrou de qualquer mágoa que poderia restar da minha mãe. Ela amou tão intensamente que não restou muito depois que papai se foi. Olhei para Layla e sorri. Ela chorava silenciosamente e acariciou meu rosto. Entrelacei meus dedos nos dela e dei graças a Deus por ter me dado uma irmã tão especial.

De mãos dadas, olhamos para o horizonte e soubemos com certeza que *eles* estavam, sim, olhando por nós.

Bônus extra
Casamento de Layla e Bruno
Layla

Eu estava muito nervosa. A semana foi uma loucura; casar dá muito trabalho. Mas estava ansiosa para que chegasse logo o momento de contar ao Bruno o segredo que eu guardava. Ele iria surtar.

O vestido que escolhi era diferente. Apesar de ser um branco tradicional, tomara que caia com pedras bordadas no busto, eu insisti numa faixa vermelha que descia junto com a cauda. Por mais que eu parecesse doce e gentil, era uma mulher fogosa e cheia de vontades, e meu futuro marido sabia muito bem disso. Minha personalidade nunca foi fácil de decifrar, e o vermelho me traduzia completamente.

Meu coração batia descompassado. Olhei para o lado e vi que Lucas sorria amplamente para mim. Meu irmão estava lindo de terno preto, camisa branca e gravata vermelha. Contudo, em seus lindos olhos verdes, havia uma tristeza que tentava esconder a todo custo, Queria tanto que ele fosse feliz, e só havia uma pessoa capaz disso. Esperava que eles se dessem conta antes que fosse tarde demais.

— Pronta, Lala?

Assenti e sorri. Lembrei de uma coisa que o Bruno me disse no dia anterior antes de dormirmos nos braços um do outro, nus e saciados.

— *Não se esqueça, eu vou ser o cara de pé no altar com o sorriso mais idiota do mundo.*

Como confundi-lo? Não existia homem igual na face da Terra. Bruno era tudo na minha vida. Ele foi a pessoa que me ensinou a viver plenamente, amar e me entregar. Sempre seria a minha inspiração.

Peguei no braço do meu irmão e fomos caminhando para o quintal atrás da casa da minha sogra. Dona Marisa insistiu que nosso casamento fosse lá, e eu não podia estar mais feliz. Assim que chegamos à esquina da casa, a música começou. Meu coração virou uma bagunça e fiquei com medo de ter um treco antes do "sim".

Lucas deu um aperto na minha mão e sorriu amavelmente. Assenti de leve e começamos a caminhar para o tapete vermelho que me levaria até o meu garanhão.

A decoração tinha ficado perfeita, com orquídeas de todas as minhas cores preferidas adornando a passagem. Um arco decorava o início da passarela. Os convidados estavam bem acomodados e sorriam, me observando. Quando levantei os olhos, tive vontade de chorar de emoção.

Bruno tinha o olhar fixo em mim, nem piscava. Seus olhos azuis, que tanto amei desde o início, brilhavam emocionados, e seu sorriso safado estava ali. Só para mim. Nossa, como eu amava cada pedacinho daquele cara sarcástico e sedutor. Prendi meus olhos nos dele e caminhei em sua direção. Nada mais existia, só nós dois.

Ele sorria lindamente e disse sem que saísse som: *Eu te amo*. Senti minhas pernas bambas. Era sempre assim ao ouvir aquelas palavras. Perguntava-me o que tinha feito de bom para merecer um cara como ele.

Quando dei por mim, estava parada à sua frente, e Bruno apertava a mão do Lucas com um meio abraço fraternal.

— Você está levando a única família que tenho, Bruno. Sei que estão juntos há muito tempo, mas agora é pra valer. Faça o que estiver ao seu alcance para fazer minha irmã feliz. Você é o melhor que poderia ter acontecido a ela, seja sua fonte de inspiração todos os dias.

Lucas me emocionou com suas palavras. Bruno sorriu e assentiu, entendendo o que ele quis dizer. Então, meu irmão se encaminhou para o lado de Alberto e Maurício, nossos padrinhos. Bruno sorriu e beijou minha testa, olhou em meus olhos e acariciou meu rosto com o dorso da mão.

— Pronta para ser minha pro resto da vida?

Assenti, pois era incapaz de falar, tamanha a emoção que existia dentro de mim. Paramos em frente ao celebrante, que logo deu início à cerimônia. Ele falou sobre amor e casamento, e confesso que fiz um esforço para escutar e entender, mas como? O calor do corpo do Bruno me distraía e meu peito estava repleto de tantos sentimentos que achei ser meio impossível, então apenas curti o momento.

Quando chegou a nossa vez de fazer os votos, viramos um de frente para o outro, sorrindo, mas ele falaria primeiro:

— Uma coisa que poucas pessoas sabem é que eu conheci a Layla muito antes do bar: eu salvei a vida de quem ela mais amava e tive o meu anjo enviado por Deus. E, no dia que ouvi sua voz rouca cantando com tanto sentimento naquele palco... ah, eu tinha que tê-la. Desde o momento que coloquei meus lábios sobre os seus, nunca mais fui o mesmo. Enfim, tinha encontrado o que me faltava, e eu nem sabia que era apenas metade até você aparecer. Você me completa e transborda. Sem seu sorriso, sou só mais alguém na multidão. Nosso amor aconteceu tão rápido que nem vimos o que nos acertou, mas eu não mudaria nada na nossa história. Fomos felizes demais esses quatro anos, e seremos muito mais no resto da vida. Eu te amo com tudo que tenho, sou capaz de qualquer coisa para ver sempre esse olhar lindo de felicidade. E prometo, meu anjo, te amar e respeitar, na alegria e na tristeza, na saúde e na doença, todos os dias e além das nossas vidas aqui na terra.

As lágrimas desceram por meu rosto e nem me preocupei de enxugar, já que a maquiagem era à prova d'água. Bruno se superou em sua declaração, e senti como se meu peito fosse explodir e eu pudesse voar de tanta felicidade. E, então, era a minha vez:

— Quando te vi pela primeira vez no meio das pessoas que estavam no bar se divertindo com os amigos, eu pensei: "Olha, aquele cara tem os olhos mais lindos que já vi". Então, imaginei como seria ser amada por um cara tão intenso, mas tinha muito medo de perder mais alguém que importava. Contudo, meu coração traiçoeiro não me ouviu, e se apaixonou perdidamente. Eu te achei totalmente atrevido no início do nosso relacionamento, mas sabe, não mudaria nada. Porque talvez, se você fosse diferente, eu não teria permitido me entregar. E eu estava certa, Bruno. Você foi o que eu mais pedi a Deus, que me fez plena e inteira. Como você, eu também era apenas metade. Sim, eu te amo com todos os defeitos e virtudes, meu garanhão sem-vergonha que me conquistou e arrebatou o meu coração, o cara de olhos azuis que me seduziu e enlouqueceu. Então, sim, eu prometo te amar todos os dias de nossas vidas e além, em todos os momentos felizes e tristes, ser fiel e te apoiar em tudo que fizer. E como já dissemos uma vez, o para sempre é pouco, te amarei ao infinito.

Aplausos e gritos soaram. Bruno me puxou pela cintura e beijou meus lábios com calma e vontade. Saboreando cada pedacinho da minha boca, nossas línguas se encontraram e, como sempre acontecia, um choque percorreu todo o meu corpo. Uníamo-nos intensa e calorosamente, em um simples beijo. Ele sorriu na minha boca e falou:

— Você é a coisa mais linda da minha vida. Te amo demais, anjo.

Nos viramos para nossa família e amigos e recebemos as felicitações. Meus olhos encontraram os do Lucas e pude ver a felicidade dele por eu estar realizando mais um sonho. Sempre me preocupei com a felicidade dos outros e nunca tive nada, mas, há quatro anos, tomei meu garanhão e decidi fazer da minha vida a sua.

Fomos abraçados e parabenizados por muita gente. Quando, enfim, conseguimos sentar, meus pés estavam me matando, porém, ao olhar o sorriso feliz do amor da minha vida, não me importava com mais nada. Ver Bruno feliz me fazia feliz.

Ao olhar ao redor, percebi que tudo valeu a pena; todos os problemas que tivemos nos prepararam para esse dia perfeito. Apenas meu irmão me preocupava. Ele e Sabrina não se entendiam, e meu medo era que a mágoa se tornasse maior do que o amor. Seria uma pena, pois eles se encaixavam como poucas vezes vi.

Ana e Alberto continuavam no mesmo arranca-rabo de sempre, e alguém teve a feliz ideia de colocá-los sentados juntos. O que não foi muito legal, pois, no momento, eles estavam em uma discussão acalorada sobre alguma bobagem.

Heitor se mantinha distante de todos, sério, e com o semblante entristecido de sempre. Tinha pena do meu amigo; o que quer que tenha acontecido em sua vida deve ter sido sério. Esperava que tudo se resolvesse, ele merecia ser feliz.

Uma mão forte e quente envolveu a minha por debaixo da mesa e entrelaçou nossos dedos. Olhei para o lado e aqueles pontos azuis que tanto amava me encaravam com amor e cumplicidade.

— Está feliz, meu amor?

— Demais. — Bruno sorriu, roubando todo o ar dos meus pulmões. Nunca me acostumaria com o efeito que ele tinha sobre mim.

Ele se aproximou e seus lábios roçaram o lóbulo da minha orelha, causando arrepios em meu corpo, e me acendi completamente.

— Não vejo a hora de levar a minha mulher pra cama. — Riu roucamente.
— Mas parece que vamos ter que esperar, temos muita festa ainda pela frente.

E se prepare, é hora dos brindes.

Ele afastou-se com os olhos brilhantes e olhou para a frente. Virei-me e percebi Alberto com uma taça na mão, que começou a tilintar porque ele estava batendo nela com um garfo para chamar atenção.

— Por favor, pessoal, preciso que ouçam o que tenho para falar. Sei que estão esperando discursos e conselhos para o casal, mas esse é um casamento diferente de muitos. Layla e Bruno não precisam de conselhos. Para quem não sabe, esses dois foram feitos um para o outro, sem sombra de dúvidas — sorriu levantando a taça, nos brindando —, e por isso não vou dar nenhum conselho amoroso, mesmo porque eu não sou a pessoa mais indicada para isso. — Os convidados riram da sua gracinha e Alberto piscou para mim, que acenei em resposta. — Porém, eu gostaria de falar algumas coisas... Quando conheci o Bruno, encontrei meu melhor amigo, o irmão que não tive. Vivemos muitas aventuras e farras, mas nunca, durante o nosso convívio, o vi tão feliz do que quando encontrou seu anjo. Layla transformou meu irmão no cara que ele devia ser. O amor tem dessas coisas. Faz-nos melhor do que somos, faz com que queiramos ver o sorriso da pessoa amada e ter a certeza de que foi você que o colocou lá. E vejo o orgulho no Bruno cada vez que sua amada esposa sorri. Obrigado, Layla, por fazer do meu irmão de coração um homem realizado.

Nesse ponto, meus olhos estavam marejados e apenas sorri para ele. Alberto tinha se tornado essencial na minha vida, como todos da família. Ele realmente fazia parte de nós e o agradeci pela amizade com o meu amor.

Bruno me abraçou e cheirou meu cabelo. Outra voz se ergueu acima de toda a balbúrdia da festa. Meu irmão havia se levantado e repetia o gesto de Alberto com a taça de champanhe. Meu coração apertou. Toda vez que Lucas falava, me preparava para grandes emoções.

— Depois desse monte de baboseira, preciso salvar o brinde dos padrinhos. — Lucas riu para Alberto, que fez um gesto feio para ele, arrancando risadas de todos na festa. — Bom, o que eu tenho para dizer não é um discurso ou conselho, que, como meu amigo ressaltou, eles não precisam. O que eu vou falar é um agradecimento. Eu fui criado pela minha irmã desde os cinco anos. Layla foi minha amiga, irmã, companheira e mãe. Meu porto seguro, sempre esteve ali para o que eu precisasse. Com o passar dos anos, vi minha irmã trabalhando muito para me dar um futuro decente, e fiz o meu melhor para ser merecedor de tudo isso. Só que me lamentava todos os dias por ela não ter tido a oportunidade de viver sua própria vida. Poder errar como qualquer jovem, sair e namorar, fazer amizades... Nossa vida começou com muitas perdas e sei que foi o que pesou para se tornar tão receosa quanto a envolvimentos. Eu e Layla sempre tivemos um ao outro, mas mesmo assim era um pouco solitário. Nem sempre conseguia suprir toda a carência que minha irmã tinha. E, quando ela encontrou o Bruno, foi como ver uma flor desabrochar; tudo que eu sabia que ela era capaz foi realizado ao lado da sua alma gêmea. Layla e Bruno provaram para mim que amar não precisa ser triste, não precisa ter medo, que é apenas se entregar e aproveitar cada dia o máximo que puder. Porque, na verdade, não sabemos quando chegará o nosso fim. Independente da vida ou da morte, sei que o amor de vocês prevalecerá. Então, minha irmã, eu sou grato por cada milésimo de segundo que passei ao seu lado, por tudo que me ensinou e continua me ensinando. Obrigado, mãe! Aos noivos.

Lucas levantou a taça e brindou a nós com seu sorriso lindo de menino; e eu, que já chorava desde que ele começou a falar, devolvi seu sorriso. Ouvir aquilo tudo do meu irmão foi como finalizar um ciclo do qual eu tinha medo. Mesmo que tenha passado tantos anos ao lado do Bruno, o medo de perdê-lo ainda estava presente. Com as palavras do Lucas, percebi que, independente do que acontecesse, nosso amor estaria ali, dentro de mim.

Senti Bruno se aproximando e sua respiração fez cócegas no meu pescoço.

— Te amarei ao infinito, anjo. Eternidade é pouco para nós.

Eu apenas poderia concordar e meu coração foi acalentado com a promessa de que nem mesmo a morte nos separaria. Nosso amor era muito maior do que imaginávamos, e nossa alma era uma só.

Lua de mel
Bruno

Nós pegamos um final de semana de folga. Layla não queria se distanciar muito do bar, e eu tinha que trabalhar no hospital. Mas tudo bem, porque estava me deliciando na praia. Minha mulher, linda como sempre, ostentava um biquíni vermelho que contrastava com sua pele branca e macia. Assim como seu vestido de noiva, ela era uma contradição sem tamanho, e eu a amava. Eu a observava da areia, brincando na água. Decidi, então, me juntar a ela.

Devagar e silenciosamente, me aproximei por trás. Layla estava de costas, olhando para o mar sem fim à sua frente. Enlacei-a pela cintura e prontamente ela se recostou em meu peito, sorrindo.

— Como você sabia que era eu? E se fosse um tarado?

— Porque eu sinto o calor do seu corpo de longe, garanhão.

Sorri e beijei seu pescoço salgado e quente.

— No que você está pensando, meu amor? Tá olhando tanto pra água.

Layla suspirou profundamente.

— É que estou feliz demais. Minha vida tem sido linda e perfeita, não quero que termine nunca. Sinto-me cada vez mais completa. Ainda mais com o amor maior que carrego dentro de mim.

— Uau, eu sei que me ama, anjo. Mas, caramba, que palavras lindas!

Ela se virou com um brilho diferente em seus olhos verdes. Sorriu lindamente como nunca tinha visto, estava diferente e parecia serena.

— Você me deu tudo que eu queria e ainda não sabe, e agora mais do que nunca sou uma mulher realizada. Daqui a sete meses, vamos ter mais alguém em nossa família.

Fiquei olhando para ela, sorrindo e absorvendo o que me disse, fiz algumas contas e arregalei os olhos. Olhei seu corpo lindo e gostoso e me distraí um pouco, mas logo sacudi a cabeça e observei a barriga plana da minha mulher. Engoli em seco.

— Você... está grávida?

— Estou sim, de dois meses. Fiquei sabendo semana passada e queria te contar nesse momento especial.

Eu não podia acreditar na felicidade que estava vivendo. Era bom demais, e tinha medo que fosse um sonho. Não disse nada, só peguei-a nos braços e gritei em agradecimento por ter a família mais perfeita do mundo.

Eu tinha tudo que merecia e muito mais.

— Ai, meu Deus! Eu vou ser pai, porra, estou feliz demais. Anjo, muito obrigado, não sabe o quanto me sinto realizado ao seu lado.

— Sei sim, meu garanhão, porque a sua felicidade reflete em mim.

Agradecimento

Quando escrevi *Inspiração*, não tinha ideia do que a história me proporcionaria. Esperava uma boa aceitação, mas não imaginava que o livro me traria tanta felicidade e autorrealização.

A série, intitulada com o nome do primeiro livro, conta a história de cada personagem, não deixando de lado, claro, os primeiros protagonistas. *Impulso* foi, sem sombra de dúvidas, mais intenso do que o seu antecessor. A história fala de confiar, principalmente em si próprio. E que talvez o maior monstro que temos que enfrentar se encontra dentro de nós mesmos; cabe a cada um lutar e assim poder viver plenamente o que desejar.

Cada nova linha, parágrafo, capítulo e livro que termino é uma nova jornada que se inicia. Sim, pois, quando coloco *Fim* na última página, tudo começa. Sou grata por cada pessoa que separa algumas horas do seu dia para ler o que escrevo.

Agradeço a Deus por me dar força e inspiração, para que eu continue nessa carreira que escolhi e que possa seguir por muitos anos. Ao meu marido, meu fã número um (palavras dele). Obrigada, Gu, por tudo. Seu apoio e amor são fontes essenciais para que eu siga em frente. Ao meu menino lindo, Eduardo, o garotinho mais doce e sincero que conheço. Obrigada por me permitir te amar, pois, a cada dia que passa, me sinto mais orgulhosa de você. À minha irmã, por estar sempre ao meu lado. Jé, te amo. Aos meus pais, por seu carinho, amor e por serem aqueles que me fizeram amar a literatura.

Não posso deixar de agradecer à Carla Fernanda, minha amada amiga e revisora. Muito obrigada por seus conselhos, sugestões e tudo o mais que faz com que a história fique perfeita. E, acima de tudo, por sua amizade e apoio.

Às minhas betas queridas, que são muitas, mas sabem que são especiais para mim. Vocês foram maravilhosas. Obrigada por tudo!

À Erika Romani, pelos conselhos jurídicos que foram essenciais na trama. Obrigada por sua ajuda e apoio.

Aos meus amigos de letras, deixo a minha gratidão e admiração.

Agradeço imensamente a toda equipe da Editora Charme por acreditar no meu trabalho e pelo carinho maravilhoso quem tem comigo. Vocês são mais do que especiais, guardo cada uma no coração. Obrigada!

E não posso deixar de mencionar as minhas amigas que estão diariamente comigo, surtando e incentivando que eu termine mais uma história: Gracileni Melo Aguiar, Pitty Bonadio, Andréa Titericz, Fabi Rodrigues, Lais do Vale, Marlene Guimarães, Sandra Regina, Iza Corat, Paula Giannini e Flávia Andrade. Obrigada por fazerem os meus dias mais divertidos e especiais. Adoro vocês.

E, lógico, aos leitores maravilhosos que tenho. Muito obrigada pelo carinho e apoio que me oferecem; sem isso, eu não conseguiria chegar onde estou. De verdade, vocês são muito especiais.

Fico por aqui. Espero não ter me esquecido de ninguém e que tenham curtido essa linda história de amor!

Beijinhos, Gisele Souza.

Nota

Quando escrevi esse livro, ouvi depoimentos de pessoas que sofreram abusos de vários tipos e tinham algo em comum nos seus relatos: a culpa.

Elas sempre tinham essa sensação de que eram culpadas por terem sido abusadas. Acreditavam que poderiam ter lutado mais, que poderiam ter evitado estar naquela situação.

O que Sabrina viveu nessa história, infelizmente, é mais comum do que podemos imaginar, e, às vezes, vem em forma sutil. Aquela desculpa de que seu não era um sim, que você estava apenas insegura. E, quando se dá conta da realidade, já está se sentindo culpada.

Mas me deixa te falar uma coisa. VOCÊ NÃO TEM CULPA!

Abusadores, homens e mulheres, não têm escrúpulos, nem sentimentos bons. São egoístas, tomam o que querem, ameaçam, aterrorizam, induzem a vítima a acreditar que, de alguma forma, provocou tal ato.

O abuso pode vir de tantas formas que as pessoas nem imaginam. Não precisa de penetração para que a violência aconteça.

Não é como se você pudesse identificar um abusador assim que o vê; muitas vezes, eles têm uma boa conversa. Em relacionamentos, ele pode até ser muito carinhoso na maior parte do tempo. É querido pelos amigos, e ninguém imagina do que ele é capaz.

Denuncie, não tenha medo, você não está sozinha. Procure ajuda médica e psicológica, não sofra em silêncio.

O seu NÃO precisa ser ouvido e respeitado!

inspiração

"A música nos envolvia numa sensualidade alucinante."

Para Layla Bonatti, não havia pessoa mais importante do que o seu irmão, Lucas. Após sucessivas perdas, tomou a responsabilidade de criá-lo como um filho e teve que deixar de lado seus sonhos, anulando a própria vida para que pudesse educá-lo da melhor maneira.

De suas paixões perdidas, apenas uma lhe restou: a música. Com ela deixava que seus sentimentos transbordassem em forma de canção.

Mesmo depois de anos, o medo de perder alguém que amava ainda assombrava seu coração, assim decidiu não se envolver com ninguém. Porém, ela não contava com as surpresas do destino:
um amor que abalaria suas convicções,
um desejo irresistível capaz de desmoronar suas barreiras.

Com o fantasma do passado ainda presente,
Layla terá que lutar com seus medos para poder viver integralmente esse sentimento. Será que, apesar de toda a dor, poderá finalmente abrir o seu coração para um intenso romance?

Entre em nosso site e viaje no nosso mundo literário.
Lá você vai encontrar todos os nossos
títulos, autores, lançamentos e novidades.
Acesse www.editoracharme.com.br

Você pode adquirir os nossos livros na loja virtual:
loja.editoracharme.com.br

Além do site, você pode nos encontrar em nossas redes sociais.

 https://www.facebook.com/editoracharme

 https://twitter.com/editoracharme

 http://instagram.com/editoracharme